FOLIO BIOGRAPHIES

collection dirigée par

GÉRARD DE CORTANZE

Céline

par

Yves Buin

Gallimard

Crédits photographiques :

1, 2, 3, 4, 8, 10, 11, 15 et 16 : Collection François Gibault. 5 : Roger-Viollet/CAP. 6, 7 et 9 : Coll. part. 12 : BNF. 13 : Collection Daniel Renard. 14 : Roger-Viollet. 17 : Akg-images/Daniel Frasnay. 18 et 19 : Scoop/Paris Match/François Pagès.

Yves Buin, psychiatre et écrivain, a publié notamment : *Kapitza* (1999) et *Borggi* (2000) aux éditions Rivages-noir ; *Thelonious Monk* (2002), *L'Oiseau Garrincha* (2004) et *Jedda Blue* (2006) aux éditions du Castor Astral. Il est également l'auteur de plusieurs ouvrages sur l'écrivain américain Jack Kerouac : *Jack Kerouac, vendredi après-midi dans l'univers* (Jean-Michel Place, 2000), *Kerouac* (Gallimard, coll. « Folio biographies », 2006). Il a établi et préfacé l'édition des œuvres choisies de Jack Kerouac, *Sur la route et autres romans* (Gallimard, coll. « Quarto », 2003). Il a publié également deux essais sur la psychiatrie : *Psychiatries, l'utopie, le déclin* (Érès, 1999) et *La Psychiatrie mystifiée* (L'Harmattan, 2002).

À Pierre Kahn, secrétaire général de l'Union des étudiants communistes lors des années fameuses.

Dans l'Histoire des temps la vie n'est qu'une ivresse, la Vérité c'est la Mort.

L.-F. CÉLINE,
Semmelweis

Mettez-vous un peu à ma place... je voudrais pas qu'on vous raconte les choses tout de travers... plus tard... quand il n'y aura plus un seul témoin... personne de vivant... que ça ne sera plus que des ragots... des contes de bonnes femmes... des déchets de sous biaiseries saloperie... Ah ! qu'on se régalera sur ma tronche !... on s'en payera sur mon supplice de me salir à tort et à travers !...

L.-F. CÉLINE,
Guignol's band I.

Avant-propos

Écrire sur Louis-Ferdinand Céline n'est pas mince affaire. L'écrivain, l'homme, la vie et l'œuvre continuent de déranger et de susciter malaise. Pour reprendre l'expression bien connue concernant la période litigieuse de Vichy, il y a en Céline, également, un « passé qui ne passe pas ». De ce fait, une interpellation perdure : pourquoi ranimer le « monstre » ?

Pour beaucoup Céline demeure définitivement infréquentable, rebutés qu'ils sont par les pamphlets, souvent évoqués, vilipendés et non lus, qui focalisent la passion. Pour ceux-là qui passent à côté d'une œuvre considérable, les autres livres disparaissent ainsi, annulés par ce qu'on fantasme des comportements conjoncturels de leur auteur en une période de l'Histoire (1937-1945) fort troublée et dramatique. Abhorré, le personnage Céline invalide alors l'écrivain. À l'opposé, les inconditionnels absolus du texte célinien, au pire, gomment le parcours chaotique de l'homme ou, au mieux, l'annexent à l'œuvre comme une de ses sources indéniables pour le neutraliser dans « du littéraire », une fatalité devenant par la transe du verbe une positivité.

Dans ces deux occurrences quelque chose est manqué d'une éclatante et insoluble contradiction existentielle : un homme s'est débattu avec son irrationnel, ses hantises, ses démons et a eu la témérité de les rendre publics, s'exposant à la vindicte. Médecin humaniste (eh oui !), imprécateur féroce et provocateur, obsédé par la figure écrasante du Peuple du Livre, inventeur d'une langue inimitable, perdu dans une déréliction totale, la fièvre d'écrire diffère sa mort psychique et, un temps, sa destruction physique. Telle est l'équation célinienne. L'accepter sans prétendre la résoudre permet de sortir de l'impasse d'un vieux débat moralisant.

Réduire le discours célinien à une composante pathologique, celle d'un délire de persécution de type paranoïaque, est sans issue et un peu court. Céline a été, certes, dans un rapport tendu avec l'altérité où dominent doute et méfiance, où s'inscrit un pessimisme radical quant au statut et aux agissements de l'espèce humaine, mais il a écrit pour le dire à l'autre, en être lu et, peut-être, compris.

Aussi, près de cinquante ans après sa mort et plus de soixante après la période de l'infamie, doit-on se donner la chance de l'objectivité — admettons qu'elle soit relative — envers cette trajectoire aux aspects déments, et accueillir, tel quel, Céline dans sa démesure en érigeant cette autobiographie gigantesque, dans son registre propre, en l'une des mémoires du XXe siècle, comme les récits de Soljenitsyne et de Chalamov furent celles du goulag, bien que Céline les domine de bien haut, sur le plan de la littérature qui était son seul objet de désir, lui qui disait la détester.

Autobiographie fictionnelle, donc, d'un homme nourri aux désastres, s'enfonçant dans un litanique radotage antisémite, le dépassant pour décrire comme personne le chaos de l'Histoire, follement lucide, pourrait-on affirmer, sur l'inanité des systèmes, des idéologies et la vanité des destins singuliers.

Se confronter à Céline dans le conflit ne laisse pas indemne, le suivre dans ses diatribes et créations langagières, sans jugement moral, avec le seul respect de la factualité nous paraît, aujourd'hui où nous nous préparons à connaître d'autres drames que nous mitonne l'Histoire, être la voie la moins tendancieuse pour aborder Céline.

Que dans cette optique soit remercié ici François Gibault, son biographe reconnu, pour ses travaux, pour l'attention qu'il a portée à la lecture de notre manuscrit et à notre démarche consistant à croiser les diverses autres approches biographiques auxquelles nous nous référons dans ce livre, tout en gardant notre liberté d'appréciation de l'œuvre de Céline, essentielle.

Rumeurs

Elle [Ma Mère] a tout fait pour que je vive, c'est naître qu'il aurait pas fallu.

L.-F. Céline,
Mort à crédit

Des rumeurs collent à Céline, insistantes, établies. Il les suscite, les entretient, les répand. Elles le masquent. Il est rumeur lui-même. Il s'invente une vie (« la biographie, inventez-la », confiera-t-il à Roger Nimier et, comme le rappelle son ami rennais Marcel Brochard, il aura cette formule : « On fait du vrai en arrangeant, en trichant comme il faut * [1] »). Ainsi, il s'agrège à la lignée du Chevalier Des Touches, se déclare celto-flamand, s'affirme trépané. Il se dote d'une enfance et adolescence laborieuses, se vante d'être un *self-made man*, parti de la position précaire de commis de commerce pour aboutir au doctorat en médecine. Il se dote aussi d'une licence de sciences naturelles et en attribue une, de lettres, à son père, qui ne possède que la première partie du baccalauréat. Il prétend avoir

* Les notes bibliographiques sont regroupées en fin de volume, p. 456.

exercé quatre ans la médecine du travail chez Ford mais, par contre, n'avoir ni connu ni rencontré Otto Abetz, l'ambassadeur d'Allemagne, pas plus qu'être allé à l'ambassade de la rue de Lille ou à Berlin en 1942. Maniant dénis et fabulations, il fabrique son histoire à l'exemple de ses entretiens avec Robert Poulet[2]. Quelquefois sa trace disparaît dans le blanc d'une absence, tel qu'en avril 1915 et les mois suivants à Liverpool et à Londres. Lui seul sait comment il survécut alors et à quoi il s'exerça.

La rumeur pour ce qui le concerne est également sulfureuse, elle l'éloigne des hommes. Il a mauvaise réputation : raciste, antisémite, anarcho-fasciste, collaborateur. Son œuvre est qualifiée d'ordurière, de scatologique, de répétitive, et de se complaire dans une indigente noirceur. Elle a pu abuser lors de la parution de ses premiers livres mais, dès la rédaction des fameux pamphlets (1936-1941), elle est devenue pour beaucoup illisible, c'est-à-dire que de ne pas la lire est revendiqué comme acte de salubrité. Céline, frappé d'indignité, ses écrits ultérieurs, de *Guignol's band* (*I* et *II*) à *Féerie pour une autre fois*, *Normance* et à la trilogie allemande (*D'un château l'autre*, *Nord* et *Rigodon*), furent, ou volontairement dédaignés, ou tenus à distance malgré la fascination pour « l'admirable monstre », selon l'expression d'Élie Faure, que n'ont cessé d'éprouver les échotiers, les commentateurs des *Lettres*, et les écrivains.

Il n'est pas certain que d'être de la sorte interdit ou de s'interdire lui-même, de par son excès, son emphase, sa démesure, son recours à l'invective, dans le procès de l'époque, ait déplu à Céline. La rumeur majeure, celle de l'hostilité et de l'opprobre qui accompagne l'impie, l'exilé radical, conforte dans le même temps son œuvre. Qu'y exprime-t-il qui dérange à ce point le sommeil du monde ? Qui est-il pour provoquer tant d'écoute et de haine ? L'œuvre est sans aucun doute de parenté shakespearienne — mais sans lui refuser la postérité de Villon et Rabelais. Elle aussi raconte l'Histoire, elle aussi met en scène le tourment, l'affrontement des pouvoirs, la solitude impuissante de l'individu, la merveille unique de la vie et ses ténèbres, elle aussi joue avec la mort. De sa petite enfance, contemporaine de l'affaire Dreyfus et de l'Exposition universelle de 1900 qui scelle le destin technologique de l'Occident et sa prétention à régenter par le colonialisme ce qui reste de l'humanité, à sa mort (1961), les livres de Céline courent de la fin du XIXe siècle aux années 1960. Cette fresque du siècle, de l'hécatombe de 1914-1918 à l'holocauste, en passant par l'émergence des systèmes totalitaires, inscrit en des pages tragiques ce dont sans doute, quoi qu'on agite dans l'idéologie du progrès et de la modernité, notre culture ne s'est pas remise. Sur fond d'une existence sans projet vouée à l'attente de la mort, sensible néanmoins aux éphémères beautés, observateur fin et désabusé des conduites humaines, arpenteur des marges et des transgressions, l'individu Céline se veut chroniqueur du grand tohu-bohu de l'Histoire au travers des parcours singuliers de ses congénères entraînés, invinciblement, comme lui, sur la scène du théâtre des catastrophes dans l'espace du vide et du rien. Et sa chronique sera une autofiction permanente entre imaginaire débridé et réalisme sordide au centre de laquelle il se tient. Pour relater l'irrémédiable de la vanité qui nous constitue et nous entoure, et le néant qui est notre destination finale, il va forger l'instrument adapté à ce récit : une langue nouvelle, un style incisif, unique, qui l'ont fait reconnaître comme révolutionnaire. Rappelons que selon le lieu commun de la critique et l'expression (trop) convenue, la littérature française du XXe siècle se partage entre deux pôles : Proust et Céline, polarités à l'attraction irrépressible et à l'aune desquelles chacun, dans l'écriture, essaie de trouver sa place.

L'œuvre de Céline est un monumental et inlassable travail d'artisan. Elle l'a exigé. Totalement. Bien qu'il ait pu en débattre par le déni et l'ironie et la reléguer en position seconde, après la médecine, Céline a été un architecte toujours en chantier, obsédé par la justesse des mots comme on l'est par celle d'un accord musical absolu, la nécessité impérieuse de fixer son dire au plus près de son essentiel : l'émotion fugace et originaire. Il n'en finit jamais avec la littérature. Elle l'a usé, évidé. N'est-il pas décédé le lendemain de l'achèvement du manuscrit de *Rigodon*, sa dernière lettre écrite le jour même informant Gaston Gallimard qu'il l'avait terminé ? Mais peut-être la rumeur, en ce point final, est-elle trop romantique ?

Louis-Ferdinand Destouches naît le 27 mai 1894 à Courbevoie en Seine-et-Oise, aujourd'hui Hauts-de-Seine, 12, rampe du Pont où ses parents possèdent un petit magasin. Le père, Fernand (Fernand-Auguste pour l'état civil), est né en 1865 au Havre. Il est issu d'une fratrie de cinq enfants, trois frères : Georges, René, Charles, et une sœur : Amélie. Son père, Auguste Destouches (1835-1874) était professeur agrégé d'enseignement spécial et enseignait la rhétorique au lycée du Havre. Céline en fera un agrégé de grammaire. Mort jeune, dans sa trente-neuvième année, petit notable de province, tenté par la poésie et le roman, il publiera sous pseudonyme. Ancien de l'administration, le préfet lui déléguait la rédaction de ses discours. Idéalisé par la famille, expert en écriture donc, Céline l'évoquera comme référence, dès 1917, dans une lettre à son amie d'enfance Simone Saintu, et plus tard dans la célèbre préface (1944) à *Guignol's band I*. À la mort d'Auguste, sa femme Hermance (née Delhaye), très portée sur les salons, ne tarde pas à quitter Le Havre pour Paris, amenant avec elle sa fille Amélie. Les quatre garçons seront pensionnaires au lycée du Havre et leurs destins différents. Georges (Antoine dans *Mort à crédit*) nommé en 1906 secrétaire général de la faculté de médecine de Paris, est l'éminence grise des milieux médicaux. Son fils, Jacques, deviendra médecin généraliste et ouvrira un cabinet rue Damrémont au pied de la colline de Montmartre. Il apparaîtra sous les traits de Gustave Sabayot, médecin, dans *Mort à crédit*. Lors de la parution de *Voyage au bout de la nuit*, il fera savoir par voie de presse qu'il n'a rien à voir avec l'auteur du livre. Charles (l'Arthur de *Mort à crédit*), personnage pittoresque, ne dédaignant pas les alcools, mènera une vie de bohème. S'il est indésirable dans un cadre petit-bourgeois, il ne sera pas sans intéresser Céline.

Quant à René (le Rodolphe de *Mort à crédit*), victime d'un traumatisme crânien dont il aura des séquelles déficitaires, il errera dans la marginalité sociale d'une sorte de travailleur assisté. D'Amélie (Hélène dans *Mort à crédit*), la mère, Hermance, fera une courtisane au parcours rocambolesque qui l'emmènera en Europe centrale dans l'empire des Habsbourg. En Roumanie, elle épousera un diplomate richissime plus âgé qu'elle. À la mort de ce dernier, sa fortune effondrée, elle continuera, dame de cour aux mœurs légères, de vivre de ses charmes. Sa mère profitera allègrement de ses gains par une sorte d'entente complice apparue dès l'adolescence d'Amélie qui mourra dans une maison de retraite, aux allures d'hospice, à Angers, en 1950.

Mais la marque Destouches ne s'arrête pas là. Elle fructifie elle aussi dans la rumeur. Les registres la signalent dès le XVIe siècle. Elle migre du Cotentin en Bretagne et en Normandie. Elle fabrique du nobliau, tel un certain Jean-Baptiste Nayl de la Villaubry. Retenons seulement dans l'ascendance un trisaïeul aventureux et instable bien que commis de l'État, Thomas Destouches de La Lentillère (La Lentillère, une bâtisse normande qui sera revendue), époux d'une certaine Gabrielle Michelle Guérin de Lechallerie dont il divorcera pour se marier, lui, le grand amateur de femmes, deux autres fois. Il aura en dernière noce quatre enfants dont Clément Destouches, l'arrière-grand-père de Céline et père, donc, d'Auguste, l'agrégé. Retenons encore, comme le signale François Gibault, Théodore (1815-1870), cousin germain d'Auguste qui fut à la fois pharmacien — il sera professeur adjoint, chargé de cours à l'école de médecine de Rennes — et docteur en médecine, sa thèse étant consacrée aux *Préparations pharmaceutiques du quinquina*. Non négligeable, ce lointain grand-cousin, quand on sait que Céline étudiera la médecine à Rennes et produira plus tard, en 1925, un opuscule sur *La Quinine en thérapeutique* !

Dans l'au-delà de la rumeur, il y a aussi le Chevalier Des Touches, celui des guerres de la chouannerie, mythique et dément, dont Barbey d'Aurevilly fit un personnage à la fois téméraire et spectral dans la nouvelle qui porte son nom. Cet ancêtre fait partie des figures qui hantèrent Céline, cherchant dans la généalogie la légende plus que la véracité, figures qui continuèrent de s'ébattre dans les landes de son imagination en le confortant dans le sentiment d'un certain déclin de sa lignée puisqu'elle fut noble et ancrée en terre bretonne, celle d'avant la Révolution, avant d'échouer en milieu urbain dans les classes moyennes inférieures. Il n'est pas insignifiant de noter qu'il signa dans sa jeunesse ses premiers textes (dont *Les Vagues*), poèmes et courriers : Des Touches.

La famille maternelle — les Guillou — est plus modeste. Marguerite, la mère de Céline, est née en 1868 de Julien-Jacques Guillou (1847-1879), soudeur sur cuivre, et de Céline Lesjean (1847-1904). Les Guillou viennent du Finistère. Ils appartiennent à l'une de ces vagues successives de l'immigration bretonne en marche vers Paris, puisque Julien-Jacques était né dans le XIIe arrondissement. Il mourut à trente-deux ans. Il avait épousé, en 1868, Céline Lesjean, piqueuse sur bottines, originaire de

Verneuil-sur-Avre, dont il eut deux enfants : Marguerite et Julien-Louis (1874-1954), l'oncle Édouard de *Mort à crédit*. Veuve à trente-deux ans, dure au labeur, ingénieuse, Céline Guillou s'initiera aux vieilles techniques de la dentellerie fine et transmettra ses connaissances à sa fille. Propriétaire d'un magasin rue de Provence spécialisé dans la dentellerie ancienne, elle possède également à Asnières trois maisons qu'elle loue et dont, chaque mois, elle va quérir le loyer, quelquefois accompagnée de son unique petit-fils, Louis-Ferdinand, qu'elle aimera et qui l'adorera en retour jusqu'à choisir son prénom lorsqu'il décidera, devenu écrivain, de prendre un pseudonyme. Il partageait avec elle un monde secret, une connivence faite de gâteries, de sorties, en particulier pour se rendre au cinématographe débutant, le Robert Houdin — aujourd'hui le musée Grévin lui a succédé — où il se délectera de Méliès, en des séances où, peut-être, il originera ses « féeries ». Lorsque Céline Guillou meurt en décembre 1904, Louis-Ferdinand a dix ans. Il est et demeurera inconsolable. Le frère cadet de Marguerite est propriétaire d'un magasin rue Lafayette : « Imperbel ». Il prendra son neveu Louis-Ferdinand en affection et, bonne pâte, veillera à sa manière, en conseillant Fernand et Marguerite, sur l'éducation de leur fils.

Les parents de Louis-Ferdinand se sont mariés le 8 juillet 1893 à la maire du XVIIIe arrondissement. Céline Guillou n'était pas favorable à cette union : Fernand-Auguste lui apparut comme peu fiable, « déclassé » et presque sans ressources, n'ayant que son maigre salaire d'employé du service correspondance de la compagnie d'assurances : Le Phénix. Il obtiendra, *in extremis*, en 1922 une promotion de sous-chef, un an avant sa retraite. Est-il vraiment un raté comme le pense la mère de Marguerite ? Il a réussi la première partie de son baccalauréat à dix-neuf ans au lycée du Havre et, en 1884, a débarqué au lycée Condorcet, près de la gare Saint-Lazare, en classe de mathématiques, avec la vague idée de pouvoir, l'année suivante, préparer l'École navale, comme le souhaitait feu son père Auguste, et devenir ainsi officier de marine. Fantasque, absent, élève moyen, il n'effectuera qu'une année à Condorcet et ne se présentera pas à la seconde partie de son baccalauréat. De ses envies maritimes, lui subsistera un goût pour les ports, les bateaux et les aquarelles : « C'était sa dunette. Je le savais moi. Il commandait l'Atlantique [3]. » Ce coin de poésie dans la grisaille des jours n'échappera pas à Louis-Ferdinand qui fera sien l'appel de la mer. Se retrouvant sans perspective, Fernand s'engage alors pour cinq ans dans l'armée. Affecté au 27e régiment d'artillerie, il sera d'abord canonnier de 2e classe puis, en 1887, maréchal des logis, comme le sera plus tard son fils. En 1889, il devient réserviste et cherche un emploi aux écritures qu'il trouve donc à la compagnie Le Phénix. Dès lors, il s'installe dans une vie des plus posées. Conformiste, il adhère aux idées petites-bourgeoises les plus étriquées et à leurs préjugés dont, bien sûr, le préjugé antisémite.

Marguerite, qu'on décrit comme une jeune femme mince aux traits fins — alors que Fernand-Auguste est menacé par l'embonpoint —, est guindée et sous influence maternelle. Elle garde une discrète boiterie due à une poliomyélite. Elle s'identifie d'emblée — elle a vingt-cinq ans — à la mission d'être mère et sera, sans conteste, celle de son fils unique. Anxieuse, hyperprotectrice, très attachée à la morale, au travail, dentellière, elle a appris la restauration des vieilles et précieuses pièces. Mais elle connaît aussi la lingerie. Elle a ouvert une boutique à Courbevoie qui s'avérera être un échec. Elle retournera alors rue de Provence dans le magasin de sa mère et sous la férule de celle-ci.

27 mai 1894, l'officier d'état civil qui enregistre la naissance de Louis-Ferdinand Destouches se nomme Abraham Lévy, selon ce qu'a retrouvé Émile Brami[4].

15 octobre 1894, l'affaire Dreyfus éclate.

Courbevoie et la suite

Je fais pas l'artiste, l'à-peu-près-iste !
« J'étais là, telle chose m'advint », voilà ma loi.

L.-F. CÉLINE,
Normance

Courbevoie où naît Céline, et dont il fera une sorte d'inscription génétique, est alors en train de quitter le XIXe siècle pour le XXe. Les maraîchers, les vignerons, les espaces verdoyants où logeaient des villas baroques et résidentielles ont cédé depuis vingt ans la place aux manufactures, aux magasins et à l'habitat urbain. Guinguettes, bistrots de pêcheurs sont également en train de disparaître. Un port fluvial, le premier de la région par son trafic, s'est installé sur la rive gauche de la Seine où accostent sans relâche chalands et péniches. À terre, les marchandises, en carrioles et charrettes, rejoignent Paris par les ponts proches de Neuilly et de Levallois, en direction de l'Étoile. La Rampe appartient à cet environnement portuaire dont, quelques années plus tard, le port de Gennevilliers prendra le relais. Cependant, y demeure encore l'atmosphère d'une banlieue heureuse face aux lueurs de Paris, énorme et inquiétant.

Bien qu'il insistât beaucoup sur son lieu de naissance, Céline ne vécut que trois jours à Courbevoie ! Baptisé le 28 mai, il va être confié, dès son quatrième jour, à une nourrice, Mme Jubin, dans l'Yonne, à dix kilomètres de Sens. Ses parents pris par leurs activités, la mère en premier — la boutique périclite ! —, qui se croit tuberculeuse, ont suivi le conseil médical du bon air. La mère, attentionnée, accepte donc de se séparer de son enfant à sa naissance parce qu'elle ne peut concrètement assurer son rôle attendu et par crainte de la tuberculose dont, sans le savoir, elle introduit le signifiant dans la vie de Céline. Vingt ans plus tard, ne sera-t-il pas conférencier actif sur le sujet sous l'égide de la Fondation Rockfeller en vue d'enseigner à la population la prophylaxie antituberculeuse et, de surcroît, électivement, en Bretagne ? Les activités parentales et leurs astreintes empêcheront que l'enfant ne soit visité régulièrement. Il n'en souffre apparemment pas et, à deux ans, est rapatrié à Puteaux dont les collines jouxtent Courbevoie. Il restera deux ans chez Mme Jouault — il se souviendra de ce nom —, où il sera élevé comme à la campagne. Les contacts avec ses parents seront alors plus fréquents. Il n'intégrera définitivement le foyer familial qu'à trois ans, à Paris, rue de Babylone, dans un appartement exigu. De l'époque de Mme Jouault, nous possédons une photographie prise en 1896. Elle montre effectivement un enfant éveillé, souriant, au regard vif.

Le retour à Paris chez des quasi-inconnus ne se

fait pas sans une période d'adaptation. Le décor a changé — l'enfant ne peut courir sans danger dans les rues — et change souvent du fait de l'itinérance des parents. Ils abandonnent la rue de Babylone pour s'installer, en novembre 1898, au 9, rue Ganneron au bas de Montmartre. Ils habitent ensuite, en juillet 1899, au 67, passage Choiseul — le magasin de Courbevoie liquidé —, puis au 64, avant que le couple ne se fixe au 11, rue Marsollier, dans le IIe arrondissement. Passage Choiseul, Marguerite ouvre de nouveau une boutique consacrée à la dentellerie et lingerie fine. Le local commercial est au rez-de-chaussée, l'appartement au-dessus. Selon Frédéric Vitoux : « Ses trois pièces reliées par un escalier en tire-bouchon, au premier le salon salle à-manger-cuisine, au deuxième la chambre des parents, au troisième au-dessus du vitrage, la chambre de l'enfant avec une fenêtre à l'air libre fermée par des barreaux [1]. » Le passage Choiseul (le fameux « passage des Bérésinas » de *Mort à crédit*) est une galerie commerciale sous verrière, très fréquentée le jour, torride en été et véritablement insalubre. Si, dans un premier temps, Louis-Ferdinand n'a pu connaître Montmartre, il va par contre connaître le quartier de l'Opéra et de la Bourse. C'est un Paris animé qu'il découvre soit en compagnie de son père, soit de sa mère, un Paris sillonné de voitures de livraisons, d'impériales, bientôt de véhicules automobiles et d'autobus. Commerce et circulation y sont intenses et les trottoirs encombrés de piétons. Son enfance et sa pré-adolescence seront liées aux pas de ses parents qui — pour son père, après le travail au Phénix — procèdent aux livraisons et commandes des clients disséminés dans Paris. Il verra ainsi le quartier du Temple, celui de la République mais aussi ceux de l'Ouest, Passy, Auteuil, car sa mère vend de la qualité. Tenant la main de son père, il participera de loin à l'affaire du fort Chabrol en août 1898, à quelque distance du 59, rue de Chabrol, où s'est retiré, avec des comparses, l'antisémite Jules Guérin tenant un siège de cinq semaines. Ou bien, il visitera l'Exposition universelle de 1900, écoutant les commentaires enthousiastes de son père sur un futur qui promet d'être prodigieux. Ils virent également Buffalo Bill en 1905. De ces événements, on cause aussi à la maison et, notamment, de l'interminable procès fait à Dreyfus dans lequel le père a choisi son camp. Il est antidreyfusard et n'hésite pas à étaler son antisémitisme. Rappelons aussi, durant ces années, la présence tutélaire bienveillante de Céline Guillou qui souvent emmène l'enfant à Asnières lors de la collecte des loyers et le garde au magasin de la rue de Provence ou chez elle au 52, rue Saint-Georges — encore d'autres horizons ! — où Louis-Ferdinand joue avec le chien Bobs auquel il va profondément s'attacher. À la disparition de sa grand-mère, Bobs lui reviendra. La mort du chien, trois ans plus tard, sera l'occasion d'un nouveau deuil. Le compagnonnage avec Bobs fut-il l'amorce du goût prononcé que manifestera Céline envers les animaux ?

Mort à crédit, qui traite de cette période et se prolonge jusqu'à la dix-huitième année du héros, Ferdinand Bardamu, a détourné de la vision objective de l'enfance de Céline. Son autofiction agissante a déformé les faits et donné une version sombre et maltraitante de ces années. En laissant, dans son texte, libre cours à un refoulé — et c'est légitime et bien commun — que l'éducation stricte qu'il reçut lui interdisait d'exprimer, il a pu décrire ainsi le conflit latent qui l'opposait à ses parents dans le cadre d'une vie trop bien réglée. Mais a aussi été amené, en conséquence, à un règlement de comptes caricatural avec des parents fantasmés dans la dérision, alors qu'on sait ce qu'il ressentit à l'annonce de leur mort — Fernand-Auguste disparaît en 1932, Marguerite en 1945 —, dévoilant ainsi à quel point il les aimait et reconnaissait en avoir été aimé. Mais les spécialistes de l'Œdipe nous diront qu'il n'y a pas là contradiction...

Louis-Ferdinand fut donc un enfant choyé, élevé dans une famille de petits-bourgeois, appliqués et chaleureux, mais fermés aux idées, et qui l'été rejoignaient la villa de Julien-Jacques Guillou en bord de Seine à Ablon ou en louaient une à proximité, ou encore gagnaient la Normandie, Dieppe, avec la mer qui nourrira l'imaginaire célinien. Fils unique, protégé, on est auprès de lui débonnaire. Quelquefois une gifle ponctue une remarque ou un ordre non respecté tandis qu'on rêve de lui donner une éducation conforme à un avenir que l'on bâtit pour lui.

En octobre 1900, il entre à l'école primaire du square Louvois où il va demeurer cinq ans et demi. Il n'y montre ni aspérités ni originalité. C'est un élève moyen, rêvasseur, peu enclin à l'effort, sans turbulence notoire. Solitaire et timide, on ne lui connaît pas d'amis. En février 1906, en prévision d'une communion solennelle prochaine (mai 1906), ses parents l'inscrivent à l'école privée payante de Saint-Joseph des Tuileries où il passera six mois, successivement en sixième et cinquième B, recevant un enseignement religieux au sein de l'enseignement général. Il semble qu'il supporta bien ce nouveau cadre plus contraignant et qu'il ne montra aucune réticence à l'accepter. Simultanément, il aborde l'étude du piano en suivant des cours réguliers. C'est à l'occasion d'un minirécital pour enfants qu'il rencontre Simone Saintu, sa seule amie d'enfance. À la rentrée 1906, il réintègre l'école publique dans un établissement de la rue d'Argenteuil afin de préparer le certificat d'études primaires qu'il obtient le 15 juin 1907. À l'époque, le certificat, sans être un bâton de maréchal semblable au baccalauréat, était un diplôme fort apprécié qui signifiait que l'on savait lire, écrire, compter, qu'on avait acquis des repères utiles en histoire, géographie, morale et instruction civique, bref qu'on pouvait aborder l'école de la vie et l'apprentissage d'un métier. Le certificat fixait aussi une limite sociale entre ceux qui l'avaient et ceux qui ne l'avaient pas, mais également une discrimination décisive entre ceux pour qui l'instruction s'arrêtait à ce niveau et ceux qui poursuivraient bien au-delà, en entrant au collège ou au lycée. Pour toutes ces raisons, l'épreuve du certificat était un grand moment.

Les parents de Céline, lors de cette année de préparation, avaient conçu, à l'issue de l'examen, un projet pour lui afin de l'inscrire dans la vie professionnelle et guider son avenir. Dans leur choix, le père n'insistant pas pour prolonger des études, affirmant même que celles-ci ne déboucheraient sur rien — et elles n'avaient mené à rien pour lui —, le désir de la mère fut déterminant. On envisagea pour Louis-Ferdinand une carrière commerciale. Il s'agissait de faire de lui en employé d'une grande maison : magasin de vêtements, bijouterie, antiquités, où sa progression serait possible jusqu'à ce qu'il devienne, peut-être, une sorte de chef des ventes. Pour cela il parut qu'apprendre les langues étrangères s'imposait, en particulier l'anglais et l'allemand. Des séjours à l'étranger, sur lesquels nous reviendrons, furent organisés. Ensuite — et entre autres par le truchement de l'oncle Julien-Louis et de Marguerite —, des contacts seront pris avec les grandes maisons pour un apprentissage sur le tas de Louis-Ferdinand qui ne contesta pas ce plan. Il l'accueillit même avec docilité. Pourtant, il est indéniable qu'en cette occurrence, à la gare de triage du désir et de la vie, il fut orienté sur une voie de garage.

À treize ans, sans avoir fait preuve de talents particuliers, il continue d'être un élève assez terne. Il vit dans le monde de ses parents, donne un coup de main à la boutique pour les livraisons. Il écoute son père discourir sur l'actualité en des propos convenus et obtus à dominante xénophobe. Il observe sa mère, sa fatigue, ses angoisses, les commerçants du passage Choiseul, les déambulations des flâneurs. Nul doute que rien ne lui échappe alors et qu'il restituera ce rien au travers de la démesure dans *Mort à crédit*. Identifié au modèle du bon fils, enfant du petit commerce par sa mère et de la médiocrité bureaucratique par son père, il tait ses rébellions. Pour le moment du moins. Il a interrompu ses études somme toute précocement, mais il va se révéler grand lecteur et autodidacte.

Son père fut-il castrateur ? Souvenons-nous, il avait réussi la première partie de son baccalauréat et avait espéré l'École navale au concours d'entrée de laquelle, vraisemblablement, il aurait échoué vu ses faiblesses dans toutes les matières, telles qu'elles figurent dans les observations des professeurs du lycée Condorcet. La mort d'Auguste, le père, le professeur, le comportement d'Hermance, sa mère, une abandonneuse qui exploitait les charmes de sa propre fille, avaient fait de lui un être clivé, à la fois attiré par la culture — la classe de rhétorique avait laissé des traces — et instable, peu assidu, peu motivé. Il était frustré, conscient de la modestie de sa condition. Sa sexualité réduite *, il n'avait pour ami que l'Océan, les ports, les bateaux. Il avait épousé les valeurs des classes supérieures selon l'aspiration des classes moyennes. L'espoir révolutionnaire ne l'avait pas effleuré. Il se mourait lentement derrière les apparences.

Souvent les frustrés projettent leurs aspirations inaccessibles sur leur progéniture et ont de l'ambition pour elle. C'est précisément l'ambition de la IIIe République, dans la généralisation et l'obligation de l'instruction et dans la mise en œuvre de l'action du ministère qui la chapeaute. Dans l'op-

* Comme le note Frédéric Vitoux, Marguerite était plus mère qu'amante.

timisme d'une société de progrès, la promotion sociale se fonde sur l'acquisition du savoir. Les parents de Céline ont pour lui une ambition limitée qui exclut l'idée du collège et du lycée et, *a fortiori*, celle de l'université. Le père supporte-t-il que son fils puisse le dépasser ? Lui barre-t-il l'accès à ce qu'il n'a pu atteindre ? Ne marque-t-il pas là sa rivalité avec Louis-Ferdinand ? Peut-on y voir une des causes de la violence explicite de *Mort à crédit*, tant dans les diatribes de Ferdinand Bardamu que dans les attitudes et gestes du père du héros et l'inconsistance de la mère ? Au fond, n'aurait-il été accordé à Céline qu'une faible chance ? N'en serait-on demeuré qu'à ce qu'on pouvait concevoir à partir du passage Choiseul : faire de Louis-Ferdinand un boutiquier amélioré ?

Il ne proteste pas. Plus tard même il en rajoutera contre le lycée et ironisera sur ceux qui ont fait le lycée, l'accusant de n'être qu'un dispositif d'aliénation, de soumission, de fabrication du conformisme académique, de stérilisation de la spontanéité et de la créativité. Céline se félicitera d'y avoir échappé, d'avoir été préservé de ce qu'aujourd'hui on nommerait le « formatage » de l'intellect. Il fustigera l'enseignement conventionnel pour encenser l'école de la vie. Dans *Les Beaux Draps,* nous le verrons, il exaltera les vertus d'une éducation revenue aux fondamentaux de l'enfance : sa poésie, sa magie, son inventivité. Est-il certain qu'il ne fut pas pour autant ambivalent et, à son tour, frustré ? Il vantera la tradition de laquelle l'académisme s'inspire et il aura l'appétit de la connaissance. Il admirera la langue classique et l'écrira admirablement — avant de la subvertir — comme dans son *Semmelweis*. Il mentira sur son cursus, en soutenant avoir passé la première partie de son baccalauréat en 1912. Il gratifiera, on le sait, son père d'une licence *ès* lettres (licence libre et non d'enseignement, précisera-t-il) qui ne lui permit pas d'enseigner. Le voulait-il donc enseignant, ce père ? Que cherchait-il en créditant Fernand-Auguste de ces grades universitaires soi-disant honnis, sinon à le grandir ? Le trouvait-il donc si petit, son père ? Et que dire du respect compassé qu'il éprouva pour le grand-père grammairien ? À la fin de sa vie ne renvoya-t-il pas l'un de ses petits-fils, qui réussira mieux encore, puisqu'il sera agrégé de philosophie, au motif que celui-ci se devait de réussir son baccalauréat avant de le revoir ?

Il est loisible de penser que Céline s'est senti écarté de la filière du savoir par les bonnes intentions de son père et de sa mère afin de lui assurer une situation convenable avant le service militaire. Il a dû, plus de dix ans après, reprendre, devenu un adulte meurtri par la guerre, mûri aussi par ses pérégrinations tant à Londres qu'en Afrique, le parcours du candidat bachelier et de l'étudiant pour le conclure par le doctorat en médecine duquel, d'ailleurs, il ne sera pas dupe et dont l'obtention, quelles que soient ses objections, l'autorisera à se livrer à la passion littéraire.

Toute cette conjoncture était sans doute présente et bien dissimulée au moment du certificat d'études. Elle le fera hybride, il penche pour le monde de la rue et du travail et éprouve une certaine appétence pour la retraite quasi monacale qu'exigent la lecture, l'écriture et l'immersion dans l'univers livresque. S'est-il senti sacrifié ? Assez sans doute pour en garder du ressentiment, alimenter le rebelle qu'il crut être, pourfendeur des valeurs établies, à commencer par celles qui fondent la famille, et se constituer, ainsi, atypique en tout.

L'exil, déjà

Tu vas te faire avoir Ferdinand dans la voie que tu t'engages. T'es le genre de fou qui raisonne.

L.-F. CÉLINE,
Bagatelles pour un massacre

1907. Après quelques semaines de vacances, le programme concocté par Fernand Destouches se met en place sous son autorité. On ne sait par quels réseaux et contacts il a déniché un Hugo Schmidt, directeur (*Rektor*) d'une école accueillant des élèves étrangers sur un mode familial, logés, nourris chez le professeur, et suivant les cours là où il exerce. Louis-Ferdinand se voit ainsi devenir élève-pensionnaire à Diepholz, une grosse bourgade de quelques milliers d'habitants dans le Hanovre, en vue d'y poursuivre une scolarité assimilée au niveau d'une quatrième et, surtout, d'y apprendre l'allemand. Fin août, les parents Destouches et Louis prennent le train pour un épuisant voyage de quarante-huit heures avec quatre changements, dont un à Aix-la-Chapelle et le dernier à Hambourg, tout en transportant cantines, valises et bicyclette afin que Louis puisse continuer à pratiquer le vélo. Après l'avoir installé, ses parents le quittent mais viendront lui rendre visite, Marguerite à la Toussaint, Fernand pour les fêtes de Noël. Si Louis a quelque tristesse à l'évocation de Paris, elle ne dure guère. Est-ce son expérience précoce de la séparation ? Il s'adapte assez vite à cette nouvelle vie et se pose en observateur perspicace de la micro-société allemande dans laquelle il est plongé. La dernière guerre franco-allemande remonte à 1870. Elle est lointaine — les autochtones dans leur grande majorité ne l'ont pas vécue — mais non oubliée et la question de l'Alsace et de la Lorraine, terres provisoirement allemandes, reste épineuse.

S'il ne sent pas d'hostilité franche à son égard, Louis est l'objet de moqueries et de plaisanteries du fait qu'il est français tandis que lui sait qu'il est chez les « boches ». D'ailleurs son père lui demande de lui fournir des informations sur l'état d'esprit et le moral de l'ennemi héréditaire. Avec Hugo Schmidt les rapports sont plutôt bons. Hugo protège son élève, correspond avec Fernand, note des progrès, selon lui, remarquables qui s'avéreront, à terme, moins convaincants. Avec Frau Schmidt les relations sont exécrables. Peut-être veut-elle un peu trop régenter l'adolescent et lui imposer le monde éducatif allemand. Louis s'en plaint. Toutefois, dans l'ensemble, il est satisfait, hormis la désespérante nudité du paysage alentour — une plaine infinie bercée de la promesse d'une mer invisible. Il s'intègre à la vie du bourg, rend des services, s'amourache de la fille d'un pasteur, suit sa scolarité en allemand, le matin, étudie le piano et l'anglais l'après-midi et se livre aux différents exercices sportifs. Il grandit, prend l'apparence d'un adolescent maigre mais solide et musclé. Il ne manque pas non plus d'humour, et manie le sarcasme dans la correspondance suivie qu'il entretient avec ses parents, son père exigeant presque une relation quotidienne.

À cette époque, dans la famille Destouches, on est soucieux. Les affaires sont bien médiocres et les difficultés financières bien présentes sans pour autant garrotter la vie quotidienne. On en profite pour responsabiliser Louis-Ferdinand, lui rappeler ce que coûte sa scolarité et lui signifier l'effort qu'accomplissent ses parents pour la lui assurer. C'est une forme de pédagogie : lui insuffler le sens du pécuniaire. Et, dès cet âge, Louis sera attentif au contrôle de toute dépense. Il remerciera à maintes reprises ses parents de leurs contributions et privations à son endroit. En 1908, à Pâques, il revient à Paris pour quelques jours de vacances. Dans le but de vérifier la pertinence de son investissement, Fernand, profitant de la présence de Louis, a l'idée d'organiser une sorte de jury présidé par un traducteur auprès de la cour d'appel entouré d'autres germanistes et chargé d'évaluer les connaissances supposées acquises par Louis. Le verdict, mitigé, conclut à des faiblesses en grammaire, vocabulaire et préconise une prolongation du séjour en Allemagne. Ce qui contraste avec les appréciations d'Hugo Schmidt et avec ce qu'avait pu constater Fernand lors de sa visite en décembre où il parut que Louis soutenait aisément une conversation avec ses hôtes et servit même de traducteur à son père. Qu'importe ! À la fin des grandes vacances passées en famille et à l'issue des recherches toujours aussi mystérieuses menées par le père, Louis se retrouve de nouveau en Allemagne, cette fois à Karlsruhe, non loin de Strasbourg, sur l'autre rive du Rhin. De septembre à fin décembre, durant quatre mois, il va séjourner chez un nommé Rudolph Bittrolff aux méthodes et encadrement plus rigoureux que ceux d'Hugo Schmidt. Bien que Bittrolff ne manifeste aucune complaisance dans la notation de son élève, les progrès de Louis sont plus nets. Louis demeure cependant à distance du mode de vie allemand mais l'observe, selon les vœux de son père. L'enseignement ne se distingue pas fondamentalement de celui de Diepholtz. Les cours de piano et l'exercice physique sont maintenus. À signaler que Simone Saintu, qu'il avait connue en 1906, se trouve elle aussi à Karlsruhe. Cette coïncidence l'est-elle vraiment quand on sait que Simone sera la destinataire d'un certain nombre de lettres dans les années 1916-1917 dont la lecture est l'une des rares sources qui permettent d'appréhender la vie de Céline qui n'était rien encore à ce moment-là ? Notons également que ces deux séjours en Allemagne ne seront pas évoqués dans *Mort à crédit*, seulement beaucoup plus tard dans la chronique de la débâcle allemande de 1945. Furent-ils si mauvais ces souvenirs ? Si suspects ?

Rentré à Paris, Louis-Ferdinand réside en janvier et février 1909 chez ses parents, rue Marsollier. Comme à l'accoutumée, il aide à la boutique, aux livraisons. Se prépare le deuxième temps du programme : le voyage en Angleterre. Fernand et Louis s'embarquent de Calais, le 22 février, pour Douvres puis Folkestone. Ils se rendent ensuite en train à Rochester, dans le Kent, à quarante kilomètres de Londres. Fernand a inscrit Louis à l'University School, un collège dirigé par Mr et Mrs Toukin. Louis ne reste qu'un mois dans cet endroit battu par le vent froid et la pluie que, très vite, il dépeint à ses parents comme sinistre — conditions d'hébergement médiocres, nourriture épouvantable, etc. Compte tenu de l'attention quasi obsessionnelle que les Destouches portent à l'hygiène et au développement de Louis en pleine croissance — d'autant que l'après-midi entier est réservé au sport —, compte tenu également de l'opposition de Louis à Mrs Toukin à l'instar de celle qu'il manifesta envers Frau Schmidt, c'est assez pour décider Fernand à retirer Louis de l'University School et lui trouver un établissement plus adapté à ses attentes. Début avril, Louis est admis à Pierremont Hall, dans la ville de Broadstairs, toujours dans le Kent. Broadstairs est une agréable station balnéaire bien repérée par les lecteurs de Dickens. Quant à Pierremont Hall, il servit de villégiature à la mère de la reine Victoria. Dirigé par Gilbert et Elisabeth Farnfeld, l'enseignement dispensé, l'hébergement et la nourriture sont de qualité. Le sport occupe l'après-midi et Louis a pour professeur de piano Mrs Farnfeld. À part deux voyages à Paris en mai et août, Louis va demeurer à Pierremont Hall jusqu'en novembre 1909. Il aura finalement bien profité de ce séjour et montré de grandes dispositions pour l'anglais qu'il parlera couramment à son retour. La photographie d'alors que l'on possède de lui révèle un adolescent portant l'uniforme du collège, souriant, à l'aise, l'air d'un étudiant de bonne famille, raffiné. Et, puisque l'on parle photographie, notons que Louis, dès Diepholz, a exprimé son intérêt pour elle et qu'il manie fort bien l'appareil quand on le lui confie.

De mars à novembre, Louis-Ferdinand a découvert l'Angleterre, sa culture, ses mœurs, sa langue, son climat qui lui conviennent. Il les aimera toute sa vie, quelles que soient ses dénégations ultérieures. Il retournera à Londres souvent dont il aura une nostalgie tenace — *Guignol's band* écrit à partir de 1941 en sera comme la catharsis. Seule ombre au tableau, la mort du chien Bobs, le précieux héritage de Céline Guillou. *A priori*, cette période anglaise le marquera profondément, à l'inverse de l'allemande, et s'érigera comme inspiration littéraire majeure. *Mort à crédit,* sous une forme fictionnelle presque dévergondée la retracera. On y retrouvera Rochester et son Meanwell College (l'University School) dirigé par le vieux et décati Mr Merrywin et l'envoûtante Nora Merrywin — mélange fantasmatique de Mrs Toukin et Mrs Farnfeld, qui, semble-t-il, n'en méritaient pas tant — avec laquelle Ferdinand Bardamu, jeune, apprendra la subtilité des préliminaires amoureux avant l'extase, elle-même prélude à la mort tragique de Nora. On y croisera aussi Jenkind, un retardé mental, protégé de Nora, puis de Ferdinand, en des couples étranges où beauté, désespoir et déréliction se mêlent, à l'image de la vie. Mais il y a surtout l'errance anglaise, les descriptions paradigmatiques du port de Rochester à l'embouchure de la Midway qui se jette dans la mer du Nord, interminablement, les escapades nocturnes de Ferdinand sur les docks, la rencontre avec Gwendolyne qui tient un stand minable de vente de plats chauds tard la nuit, et avec des forains, le tout imprégné, comme l'ensemble de *Mort à crédit*, d'une sexualité sauvage, celle qui submerge l'adolescent face à l'urgence de la satisfaction sans que l'amour, dont Céline écrira à la page 2 de *Voyage au bout de la nuit* que « c'est l'infini à la portée des caniches », soit absent. En sa langue inventive, Céline saura le rappeler en évoquant Nora.

Pendant qu'ils disaient la prière, j'avais des sensations dangereuses. Comme on était agenouillés, je la touchais presque moi, Nora, je lui soufflais dans le cou, dans les mèches, j'avais des fortes tentations... C'était un moment critique, je me retenais de faire des sottises... Je me demande ce qu'elle aurait pu dire si j'avais osé ?... Je me branlais en pensant à elle, le soir au dortoir, très tard, encore après toutes les autres, et le matin j'avais encore des « revenez-y. »

Ses mains, c'étaient des merveilles, effilées, roses, claires, tendres, la même douceur que le visage, c'était une petite féerie rien que de les regarder. Ce qui me taquinait davantage, ce qui me possédait jusqu'au trognon c'était son espèce de charme qui naissait là sur son visage un moment où elle causait... son nez vibrait un petit peu, le bord des joues, les lèvres qui courbent... j'en étais vraiment damné... Y avait là un rien sortilège.. Ça m'intimidait... J'en voyais trente six-chandelles, je pouvais plus bouger... C'était des ondes, des magies, au moindre sourire [...]. Ses miches aussi elles me fascinaient. Elle avait un pot admirable, pas seulement une jolie figure... Un pétard tendu, contenu, pas gros, ni petit, à bloc dans la jupe, une fête musculaire... Ça c'est du divin, c'est mon instinct... La garce je lui aurais tout mangé, tout dévoré, moi je le proclame... Je gardais toutes mes tentations[1]...

Revenu rue Marsollier, Louis-Ferdinand y passe le mois de décembre et aide sa mère. Déjà Fernand a prospecté pour de prochains stages — la suite de son plan — qui seront comme le début des épreuves de réalité pour Louis. Moyen en allemand, très bon en anglais, il doit à présent tester ses capacités à œuvrer dans le domaine du commerce en démarchant auprès de maisons réputées. Le 1er janvier 1910, il démarre chez Raimon, marchand de tissus rue de Choiseul, et y effectue un stage jusqu'en juillet. Peu de renseignements ont filtré sur ses activités. Sans doute a-t-il été relégué à des tâches de manutention et a-t-il appris à discerner la qualité des tissus. En septembre, après un mois de vacances, il entre chez le joaillier Robert, rue Royale, qu'il quittera le 31 mars 1911. Il se familiarise avec le métier et peut, ponctuellement, exercer ses connaissances des langues étrangères. Il est au contact d'une clientèle huppée — quelquefois très huppée —, et approche le monde des riches. De Raimon et de Robert, il obtiendra de bons certificats. Son père aura néanmoins à régler une énigmatique note de frais de 22 francs, relevant d'un goûter pris chez une Mme Guettaz qu'il épinglera à l'attestation de Robert. Un goûter ? Le père rajoute à la main : « baiser ». Il apprit que Mme Guettaz ouvrait son salon, au prétexte de collations, et qu'il était possible d'y trouver des femmes. Désormais Fernand veillera aux extras de Louis. En avril 1911, Louis entre chez Wagner (le

Gorloge de *Mort à crédit*), joaillier rue du Temple. Comme le rappelle Frédéric Vitoux, le travail est ingrat. Louis doit manier de grosses caisses ou malles en cuir — les marmottes — remplies de modèles en plomb de chez Wagner et qu'il traîne du Temple à l'Opéra, de boutique en boutique, en compagnie des représentants-placiers de la maison. Les marches sont pénibles et ses pieds meurtris. Le soir, avant de rejoindre la rue Marsollier, il s'octroie un moment sur l'escalier extérieur du théâtre de l'Ambigu, lieu de rendez-vous d'autres jeunes comme lui qui se reposent au milieu des clochards dont, solitaire, il écoute les conversations. Ainsi, dans la proximité de vendeurs professionnels, de clientèles diverses en langue des rues, il s'initie — il n'a que dix-sept ans — à une approche nouvelle des milieux, des comportements et des langages différents. A-t-il commis une malversation chez Wagner au cours d'une mission de confiance qu'on lui avait enfin confiée — deux épingles à chapeaux et une béquille de parapluie dans l'ensemble qu'il devait porter à un riche client ayant disparu de la comptabilité ? La question reste ouverte. On ne sait si Fernand Destouches régla l'affaire à l'amiable. Toujours est-il que Louis reçut de Wagner un certificat neutre, daté du 5 octobre 1911.

Wagner-Gorloge. *Mort à crédit* ne les oubliera pas où seront évoquées, certes, la disparition d'une broche de valeur représentant un bouddha historique mais, surtout, les circonstances de la disparition, dans lesquelles Mme Gorloge jouera un rôle prépondérant. Ayant séduit Ferdinand, le héros du livre, elle lui aurait subtilisé la broche qu'il gardait scrupuleusement dans la poche de son pantalon avant de la livrer. Et c'est pour Céline l'opportunité d'un déferlement sexuel dont la restitution est un incontestable morceau d'anthologie et d'inventions langagières. Car Mme Gorloge est une insatiable. Gorloge à peine parti, dans l'Est, pour une période militaire, elle copule avec Antoine, une espèce de contremaître un peu rude. En compagnie d'un autre apprenti, André, grâce à une fente pratiquée dans la cloison et par des vitres près du plafond, Ferdinand assiste aux ébats, sous forme d'une gigantesque et triviale fête de la chair, que Mme Gorloge a fort abondante. Ces pages jugées par beaucoup scatologiques sont extraordinaires. Antoine rassasié, voilà que Mme Gorloge se saisit de Ferdinand et l'entraîne à son tour en une possible première expérience du coït où il éprouve les appétits volcaniques de la rombière. Là encore, la narration de Céline est étourdissante. Humour, démesure, folie sexuelle, puissance invincible de la chair, Ferdinand apprend la condition humaine non sans un dégoût adolescent. Sauf que Mme Gorloge pas plus que Nora ou Gwendolyne n'ont existé. Seule l'imagination de Céline avec ses aperçus épars, témoins de son obsession sexuelle, en a le secret et la maîtrise. De chez Wagner ne retint-il *in fine* que cela ?

Début octobre, Louis se retrouve chez Lacloche, 15, rue de la Paix, maison fameuse qui possède des succursales notamment à Londres, Madrid et Nice. Il a dix-sept ans et demi. Jusqu'en décembre il va être employé à des activités subalternes sans grands contacts avec la clientèle. On l'envoie volontiers promener les chiens du patron. On l'utilise aussi comme mouchard. Dissimulé, il épie les gestes, les mains des femmes, afin de déjouer un vol éventuel. Quand on sait que, plus tard, il se définira comme fondamentalement voyeur, on devine à quel point l'emploi a pu lui convenir... Puis Lacloche lui suggère d'étayer son stage dans sa succursale de Nice. Habilement, Louis cache à ses parents cette proposition et ne la leur révèle que trois jours avant la date fixée pour le transfert, invoquant une décision urgente de la direction à laquelle il n'est pas envisageable de se dérober. Dans ces conditions, Fernand, qui a le respect obséquieux des patrons, ne s'y oppose pas, mais père et mère vont veiller sur le fils. On lui remettra, en autres, un viatique : le guide de prophylaxie sexuelle du professeur Albert Fournier, notoriété mondiale en matière de maladies vénériennes.

Louis-Ferdinand arrive à Nice en janvier 1912. Il y reste jusqu'au 12 mai. S'il a su maintenir un profil de bon fils — mais père et mère en sont-ils dupes qui s'occupent beaucoup de sa morale, de ses louches et omniprésents désirs ? —, son émancipation a *de facto* commencé à Diepholz pour s'affermir à Broadstairs, se confirmer lors de ses prestations durant les années 1910-1911 dont témoignent ses rentrées tardives, occasions de longues promenades dans Paris et rapportées aux nécessités du travail. À Nice, loin de ses parents qui ne le visiteront pas, devenu jeune homme, il va explorer un véritable espace de liberté. Il loge à l'hôtel-pension du Congrès dit « Carpatti-Keller » dont les propriétaires sont les Carpatti, associés à une femme, Anna Lemplé, qui remplira une fonction médiatrice lors des frictions, surtout relatives à la nourriture, entre Louis et les Carpatti.

Louis, bien que dégingandé, a acquis sa taille — près d'un mètre quatre-vingts — et son allure adulte. Son visage n'est plus celui d'un adolescent. La tête est volumineuse, les pommettes marquées, le front dégagé, les cheveux hésitant entre le noir et le châtain foncé. Le nez est fort sans être épaté et les yeux sont comme le décriront tous ceux qui l'ont connu : bleu pâle. Le regard est magnétique, perçant et sera qualifié, à la maturité, d'insoutenable, d'illuminé, de visionnaire. Le sourire est doux et charmeur. Bref, s'il persiste à être timide, Louis-Ferdinand est un séducteur en herbe. Il recherche l'élégance et va se montrer dispendieux bien que ses moyens soient, bien sûr, limités. Lui que l'on a éduqué dans le respect sourcilleux de l'argent, pour lequel on n'a eu cesse de louer le sens de l'économie et qui sera très retors, avaricieux, auprès de ses éditeurs futurs, Denoël et Gallimard, expose son penchant à la dépense de même que, plus tard, tout au moins jusqu'en 1940, il aimera fréquenter les palaces, vivre en dandy quand il en aura le loisir ou les possibilités. Pour l'heure, on le voit fréquemment à L'Eldorado-Casino, théâtre, music-hall et salle de cinéma avec écran géant de cinquante mètres carrés, où se produisent des vedettes venues de Paris. Et Louis adore ce monde pour lequel, dans les années à venir, il affirmera sa passion.

Les Anglais ont fait du littoral niçois une

Riviera, que les célébrités fortunées et têtes couronnées ont rendu fameuse. Chez Lacloche, Louis est mis en rapport avec une clientèle aristocratique issue des monarchies du Nord et de l'Europe centrale, ainsi qu'avec les parvenus richissimes du monde entier. Il les croise, flânant au bord de la mer. Il s'inventera même un aparté avec l'empereur François-Joseph d'Autriche — ou bien est-ce l'archiduc Frédéric ? — auquel il aurait remis sa carte de chez Lacloche. Ce sera évidemment une fiction. Mais s'il goûte au luxe par procuration, il se heurte à la suffisance des nantis. Cadre et climat aidant, il est probablement — quoi qu'en dise Anna Lemplé — heureux, et surtout, libre. François Gibault lui accorde quelques aventures féminines. Sont-ce, en dehors de l'épisode Mme Guettaz, les premières à être complètes ? Céline s'en souviendra sans trop y répondre :

> Faut pas que je pleurniche, y avait du plaisir dans mon rôle... des compensations... quand elles étaient belles les clientes... assises... froufroutantes... je prenais des jetons terribles, je regardais les jambes, je m'hypnotisais... Ah ! le monté des cuisses... Ah ! ce que je me suis bien branlé... Ah ! ces divines poignées ! Ah ! ça je peux bien l'avouer sur toutes les Reines de l'époque je me suis taillé des rassis tout debout, dans l'arrière-boutique, en faction pour Mr Carème [Ben Carème, le directeur]. J'ai eu une belle puberté, des rages de cul fantastiques. Ça n'empêche pas d'être honnête et d'une vigilance impeccable [2]...

On se souvient que Louis-Ferdinand maniait volontiers l'appareil photo. Il en avait apporté un de Paris et photographiait beaucoup à Nice les rues, les spectacles pittoresques tel celui de l'inauguration du monument dédié à la reine Victoria et il est sensible (très) aux cérémonies militaires voulues par l'Entente cordiale. Des défilés ont lieu, agrémentés de la musique des régiments à la syncope vigoureuse. Et Louis les suit, subjugué. C'est un patriote qui avoue être transporté par toutes les démonstrations martiales. De son côté, Anna Lemplé avertit discrètement les Destouches des écarts de Louis, sans les nommer, se contentant d'épiloguer sur le prétendu ennui qui affecterait Louis à être seul dans la ville, et sur le fait qu'il saute régulièrement le repas du soir qui serait, selon lui, nuisible à sa santé. Et, il dépense ! Fernand décide donc de mettre un terme au stage par courrier envoyé à Lacloche. Louis rentre à Paris. Il va avoir dix-huit ans. Son certificat est bon. Existe-t-il une promesse d'embauche définitive ? C'est ce que laisse supposer la lettre du père au joaillier, mais à la condition d'avoir satisfait aux obligations militaires. C'est également le cas du fils Lacloche. Rappelons que la majorité est alors à vingt et un ans et que Fernand Destouches a autorité parentale sur tout ce qui concerne son fils. Rue Marsollier, Louis se pose durant quatre mois, participant, à son habitude, aux tâches au magasin du passage Choiseul, entrecoupant aussi son séjour parisien de vacances sur les plages de la Manche — près du Havre —, vacances pendant lesquelles François Gibault a trouvé la trace, peu explicite, d'« amours havraises ».

Si l'on résume ces trois années d'apprentissage « sur le tas », on ne peut pas affirmer que Louis-

Ferdinand a montré un incontestable talent commercial, mais il a été remarqué par Robert et par Lacloche. À sa manière il a, parallèlement, persévéré dans l'étude. Il a lu : Shakespeare, Goethe, poésie et romans populaires, des livres d'histoire — Céline sera féru d'histoire — et conservé une teinture culturelle — plus, sans doute — comme s'il ne pouvait renoncer à cet autre monde, celui des études, auquel il aurait dû appartenir. À l'automne, le temps est arrivé de songer sérieusement à l'avenir. La perspective d'un emploi chez Lacloche — ce qui ravit les parents — est conditionnée par le service militaire. À la fois poussé par Fernand, toujours préoccupé par les frasques virtuelles de son fils et qui aspire pour lui à un ferme cadrage, et par conviction, Louis devance l'appel et s'engage pour trois ans, le 28 septembre 1912. Il est affecté au 12e régiment de cuirassiers à Rambouillet.

Prélude à Rambouillet

J'avais des rêves auparavant, rien que des rêves...
Enfants ne rêvez pas au Nord !

L.-F. CÉLINE,
Maudits soupirs pour une autre fois

Rambouillet 1912. C'est peut-être le début de la grande leçon pour Céline. Le 3 octobre, il pousse l'imposante porte en fer forgé des anciennes écuries du roi qui abritent le 12e cuirassiers depuis 1902, année de son rapatriement de Lunéville. Il est accueilli abruptement par le brigadier de service. Pourquoi le choix de la cavalerie ? Philippe Alméras [1], qui s'est penché de près sur cette période, y relève le rôle prépondérant de Fernand Destouches. D'abord, la cavalerie était prestigieuse. Lorsqu'il avait opté, en son temps, pour l'artillerie, Fernand l'avait fait parce que celle-ci était hippomobile. Ensuite, il était intervenu auprès de Louis afin qu'il choisisse l'arme et le régiment, et Louis avait obéi. Il y avait trois régiments de cavalerie dans la Région parisienne. L'un, le 1er, était logé à la caserne Berthier, mais il avait mauvaise réputation, on y subodorait des rapports homosexuels. Donc, à fuir. Le second, le 11e, se tenait, sans histoires, à Saint-Germain-en-Laye. Le dernier était regroupé à Rambouillet et abritait en son sein nombre d'officiers tentés par les mondanités et les intrigues salonnardes. Ce qui lui conférait une certaine aura. Le 12e — comme le 1er — était convié aux cérémonies présidentielles. Pour Fernand, on l'aura compris, ce dernier convenait à Louis. Après l'expérience niçoise, Louis se trouvait de nouveau éloigné de Paris mais d'un éloignement compatible, lors de permissions régulières, avec un retour au foyer de la rue Marsollier. Louis était entre de bonnes mains.

À son arrivée, il donne pour profession : bijoutier. Ce qui tranche sur celle des autres recrues qui, pour la plupart, viennent de province et principalement de la Bretagne bretonnante. La très grande majorité d'entre eux ne parle pas le français. Ils sont décrits par Louis comme rustres, casaniers, rassemblés par communes d'origine. Solides, ils ne rechignent pas aux corvées qui leur paraissent presque une détente par rapport au travail exténuant qui a été le leur dans la vie civile en tant qu'ouvriers agricoles ou garçons de ferme. Beaucoup seront promis à la mort dès les premières offensives de l'automne 1914. Céline dans *Casse-pipe*, dans l'atmosphère crépusculaire, aux limites du fantastique, d'un camp militaire de nulle part, mettra en scène ces cuirassiers dont il citera les patronymes venus d'ailleurs au milieu desquels un Kerouëc que l'on ne peut que rapprocher de son presque homonyme, Kerouac, dont la lignée s'exila pour partir vers le Nouveau Monde et donnera, parmi ses descendants, le célèbre écrivain Jack Kerouac. Les recrues ne sont guère dépaysées car ce qui est demandé au cuirassier du rang, c'est d'être un valet de ferme, de s'occuper essentiellement des chevaux, de l'aurore à la tombée de la nuit. Louis-Ferdinand n'aura, avec les conscrits, que des relations utilitaires et peu amicales. En conséquence, ceux-ci ne le reconnurent pas, lui, le Breton de Paris, comme l'un des leurs. Traité comme un simple soldat, Louis se réveille à cinq heures et demie et se consacre sans échappatoire au programme rituel de la journée : soins aux chevaux, changement des litières, sortie en forêt ou au manège, monte de l'animal — ce qui pour un débutant tel que lui est souvent périlleux —, participation aux exercices. Au début, Louis a peur des chevaux, il réussira toutefois, avec une certaine crainte, au bout de quelques mois, à devenir un cavalier potable. Lui qui, en octobre, rêvait de la charge des cavaliers de Reichshoffen a bien vite déchanté :

> Quel noble métier que le métier des armes. Au fait, les vrais sacrifices consistent peut-être dans la manipulation du fumier à la lumière blafarde d'un falot crasseux [2].

Le rebelle en Louis supporte néanmoins la discipline idiote, les ordres scandés comme des injures par des sous-officiers sous l'emprise de l'alcool, méprisants et, pour certains, pervers. Bien que les drapeaux du régiment s'énorgueillissent de porter les noms des fameuses batailles dans lesquelles il a été engagé depuis sa création, la réalité, en 1912, est bien moins glorieuse et Louis n'est pas sans observer que cette armée de métier infatuée d'elle-même n'a rien qui la prédispose à l'héroïsme. Cela ne l'empêche pas d'arborer au cours des permissions, déambulant passage Choiseul, l'impeccable uniforme des cuirassiers et de plastronner, sensible à l'effet produit sur les filles à marier. À la caserne ou dans les rues vides de Rambouillet, c'est l'ennui qui prédomine, un ennui profond. Dans des notes rédigées de novembre à décembre 1913 et retrouvées en 1957 (*Carnets du cuirassier Destouches*), le terme mélancolie revient à plusieurs reprises tandis qu'est évoquée la faiblesse de la virilité :

Qu'est-il au monde de plus triste qu'un après-midi de décembre un dimanche au quartier ? Et pourtant cette tristesse qui me plonge dans une mélancolie profonde il me coûte d'en sortir et il me semble que mon âme est amollie que je peux seulement en de telles circonstances me voir tel que je suis [3].

Aussi, plus écrasé que révolté, envisage-t-il la désertion. Fut-il maladroit ou montra-t-il trop, à son corps défendant, cette velléité ? Toujours est-il qu'il inquiéta ses parents. Fine mouche, Marguerite fit alors une démarche préventive auprès de l'officier qui commandait l'escadron auquel son fils était rattaché, le lieutenant Dugué-Mac Carthy. Sorti de Saint-Cyr, formé au Cadre de Saumur, il était disciple de Lyautey qui, lorsqu'il était capitaine, avait écrit un ouvrage visant à accentuer le caractère social et solidaire de l'armée, incitant la hiérarchie à manifester la plus vigilante attention à la troupe. Dugué-Mac Carthy, qui devait mourir au front en juin 1915, promit de veiller sur Louis. Le 5 août 1913, Louis est nommé brigadier puis, le 5 mai 1914, à l'instar de son père en 1887, maréchal des logis.

On a dit qu'il y avait, chez les officiers du 12e, de la particule et de la notabilité : baron de Lagrange, colonel Gaumot de Séréville qui précéda à la tête du régiment le colonel Dilschneider auquel succéda le colonel Blacque-Belair. L'aristocrate attire ses semblables. Dans la proximité de la caserne, il y avait de la noblesse : la duchesse d'Uzès, le comte Potocki, possesseurs d'immenses domaines qui conviaient leurs pairs des royaumes européens et dignitaires de la République à de somptueuses chasses à courre dont la renommée était telle que le peuple venait de Paris pour assister à la curée. Les cuirassiers assuraient l'intendance de ces chasses, tenant les chevaux au repos et ne lâchant leur bride qu'au moment où leurs cavaliers, élus, notables et gratin des officiers, étaient prêts pour la course. Les cuirassiers ne suivaient pas au-delà des préliminaires. Céline se souviendra pourtant d'abominations, du martyr des bêtes, du cœur encore battant d'un grand cerf dépecé.

La duchesse d'Uzès se piquait d'être originale. Dame patronnesse qui se voulait généreuse, elle accueillit sur ses terres sans trop en mesurer la portée — et plus tard le regrettera amèrement —, la communauté d'enfants fondée par l'anarcho-syndicaliste Sébastien Faure, La Ruche, lieu d'éducation libertaire et de mixité obligée qui connut la notoriété. Au cours des exercices, il n'était pas rare que les cuirassiers croisent les pensionnaires de La Ruche, qui s'adonnaient au braconnage. Les « ruchards » n'étaient pas disposés à voir et complimenter l'armée française. Des horions s'échangeaient. Fut-ce le premier contact de Louis-Ferdinand avec l'anarchisme ? La vision de Fort Chabrol trop lointaine, seuls les discours du père fustigeant le désordre et les aventuriers, la propagande insensée et criminelle des irréductibles dont quelques-uns étaient de plus dreyfusards, avaient façonné le rapport verbal de Louis avec l'anarchisme. Sans doute vit-il, à Rambouillet, le visage d'enfants issus de l'éducation et de la culture libertaires, et il ne l'oubliera pas. En 1950, il écrira au vieil anarchiste et objecteur de conscience Louis Lecoin — lui aussi cuirassier en 1910 — pour le remercier de son soutien lors du procès d'octobre 1950, lui apprenant qu'il avait connu La Ruche et qu'il avait eu à répondre à des « ruchardes » — curieusement, il n'évoque que des filles —, des bien bâties, des effrontées, des décidées à ne pas s'en laisser compter : « Mais elles nous rendaient des points les mignonnes anarchistes pour le vert parler ! Oh ! on n'a jamais fraternisé. C'est pas l'envie qui manquait — mais c'était pas du Dejazet, le 12e cuirassiers[4] ».

Au travers de cette grisaille le régiment part quelquefois en manœuvres et ce sont celles du camp de Cercottes près d'Orléans, des déploiements, des charges simulées, le théâtre des armées grandeur nature et ses répétitions guerrières. En ces occurrences peut-être Louis se sent-il enfin soldat ! Et puis, il y a aussi les réquisitions, la suppléance de la police qui craint de ne pas contenir certaines manifestations syndicales, animées par les anarcho-révolutionnaires. Les manifestants sont peu nombreux mais déterminés, courageux vindicatifs, habitués du pavé. Pour les réprimer, on fait donner la cavalerie et ses cuirassiers, paysans d'origine, ignorant la capitale et le monde ouvrier dont ils ne partagent pas la langue. Louis-Ferdinand sera convoqué une fois à l'une de ces mascarades, rue des Pyramides, un 1er Mai. Lui-même ignore la classe ouvrière et n'a pas d'états d'âme. Il exécute les ordres, redoutant les affrontements, et soucieux de ne pas prendre un mauvais coup. S'ajoutent également les parades présidentielles. Le 14 juillet 1914, le 12e se retrouve à Longchamp en présence du président Poincaré que Louis, l'apercevant de loin, qualifie de « bout de zan ». La parade est l'occasion d'échanges mondains dont il relatera plus tard l'atmosphère de kermesse et de fanfreluches. Il y a enfin les démonstrations symboliques, compte tenu du fait que la tension internationale impose un réarmement massif, et l'exhibition de la force comme argument politique. Une visite du roi du Danemark sera prétexte à rassembler les régiments de cuirassiers et vingt mille chevaux, fonçant au galop devant la tribune officielle, les cavaliers chargeant sabre au clair en une impressionnante fantasia.

Été 1914. Pour l'heure on s'achemine vers la guerre, Louis le pressent comme tous les Français. Le nationalisme se débride, le pacifisme s'étiole. Louis est sous-officier dans un régiment de huit cents hommes. Il a stagné près de deux ans à Rambouillet. Il a subi les abus, les écarts d'une hiérarchie imbécile, connu les misérables routines et la dépression. De ces moments Louis nous a laissé la teneur dans *Casse-pipe*, ce manuscrit inachevé dont la plus grande partie a été dérobée ou perdue lors du saccage de son appartement en juin 1944. Et pourtant, il demeure patriote, attaché aux flonsflons martiaux lors des défilés militaires, désireux de tâter de l'aventure, et la guerre en sera une pour lui. Ces années furent-elles perdues ? Bien qu'elles n'aient véhiculé aucun espoir fallacieux, tout lui reste ouvert. Tout plutôt que la consternante immobilité des jours. Il n'a jamais que vingt ans.

Le front

Trois ans de biberon vitriol, ça vous cuit l'âme pour l'existence.

L.-F. Céline,
Casse-pipe

L'archiduc d'Autriche François-Ferdinand est assassiné à Sarajevo le 28 juin 1914 par un nationaliste serbe. Ce crime, dont les effets auraient pu être circonscrits, va devenir pour l'Autriche un *casus belli* et, par le jeu des alliances, mener à l'affrontement général en Europe. D'abord vécu par les opinions publiques comme un fait divers, le geste d'un insensé, l'assassinat va être utilisé — les opinions progressivement chauffées à blanc — pour justifier l'actualisation du conflit latent entre les puissances germaniques et celles du reste de l'Europe. En France, la mobilisation générale est décrétée le 31 juillet. Les quatre escadrons constituant le 12e cuirassiers sont alors mis en état d'alerte et envoyés à l'est. Le 12e va être rattaché à la 7e division qui se tient entre Metz et Nancy. Le 2 août, après deux jours de train salué par des vivats, il débarque à Sorcy-Saint-Martin (ou encore Sorcy-sur-Meuse) au bord de la Meuse. Le 4, la guerre est officiellement déclarée. L'ambiance dans le pays — Jaurès assassiné, le 31 juillet, le bellicisme triomphe — est euphorique. On connaît les images consternantes de cette euphorie : la guerre conçue comme une simple formalité, Berlin conquis en quelques jours par nos invincibles soldats, sourire aux lèvres, fleur au fusil et prêts à mourir sur l'heure pour la patrie. Louis n'échappe pas à ce déferlement patriotard. Dès la mobilisation, il écrit à ses parents : « Quant à moi, je ferai mon devoir jusqu'au bout et si par fatalité je ne devais pas revenir... Soyez persuadés pour atténuer vos souffrances que je meurs content et en vous remerciant du fond du cœur[1]. » On ne peut être plus clair et plus conforme.

Il n'est pas utile de s'attarder sur le détail des diverses tribulations du 2e escadron auquel appartient Louis, à travers villages, hameaux et lieux-dits dont les noms n'évoquent rien et qui, quand ils n'ont pas été marqués par des combats emblématiques, sont à peine des traces sur les atlas, voire, aujourd'hui, effacés. Nous ne retiendrons que les principaux points de l'itinéraire du 12e cuirassiers. Dès l'arrivée à Sorcy, dans la plaine de la Woëvre, les soldats sont mis en condition. À pied et à cheval, chargés de leur paquetage, ils vont se déplacer sans cesse. Le rythme de leur vie est soumis au mouvement, leur sommeil fractionné, trois, quatre heures au maximum, par tranches, quelquefois, de dix minutes. Repas, toilettes, commodités sont sommaires. Louis se plaindra de ces marches épuisantes, et de ne pas s'être déchaussé pendant neuf jours. L'ennemi, bien qu'il n'apparaisse pas les premiers temps, est supposé omniprésent. Il faut aller en reconnaissance, le débusquer. Le 2e escadron n'entend le canon pour la première fois que le 11 août. Les marches, en allers-retours, les détours et bifurcations obéissent à des objectifs peu évidents pour le soldat, mais les ordres de l'état-major sont exécutés ! Pour le 12e, le mois d'août est relativement calme, mis à part la brutale irruption de la réalité lors de la destruction du village de Maravillers pilonné par l'artillerie allemande, le 21. À la fin du mois, le 12e stationne en Argonne et n'a pas encore été engagé dans de vrais combats.

Début septembre, il fait mouvement en direction de Verdun — loin d'être encore le lieu historique de la guerre des tranchées — et, le 4, essuie quelques escarmouches. Il parvient au fort de Troyon où les échanges sont rudes, en particulier dans la journée du 10. Le 22, le régiment manque d'être encerclé à Saint-Mihiel. Septembre est l'occasion pour l'état-major de réfléchir au rôle de la cavalerie car la motorisation semble désormais devoir s'imposer. Intervient une sorte de changement qualitatif. À la traditionnelle guerre de mouvement où, par définition, la cavalerie est à l'avant-garde, succède la guerre de position aux avancées limitées dont les fantassins sont les fers de lance et où l'artillerie se révèle être le vecteur de l'offensive et de la destruction massive. On commence donc par rapatrier les chevaux. Les cuirassiers subsistent néanmoins mais beaucoup se transforment de fait en fantassins. C'est dans ce contexte que le 12e revient à Sorcy deux mois après en être parti. Le bilan des pertes à ce moment, selon Philippe Alméras, est minime : six disparus, deux morts sur six cent cinquante hommes. À cette phase de la guerre, des corps d'armée considérables sont envoyés sur la Somme où le front les exige et, plus au nord — les Britanniques y sont présents —, pour assurer le contrôle de l'accès à la mer que convoitent les Allemands. Le 12e est donc expédié à Armentières, le 2 octobre, par le train qui suit un périple compliqué et long à partir de Sorcy : Troyes, Juvisy, Versailles, Sotteville-lès-Rouen, Abbeville, Calais, Hazebrouck et enfin Armentières où il débarque le 4. La 6e et la 7e division sont alors impliquées sur un front de quarante kilomètres et le 12e arrive en soutien. C'est à cheval qu'il se lance vers le Touquet où il se heurte aux Allemands. Victorieux, il fait quelques prisonniers. Puis, la bataille pour le contrôle des ponts de la Lys au nord d'Armentières et ceux de la Deûle, les 5 et 6 octobre, est décisive — l'ennemi recule — et permet une poussée vers Comines (le Noirceur-sur-Lys du *Voyage*) à la frontière belge. Le 8, près de Houpeline où le régiment est cantonné, le lieutenant Jozlan, que Louis avait désigné comme l'un de ses persécuteurs à Rambouillet, est blessé et le trompette du régiment, tué. Céline prétendra avoir sauvé la vie du lieutenant en le ramenant au camp. Le recoupement des faits par Philippe Alméras invalide le passage de *Guignol's band II* où Céline relate ce sauvetage notoire. Du 9 au 15, jour de relève du régiment, les batailles se succèdent — dont celle, meurtrière, du bois de Biez — et Louis découvre, comme ses camarades, les schrapnels — les premiers obus à fragmentation — qui causent d'importantes pertes.

À partir du 15 octobre, la 7e division est dirigée vers Ypres. L'armée belge est en déroute. La 7e division, dont le 12e régiment, entre en Belgique. L'armée allemande supérieure en nombre mène l'attaque. Les affrontements sont violents et le 12e doit se replier et trouver refuge en deux endroits : Poëlkapelle et Langemark. Du 20 au 25, les combats redoublent. Le 12e a ordre de couvrir le 66e d'infanterie qui monte en ligne sous un feu nourri et meurtrier ainsi que le 125e. Une liaison entre les deux régiments est nécessaire. Le risque est très grand pour l'assurer. Plusieurs cavaliers se dérobent. Louis se porte volontaire. Il accomplira sa mission mais sera blessé gravement le 27. Ce fait d'armes — l'exploit de Poëlkapelle — sera à l'origine de la citation et de la médaille militaire qui lui seront décernées par Joffre le 24 novembre. La citation dira : « En liaison entre un régiment d'infanterie et sa brigade, s'est offert spontanément pour porter sous un feu violent un ordre que les agents de liaison de l'infanterie hésitaient à transmettre. A porté cet ordre et a été grièvement blessé au cours de sa mission. » Cette péripétie s'est gravée en Céline qui a manifesté en cette circonstance un courage physique qui ne se démentira pas au long des années. S'y est-il arrêté définitivement ? Il ne cessera de toute sa vie — et Roger Nimier l'a bien repéré — de s'identifier à ce cuirassier, ce maréchal des logis anonyme, qui définissait peut-être son identité véritable plus que tout autre, ce soldat lambda revenu d'une inqualifiable tuerie et témoin de l'enfer. Il avait vingt ans et six mois.

Le 27 octobre 1914, donc, Louis est blessé. Son message délivré, sur le trajet de retour, une balle ricoche sur un arbre et, toute déformée, pénètre dans le tiers inférieur de son bras droit, fracturant l'humérus. La souffrance est très vive et l'incapacité totale. Sous le choc, Louis se débrouille pour rejoindre les ambulances près du cantonnement. Pour cela, il marche sept kilomètres jusqu'à Ypres, son ceinturon autour du cou en baudrier afin de reposer le bras. Les ambulances sont toutes utilisées, les services médicaux débordés, encombrés par les blessés et les moribonds en nombre impressionnant. À l'ambulance n° 3 on l'accueille cependant et lui dispense les premiers soins — une contention sommaire de la fracture — après qu'il a refusé une opération car il craint, les chirurgiens parant au plus pressé, qu'on ne l'ampute, sous anesthésie. C'eût été probable. Il demande à être évacué. On l'oriente vers l'hôpital auxiliaire n° 6, abrité par le collège Saint-Jacques à Hazebrouck où il reste deux jours sans soins. Finalement, la balle est extraite par un médecin généraliste civil venu en renfort, le docteur Sellenart. Toujours très vigilant et méfiant, Louis a refusé l'anesthésie et la morphine, désirant être lucide et éviter l'éventuelle amputation. Mais l'extraction s'avérera extrêmement pénible, et les séquelles conséquentes : paralysie des extenseurs de l'avant-bras, menace d'ankylose du coude à quarante-cinq degrés, hyperesthésie sur le territoire du nerf radial.

Louis va demeurer un mois à Hazebrouck en

convalescence. Ses parents prévenus par le capitaine Schneider, commandant le 2e escadron qui d'ailleurs a minimisé la gravité de la lésion, le visitent. D'abord inquiets, ils ne sont pas peu fiers de cet acte de bravoure — Fernand Destouches en informera longuement ses frères et la cantonade, dont le colonel Blacque-Belair, chef du régiment, a ordonné qu'il fût présent à l'historique du régiment. Toutefois, Louis leur apparaît comme hagard, fébrile, agité, quasi insomniaque, choqué par sa blessure et par ce qu'il a vu sur le champ de bataille, si proche. Durant son séjour, il se lie avec l'infirmière-major, une femme de quarante ans, dont on n'a retenu que le prénom : Alice. La rumeur — rumeur toujours — lui accordera la paternité de la fille qu'Alice mettra au monde quelques mois plus tard. À Hazebrouck, Louis s'ennuie. Il s'en ouvre à son père qui prie son frère Georges — le secrétaire de la faculté de médecine de Paris — d'intervenir. Le 1er décembre, Louis est muté à l'hôpital du Val-de-Grâce. Sa guerre au front est terminée. Elle a duré trois mois dont seul octobre fut celui d'indéniables engagements. Il n'a donc combattu que les trois premiers mois, qui sont loin d'être les pires de cet interminable conflit. Il ne sera ni des tranchées ni des offensives spectaculaires et sanglantes qui mèneront aux mutineries de 1917. De Verdun, du Chemin des Dames, de la bataille de la Somme, il sera bien éloigné, pérégrinant de Londres au Cameroun. Mais ce qu'il a vécu en un espace-temps si réduit a imprimé en lui sa marque indélébile. Il en ressort pacifiste intransigeant, dorénavant familier de la mort, obsédé à vie par ce bref épisode, son apocalypse à lui, où il fut plongé à la source de ses visions et du chaos qui allaient le hanter.

Au Val-de-Grâce, il partage une chambrée avec divers autres « éclopés » dont le sergent Albert Milon, blessé, lui, en août, à la poitrine et grièvement. Ses troubles respiratoires n'empêchent pas Milon d'être « boute-en-train » et la coqueluche des infirmières. D'un intarissable bagout, il subjugue Céline qui en fera le sergent Brandelore du *Voyage*, le Marcel de *Féerie pour une autre fois*. Mais, cette verve joyeuse ne cache-t-elle pas chez Milon et chez ceux qu'il charme une détresse totale, tout espoir ayant été balayé par l'horreur ? À ce propos, François Gibault cite une lettre de Céline datée de 1947, l'année de la mort de Milon, destinée à sa veuve : « ... Vous voyez Renée l'agonie a vraiment commencé au Val-de-Grâce, ce n'était qu'un répit en sursis ce n'était pas la vie ni le bonheur... Ce n'était déjà plus possible... Une fatalité atroce était sur nous[2]... » Louis et Milon se reverront en 1919 dans le cadre de la mission Rockfeller après que Louis eut tenté d'entraîner Albert en Afrique. Au fil des jours, Louis voit se calmer sa surexcitation, et son état s'améliore. Une photographie le montre avec d'autres blessés dans la cour de l'hôpital. Il n'a pas l'air mécontent d'être là. Son visage est bandé, ce qui accrédite la légende qu'il répétera à l'envi : celle d'un trauma crânien suivi d'une trépanation alors qu'il ne s'agit peut-être que de la marque d'un traitement dentaire. À cet égard, Céline abusera de nombreux témoins dont Marcel Aymé, Milton Hindus, Henri Mondor, pourtant professeur de chirurgie et académicien. De cette blessure supposée, Céline affirmera avoir gardé de pénibles céphalées, des névralgies, et d'insupportables bourdonnements d'oreilles. Or, il n'en est rien ! Aucun certificat médical ne viendra attester la trépanation. Par contre, il n'est pas à écarter que Louis a pu être victime, sans présenter de lésion externe identifiable, des conséquences des déflagrations lors des impacts des obus allemands sur les lignes de front. Il en a sans doute eu une altération du tympan et de l'oreille interne — il craindra une fracture du rocher — et l'on sait que cette région lésée peut occasionner des douleurs intracrâniennes, des manifestations auditives désagréables, des acouphènes et des vertiges. Élie Faure, ami de Céline, historien de l'art mais aussi médecin, avancera le diagnostic de maladie de Ménière, maladie bien connue pour les vertiges et les troubles de l'équilibre qu'elle provoque.

La médaille militaire, qui lui fut décernée le 24 novembre, est accrochée sur sa capote au Val-de-Grâce. Fernand Destouches, très honoré, le fit savoir. Est-il à l'origine d'une autre fiction, celle relative à l'*Illustré national* qui relatera, par un dessin fidèle au graphisme de l'héroïsme pompier, la mission d'octobre 1914 où Louis fut blessé ? On y voit un cavalier traverser le champ de bataille, dans un décor cauchemardesque, en train d'accomplir sa mission. Et ce cavalier, c'est le maréchal des logis Destouches, nommé et propulsé ainsi héros national. Le dessin légendé par le texte de la citation figure à la page 4 du numéro 52 de l'*Illustré*, imprimé en novembre 1915... Chez les Destouches, on avait sous verre cette couverture avec, introduite par un habile montage, la photo de Louis sanglé dans son uniforme, en médaillon inséré dans le dessin. Cependant, dans ses lettres de 1916 à Simone Saintu, son amie d'enfance, il admet implicitement avoir effectué sa mission à pied. Qu'importe ! le fait d'armes, la médaille afférente, la future réforme avec taux d'invalidité de 70 %, seront gérés par Céline comme un pactole — courage, abnégation, patriotisme — et le rendront à ses yeux irréprochable, sinon intouchable.

Il quitte le Val-de-Grâce le 27 décembre 1914 pour l'hôpital auxiliaire au numéro 47 du boulevard Raspail où il refuse une nouvelle fois l'intervention chirurgicale qui lui est proposée. Il est alors transféré à l'hôpital Paul-Brousse de Villejuif où exerce le professeur Gustave Roussy que Céline tiendra en piètre estime. Il le caricaturera sous les traits du va-t-en-guerre Dr Bestombes dans le *Voyage*. Gustave Roussy convainc malgré tout Louis d'accepter l'opération. Elle sera pratiquée le 19 janvier 1915 par le Pr Gosset, ancêtre de la dynastie des Gosset, chirurgiens des hôpitaux de Paris. François Gibault nous en fournit le compte rendu opératoire. C'est de la belle ouvrage de chirurgie classique. Le nerf radial sectionné est suturé, le névrome proliférant qui a résulté de la section est réséqué et le cal osseux qui a rempli l'espace entre les deux bouts du radial est levé. L'intervention a été nécessaire mais elle s'est avérée non résolutive. Les divers dossiers de réforme ultérieurs, ceux de 1939, 1941 et 1942, certifieront que Céline conserve comme séquelles de sa blessure des douleurs résiduelles, une diminution de la force musculaire et une paralysie radiale du bras droit — et la main droite est la main qui écrit… Les années passant, Céline insistera beaucoup plus sur ses céphalées, ses acouphènes, son équilibre instable : « mon secret bastringue… Je suis malheureux de ma tête[3]. »

Le 22 février, Louis quitte Paul-Brousse avec en prime un congé de trois mois dont il effectue la première partie à l'hôpital militaire de Vanves où, jusqu'au 27 mars, on le soigne, sans grand succès, par électromyothérapie. Fin mars, il rejoint la rue Marsollier. Il ne se prive pas alors, ceint dans son uniforme, la prestigieuse médaille bien en évidence, d'écumer le quartier. Tout le monde connaît et reconnaît sa bravoure et les portes s'ouvrent sans retenue comme pour tous les rescapés qui séjournent provisoirement à Paris. Dans les limites de ce qui peut être offert au maréchal des logis de vingt et un ans, ce n'est pas tout à fait une vie de roi, mais presque. Et c'est ainsi, début mai, qu'il apprend qu'il est affecté en tant que « délégué du grand quartier général au consulat de France à Londres ». Il ne s'agit pas, on le concevra, de n'importe quelle affectation. Les attributions seront discrètes, nous le verrons, mais quand même : être exempté de tout retour au front, de ternes et routinières fonctions à l'arrière dans un trou perdu et se retrouver à Londres ! À quelle providence Louis doit-il cette nomination ? Quelles intrigues ignorées l'y ont-elles mené ? Celles de Fernand Destouches ? C'est accorder bien de l'entregent à l'obscur employé du Phénix, harcelé par son petit chef. Alors ? Mystère, ou peut-être tout bonnement parce que Louis possède la maîtrise de l'anglais. Mais, bien d'autres peuvent y prétendre. Toujours est-il que Louis part pour Londres le 10 mai 1915.

Soho-1915

C'est comme ça qu'on arrive à éclater un jour. Ainsi soit-il ! Un jour quand le mouvement du dedans rejoint celui du dehors et que toutes vos idées alors s'éparpillent et vont s'amuser enfin avec les étoiles.

L.-F. CÉLINE,
Voyage au bout de la nuit

Le premier séjour de Céline à Londres est sans doute capital tant par ce qu'il révèle des désirs et fantasmes du jeune homme qu'il était — devenu majeur, il échappe à la tutelle de ses parents — que par ce qu'il offrira de matériau à l'écrivain qui, près de trente ans plus tard, errera dans les souvenirs de cette période vécue comme bénite pour écrire, de retour à la littérature après la séquence des pamphlets, ce livre capital qu'est *Guignol's band*. L'évocation de Céline à Londres a fait gloser abondamment ses biographes étant donné qu'elle nous présente de ses actes une face occulte et une face visible. Nous ignorons beaucoup de lui à Londres. Le seul témoignage — admettons qu'il soit fiable — est celui de Georges Geoffroy[1], né également en 1894, et bijoutier de profession comme Louis.

Nommé d'abord à Folkestone, il le devance au consulat et l'accueille. D'emblée les deux compères deviennent des amis. Très vite, Geoffroy invite Louis à partager sa chambre au 71 Gower Street. Leur activité au consulat consiste à examiner les demandes de visa pour la France. Compte tenu des belligérances, ils donnent un avis (militaire) sur la conformité de la demande, et lorsqu'ils sont dans l'embarras, ils se réfèrent à leurs supérieurs. Louis est en uniforme, la médaille militaire bien en évidence à laquelle s'est rajoutée la croix de guerre. Elles lui confèrent de la prestance et lui ouvrent gratuitement, ainsi qu'à Geoffroy, les lieux publics et les lieux de spectacle à l'égal de ce que nous avons relaté de Paris. Les deux acolytes, libres en fin d'après-midi, vont donc plonger dans la vie nocturne de Londres, en particulier de Soho.

Louis apparaît exalté. Sa fonction le met en contact avec les Français de Londres dont la plupart sont d'humeur patriote et touchés par la conscription. Leurs dossiers circulent au consulat. Par ce biais, Louis et Geoffroy fréquentent le mitan français essentiellement proxénète qui, à l'occasion (souvent), les nourrit et leur offre des femmes. Le milieu fascine Louis comme le fascinent les personnages excentriques qu'il croise au consulat — tel le fameux Édouard Benedictus sur lequel nous reviendrons — ou dans les pubs et les lupanars. Louis est en état d'observation permanent, éveillé à tout. Frédéric Vitoux a parfaitement résumé son attitude à ce moment : « Ce furent pour lui des mois étranges, féeriques, indécis, mal connus, des mois d'intenses dérèglements, sans doute, et de ce bonheur âcre, mouvementé, incrédule qui étreint quand on se laisse frapper par les mirages, que l'on se place un peu en dehors de la vie, parcouru du seul frisson de l'aventure possible, de l'inconnu qui guette[2] ». N'oublions pas que Londres est encore capitale impériale et que, outre les Européens et les Américains, ce qu'elle accepte d'immigrés la rend cosmopolite. Qui mieux que Paul Morand, attaché à l'ambassade de France, a rendu l'atmosphère de ce temps :

> Les clubs de nuit font fortune. Ils n'ont d'ailleurs pratiquement jamais fermé, tous les Anglais considèrent que le danger n'empêche pas de se divertir et qu'on a aussi bien le droit de danser que de se faire tuer. Noël vit le bal de Christmas au Carlton ; en 1915 au théâtre les blessés sont invités en foule : centaines de bras à éclisses posés sur le rebord en velours des loges, béquillards plein les dancings ; Murray's, Ciro's ne chôment guère, gourdes de whisky dans les poches, jeunes lieutenants et vieux généraux s'essayant à un nouveau pas nommé fox-trot, au son des premiers jazz, avant de retourner au travail, le lundi matin, ou dans les tranchées flamandes[3].

Soho est noctambule, les bars, les music-halls y sont nombreux. Geoffroy, qui y a précédé Louis de quelques semaines, a fait la connaissance d'une artiste française, Alice Delysia, et retrouvé un ami acteur, Aimé-Simon Gérard qui les introduisent dans les coulisses et les mettent en relation avec d'autres protagonistes de cette faune. Nous avons déjà vu Louis, adolescent, à *L'Eldorado* de Nice. À Soho, il peut exprimer sa passion du music-hall et du bastringue et, surtout, telle que la découvre Geoffroy : sa passion de la danse et des danseuses. Danse et danseuses seront la joie de Céline en cette vie et, peut-être, son absolu. On l'imagine donc, jeune homme, relié à la guerre par sa présence au consulat, jetant toute sa gourme, goûtant à tout dans cette ville immense et dans le climat exacerbé d'un conflit mondial qui ravage le continent. C'est dans ce contexte que se situe la rencontre avec Mata-Hari, entre réalité et imaginaire. Venant de Hollande et passant par Londres en vue de rejoindre la France, Mata-Hari cherche à obtenir un visa au consulat. Officieusement les autorités suggèrent de la faire patienter. Son dossier atterrit entre les mains de Geoffroy et de Louis qui, sous couvert de précisions à recueillir, prennent rendez-vous avec elle. Elle les convie au Savoy Hotel où elle réside. Selon Geoffroy ce fut un dîner suivi d'une nuit à trois et dont l'intrigue se reproduisit en une sorte de brève liaison. De son côté, Céline n'en parlera jamais, sauf à Lucette Almansor, en semblant confirmer la soirée du Savoy. La suite est affaire d'imagination. S'il est vraisemblable que le contact a eu lieu du fait de la demande de visa, rien ne permet d'affirmer que les services de l'ambassade aient mis dans la confidence les deux sous-fifres à propos de la suspicion — celle-ci paraît en fait avoir été postérieure — dont Mata-Hari était l'objet en différant l'obtention de son visa. Frédéric Vitoux a reconstitué le séjour de Mata-Hari à Londres. Arrivée le 30 novembre, elle logea au Savoy durant trois jours avant de se rendre à Folkestone où, après un interrogatoire sérieux, elle put prendre le bateau pour Dieppe le 4 décembre. Trois jours, donc, pas plus pour initier une relation avec cette femme rouée, avertie, qui possédait l'art de la séduction et de l'amour. Pourquoi pas ? Avec en prime, pour la postérité, Céline amant de passage, certes, mais amant de Mata-Hari. C'est dire le tourbillon, l'imprévu de Londres.

Louis resta de mai à décembre à Londres, six mois relativement transparents où, comme l'indique François Gibault, « les femmes ont tenu un rôle prépondérant[4] ». Une photographie d'identité de 1915 peut, là encore, nous servir de jalon. On n'y voit plus le Louis martial puis convalescent de 1914 mais un tout autre homme : débraillé, les cheveux en bataille, le regard étrange et narquois soumis à des puissances obscures, un visage d'aube agitée qui pourrait être celui d'un convict, d'un dément, d'un terroriste révolutionnaire. Il est loisible de commenter sans fin tant ce visage est différent, à quelques mois près, de ce qui était montré auparavant. Une mutation s'est-elle produite ? Une révélation a-t-elle eu lieu ? De qui ? De l'être ? La photo impressionne par son authenticité, un insaisissable qui, sans doute, n'est pas loin d'une folie qui affleure et qu'on est incapable de nommer. Fugitive apparition de ce qui se préfigure de l'écrivain à venir et qu'on se complaira, à l'âge mur, à désigner comme visionnaire, halluciné, monologueur inspiré et volontiers prophète de malheur. Six mois, donc, six mois, pour Louis, d'émancipation tous azimuts mais aussi ponctués, d'après Geoffroy, de lectures savantes, assidues, forcenées — Louis ne se réveille-t-il pas aux aurores pour continuer une lecture qu'il aura abandonnée à minuit ? Quarante ans plus tard, Geoffroy se souviendra — a-t-il enjolivé ? — des auteurs que lisait Louis : Hegel, Fichte, Nietzsche, Schopenhauer et des historiens. On peut s'interroger sur ce qui poussait Louis, grand amateur de littérature populaire, à se colleter avec de tels auteurs difficiles, lui, l'autodidacte aux acquis peu académiques. Était-il engagé dans une intense et angoissée recherche et, à l'exemple de chacun, pensait-il trouver réponses à ses questions dans la philosophie ? Dans le même temps, il ne manifeste, selon Geoffroy, aucune inclination pour l'écriture dont il ne débat jamais.

Le 2 décembre, à l'issue d'un court voyage à Paris, de retour à Londres, il apprend la décision de réforme qui le concerne : il est réformé n° 2, c'est-à-dire sans pension, et cette décision est définitivement entérinée par le consulat le 16 décembre. Il est donc démobilisé et n'est plus autorisé à porter l'uniforme. Il quitte le consulat. Dès lors, en janvier 1916, commence une période opaque. On le sait à Londres mais il n'habite plus Gower Street. Il donne pour adresse Leicester Street (Soho West), qui est aussi celle d'un proxénète notoire — le Cascade de *Guignol's band*. Pendant quatre mois et demi on le perd, hormis quelques résurgences, ainsi ce surprenant mariage, le 19 janvier 1916, avec une inconnue : Suzanne Nebout, entraîneuse dans un bar — Édouard Benedictus fut l'un des témoins —, mariage probablement blanc contracté afin de permettre à Suzanne de demeurer en Angleterre. Louis s'est déclaré Louis des Touches, lieutenant du 12e cuirassiers, et a revêtu les oripeaux d'une sorte de privé : *private* *secretary of Insurance Company*. L'union ne sera pas enregistrée par le consulat, elle sera donc prétendument sans valeur. Ce qu'on sait de Suzanne Nebout, c'est qu'elle a prodigué à Louis attentions et faveurs, qu'elle vivait avec sa sœur, Louis étant amoureux des deux femmes. Et puis, soudainement, il disparut. Il ne consacrera à Suzanne, distantes de plusieurs décennies, que quelques lignes dans *Féerie pour une autre fois* — « J'ai commis qu'un crime dans ma vie, un seul là, vrai... comme j'ai quitté mes petites belles-sœurs, pauvres fillettes en novembre 1917 *... et pas des petites crevettes businesses ! Ah pas du tout ! des fleurs de poupées ! Minois !... éclat ! fraîcheur ! mutines [5] » —, en nous apprenant que Suzanne (Janine) est morte précocement. Suzanne Nebout se présenta-t-elle au domicile des parents de Louis, rue Marsollier, un jour en se déclinant comme Suzanne Destouches puis s'éclipsant, s'effaçant telle une ombre légère, pour ne plus jamais réapparaître dans la vie de Céline ? Philippe Alméras doute de cette visite, Frédéric Vitoux et François Gibault y croient. Une certitude cependant, le mariage fut connu de Fernand qui, lors des fiançailles de Louis et d'Édith Follet, sa future et respectable femme en 1919, persuada le père d'Édith que Louis n'était pas bigame, bien qu'il eût toute chance de l'être.

Mais ce n'est pas là la seule dissimulation. Autre repère : en mars, il vient signer à Paris un contrat avec la compagnie forestière Shanga-Oubangui en vue de la gérance d'une concession en Afrique, puis

* Céline se trompe de mois et d'année. Les faits remontent à 1916.

il se dissout de nouveau dans les brumes londoniennes. Réservé sur le sujet, il ne fera que de rares allusions à ses itinérances, laissant supposer qu'il a pu tâter du commerce des femmes, par exemple dans *Maudits soupirs pour une autre fois*[6] en évoquant son « passé hareng* », qu'il a pu être trafiquant occasionnel en liaison avec la filière opium des Chinois et s'acoquiner simultanément avec des hurluberlus, des marginaux, des hors-la-loi, comme tous ceux qu'il énumère en un grand barnum dans *Guignol's band*, et qui ravissent par leur patronyme : Prospero Jim, Phil-le-Bègue, Pierrot-les-petits-bras, Quenotte, René-le-petit-désert... Et, parmi eux, Édouard Benedictus (1878-1930). Juif d'origine, connu comme inventeur et scientifique travaillant pour la Défense nationale, dans le domaine secret de la recherche sur les gaz de combat, mais aussi en lien avec des industriels et financiers, tel Paul Lafitte, pour lequel il mit au point le verre incassable, le triplex, tout en fréquentant des originaux comme le mage Papus. Céline en fera Borokrom et, pour partie, le Sosthène de Rodiencourt de *Guignol's band*. Benedictus et Louis se reverront à Paris, plus tard. De ces quelques mois, il ne se vantera pas — tout au moins il aura la confidence rare —, et l'on se demande bien pourquoi tant Louis apparaît en adéquation avec Ferdinand, le personnage libéré de l'hécatombe, avide de tous les bonheurs de la vie qu'il pressent éphémères, et proche des transgressions sociales où il trouve le piment de ses jours. La fic-

* Équivalent du maquereau, du mac.

tion le rattrapera pourtant bien après et l'incitera à jouir, à rebours, de son périple londonien :

Grâce soit de leur souvenir ! Frimousses mignonnes. Lutines au fragile soleil ! Misère ! Vous vous élancerez toujours pour moi, gentiment à tourbillons, anges riants au noir de l'âge, telles en vos ruelles autrefois dès que je fermerai les yeux... au moment lâche où tout s'efface... Ainsi sera la mort par vous dansante encore un petit peu... expirante musique du cœur... Lavender Street... Daffodil Place... Grumble Avenue !... suintants passages de détresse... le temps jamais au beau fixe, la ronde et la farandole des puits à brouillard entre Poplar et Leed, Barking... Petits lutins du soleil, troupe légère ébouriffée, voltigeante d'une ombre à l'autre !... facettes au cristal de vos rires... étincelantes tout autour[7].

Mais, on l'a dit, la rumeur poursuit Céline. François Gibault livre une affirmation d'une cousine germaine de Louis, Charlotte Robic, selon laquelle Louis lui aurait confié avoir effectué des missions pour les services de renseignements à cette époque, en particulier avoir résidé à Zurich et gagné l'Allemagne par la Hollande. Fut-ce avant ou pendant Londres ? Nous ne le savons pas, d'autant que Gibault lui-même ne semble pas convaincu de la réalité de cette mission. Seul un courrier écrit de Londres à Albert Milon fait allusion à la Suisse en chargeant Albert d'une démarche spéciale : aller s'informer du possible retour de Suisse d'une certaine Mme Bezard et de sa fille habitant 11, square Delambre avec interdiction d'en parler aux Destouches. Les recommandations augurent probablement d'une de ces banales histoires sentimentales dans l'équivoque desquelles Céline adorait se perdre. Nous n'épiloguerons pas. Notons simplement qu'il aimait suggérer du mystérieux autour de sa personne.

Revenons à Londres où pourtant ces « années de pâmoisons » — « ... les fins 14, 16, et 17. Jamais on avait tant frotté[8] » — sont aussi compagnes de la mort, ce gouffre qui ne cessera d'attirer Céline et dont la guerre n'est qu'une des métaphores. Ce n'est pas parce qu'il jubile dans Soho la nuit et qu'il œuvre quelquefois dans l'inavouable que Louis oublie que tout est divertissement passager et que nous sommes promis à la décrépitude inéluctable. Persuadé qu'il ne fait que se distraire de son tête-à-tête avec la mort, à bientôt vingt-deux ans, il n'est pas abusé par son effervescence. Derrière elle, il y a le vide. D'où, entre autres, la récurrence des apparitions dans *Guignol's band* de ce médecin apatride à la médecine peu armée, le Dr Clodovitz, figure anticipée peut-être du Bardamu médecin, distribuant ses pauvres recettes dans les couloirs de l'hôpital général, le fantomatique London Freeborn Hospital à la visite duquel Louis n'échappe pas. C'est aussi, sans doute, que la médecine sommeille en lui et qui n'a pas encore dit son mot.

Il y en avait des drôles de bouilles, des difficiles à imaginer, comme croulures finies, qui duraient pourtant emmerdeurs des mois et des mois... des années certains, il paraît... qui s'en allaient par portions comme ci comme ça, un jour un œil, le nez, une couille et puis un bout de rate, un petit doigt, que c'est une sorte une bataille entre la grande mordure, l'horreur qui est dedans qui ronge, sans fusil, sans sabre, sans canon, comme ça qu'arrache tout au bonhomme, que ça le décarpille le bout par bout, que ça vient de nulle part, d'aucun ciel, qu'un beau jour il existe plus, complètement écorché à vif, débité croustillant d'ulcères, comme ça à petits cris, rouges hoquets, grognements et prières et supplications abominables. Ave Maria ! Bon Jesous ! comme sanglotent les Anglais à cœur, les natures d'élite [9]...

Ainsi est la face cachée de Londres la délurée, brouillard d'exubérance avec son port, ses docks qui font rêver Louis : « Ah je suis heureux que près des bateaux, c'est ma nature, j'en veux pas d'autre [10]. » Et c'est ici, à ce moment, que le saisissent les lointains, la tentation africaine. Il a conclu, on l'a vu, avec la Compagnie forestière et, le 10 mai 1916, il embarque de Liverpool sur le *R.M.S. Accra* pour Douala.

Fort-Gono

> *Toujours j'avais redouté d'être à peu près vide, de n'avoir en somme aucune raison pour exister.*
>
> L.-F. CÉLINE,
> Voyage au bout de la nuit

Après avoir laissé choir Suzanne Nebout : « Je m'étais arraché par raison, par une sorte de conscience, un coup d'honnêteté et morale, je me voyais un avenir ailleurs !... un vrai avenir [1] !... » Louis vint à Paris signer son contrat avec la compagnie forestière Shanga-Oubangui. On ne sait pas trop par quelle voie il eut contact avec la compagnie. Des relations ? Une nouvelle intervention de Fernand, décidément bien renseigné et introduit ? Toujours est-il que c'est vers le Cameroun qu'on orienta Louis. Pourquoi le Cameroun ? Parce que, cédé en 1911 à l'Allemagne avec en guise de réciprocité la reconnaissance du protectorat français sur le Maroc, il avait été reconquis par une coalition anglo-française à la suite d'une opération menée dès septembre 1914, et qui déboucha sur une victoire en mars 1916. En juillet de la même année fut entérinée la partition qui octroyait un dixième du territoire — le plus riche — à l'Angleterre près de la frontière avec la Guinée espagnole et les neuf autres dixièmes à la France. Les soldats allemands et les indigènes qui avaient combattu à leurs côtés se réfugièrent dans la région du Rio Muni en Guinée espagnole, neutre. Pour continuer l'exploitation des ressources du pays qui n'avaient pas cessé durant la domination allemande et perdura pendant la guerre, il fallait aux différentes compagnies commerciales de quoi encadrer leur exploitation et assurer le bon fonctionnement de leurs comptoirs. D'où l'incitation à recruter et envoyer des volontaires tentés par l'aventure. Ils furent peu nombreux étant donné la mobilisation continentale et les conditions de vie qui attendaient les cadres. L'Afrique noire, il y a quatre-vingt-dix ans ! Imaginons ! Le contrat proposé était clair : un stage de six mois sur place rémunéré 150 francs par mois avec 325 francs pour la nourriture. Au-delà de six mois, le salaire s'établissait à 200 francs. Le voyage aller et celui du retour étaient payés par la compagnie. L'engagement souhaité était de deux ans renouvelables. En dehors d'une résiliation par l'employé annoncée huit mois à l'avance, la cause de la cessation de fonction ne pouvait être que d'ordre sanitaire, un rapatriement sur avis médical. Toute autre modalité de rupture du contrat était à la charge de l'employé, dont son retour en Europe. Tout commerce à but personnel, toute intempérance étaient causes de licenciement sans indemnités.

Louis, le contrat signé, retourna-t-il à Londres ? Probablement, pour y poursuivre les activités impalpables que nous avons évoquées. Cependant, François Gibault le fait partir de Paris pour Southampton, via Le Havre, début mai. Ce qui infère que Louis serait resté en France après mars ou bien y aurait séjourné brièvement, fin avril, début mai, en vue de saluer ses parents. Encore une incertitude. Acceptons-la. Qu'importe ! Les biographes s'accordent sur le troublant accueil qu'il reçut à Southampton et qui semble s'être prolongé jusqu'à Liverpool. (Louis devait s'embarquer de Bordeaux le 2 mai. Il choisit finalement Liverpool. Pourquoi ?) Quel rôle a joué Geoffroy dans ce mauvais accueil — Louis faillit être refoulé — puisque Louis l'incrimine dans une lettre à ses parents du 9 mai où il invoque une campagne de diffamation ? Est-ce en référence à d'hypothétiques actions illicites dont, répétons-le, nous ne savons rien ? Était-il indésirable pour certains ? Il parvint toutefois le 6 mai à Liverpool d'où son bateau le *R.M.S Accra* quittera le port avec trois jours de retard. Ce retard lui permit de rencontrer un personnage pittoresque qu'il surnommera « Mgr Bernadotte », parce que l'individu avait travaillé à l'évêché de Lyon occupé par un descendant de Bernadotte. C'était un aventurier volubile qui embarquait, lui, pour l'Amérique du Sud et qui pria Louis de l'y rejoindre un jour, tous deux se jurant de recroiser leurs routes. Ce Bernadotte ne réapparaîtra ni dans la vie, ni dans l'œuvre de Céline. Les commentateurs y verront néanmoins un modèle de l'erratique Robinson, la figure clé du *Voyage au bout de la nuit*.

La période qui va suivre ne nous est connue que par les correspondances que Louis entretint avec ses parents *, Albert Milon et Simone Saintu. Nous sommes donc tributaires de sa propre version, l'unique. Louis prend place à bord de l'*Accra*, le 10 mai, en compagnie d'un seul autre voyageur. La mer n'est pas bonne et rend la traversée pénible. L'*Accra* atteint toutefois Freetown, la capitale de la Sierra Leone, le 25 mai dont il repartira le 27. Chaleur et humidité sont insupportables, Louis est en proie à une forte fièvre. Le 1er juin, nouvelle escale à Lagos, capitale du Nigeria, pour quatre jours. Louis envoie un message de détresse à son père : que celui-ci débloque immédiatement 1000 francs sur son compte d'épargne afin qu'il puisse rentrer en métropole. La virée africaine va-t-elle donc s'interrompre prématurément ? Deux morts — des hommes d'équipage ? —, confie Louis, sont à bord. La touffeur est plus intolérable qu'elle ne l'était à Freetown et, épuisé par la fièvre, il se bourre de quinine. Le 16 juin, l'*Accra* accoste enfin à Douala où Louis va demeurer une quinzaine de jours. Douala est une ville portuaire typiquement coloniale avec son palais du gouvernement, son grand hôpital, ses hôtels, ses cafés, réservés aux Blancs, ses allées ombragées, qui simulent un semblant de vie métropolitaine et provinciale. Louis y découvre les colons et la sujétion des Noirs. Ces colons, il les décrira dans le périple-fiction de l'étrange *Amiral Bragueton* de *Voyage*, lors

* Avec eux, il y a deux types de courrier. L'un adressé spécifiquement à son père où la difficulté des temps n'est pas dissimulée et l'autre aux deux, plus étale, afin de rassurer sa mère.

de cette séquence hallucinée où Ferdinand Bardamu se croit menacé d'être jeté à la mer par la cohorte des colons, sur la voie du retour à la colonie, parce qu'il n'est pas des leurs. Au-delà de la persécution, la description de ces colons est parfaitement crédible :

Après tout, c'étaient des vaincus, tout de même que moi ces Matamores !... Ils crânaient encore voilà tout ! Seules différences les moustiques s'étaient déjà chargés de les sucer et de leur distiller à pleines veines ces poisons qui ne s'en vont plus... le tréponème à l'heure qu'il était leur limaillait déjà les artères... l'alcool leur bouffait les foies... le soleil leur fendillait les rognons... les morpions leur collaient aux poils et l'eczéma à la peau du ventre... la lumière grésillante finirait bien par leur roustiller la rétine !... Dans pas longtemps que leur resterait-il ? Un bout de cerveau... Pour en faire quoi avec ? je vous le demande ?... Là où ils allaient. Pour se suicider ? Ça ne pouvait leur servir qu'à ça, un cerveau, là où ils allaient... On a beau dire, c'est pas drôle de vieillir dans les pays où y a pas de distractions... On est forcé de se regarder dans la glace dont le tain verdit devenir de plus en plus déchu, de plus en plus moche... On va vite à pourrir, dans les verdures, surtout quand il fait chaud atrocement[2].

D'emblée le Cameroun est désigné comme la Bambola-Bragamance et Douala comme Fort-Gono (Gono est le diminutif de gonocoque qui annonce bien la connotation célinienne. Ne décrétera-t-il pas que toutes les Africaines sont vérolées ?). Aimables contrées sur lesquelles le regard, rétrospectivement, sera celui de la dérision. Pour l'heure, Louis se voit nommé à la factorerie de Campo à l'embouchure du Ntem, au sud du pays, où le mène un caboteur, le *Fullah*, et, plus précisément dans le village de Bikobimbo qu'il appellera Bikomimbo dans *Voyage*. À Campo, il fait connaissance du lieutenant Max Delestrée qu'il transformera en père de Lestrée dans ses lettres à Simone Saintu et en lieutenant Grappa dans le *Voyage*. Delestrée a pour l'assister un sous-officier, le sergent canonnier Harte (le sergent Alcide de *Voyage*), et sous son commandement quarante tirailleurs sénégalais pour maintenir l'ordre sur l'ensemble de la région de Campo dont les trente mille hectares de la plantation de caoutchouc que Louis va diriger. À Bikobimbo, il est à onze jours de marche du premier Européen. Dès lors s'inaugure ce que Frédéric Vitoux rassemble sous le sigle des « Impressions d'Afrique », et pour près d'une année.

Que fait Louis dans la plantation de caoutchouc qu'il va gérer jusqu'à la fin septembre ? Il s'initie à la vie coloniale. Il vit dans une espèce de hutte au confort, on le devine, très rudimentaire. Une grande partie de son temps est consacrée à se protéger : traitement de l'eau, des aliments, vigilance quant aux insectes et parasites, vigilance aussi par rapport au soleil : risque d'aveuglement, d'insolation. À la nuit tombée, il s'enveloppe dans les voiles d'une moustiquaire pour se mouvoir et éloigner les moustiques. Obsédé à juste titre par l'hygiène — plus tard il sera fondamentalement un hygiéniste * — il veille aussi à se doucher, à prévenir la

* C'est au spectacle des coloniaux qu'il cessera également de boire de l'alcool pour devenir un buveur d'eau.

déshydratation. Mais il s'occupe bien entendu des affaires de la compagnie. Il vit au milieu de l'ethnie des Palhouins avec laquelle il troque à l'avantage de la compagnie. Il échange du tabac *, du textile, du riz, des céréales, contre du caoutchouc et de l'ivoire. Il pratique le b.a-ba de l'économie coloniale et s'habitue à l'Afrique. Alors qu'il avait tout d'abord sollicité Albert Milon afin que celui-ci vienne tenter à son tour l'aventure, il le dissuade très vite, eu égard aux conditions climatiques, pour ensuite le relancer lui faisant miroiter la possibilité de gains faciles en « adaptant » les règles de la compagnie. Il estime pouvoir disposer bientôt de 25 000 francs (soit quarante mille de nos euros). À Simone Saintu il dit jouir d'une liberté absolue et à mi-mot détenir — à vingt-deux ans — un pouvoir qu'il n'aura jamais plus en d'autres circonstances. Il lui révèle même avoir été heureux au bord de l'océan au cours d'une escapade en Guinée espagnole, vers le 16 juillet. Heureux, un adjectif qui jure presque sous la plume du futur Céline. Il s'essaie aussi à écrire. Il prétend avoir envoyé une nouvelle au *Journal* qui en publie régulièrement, datée de ce fameux 16 juillet du bonheur, dont on n'a pas retrouvé trace. Il persiste à signer ses courriers et poèmes qu'il destine à ses parents et Simone Saintu, Louis Des Touches. Il lit beaucoup. Dans la liste des demandes diverses qu'il fait parvenir à ses parents, les livres tiennent une bonne place : Albert Samain, Musset, Hugo, des auteurs exo-

* Ce qu'il nomme, ici et là : échanger deux paquets de cigarettes Maryland pour une défense d'éléphant !

tiques cités par François Gibault, aujourd'hui oubliés : Claretie, Chevalier, Miguel Zamacoïs. En septembre, il quitte Bikobimbo pour la plantation de cacao de Dipikar, un village voisin. En octobre, il est victime d'une grave dysenterie. Il se soigne seul. Il en gardera toute sa vie des séquelles invalidantes attestées tant par le rapport médical le concernant qu'il établira pour les autorités danoises en 1946, que par le témoignage de Lucette Almansor. Dès Freetown il avait signalé des acouphènes — ce dont il ne fait pas mention à Londres — et des douleurs à son bras droit. Il continue de veiller scrupuleusement à l'hygiène — la zone de Dipikar est zone d'endémie de la malaria et de la maladie du sommeil — et se résout à vivre au mieux dans un environnement à la nature majestueuse et oppressante qu'il éprouve comme hostile : climat, solitude, méfiance vis-à-vis des nègres, crainte des fauves qui rôdent :

> Et la nuit avec tous ses monstres entrait dans la danse parmi ses mille et mille bruits de gueules de crapauds. La forêt n'attend que leur signal pour se mettre à trembler, siffler, mugir de toutes ses profondeurs. Une énorme gare amoureuse et sans lumière, pleine à craquer. Des arbres entiers bouffis de gueuletons vivants, d'érections mutilées, d'horreur[3].

Il soumet à ses parents de longues listes d'achats de médicaments et d'accessoires chirurgicaux. Il loge en principe dans du dur, dans ce qui reste des bâtisses construites lors de l'installation de la factorerie, sous un toit de palmes. Il emploie sans doute à son service des boys qu'il surveille étroitement. Revolver en évidence, il parcourt la plantation et amasse pour la compagnie — troque-t-il dans le même moment avec les réfugiés allemands du Rio Muni ? — qui, en janvier 1917, décide la liquidation de la factorerie. En mars, Louis retourne à Douala.

Demande-t-il son rapatriement ou la compagnie met-elle fin à son contrat pour écarts dans les comptes et malversations ? Ce qu'il a écrit à Milon laisse supposer qu'il est possible de prendre ses aises avec la traite. La comptabilité à Douala s'en est-elle aperçue ? Dans un premier temps, il obtint de la part du lieutenant-colonel Thomassin, commandant militaire de Douala, la délivrance du certificat de retour en France. Le 17 mars, le *S/S Egori* doit appareiller pour l'Europe mais l'état de Louis, dorénavant dysentérique et paludéen, s'aggrave brutalement. Il est hospitalisé et, le 2 avril, après examen, le Dr Dreneau recommande l'évacuation d'urgence. Le 5 avril, c'est sur le *S.M.S Tarquah* qu'il embarque en direction de Liverpool où il arrive le 1er mai. Le séjour africain de Louis, qui va fêter ses vingt-trois ans, aura duré à peine dix mois.

Qu'en garde-t-il ? D'abord des fièvres, des infections coloniales et un désenchantement. Dans les semaines qui ont précédé le rapatriement, il s'est interrogé sur son avenir. Il n'en a pas. Reprendre le commerce ? Il pense avec raison que la guerre ne favorise pas le marché de la bijouterie. Se marier ? Dans l'exil, il a conforté une solide volonté d'indépendance et ironise sur le mariage heureux. « De celui-là, dit-il à ses parents, je n'ai cure — préférant mon indépendance même vagabonde et parfois me réservant de durs lendemains à un lien quelconque même marital[4]. » D'ailleurs, il a confié à Simone Saintu qu'il n'a pas touché aux femmes durant ces mois car il a trop aimé les Blanches, avant. Par contre, il a écrit, et c'est important, une nouvelle égarée et une autre, *Les Vagues*, commencée en Afrique et terminée sur le *Tarquah* —, était-il donc si mal en point à Douala ? — dont il assure la destiner, comme la première, à Henri de Reynier, critique au *Journal*. Il a également flirté par nécessité avec la médecine pratiquant l'automédication et dispensant des soins — il l'assure — aux Palhouins. Mais où a-t-il appris à inciser, à suturer ? Est-ce là l'origine de son désir d'être médecin ? Il infirmera cette hypothèse, plus tard, en déclarant qu'il songeait à la médecine dès le passage Choiseul. Simultanément, il a découvert le système colonial et il réservera cinq chapitres de *Voyage* à ses péripéties africaines. On a voulu voir — la critique dite de gauche, essentiellement, plutôt abusée * — dans ces pages une dénonciation radicale du colonialisme. La réalité est moins tranchée. Certes, la description du colon est sans concession mais pas plus que l'est celle des militaires, des médecins ou de tels autres protagonistes de *Voyage*. L'approche du colonialisme est sarcastique et verse plus dans la dérision universelle que cultive Céline — avidité, corruption, misère des comportements sont partout — que dans le réquisitoire implacable tel celui de Paul Nizan avec *Aden Arabie*. Elle entre dans la généralité de l'aversion

* André Breton, lui ne s'y est pas trompé, qui arrêta sa lecture de *Voyage* à l'apparition du sergent Alcide de la Coloniale, jugeant la vision de Bardamu à son endroit par trop complaisante.

que suscitait en Céline l'espèce humaine. Quant à l'exploitation, il l'a pratiquée lui-même sans grand problème. Philippe Alméras soutient qu'il y a eu un règlement à l'amiable avec la compagnie pour apurer la question des comptes manquants ou fantaisistes de Céline lors de sa gestion des plantations. Louis n'épargne guère les Noirs non plus. Rapidement affleure son racisme. Il les soigne, livre-t-il à Simone Saintu, bien qu'il doute de leur utilité ! Il les croit anthropophages, culturellement retardés, cupides et promis, du fait du climat à des maladies, à la dégénérescence. Il écarte toute communication harmonieuse avec eux. Chacun dans son continent et tout ira bien.

Quant aux nègres on se fait vite à eux, à leur lenteur hilare, à leurs gestes trop longs, aux ventres débordants de leurs femmes. La nègrerie pue sa misère, ses vanités interminables, ses résignations immondes ; en somme comme les pauvres chez nous mais avec plus d'enfants et moins de linge sale et moins de vin rouge autour[5].

La Fondation Rockfeller

C'est pas drôle le petit matin... La sueur du tramway à Londres ça sent la route des bateaux... les voyages aux antipodes dans les orients.

L.-F. CÉLINE,
Guignol's band

Rumeur et suppositions — encore ! — à son retour d'Afrique. À Liverpool, il descend à l'hôtel. Trois jours après, François Gibault le fait revenir en France, tandis que Frédéric Vitoux le fait disparaître à Londres — et pour quelle survie et quels négoces ? — jusqu'à la fin de l'été. Qu'en conclure, sinon qu'il refait surface pour tous ses biographes en novembre 1917 et à Paris ? Le 15 octobre, Mata-Hari est exécutée. Bien sûr, Louis se souvient d'elle. Qu'éprouve-t-il ? Silence sur la question. Maintenant, à ce qu'il en livre, c'est l'Amérique qui l'appelle. Mais son magot africain est bien maigre. Il hésite à traverser l'Atlantique et affronter le Nouveau Monde. Il est dans sa vingt-quatrième année et il vit chez ses parents, rue Marsollier, dépendant de nouveau. Il erre dans Paris et l'on ne sait pas ce qui l'occupe. Il dit avoir été le grouillot du cinéaste Abel Gance qui n'en a pas souvenir, avoir porté paquets et colis chez le peintre Van Dongen qui habitait Villa Saïd. Tout est flou. Une certitude toutefois, comme à son habitude il est parmi la bohème et les marginaux où il se cherche. Par quel hasard retrouve-t-il Édouard Benedictus, transfuge de Londres ? Motus. Benedictus, on le sait, travaille à la fois pour la Défense nationale et pour le financier Paul Lafitte qui, précisément, finance une revue de vulgarisation scientifique assez farfelue : *Eurêka.* Benedictus, le premier des juifs à avoir aidé Louis, dès Londres, l'introduit à la revue dont le secrétaire de rédaction est Henri de Graffigny, né Raoul Marquis en 1863.

Tous les biographes de Céline non seulement se divertissent à l'évocation du personnage mais ils en font l'inspirateur direct du Courtial des Pereires de *Mort à crédit.* En effet, Raoul Marquis a une trajectoire fort excentrique. De formation scientifique, il soutiendra une thèse de doctorat en physique et sera quelque temps chargé de cours à la Sorbonne, il est avant tout une sorte d'aventurier de la science, un expérimentateur/inventeur inlassable, un vulgarisateur prolixe et surprenant. À partir de 1882, il a effectué nombre de voyages en ballon en vue de recueillir des données sur l'atmosphère et la navigation. Il est subjugué par l'électricité dans les applications techniques de laquelle il voit le substrat d'un changement de civilisation. Sa pensée est dans la filiation incontestable du positivisme et du scientisme. Sur ce plan, il influencera Céline qui se déclarera lui-même positiviste (« Je suis le positiviste en personne !... un fait est un fait[1] ! »). La gestion pécuniaire de ses projets scientifiques par de Graffigny est souvent utopique et aux limites de l'escroquerie. A-t-il soumis à son emprise Louis qui s'intéressait avant tout aux originaux et anticonformistes ? Probablement. Celui qui signe Henri de Graffigny (Graffigny étant le nom du village où il était né *) va employer Louis comme homme à tout faire **. Ce dernier portera les copies aux imprimeurs, corrigera les épreuves, effectuera des traductions dont une qu'il signera Destouches — et non plus Des Touches — d'un dénommé Dr Nutting, de Worcester, Massachusetts, sur : « la rationalité du progrès », postera les courriers tout en assurant — et ce n'est pas la moindre tâche — une partie de la diffusion de la revue. Et ce, de novembre 1917 à février 1918. En a-t-il tiré quelque pécule ? On l'ignore. Mais, si tel a été le cas, la rémunération devait être bien faible. Le bénéfice, pour Louis, a été ailleurs. Nul doute que le charisme, la faconde intellectuelle, la prodigieuse fécondité de Graffigny — il rédigera cent cinquante ouvrages de vulgarisation et de science appliquée, des romans inspirés de Jules Verne préfacés par Camille Flammarion —, son inconstance sentimentale, sa générosité — il finira pauvrement à Septeuil (dans les actuelles Yvelines) comme animateur avec sa seconde femme, Marie Margot, d'un lieu de vie pour enfants de l'Assistance publique qu'il avait créé — ont marqué Céline.

* Il jouera de son nom : Marquis, pour se baptiser Marquis Henri de Graffigny et abusera un temps le *Bottin mondain*.

** C'est dans ce cadre que Blaise Cendrars, infatigable curieux, croisera Louis et confirmera son rôle d'homme à tout faire.

Raoul Marquis terminera sa vie sur l'échec d'un procédé scientifique, l'électro-tellurique, qu'il avait mis en œuvre afin de cultiver et obtenir des pommes de terre de qualité et de volume miraculeux ! Toute cette agitation scientiste apprendra beaucoup à Louis et l'influencera dans le sens du respect de l'investigation rationnelle du réel qu'il trouvera dans la médecine dite pastorienne, lui qui tendait tant — est-ce un effet de son atavisme celte ? — au légendaire, à la magie et à l'irrationnel. Il saura aussi utiliser cette proximité d'avec de Graffigny à la revue *Eurêka* qui ne dura que quatre mois — toujours la brièveté des expériences de Louis dont il goûte pourtant la quintessence — pour la reprendre en épopée délirante dans *Mort à crédit,* y compris l'expérience de Septeuil (Blême-le-Petit) et sa scansion finale lors de la mort de Courtial des Pereires.

Louis rêvait d'Amérique et, ainsi que l'écrit Frédéric Vitoux, l'Amérique vint à lui sous les traits de la Mission Rockfeller. Comment ? Au moins deux versions circulent. La première fait état d'un courrier de la Fondation Rockfeller adressé au directeur d'*Eurêka,* comme il le fut sans doute à d'autres publications et instances scientifiques, en vue de la recherche et du recrutement de conférenciers pour étayer une mission prophylactique concernant la tuberculose. La seconde retenue par Ole Vinding[2] affirme que Louis, mandaté pour soumettre au directeur de l'École polytechnique une des inventions de De Graffigny, se serait retrouvé dans le bureau du directeur en l'absence momentanée de ce dernier et aurait subtilisé, après en avoir pris connaissance, le courrier de la Fondation, destiné au directeur, afin de se présenter à la Mission. Peu importe. En décembre 1917, Louis prit contact avec les Rockfeller et convainquit De Graffigny et Albert Milon de le suivre. La Mission Rockfeller, richissime, active depuis 1913, s'inquiétait de la forte progression de la tuberculose en France, en particulier dans l'ouest du pays. Elle avait décidé, intégrant son action à celle, globale, de l'effort américain, les États-Unis étant entrés en guerre aux côtés des Alliés, de mener une grande campagne de santé publique éducative et préventive à propos de ce fléau. Pour cela, elle avait besoin de s'adjoindre des conférenciers de langue française. La cellule de base de chaque mission — il y en avait cinq — comportait une directrice, une conférencière américaines parlant français, un conférencier, un chauffeur, un véhicule — chaque mission étant itinérante — et du matériel de projection. Deux autorités médicales chapeautaient la mission : le Dr Livingstone Farrand de l'université de Boulder (Colorado) et son adjoint le Pr Siskar Gunn qui jouera, ultérieurement, un rôle d'intermédiaire dans la vie de Céline.

Le rôle du conférencier est simple. Il doit s'exprimer en public en termes accessibles et concrets et dans un temps limité. Le public est divers : enfants des écoles — exposé de vingt minutes, distribution de dessins explicites, jeux et chants pédagogiques, projections de films sous forme de dessins animés —, intervenants politiques et sociaux, personnels de santé, enseignants, ouvriers, agriculteurs, en direction desquels l'exposé est prévu pour quarante-cinq minutes, suivi de distribution de matériel éducatif et de projections. Chaque mission peut visiter de quatre à six établissements par jour et fait appel, dans un premier temps, à ce qu'elle nomme : un coursier qui est chargé de préparer la conférence par une information préalable, et massive pour l'époque. Albert Milon fut l'un d'eux. Louis se plut au rôle de conférencier, d'autant que la Mission imposait le port de l'uniforme prestigieux de l'armée américaine et payait convenablement tout en assurant les frais d'intendance. Henri de Graffigny se joignit à Louis et monta, avec succès, un spectacle de marionnettes pour les enfants avec Guignol engagé dans la lutte contre la tuberculose. Quand Louis commença-t-il à officier ? En février 1918, à Chartres, suggère Philippe Alméras. On ne peut l'affirmer. Ce dont on est certain, c'est qu'il est présent à Rennes pour une semaine en mars, semaine qui préluda à un enchaînement de conférences jusqu'en décembre.

Pourquoi Rennes ? Parce que le médecin-directeur du Comité français de lutte contre la tuberculose d'Ille-et-Vilaine, mis au courant du projet d'action des Rockfeller, est intervenu pour que priorité soit accordée à la Bretagne. Ce directeur se nomme Athanase Follet. Né en 1864, d'origine modeste, son père était sous-économe d'un asile départemental d'aliénés, il est ancien interne des hôpitaux de Paris et professeur de clinique médicale à l'école de médecine de Rennes, chef de service à l'hôpital, chevalier de la Légion d'honneur et investi dans de nombreuses institutions médicales publiques et privées de la ville de Rennes et du département. C'est donc une notabilité de poids. Ce qui lui vaut courtisans et détracteurs. Par sa femme, il est lié au Pr Auguste Morvan (décédé en 1897) et qui eut une grande notoriété. Athanase Follet a une fille unique, née en 1899, Édith, élevée selon les canons de la bonne bourgeoisie catholique provinciale. La séance inaugurale qui ouvre la campagne Rockfeller en Bretagne a lieu le 11 mars 1918 au théâtre municipal, archibondé, devant tous les corps constitués du département, de l'évêque au commandant militaire de la place en passant par l'inspecteur d'académie. Louis y intervint-il ? Édith Follet qui était présente l'assure. Louis aussi, mais il semble confondre avec sa prestation du lendemain au cinéma *Omnia*. Il y eut cinq conférences à Rennes cette semaine-là et il fut de toutes. Ce qui est sûr, c'est qu'il assista à la première puisqu'il se retrouva à la réception organisée en son hôtel particulier par Athanase Follet et qu'il y rencontra Édith. Les jours suivants, Louis vit beaucoup Follet. Brillant, spirituel, amusant, presque dandy, bien à l'aise dans son uniforme, il séduisit le père et éblouit la fille autant qu'elle le fit à son endroit. C'est dire que, durant sa longue tournée bretonne, Louis s'arrangea pour se rendre à Rennes le plus souvent et être reçu au 6, quai de Richemont chez les Follet. Il avait appris à Athanase qu'il était le neveu de Georges Destouches, l'éminent secrétaire général, rappelons-le, de la faculté de médecine de Paris.

La presse locale permet de suivre le périple de Louis en Bretagne puisqu'elle se fait l'écho du passage de la mission avec enthousiasme tant le sujet fait consensus et, aussi, parce que Rockfeller c'est l'Amérique de la réussite et de l'engagement désintéressé en Europe. Les activités de la mission sont donc bien couvertes et populaires. Louis est plusieurs fois nommément cité. Il est considéré comme bon conférencier, clair, précis, et talentueux communicant. Il arpente les estrades, paraît-il, de long en large. Il est acteur et son jeu se bonifie. Il sait capter l'attention de son auditoire. Il a le ton, le mot juste, la fermeté également, lorsqu'il dénonce la consommation d'alcool qui est le lit de la tuberculose et l'absence des pratiques élémentaires de l'hygiène. C'est là son terrain. L'Afrique coloniale l'a dégoûté de l'alcool, l'hygiène est comme sa religion et elle contre ses phobies. Au travers de ses conférences qui suivent un argumentaire de base pédagogique très ciblé fourni par la Mission, il entre dans le langage médical et apprend la rationalité de l'acte de prévention, sa nécessité d'avant le soin. Selon toute vraisemblance, après l'Afrique où il a joué selon ses dires au sorcier blanc quelque peu missionnaire, son désir de la médecine prend forme, s'affine d'autant que son interlocuteur le plus fréquent est Follet, un professeur des hôpitaux.

C'est au cours de cette série de conférences que Louis fait la connaissance d'Alexis Carrel. Ce dernier, prix Nobel de médecine en 1913, spécialiste de la culture des tissus, chercheur à l'Institut Rockfeller de New York, est en France au titre de la Mission en lien avec l'armée américaine. Français, il a souci, sur une base scientifique, d'améliorer l'espèce. À tort ou à raison *, auteur d'un best-seller mondial : *L'Homme, cet inconnu*, il est l'un des pères de l'eugénisme au XXe siècle. Il aura avec Louis une correspondance qui n'a pas été retrouvée. Il est concevable de supposer que ce dernier, encore béotien, fut impressionné par les propos et thèses de Carrel. Il ne le revit cependant pas, même quand Carrel, revenu en France avant la Seconde Guerre mondiale, dirigea l'Institut pour l'amélioration de la population, subventionné par Vichy, à Lyon de 1941 à 1945. Se brouillèrent-ils, se séparèrent-ils idéologiquement, en particulier sur la question juive, toujours est-il que Louis, devenu Céline, l'apostropha dans un brouillon de 1942 demeuré inédit en le traitant de « grand fakir lyonno-new yorkais » et de « Claude Bernard pour midinettes[3] ».

Louis sait qu'il ne pourra rester éternellement conférencier de la Fondation Rockfeller. La mission se terminera et ce sera signe qu'elle aura accompli sa tâche. Familier des Follet, une idylle platonique mais apparemment sérieuse, nouée avec Édith, le fait s'interroger sur sa situation. Lui, le fustigeur du mariage, est bien tenté de le contracter avec Édith qui, elle-même, le souhaite ardemment. Chez les Follet, contrairement à ce qu'on pourrait attendre d'un milieu ultrabourgeois, Louis n'est pas un intrus. Pourquoi ? Parce que derrière une façade bourgeoise assumée et exhibée, Athanase n'est pas conventionnel. On le dit franc-maçon. Il parsème ses discours d'allusions aux

* Voir à ce propos les travaux du psychiatre Lucien Bonnafé.

vertus de la gauche. Il cultive Rabelais et, bien que médecin de l'évêché, il prend des libertés avec la morale conjugale. Ses liaisons sur lesquelles sa femme ferme les yeux sont connues de tout Rennes, en particulier celle avec Marie Le Bannier qu'il installera à Saint-Malo en tant que propriétaire de la Maison Franklin où Céline résidera à de nombreuses reprises dans le futur. D'ailleurs, il est probable qu'il partagea Marie Le Bannier avec Louis, plus tard. Et puis, tout simplement parce que Louis, par son parcours de vie, sa complexité et son originalité, l'intéresse, le distrait de la platitude ambiante.

Donc, le mariage d'Édith avec ce séduisant fantasque n'est pas considéré comme une aberration. Est-ce aussi le statut de l'oncle Georges qui influe ? Follet a rencontré en vue de préparer le mariage Fernand Destouches à Paris. Fernand a accepté en même temps de parler à son frère qui a l'oreille du ministère de la candidature d'Athanase à la direction de l'École de médecine de Rennes. Athanase obtiendra le poste en décembre 1918 *. Est-ce le désir de voir sa fille très aimée heureuse, et elle semble l'être avec Louis ? Est-ce une de ses coquetteries anticonformistes que d'introduire un tel inclassable dans son milieu ? Paradoxalement, les réticences viennent des Destouches. Pour eux, Louis est toujours insaisissable. Il n'a pas accédé à la bonne situation espérée, il n'a même pas essayé d'être repris par Lacloche. Il ne formule rien de tangible sur son avenir. Et, comment oublier ce bizarre

* Il sera élu membre correspondant de l'Académie de médecine en 1920.

mariage avec Suzanne Nebout ? Leur sens de la respectabilité bourgeoise leur commande l'honnêteté. Ils ne veulent pas qu'il y ait méprise et que les Follet accueillent avec Louis un mouton noir dans leur famille. Peut-être aussi ont-ils, par le truchement de leur rejeton, la crainte d'être jugés mauvais parents ? Qu'à cela ne tienne, Follet balaie toutes les préventions — il ira cependant à Londres vérifier auprès du consulat que le mariage avec Suzanne Nebout n'a pas été enregistré — mais fixe une condition : que Louis reprenne des études et passe au moins le baccalauréat. Il accepte. Nous sommes à la fin 1918 — Louis était à Dinan lors de la proclamation de l'armistice et un amer champagne fut débouché. En janvier 1919 vont paraître les décrets parlementaires facilitant l'accès aux examens pour tous les anciens combattants dont les études ou les carrières ont été brutalement et pour longtemps interrompues. Pour ce qui a trait au baccalauréat — et Louis va en bénéficier —, les épreuves écrites sont supprimées, et seul un oral aux programmes allégés est maintenu. Il est possible de passer la première et la deuxième partie la même année.

Louis se met au travail avec conviction. Sa présence à la mission se fait sporadique et il ne la rejoindra qu'en avril à Bordeaux. Songeait-il déjà, dès l'été 1918, à se présenter aux épreuves ? Henri Mahé, le peintre festif du music-hall, des bordels, et de la *Malamoa,* la célèbre péniche de *Voyage,* futur auteur de la *Brinquebale avec Céline*[4] se souvient adolescent de l'avoir croisé, dans les rues de Retiers, les bras chargés de livres qu'il allait studieusement consulter à l'auberge. Louis choisit pour la première partie l'option latin-langues. Il subit les épreuves à Bordeaux le 2 avril 1919, entre deux conférences. À part un « assez bien » en mathématiques, il est crédité d'un « bien » dans toutes les autres matières. Il faut souligner qu'auparavant un ami des Follet, l'abbé Pihan, l'a bien aidé en latin et a discipliné toutes les connaissances que Louis, autodidacte et bourlingueur, avait glanées. Le 2 juillet, il se présente à la seconde partie : philosophie. Il est reçu avec mention « bien ». Louis est bachelier à vingt-cinq ans. Désormais le mariage peut être envisagé. Entre-temps, les Destouches sont venus à Rennes pour les fiançailles et pour discuter de la cérémonie qui aura lieu, le 10 août, à Quintin (Côtes-d'Armor) où un cousin des Follet, Joseph Delaporte, notaire, a son étude. Le contrat de mariage sera signé chez lui. Après la cérémonie religieuse et la séance à la mairie, le repas se déroule chez Delaporte ; Athanase et Louis ont voulu d'un commun accord l'éloignement de Rennes trop propice au qu'en-dira-t-on et compte tenu que le marié a peu le goût de ce genre de manifestation. D'ailleurs, Édith et lui fileront au milieu du repas aux mets abondants, en provenance des meilleures maisons, afin de passer plusieurs jours à Paris.

L'étudiant tardif

Les médecins c'est moins con que les autres, ça entrave un petit peu, le souci, la vérité du malheur...

L.-F. CÉLINE,
Féerie pour une autre fois

De retour à Rennes, Édith et Louis s'installent au 6, quai Richemont dans un logement de deux pièces aménagé par les parents d'Édith, au rez-de-chaussée de la résidence des Follet. Leur indépendance est assurée mais les repas sont pris en commun, et Louis a libre accès à la bibliothèque bien fournie d'Athanase Follet. Édith bénéficie d'une dot annuelle de 12 000 francs, ce qui permet au couple de vivre décemment. Louis, qui a décidé de devenir médecin, est donc dans les meilleures conditions pour poursuivre ses études, d'autant qu'il va profiter, comme pour le baccalauréat, des dispositions spéciales décrétées en janvier 1919 pour les anciens combattants et qui s'appliquent bien entendu aux universités. Quand il s'inscrit en novembre 1919 à la faculté des sciences pour l'année préparatoire propédeutique aux études de médecine et consacrée aux matières fondamentales — physique, chimie et sciences naturelles (P.C.N.) —, il est dans sa vingt-sixième année. C'est un étudiant tardif qui a déjà vécu plusieurs vies : apprenti bijoutier, cuirassier blessé au front à vingt ans, agent consulaire, puis acteur équivoque dans le milieu interlope à Londres, gérant d'une plantation au Cameroun, assistant dans une revue scientifique, habitué de la bohème, conférencier pour la Fondation Rockfeller, et, maintenant, marié et bientôt père — sa fille, Colette, naîtra en juin 1920. Qu'il le veuille ou non, il est de fait intégré à la bourgeoisie rennaise dans le milieu douillet et protégé de sa femme. S'il adopte une discipline rigoureuse pour aborder le travail universitaire, il ne va pas tarder à marquer les limites de cette intégration en se liant, entre autres, avec René Thiel, journaliste sous le pseudonyme de Francis Vareddes au *Démocrate d'Ille-et-Vilaine*, amateur comme lui de compagnies féminines *. Très tôt, à l'exemple de sa mère, Édith accepte cette espèce de charte de la liberté.

Le 26 mars 1920, Louis réussit les épreuves du P.C.N. et, le 7 avril, il entre à l'école de médecine de Rennes qui, de par son statut — ce n'est pas une faculté —, ne peut dispenser son enseignement au-delà des trois premières années, les dernières devant donc s'effectuer dans une autre faculté, dont la plus convoitée est celle de Paris. À l'époque, outre l'année du P.C.N., les études de médecine durent

* René Thiel mourra de tuberculose en 1925. Céline, alors à Genève, en sera très affecté et avouera y penser chaque jour dans une lettre de 1948 à Pierre Monnier (citée par Philippe Alméras dans son *Dictionnaire Céline*) : « Pauvre ombre dont personne presque ne se souvient plus. »

cinq ans. Les décrets facilitateurs de 1919 permettent à Louis de grouper d'avril 1920 à novembre 1922, soit en deux ans et demi, les programmes de quatre ans du cursus normal. Il peut alors envisager de s'inscrire à Paris, condenser les deux dernières années en une et passer les ultimes validations. P.C.N. compris, il lui aura fallu trois ans et demi, de novembre 1919 à juin 1923, pour être en mesure de préparer sa thèse de doctorat. Il passera ses examens successivement, pour le premier le 7 avril 1921, pour le deuxième le 22 juillet, pour le troisième le 16 novembre 1922, le quatrième à Paris le 15 février 1923 où il échouera mais sera reçu en seconde session le 10 avril. Enfin, il se présentera avec succès à ses cliniques — le cinquième examen — le 3 mai (clinique interne), le 27 juin (clinique externe), le 29 juin 1923 (obstétrique). En général, ses résultats aux épreuves sont bons et notés : « bien », excepté la thérapeutique et la pharmacologie pour lesquelles il est noté : « mal », y compris en hygiène, sa matière d'élection, où il est crédité d'un : « médiocre ». De même sa prestation lors de la clinique d'obstétrique sera qualifiée de « médiocre » alors que son stage dans le service du Pr Brindeau à la maternité Tarnier, rue d'Assas, a été noté : « bien ».

Durant ses études, Louis a beaucoup travaillé. À Rennes, il a été exclu qu'il puisse bénéficier de la position de son beau-père qui s'est refusé à tout favoritisme. L'obtention de bons résultats aux examens est due à l'obstination de Louis. Ses stages hospitaliers, il les a effectués dans le service d'Athanase Follet qui était un clinicien chevronné et un enseignant reconnu. Louis aimait beaucoup être au chevet du malade. D'après les témoignages, il avait le don de la relation et tenait un langage clair et rassurant au patient. Il préférait de loin l'univers de la parole à celui de la technique pure. Il tranchait ainsi sur l'esprit et les stéréotypes carabins. Dans un autre registre, père en 1920 d'une petite fille, il sera très strict vis-à-vis de son entourage, bannissant toute effusion trop marquée, interdisant à sa belle-mère et à sa femme l'excès de gâteries, se méfiant de l'hyperprotection. Ce qui l'amenait lui-même à être plus distant qu'il ne l'eût fallu. Pour le reste, nous l'avons dit, il vivait sa vie, n'acceptait son milieu d'adoption actuel que dans la mesure où il lui permettait de mener à bien ses études. Il prenait le large dès que possible, bien qu'il appréciât la conversation d'Athanase Follet, homme de culture, grand amateur de Rabelais, nous le savons, et dont Louis n'ignorait rien de sa double vie jusqu'à en être peut-être complice. L'été, il s'évadait sur les bords de la Manche avec Édith, marquant une prédilection pour Roscoff — précisément en 1920 et 1921 — où se trouvait une station réputée de biologie marine toujours en activité. Il y rencontra le jeune André Lwoff futur prix Nobel de médecine, car Louis aimait la recherche. Il profitait de ses vacances pour mener quelques travaux de laboratoire et eut, à leur suite, deux communications acceptées qui figurent dans les comptes rendus de l'Académie des sciences, l'une sur la teigne des ruches, la *Galleria melonella* et, l'autre, sur un ver vivant en symbiose avec des algues microscopiques, la *Convoluta roscoffensis*. André Lwoff a décrit

Louis-Ferdinand comme un individu de grande vivacité, intuitif, au langage haché. Avec humour, Lwoff a fait aussi état du dévolu encombrant qu'un chercheur avait jeté sur Louis, qui, de son côté, avec son ami Vareddes, courtisait sa femme...

La dernière année, à Paris, Louis l'inaugura par un stage d'obstétrique chez le Pr Brindeau, d'octobre à décembre 1922, anticipant sur la décision l'autorisant à s'inscrire à la Faculté de Paris, ce qui lui fut accordé en décembre afin qu'il puisse commencer en janvier 1923. Brindeau, accoucheur renommé, remarqua la verve de Céline et son intérêt pour les parturientes. Il lui conseilla comme sujet de thèse l'œuvre de Philippe-Ignace Semmelweis :

> [E]t j'ai été accoucheur, je peux dire passionné par les difficultés de passages, visions aux détroits, ces instants si rares, où la nature se laisse observer en action, si subtile, comment elle hésite et se décide... au moment de la vie, si j'ose dire... tout notre théâtre et nos belles lettres sont au coït et autour... fastidieux ressassages !... l'orgasme est peu intéressant, tant le battage des géants de la plume et de cinéma, les millions de publicité ont jamais pu mettre en valeur que deux ou trois petites secousses de croupions... le sperme fait son travail bien trop en douce, bien trop intime, tout nous échappe... l'accouchement voilà qui vaut la peine d'être vu !... épié... au milli ! partouze ?... Dieu sait que j'y ai perdu des heures !... pour à peine deux... trois remous de fesses [1].

L'indication de Semmelweis par Brindeau était certes d'importance, mais il prononça aussi, désignant son élève, une phrase d'une grande clairvoyance : « Celui-là, il est fait pour écrire. » Fut-il ainsi le premier accoucheur de l'écrivain Céline ?

Le 15 janvier 1923, Louis rejoignit Cochin et

débuta un stage de chirurgie dans le service du Pr Delbet. Édith venait en fin de semaine à Paris lorsque Louis ne regagnait pas Rennes, le vendredi soir ou le samedi. Une première séparation, pour l'heure géographique, s'opéra entre eux qui ne déplut pas à Louis tant la vie de couple lui pesait de même que le milieu feutré des Follet. Dans le même temps se posait la question de son avenir. Fin juin, les cliniques réussies, il se trouva dans la situation de l'étudiant en instance de thèse à qui il est permis de faire des remplacements. Louis, qui avait le goût de la médecine générale, saisit l'opportunité. À Rennes du 1er juillet au 31 août, il remplaça, par intermittence, le Dr Poirée qui fut fort satisfait de son remplaçant puisqu'il le sollicita à nouveau en janvier-février 1924. Louis se rendit également pour quinze jours dans les Ardennes, à Revin, en remplacement du Dr Boucher. Dans son témoignage, un écrivain du cru, Jean-Paul Vaillant, nous restitue un Louis au contact facile, simple et décontracté, très affable et vite investi par la clientèle de Boucher. Plus lourde sera la suppléance de son beau-père qu'il assurera du 18 août au 31 octobre, tant au cabinet d'Athanase, rue Du Guesclin, qu'à la clinique de la Sagesse dont Follet était médecin-directeur, l'une de ses nombreuses attributions. En fin de compte, ces remplacements, qui furent pour Louis l'expérience initiale du médecin livré à lui-même au sortir de la Faculté, s'avérèrent satisfaisants. Le parcours universitaire réduit, voire accéléré, dont il bénéficia pouvait faire craindre qu'il ne fût qu'un banal officier de santé — un sous-médecin — tel qu'on le lit dans les romans du XIXe siècle, de Balzac à Flaubert. Apparemment, il n'effaroucha pas les patients ni ne perturba ses confrères. Plus tard, viendront ses écarts d'avec le conformisme médical, dans la dégaine, les prescriptions, les attitudes. En 1924, il est tout neuf et sans doute pas mécontent d'avoir achevé le cursus et d'être allé jusqu'au terme de son désir.

Les études terminées, à quoi songe Louis qui est dans sa trentième année et trop âgé pour espérer réussir aux concours, notamment celui de l'internat, et entamer une carrière hospitalière ? S'installer ? Et où ? À Rennes ? Il n'y compte pas *. Il aspire à quitter la ville et ne souhaite en aucun cas la posture du notable à l'ombre de son beau-père qui, sexagénaire, hésite à suggérer à Louis de lui succéder, rue Du Guesclin. Follet, mentor médical, mandarin, doute que Louis soit professionnellement capable de gérer l'exigeante clientèle qui est la sienne et il n'est pas sans subodorer que le couple formé par Édith et lui, en deçà de sa façade conforme, n'est pas très solide et voué, à plus ou moins long terme, à l'échec. Alors Paris ? Louis n'affirme rien. Peut-être ne se sent-il pas assez rompu pour assumer la responsabilité d'un cabinet et l'engagement sur plusieurs années qu'il suppose. D'ailleurs, plus tard, ses tentatives d'installation en libéral périclitèrent. Il n'aura pas la fibre commerciale et préférera être médecin salarié. Et puis, échappatoire ou non, il se persuade d'être attiré par

* Céline ne possédera jamais un cabinet, place des Lices, comme le lui avait imprudemment attribué Marcel Brochard.

la recherche. Il obtient d'Athanase Follet une recommandation auprès d'Émile Roux, directeur de l'Institut Pasteur. Il y entre pour un mois, en novembre 1923 — il ne supportera pas plus longtemps son stage —, affecté au laboratoire de microbiologie d'un chercheur d'origine russe, Serge Metalnikov. Il y fait donc long feu au grand dam d'Émile Roux qui estime avoir été dérangé pour rien, par un fumiste. De ce court séjour, Louis se souviendra dans le *Voyage* lorsqu'il ridiculisera l'Institut (l'Institut Bioduret), Roux (le Pr Jaunissey), selon une description qu'André Lwoff, futur pastorien lui-même, jugera savoureuse et juste. Quant à Metalnikov, il sera aussi un personnage de *Voyage*, sous les traits caricaturaux de l'évanescent et libidineux Parapine. Louis pense un temps à Gustave-Roussy, l'institut du cancer, mais il ne persévérera pas. Comment effacer aussi le rêve de l'Amérique qui, s'il est tu — il a pu rejaillir dans certaines conversations avec Albert Milon — persiste ? L'esprit d'aventure peut-il mourir ? D'autre part, on l'a dit, Louis aime la parole, l'observation des caractères humains. Il a le sens de la relation. Aussi considère-t-il une possible spécialisation en psychiatrie — il le confirmera dans un entretien avec Claude Bonnefoy — et ne répugnera pas, plus tard, à s'imaginer médecin des asiles. La dernière partie de *Voyage* ne se passe-t-elle pas dans un asile ? Indécis, il rentre à Rennes pour écrire sa thèse qu'il soutiendra le 1er mai 1924. Fin juin, il tente avec succès le concours de médecin sanitaire maritime. Il a trente ans.

Semmelweis

La Musique, la Beauté sont en vous et nulle part ailleurs dans le monde insensible qui nous entoure.

L.-F. CÉLINE,
Semmelweis

J'ai l'oreille, voilà !... Tous les vagissements me passionnent... pensez des années à Tarnier !... Brindeau, Lantuéjoul !... les premiers cris... le premier cri !... Tout gras et glaires... mon affaire !... les toutes petites tronches, écarlates, bleues, strangulées déjà !... si j'ai aidé des êtres à naître !... Comme ils arrivent !... vous me remettez dans les souvenirs ! « Poussez, ma petite dame ! Poussez !... » J'ai entendu bien des cris... je suis homme d'oreille... mais le duo d'accouchement maman le petit gniasse, voilà un accord à se souvenir[1]...

Brindeau ne s'était pas trompé en conseillant à Louis, au travers de Semmelweis, un sujet autour de la naissance. Céline s'est toujours interrogé sur ce vertige : l'entrée dans la vie, question abyssale de l'incarnation singulière. Comment ? Pourquoi ? L'accoucheur accompagne et il n'a pas de réponse. Il est le témoin capital, le garant du premier cri, du premier éveil à on ne sait jamais quoi, tant la vie est indéfinissable. L'accoucheur est là aux premiers temps, il désigne le sexe. Aujourd'hui, on sait écouter le fœtus et l'âge de notre préhistoire recule sans cesse. Bientôt, peut-être, on accédera à la conception, ce moment absolu du désir de vivre dans la nuit de corps étrangers avec, déjà, la trace de l'humanité sacrée. Moment de l'origine, de l'incrédulité et de l'effroi : qu'est-ce qui nous fait vivre ? Céline, qui n'aimait pas la vie, avait le respect de cet instant où chacun entre sur la scène tragique, et une sorte de compassion pour ce frêle compagnon humain qui, à son tour, allait affronter une histoire sans queue ni tête, promise à rien. Sans doute avait-il le même respect pour l'œuvre de la mère qui avait abouti à ça : un être à la perfection éphémère, livré aux ténèbres. Mais la liturgie célinienne s'arrêtait là. Il avait trop le sens de l'absurde, il était trop possédé par un désespoir ancien pour céder à un quelconque lyrisme sur le chapitre ou partager un bonheur convenu, quand il existe, avec les géniteurs.

Semmelweis, donc. Il était peu connu alors mais honoré par ceux qui avaient notion de ses travaux. Né en 1818, mort en 1865, médecin hongrois, il avait étudié le droit, puis la médecine, à Budapest. Il s'était rendu à Vienne en 1846 pour apprendre la chirurgie au grand hôpital, sorte de Mecque de la médecine en Europe centrale. Il s'orienta en cours de route vers la maternité où officiaient deux écoles rivales, celle de Klein et celle de Bartch. La mortalité en couches était élevée : 16 à 30 %, et la fièvre puerpérale, celle qui tue, considérée comme une fatalité, un prix à payer à la nature, un châtiment peut-être. Semmelweis, ce « demi-juif », dira de lui Céline, bien que Semmelweis, de par la conversion de sa famille, fût catholique, ne se résignera pas à cette malédiction qui pesait sur les accouchées, pour la plupart des jeunes femmes. C'est un pragmatique, un ingénieux, un intuitif. À l'époque, l'anatomie est la science reine en médecine et la dissection un art. Les chirurgiens se perfectionnent et s'exercent sans contraintes sur les cadavres. Les médecins, aussi, qui fondent, par l'observation des tissus profonds, l'anatomopathologie. On explore la matière inerte pour apprendre, à mains nues, risquant l'accident fatal que l'on constate quand l'un des chercheurs s'écorche, se blesse, à la suite d'une mauvaise manipulation, et devient victime de la piqûre anatomique, pour mourir en quelques jours de ce qu'on nomme la pyoémie. Comme ses confrères, Semmelweis est un habitué des salles de dissection de l'hôpital. Il y est habile et savant. Il constate, quand il revient en salle de soins, chez les vivants, qu'il ausculte, palpe et touche, que la fréquence de l'atteinte puerpérale augmente ou diminue en fonction de sa fréquentation ou non de la morgue. Il établit un lien entre ses deux activités et comprend que dans le premier lieu, il se souille les mains et transporte la mort dans le second. Il décide, simplicité extrême de l'acte, de se laver les mains dans de l'eau mêlée d'eau de Javel avant d'examiner les patientes dont, en obstétrique, le toucher vaginal est un temps majeur. Les chiffres de la mortalité chutent spectaculairement. Nous sommes avant l'ère pastorienne, aucune explication rationnelle ne peut-être donnée, sinon qu'on transmet la putréfaction cadavérique et que le vecteur de la transmission est le médecin lui-même. C'est la conclusion de l'analyse de Semmelweis qui exige, maladroitement semble-t-il — Semmelweis est une personnalité entière, péremptoire, révoltée par la mort précoce des femmes, qui ne transige pas —, des étudiants et de ses confrères qu'ils se lavent les mains avant tout examen des patientes dont il a la charge. Par ce geste élémentaire, il fonde l'asepsie.

S'il jouit de bienveillance, dont celle de Skoda et Rokitansky, qui sont illustres, il est rapidement pris en grippe par d'autres notoriétés comme Klein (que Céline s'obstine à écrire Klin) qui ne supportent pas, ayant la science infuse, que ce Hongrois introduise dans leur pré carré ses discutables méthodes. C'est le rituel de la rivalité parmi les médecins qui ne sont jamais que partie d'un petit monde. Les réputations, souvent usurpées, établies, y sont le socle du conservatisme. Semmelweis est maladroit, nous l'avons dit, il a le penchant missionnaire, il part en croisade. De déclarations sans répliques en rebuffades, il sera vaincu. Un assistant-disciple, le Dr Arneth, tentera en vain de faire connaître en Europe la thèse de Semmelweis. À Paris, où s'imposera Pasteur, on fera la sourde oreille. Semmelweis est donc bien seul à Vienne mais beaucoup plus écouté en Hongrie. Il bascule alors dans la déraison. On le conduit à l'asile où il mourra. Le destin a ses ironies. S'étant légèrement blessé lors d'une dissection, avant qu'il ne décompense psychiquement, il va être emporté par le mal qu'il avait contribué à éradiquer. Quelques décennies plus tard, son œuvre sera reconnue et son trait de génie quant à l'origine de la contamination, salué. Et, Pasteur vint.

Semmelweis, ce visionnaire, ce persécuté — on le rangea du côté des paranoïaques —, cet irréductible, est un romantique. Qu'il ait clamé la vérité (que Céline écrira Vérité avec un grand V, comme la Mort avec un M majuscule) et succombé face aux inamovibles médiocrités, qu'il fût solitaire et messianique — et hygiéniste — ne pouvait qu'attirer Céline qui écrit sa thèse en quelques mois, persuadé de porter une parole pionnière. Attirance pour Semmelweis et son destin ? C'est un euphémisme. Identification plutôt, et prémonitoire, de Céline. Ne se vivra-t-il pas à son tour comme l'un de ceux — ou pourquoi pas le seul ? — qui, en son temps, a dérangé l'apathie du monde ? C'est ainsi qu'il concevra son rôle de pamphlétaire. Sa proximité d'avec Semmelweis va être l'occasion — l'enjeu intime y est pour quelque chose — d'un texte superbe. Un chant de connivence, un morceau d'éloquence incantatoire qui ne craint pas l'emphase, écrit dans la ferveur de la langue française, la royale — ce sera l'antienne de Céline : « la langue française est royale ! Que foutus baragouins autour ! Conjurés, boscos, vérolés[2] ! ». On l'a évoqué plus haut : Céline l'écrit, cette langue, admirablement, et montre par là à quel point il s'est nourri des classiques, des grands des XVIIIe et XIXe siècles. Il la connaît de l'intérieur. Ce qui l'autorisera à la pulvériser quand lui-même se sera trouvé. Avec *Semmelweis*, il en est à son premier vrai exercice de style sur un parcours moyen de cent vingt pages qui lui permet néanmoins de tester la jubilation que procure l'écriture. Il aurait pu persévérer dans ce classicisme, adopter la solennité d'un Chateaubriand. Sans doute son sujet lui imposait-il cette forme où l'histoire est convoquée sur une trame métaphysique et tend vers la fresque. À la lecture, une évidence frappe : Céline, l'inventeur de sa biographie, invente celle de Semmelweis, et un médecin hongrois spécialiste de Semmelweis, Tiberius de Györys, le lui rappellera en pointant quelques erreurs d'ailleurs secondaires. Le Semmelweis de Céline est un Prométhée malheureux, désavoué parce que homme de progrès et de science, il a pénétré l'un des secrets du monde, parce que homme de bien aussi, il a soulagé une part de la souffrance humaine, victime, et pour tout cela, de l'envie, de l'impéritie et de la bêtise. C'est pour Céline le sort des voyants, des précurseurs, des promis au bûcher. « Les âges de l'humanité s'accomplissent sans doute avec une majesté cruelle et redoutable, mais ils s'en vont vers la lumière[3]. »

La thèse sur Semmelweis est plus un plaidoyer, un éloge de la folie féconde qu'un travail érudit et critique. C'est l'hommage à la lucidité et à la pertinence d'un homme qui a osé défier un ordre établi, en l'occurrence la résignation médicale face à l'infection puerpérale, en jetant les bases, sans la nommer et la saisir encore, de la causalité microbienne des contaminations. Cet éloge est celui de la raison, du courage de l'esprit face à l'inconnu qui sait les risques qu'encoure celui ou celle qui rompt avec la pensée conforme, aveugle. Il est sans doute impossible de comprendre Céline sans accorder à sa thèse, son écrit originaire, l'importance qu'il lui conférera lui-même. Ne la rééditera-t-il pas, en 1936, en parallèle avec la parution de *Mea Culpa* où, pour sa part, il levait le voile sur la mystification soviétique d'alors, à contre-courant. Semmelweis le quitta-t-il, lorsqu'il osa délirer sur les menaces, les aberrantes, stigmatisées dans ses pamphlets, et les réelles, portées par la guerre aux frontières ? Il cheminait avec son Semmelweis mythique et ses grands hommes : Archimède, Newton, Pascal : « L'histoire, attendez ! C'est pas fini ! J'en suis de l'histoire ! J'ardoise les horreurs[4]. »

Céline ne se voulait pas un homme d'idées. Il détestait la suffisance de l'intellect et, pourtant, sa thèse livre les grands axes d'une conception où penser devient à la fois une exaltation et une entreprise dantesque, une bravade face aux puissances :

> S'ils se doutaient, les téméraires, que l'enfer commence aux portes de notre Raison massive qu'ils déplorent, et contre lesquelles ils vont parfois en révolte insensée jusqu'à rompre leurs lyres ! S'ils savaient ! De quelle gratitude éperdue ne chanteraient-ils point la douce impuissance de nos esprits, cette heureuse prison des sens qui nous protège d'une intelligence infinie et dont notre lucidité la plus subtile n'est qu'un tout petit aperçu[5].

Le 1er mai 1924, Louis-Ferdinand Destouches fut reçu docteur en médecine. Il avait dédicacé sa thèse à quatre médecins : Brindeau, Follet, Siskar Gunn (de la Fondation Rockfeller) et Maréchal (chef de clinique qui le tutora à plusieurs reprises). Nul doute que le jury qui lui décerna la mention « bien », la commission des thèses lui attribuant en janvier 1925 une médaille de bronze, fut perplexe devant la teneur du propos qui, certes, appartenait pour partie à la médecine par l'exposé des conditions de la découverte empirique de Semmelweis, mais qui, surtout, s'évadait dans la littérature et la supputation philosophique en un style qui avait peu à voir avec l'habituelle banalité de l'écrit médical. Seul un esprit étriqué pouvait y voir plus de grandiloquence que de grandiose. Le jury fut sensible à ces pages qui frisaient l'élégie, inscrites dans la tradition des humanistes et des littéraires de la médecine, et confirmaient ce que Brindeau avait remarqué chez l'étudiant Destouches, sa fibre poétique. Bien qu'il formulât mille sentences vengeresses à leur égard mais également mille sentences complices, Céline appréciait les femmes, la féminité. Et c'est en pensant à celles qui moururent de l'obscurantisme médical dans la Vienne du XIXe siècle qu'il écrivit ces lignes :

> Alors les femmes, patientes, plus subtiles, moins logiques, plus mystiques, en somme plus vivantes, sortiront du silence et nous conduiront à leur tour avec plus de bonheur, peut-être sur un autre chemin. Nous les suivrons, rétifs seulement pour la forme, dociles au fond, car nous savons bien que nous n'avons plus rien à dire et que notre système d'hostilité est sans issue[6].

S.D.N.

J'ai fait aussi les continents à la recherche de la vérité. Si les voyages forment l'âge mûr, je peux dire que je suis bien fait.

L.-F. Céline,
Bagatelles pour un massacre

Sa thèse passée, Louis, on l'a vu, qui a donné satisfaction lors de ses remplacements, peut-il décider de poursuivre dans cette voie et déboucher bientôt sur sa propre installation ? Il opte pour une autre direction. Siskar Gunn est contacté par Louis. Gunn conçoit alors un projet pour Louis qui écrira à Albert Milon : « Gunn évidemment fut mon père. Il sera dit que la Rockfeller remplira ma vie *. » Il s'agit de réintégrer Louis à la Fondation qui opérera un détachement au bureau d'hygiène dépendant de l'Organisation mondiale de la santé, création récente de la Société des nations, elle-même encore très jeune, et seule initiative utile du désastre diplomatique que fut le traité de Versailles. Le Bureau d'hygiène est dirigé par un Juif

* Cité par François Gibault.

d'origine polonaise, le Dr Ludwig Rajchman. Âgé de quarante-trois ans, très compétent, il a vécu à Londres sept ans, entre 1910 et 1918, fréquenté le Royal Institute of Health, travaillé à l'Institut Pasteur et dirigé le Service d'épidémiologie de l'État polonais. Louis, recommandé par Gunn, le rencontre et lui expose son parcours de vie déjà bien rempli. Rajchman est un humaniste, libéral et plutôt de gauche. Il est séduit et accepte volontiers le montage proposé par Gunn. Louis ne sera pas employé de la S.D.N. mais détaché de la Fondation au Bureau d'hygiène sous la responsabilité de Rajchman, qui sera, en quelque sorte, son employeur technique.

L'affaire est rondement menée puisque Louis entre en fonctions le 27 juin 1924 avec un contrat de mission établi jusqu'en décembre 1927. Il est associé comme « médecin de section d'hygiène, classe B » avec un traitement mensuel de 1000 francs suisses. Il s'installe donc à Genève dans un hôtel cossu, La Résidence, et aborde, en cet été 1924, une carrière de fonctionnaire international. Il a quitté le terrain de la médecine ordinaire pour une activité bureaucratique relativement dorée et vit à Genève qui est une cité mixte à vocation internationale, maintenant un côté provincial paisible et riant au bord du lac Léman, à deux pas de la France et de montagnes parmi les plus belles du monde. Louis ne demande pas à Édith et Colette de l'y rejoindre. Il préfère la solitude, prétextant une adaptation nécessaire. Il ne fera jamais venir ni sa femme ni sa fille afin de rester auprès de lui, il les invitera et ne sera pas, alors, assidu auprès d'elles. Être seul lui plaît. Il mondanise, il batifole, il papillonne. La S.D.N. est à ses yeux prestigieuse — il déchantera bientôt — et lieu d'échanges de haut niveau. Il profite bien de ses avantages et subsides, dépense allègrement, plus qu'il ne devrait. Dans ce contexte, une femme et un enfant l'encombreraient. Mais il leur demeure lié, à distance.

Au bureau, il apprend sous la direction de Rajchman, bienveillant et à son tour paternel, la mécanique de l'institution et la technique de rédaction des rapports, courriers et circulaires. À cet exercice, Louis se pliera et progressera tout en sachant qu'intellectuellement il s'appauvrit. Il ne tarde pas à s'ennuyer. Un espoir, pourtant — et ce fut sans doute sa motivation principale pour entrer à la S.D.N. —, des projets de voyages qui miroitent et, en particulier, celui, promis, pour l'Amérique. Ce dernier avait été envisagé pour octobre 1924, il sera différé à février 1925 et demande préparation. Louis s'y attelle car Rajchman compte bien lui confier la responsabilité de la délégation médicale prévue pour constituer la mission d'enquête sur l'organisation sanitaire des États-Unis, tandis que se profile aussi une mission pour l'Afrique inscrite sur l'agenda 1926 dont il sera également. À cet effet, on le verra à Paris du 19 au 21 janvier 1925, en compagnie de Rajchman, afin d'étudier la question de l'émission régulière d'un bulletin épidémiologique concernant l'Afrique par Radio-Bordeaux, de s'entretenir avec le Pr Brumpt, de la Faculté de Paris, une autorité en matière de bactériologie et de parasitologie, et d'obtenir du

Dr Abbatucci, du service de santé du ministère des Colonies, une monographie sur l'organisation des services d'hygiène des colonies. Avec Abbatucci, Louis se montrera ultérieurement très méprisant, se prévalant du rôle de membre spécialiste d'une institution internationale vis-à-vis d'un obscur médecin fonctionnaire d'un gouvernement local. Louis a vite appris la leçon de la suffisance.

Le 14 février 1925, il embarque enfin de Cherbourg sur le *Minnetonka* pour New York où il débarque le 24 à la porte de son rêve américain *. Il loge pour une semaine à l'hôtel Mac Alpin. D'emblée, New York l'écrase. Dans la ville verticale, il n'a plus de repères. Il s'éprouve au centre d'une puissance titanesque, proliférante, au développement anarchique régi par un régime puritain — le président John Calvin Coolidge (le prénom de Calvin lui sied bien) vient d'être élu. Louis est pris dans une dérive étrangère dont seule l'extraie sa vision des femmes américaines — et c'est une projection —, belles, libres, saines, impertinentes. L'Amérique, c'est d'abord la femme. Cette semaine-là, il fait néanmoins un aller-retour à Washington où l'attend Cummings, le *surgeon general* — le directeur fédéral de la santé — pour mettre au point les derniers détails de la tournée qui doit démarrer début mars. Le 28, il prend le bateau pour Cuba. À La Havane, le 1er mars, il retrouve la délégation uniquement composée de huit médecins d'Amérique latine qu'il doit piloter.

* À signaler une péripétie. Louis a oublié à Genève une partie de sa garde-robe et, surtout, les adresses des banques où a été versé l'argent qui permettra la prise en charge des délégués et la bonne marche du voyage.

Le programme a retenu une semaine de mise en train à Cuba dont la condition de semi-protectorat américain n'empêche pas qu'il présente un système de santé publique avancé. Le déroulement des journées — on se lève tôt souvent dès six heures et l'on se couche tard — est conforme à celui qui sera mis en œuvre lors de la visite aux États-Unis : succession d'établissements de soins à traverser au pas de course, inspection de structures de la chaîne alimentaire, à commencer par les abattoirs, les conserveries, puis un saut parmi les réseaux d'égouts, les stations d'épuration, les usines, etc., le tout suivi d'interminables réceptions. Le rythme est épuisant, l'information, parcellaire et trop dispersée. Les médecins de la délégation seront de plus en plus réticents devant cette accumulation massive de données. Louis veillera à la bonne tenue des échanges et au respect des engagements. On lui en saura gré, puisqu'à son retour à Genève Rajchman se montrera satisfait et obtiendra pour lui une augmentation de salaire mensuelle de 250 francs suisses.

Le 9 mars, la délégation quitte Cuba et accoste à La Nouvelle-Orléans, le 12 mars, au sortir de trois jours d'une mer agitée et de brouillards tropicaux nombreux qui stagnent sur le golfe du Mexique. En trois semaines, la mission va parcourir quatre mille kilomètres répartis entre la Louisiane, l'Alabama et le Mississippi selon le rythme effréné que nous avons évoqué. À noter que Louis sera victime, sans conséquence, d'un accident d'automobile à Schreveport en Louisiane. Dorénavant, il évitera l'auto. Le 5 avril, ils sont à New York où ils suivront la visite du gigantesque dispositif des égouts de la ville. Le 10, ils sont à Washington pour une réception à la Maison Blanche en présence du président Coolidge qui reçoit la délégation. Est-ce Cummings qui introduit ? Toujours est-il que Louis n'est pas désigné au président comme le chef de la délégation. De retour à New York, la mission peut, entre autres, voir Ellis Island, ce lieu d'accueil fameux des immigrés. Puis c'est le Nord-Est et, en particulier, Detroit et Pittsburgh. Ford règne à Detroit et ouvre ses usines à la délégation. Louis est fasciné par le fordisme, l'efficacité et la massification de la production, la rationalisation de la productivité, le discours résolument positif sur l'intégration du handicap qui sous-tend un système sanitaire à la fois original et cauchemardesque, quasi totalitaire. La santé des ouvriers et des déficitaires est prise en charge par l'entreprise où le travail a valeur thérapeutique sinon de rédemption. Impressionné, Louis, si peu disposé aux obligations administratives, rédigera un long rapport pour la S.D.N. sur « l'organisation sanitaire des usines Ford à Detroit » qu'il reprendra en novembre 1928 dans la *Presse médicale.* Il développera toute une fantasmagorie par rapport à Ford puisqu'il soutiendra à plusieurs reprises — et Henri Mondor, comme pour la trépanation, gobera ce bobard — avoir été médecin chez Ford durant quatre ans. Est-il attiré par Detroit, cette ville industrielle sinistre, en grande partie peuplée par les Noirs, où il ne reste que trois jours ? Est-il sensible aux propos d'Henry Ford qui, en cette année 1925, conduit une violente campagne antisémite rendant les Juifs, en bon Anglo-Saxon protestant, responsables de la décadence — déjà ! — de l'Amérique, tout en menant aussi une offensive contre le jazz, une musique juive aux relents d'alcool, à la sensualité agressive *.

Le 9, la délégation est à Pittsburgh et fait connaissance avec la Westinghouse dont les relations dans le monde du travail et de l'assurance-maladie sont semblables à celles de l'Europe. Louis écrira à l'issue de cette rencontre un rapport sur le système sanitaire de la Westinghouse. Après le rituel détour par les chutes du Niagara, la délégation entre au Canada le 9 mai et y demeure jusqu'au 21. Toronto, Ottawa, Montréal, Québec sont visités. Louis se félicite qu'il y ait deux facultés de médecine dans le Canada francophone, l'une à Québec, l'autre à Montréal. Un article le salue dans la presse le décrivant comme un médecin renommé et le fils (!) du secrétaire général de la Faculté de Paris. Le voyage se termine après presque trois mois de pérégrinations. La mission est fatiguée. Elle embarque sur le *Mont-Royal* le 22 mai pour Liverpool. Un périple européen tout aussi chargé l'attend. De Liverpool, Louis se rend à Londres où se trouvent à la fois un contrôleur de la S.D.N., Johnston-Watson — Quel a été l'usage de l'argent attribué à la prise en charge d'un des médecins délégué qui n'a pas effectué le voyage ? Louis est-il en délicatesse avec les comptes ? — et Édith qui, malencontreusement, est hospitalisée

* Cette position transparaîtra dans *Voyage*, mais, au cours du temps, elle sera souvent dans l'œuvre de Céline exposée de manière plus nuancée.

avec une forte fièvre pour avoir contracté les oreillons. Les retrouvailles avec Louis ne sont pas meilleures qu'à l'accoutumée et ne se prolongent guère car, libéré de Johnston-Watson, il doit partir à Genève pour rendre compte à Rajchman.

Comme on le sait, Ludwig Rajchman félicite Louis et le gratifie d'une augmentation de salaire. Mais il s'agit de poursuivre la mission dans ses obligations européennes. Et ce sera un vaste tour de la mi-juin au début juillet par la Hollande, la Belgique et le nord de la France — pour cette partie, centré sur Lille — dans l'accomplissement de lourds programmes répétitifs. La délégation est ensuite à Paris où elle profite autant du tourisme que des séances d'information sur l'hygiène publique. Puis, après trois jours à Lyon, c'est l'Italie envers laquelle Louis a plaidé l'allégement du nombre de sollicitations. En vain. L'Italie fasciste est trop fière de son effort d'urbanisation, de son traitement des marais insalubres sources de malaria, tel le marais Pontin. Le séjour s'y déroule du 27 juillet au 8 août ponctué par une audience accordée par Mussolini, avec photographie à l'appui, où Louis figure distinctement. À la fin de cette dernière tranche, la délégation se sépare et Louis rentre à Genève. Il a été cinq mois sur la brèche. Il a enfin pu aborder l'Amérique et en est revenu perplexe, peu convaincu. Sans doute le matérialisme actif et efficace du capitalisme américain, l'absence de la pondération de l'Histoire — Louis ignore bien sûr les Amérindiens —, la frénésie permanente, le gigantisme, l'individualisme et la solitude de l'individu ont-ils faussé ses marques. Il ne se sent pas de ce monde-là. Ne subsiste que la beauté des femmes de là-bas, idéalisée, qui prennent le relais de ses attentes américaines déçues. Il ne reste qu'elles pour l'appeler et, bientôt, elles se résumeront en une seule, nous le verrons, Elizabeth Craig. Un imaginaire s'est révélé inconsistant. Le leurre a fait place au vide. Et c'est Genève pour le moment l'unique perspective.

À la S.D.N., Louis retrouve une certaine routine. À peine un an et, déjà, il est las. Il s'investit dans la préparation du prochain voyage : l'Afrique. Observe-t-il dans ce laps de temps l'énorme machinerie bureaucratique qui, de rapport en enquête, de commission en sous-commission, s'abuse et semble fonctionner pour elle-même, n'apportant aux nations, et presque par surcroît, que de rares lueurs dont elle est censée disposer. Frédéric Vitoux a bien résumé ce que pouvait ressentir Louis à cette époque :

> Les mois passèrent donc ainsi, l'inactivité, la sédentarité et l'ennui succèdent à l'épuisante course de la tournée américaine et européenne. Il en allait toujours ainsi avec Louis Destouches, il en sera de même avec Céline : une vie marquée par une incessante hésitation, d'une palpitation entre la course et l'arrêt, la précipitation et la torpeur, l'illusion et l'accablement, la curiosité et l'ennui, l'ouverture sur le monde et le repli tragique et solitaire sur l'écriture [1].

Fin décembre Céline quitte La Résidence pour louer un appartement de trois pièces à Champel dans l'une des banlieues favorisées de Genève. Il n'y recevra pas plus Édith que Colette. Édith qui, après Londres, l'été passé, ne croit plus à la pérennité de leur union. Une amie de Vareddes, Germaine Constans, qui fut peut-être — mais elle avait un penchant pour les femmes — une petite amie de Louis, accompagna Colette à Genève un mois. Elle fut témoin de la vie qu'il menait. Il était, comme nous l'avons décrit, libertin, mondain, cherchant le succès sans trop y croire, en proie au vide, convaincu de ses vanités. 1925 fut également l'année où il publia chez Doin, à compte d'auteur, mais financé par la S.D.N., *La Quinine en thérapeutique*, écrit qui, selon Philippe Alméras, reprenant les travaux de Jacques François*, devrait beaucoup au grand-cousin Théodore et à son *opus* sur le quinquina.

Dès le début de l'année 1926, Édith a pris la décision, encouragée par Athanase Follet, de se séparer de Louis et d'engager une procédure de divorce. Louis, par vieille fidélité à une incertaine morale familiale, par culpabilité, ou parce qu'il n'est pas le promoteur de la décision, refuse dans un premier temps, puis consent, prenant tous les torts pour lui. Il n'avait pas trop à revendiquer. Il n'avait pas été très tendre avec Édith depuis la fin de ses études, comme si leur contrat basé sur la tolérance d'Édith ne lui suffisait plus et que se dévoilât un secret de polichinelle : leur union avait été tout bénéfice pour Louis, lui fournissant les conditions idéales de la réussite des études, et n'avait servi qu'à ça. Bien sûr, il y avait Colette, un accident pour lui...

* Jacques François : *Contribution à l'étude des années rennaises du Dr Destouches (Louis-Ferdinand Céline) 1918-1924*, faculté de médecine et de pharmacie de Rennes, 1967.

Était-il donc un cynique non dépourvu cependant de bonnes intentions ? Tous ses biographes (Gibault, Alméras, Vitoux) citent une insultante lettre à Édith que celle-ci agita lors du divorce et qui, dans la véhémence, établit la véracité de ce que pensait Louis :

> Il faut que tu découvres quelque chose pour te rendre indépendante à Paris, quant à moi, il m'est impossible de vivre avec quelqu'un — Je ne veux pas te traîner pleurarde et miséreuse derrière moi, tu m'ennuies, voilà tout — ne te raccroche pas à moi. J'aimerais mieux me tuer que de vivre avec toi en continuité — cela sache-le bien et ne m'ennuie plus jamais avec l'attachement, la tendresse — mais bien plutôt arrange ta vie comme tu l'entends. J'ai envie d'être seul, seul, ni dominé, ni en tutelle, ni aimé, libre. Je déteste le mariage, je l'abhorre, je le crache, il me fait l'impression d'une prison où je crève [2].

Après une telle missive, la messe était dite. Le 9 mars 1926, Édith introduit une requête en divorce à Rennes. Le 21 mars, à la conciliation, Louis, alors en route pour Dakar, est absent. Le 21 juin, le divorce prononcé, le jugement confie à Édith la garde de Colette et la totalité de sa dot lui est versée. Est-ce à conclure, comme le suggère Philippe Alméras, que Louis continuait d'en percevoir une partie ?

Le 1er mars à La Rochelle, Louis quitte la France sur le *Belle-Île* à la tête d'une délégation de seize médecins, européens dans leur très grande majorité puisque participent seuls à la mission, en dehors d'eux, un Guatémaltèque et un Africain du Sud. La mission, qui va durer quatre mois, atteint Dakar le 20 mars. Le groupe paraît trop grand à Louis qui préfère le scinder en trois, se réservant d'encadrer celui qui se rend en Guinée et au Soudan. Est-il autant motivé que lors de la précédente mission ? Il va retrouver l'Afrique, dix ans après Bikobimbo, une Afrique qu'il n'aime pas mais qui, cependant, résonne mystérieusement en lui parce qu'elle est originaire, totalement exotique, hors notre civilisation, et qu'elle le trouble pour tout cela qui lui est radicalement étranger. En 1926, il n'est pas dans le dénuement aventurier de 1916. Désormais, c'est un médecin patenté, un officiel qui constate que les conditions de vie sont toujours aussi précaires et le climat tout aussi asthéniant. Évaluer les dispositifs sanitaires dans les régions, comment pallier leurs éventuels et nombreux manques, tels sont les buts de la mission. Le groupe de Louis va se déplacer pour l'essentiel en train. Il y a peu à dire sur les interminables et monotones traversées de la brousse et des savanes, sinon la présence d'une nature peu propice, porteuse de la fièvre, la permanence de la chaleur, de la fatigue, les rendez-vous de travail aux conclusions sommaires. Dakar-Bamako, puis Bamako-Kourossa en automobile, de nouveau le train pour Conakry, un vieux caboteur pour Abidjan et le train encore pour Accra, Lomé, Lagos pour terminer à Freetown le 18 mai — Freetown où il connut son premier réel contact avec l'Afrique en juin 1916 et qui lui donna envie de décamper —, pour une conférence d'organisation et de bilan de la visite qui s'achève dans la confusion et le blocage des volontés étatiques.

Le 9 juin, retour à La Rochelle à bord de l'*Eu-*

bée. Cette fois, la délégation est sur les nerfs et divisée, Louis n'aura pas droit aux félicitations. Il donne l'impression d'avoir bâclé et péché sur l'intendance. Cette mission, hors de toute projection mythique, l'a-t-elle mené dans le seul souci de s'éloigner de l'Europe, de la routine de la S.D.N. et de ses affaires conjugales ? C'est probable. Il a fui. Il n'a rien appris et rien conseillé, dépassé par la complexité des enjeux coloniaux et locaux. Il a su profiter un peu aussi, ne fût-ce qu'en suivant cette randonnée offerte qui lui permettait une distance d'avec lui-même dont il avait besoin. Il reste quelques jours à Paris pour la septième séance du Comité d'hygiène, maïs il lui faut s'occuper, comme en 1925, de la seconde partie de l'itinéraire de la mission, le périple en Europe. Et c'est direction la Hollande, la Belgique, le retour en France, le détour par Chartres, la descente à Lyon et le séjour en Suisse : Bâle, Zurich, Berne avec une rencontre finale à Genève, le 25 août. À l'image de celle de l'année précédente, la délégation exténuée se sépare sans regrets. Louis demeure à Genève. Il n'est pas sans voir que ce voyage l'a physiquement affecté. Il est amaigri, il se traîne. Au bureau, aucun projet ne le stimule, il est face à ce qu'il a déjà affronté, face à l'écrasante inertie administrative et ses rites obligés. Son goût de la médecine vivante refait surface. Il songe à démissionner, à redevenir libre acteur de sa vie. Mais, pour l'heure, il n'est pas prêt à renoncer aux avantages de sa situation. Il mène grand train, s'est acheté un cabriolet décapotable, accumule les dettes, courtise les dames. Autour de lui, on jase, on relève ses insuffisances, son peu de production paperassière. Sans la protection de Rajchman, le deuxième Juif, après Benedictus, à lui vouloir du bien, il serait en difficulté. Mais Rajchman veille. Aussi Louis va-t-il végéter avec une bonne rémunération en simple pion de la machinerie S.D.N. jusqu'à l'été 1927.

À la charnière 1926-1927 deux faits importants sont survenus : divorcé, Louis a rencontré Elizabeth Craig et il s'est mis à écrire. Non de la prose, non du récit, non du roman, mais du théâtre. On le sait, il a de l'appétence pour le spectacle, le music-hall, la danse. Il aime les artistes et les coulisses. Alors, il se lance dans deux pièces, l'une majeure — si l'on veut — *L'Église*, l'autre, un divertissement, *Périclès* qu'il nommera ensuite *Progrès*[3]. Avant d'en parler, revenons un temps au quotidien de Louis. Il cherche les modalités d'une retraite équitable de la S.D.N. Hormis un séjour à Paris, pour des journées consacrées à la rage, en mai, il a peu quitté Genève. Sinon à la fin 1926 où il habite un hôtel, boulevard Raspail. En juin 1927, il obtient l'accord de principe de Rajchman : après les vacances d'été, il pourra bénéficier d'un congé maladie de quatre mois dont le terme coïncidera avec la fin de son détachement à la S.D.N., le 31 décembre 1927. C'est le Pr Léon Bernard, chef de service en pneumo-phtisiologie à l'hôpital Laënnec, rue Vaneau, à Paris, et représentant français au Comité d'hygiène, qui établira le certificat médical en l'axant sur le paludisme. Comme Rajchman, Léon Bernard est juif et il portera attention à Louis, ne fût-ce qu'en lui proposant pour septembre une vacation dans son service * où il s'initiera à la médecine de dispensaire. Quelques années plus tard, Céline, dont la reconnaissance n'est pas le fort, l'attaquera dans *Bagatelles pour un massacre* le qualifiant de : « gros rabbin médical, parfaitement prétentieux et nul... ». Fin 1927, Louis retrouve donc sa liberté. Il a trente-trois ans.

Durant les premiers mois de cette même année, il s'est attelé à écrire *L'Église*. Beaucoup ont vu dans cette pièce injouable — et elle sera peu jouée ** — une esquisse, un prolégomène à *Voyage*. En effet, y apparaissent le Dr Bardamu qui deviendra le personnage le plus célèbre de l'œuvre de Céline, sinon son *alter ego*, mais également l'Afrique avec la Bragamance, New York avec le Quick Theater, sans que, toutefois, la guerre ou Londres soient considérés. *L'Église* est un temps important dans la maturation de Céline et se composa d'abord de trois actes puis, pour finir, de cinq. Nombre d'éléments autobiographiques s'y repèrent. L'intrigue, cependant, ne tient pas. Céline, qui a le sens de la représentation, n'a pas de ressort théâtral, hormis sur la scène privée où il est souvent tragi-comédien. Le troisième acte a toutefois retenu les commentateurs parce qu'il traite de la S.D.N., assimilée à une Église, et surtout parce qu'il en fait une société dirigée par les Juifs, en parti-

* Céline n'honorera cette proposition qu'à la fin 1928, en une période où il était fort désargenté.

** Une représentation sera donnée au théâtre des Célestins à Lyon, le 4 décembre 1936, avant une reprise dans ce même théâtre du 27 janvier au 31 mars 1973, puis au théâtre des Mathurins du 1er au 20 mai 1973. Elle sera diffusée sur France Culture et à la télévision avec les mises en scène de François Joxe et Jean-Louis Martinelli.

culier par un certain Mosaïc et un certain Yudendzweck, directeur du service des compromis, dans lequel il n'est pas possible de ne pas reconnaître Rajchman. Dans cet acte, toute la scénographie, toutes les allusions ressortissent à l'antisémitisme. Les quatrième et cinquième actes se passent, eux, à Blabigny-sur-Seine dans un asile où s'est réfugié Bardamu. En dehors de lui, des personnages affleurent qui renvoient électivement à des figures féminines chères à Céline qui avait dédié la première version à l'une de ses amies, Karen-Marie Jensen. Ainsi y voit-on une danseuse, Elisabeth Gaige (l'assonance avec Craig est indubitable), femme du défunt Dr Gaige de la Fondation Brell, une directrice de théâtre, Vera Stern, et sa secrétaire, lesbienne, Flora — Vera qui dira à Bardamu : « Ah ! Ferdinand... tant que vous vivrez, vous irez entre les jambes des femmes demander le secret du monde[4] » — une évocation fugace de Suzanne Nebout en Janine. Louis proposera le texte à Gallimard qui, en octobre 1927, le refusera. *L'Église* sera publié par Denoël — une version remaniée —, en 1933, après le succès de *Voyage*, et sera fraîchement accueilli. Aragon écrira alors un long papier dans *Commune* pour prier Céline d'oublier son anarchisme petit-bourgeois et son antisémitisme pour rejoindre le combat aux côtés des communistes, des opprimés contre les oppresseurs. Bien décevant appel à un « compagnon de route » insituable et versatile. Céline était-il satisfait de sa pièce ? Aucunement. Ne déclara-t-il pas à Joseph Delteil, à la publication : « Ça pue tout de même le petit Français à sa maman — la fin de race prudente. C'est Shakespeare revu par Berlitz[5] » ?

Louis a-t-il révélé son antisémitisme à Genève ? Ce dernier était-il latent et a-t-il surgi au sein d'une société internationale où travaillaient, à des postes de responsabilité, des Juifs probablement pas plus nombreux que les autres, et dans la constatation de l'impuissance de ladite société et du gâchis qu'elle occasionnait ? Louis avait été élevé dans un milieu semblable au milieu type des classes moyennes où l'on professait un antisémitisme vulgaire, verbal, et qui ne débouchait pas sur des actes répréhensibles. Il s'y véhiculait comme une composante de la pseudo-sagesse des nations, un préjugé qui se voulait une évidence. L'antisémitisme, qui n'obsédait pas Louis outre mesure, se limitait à un parti pris. L'antisémitisme est un ressentiment. Que revendiquait alors Louis qui déclencha sa virulence ? Avait-il été blessé, humilié ? On a beau chercher, à Genève il fut plutôt un coq en pâte, choyé par Rajchman qui l'accueillit même chez lui, lui présenta sa femme à qui la conversation de Louis plut à ce point qu'elle en redemanda. Convenons pour l'instant, sans nous y attarder, que *L'Église* est, sur la question, la première manifestation du mystère Céline, son insondable part d'ombre.

Fit-il lire la pièce à Rajchman en 1927 ? François Gibault et Frédéric Vitoux penchent pour, affirmant que Rajchman en fut choqué, outré, et que de là daterait la détérioration des rapports de Louis avec la S.D.N. dont il fut évincé (retraité) à la fin 1927. Mais comment, dès lors, expliquer que Rajchman continuât à confier, épisodiquement, des missions ponctuelles à Louis, à cautionner des voyages d'études aux objectifs fallacieux, et ce jusqu'en 1933 ? Avait-il donc un humour complice, une compassion amusée pour son ex-protégé ? De son côté, Philippe Alméras pense que Rajchman ne lut vraiment *L'Église* qu'à sa parution et qu'il fut plus irrité par le procès en impuissance que Céline faisait à la S.D.N. que par la caricature antisémite et la sienne propre en Yudenzweck. Les rapports de Louis avec Rajchman, on ne surprendra personne, n'échappent pas à l'ordre de la psychologie, même sommaire, et impliquent une redite de la filiation père-fils au travers de la tutelle bienveillante de Rajchman, de sa culture étendue. Fut-il figure insuffisamment frustrante et interdictrice ? Laissons ici ces profondeurs bien réelles. Rajchman sera dix ans plus tard le Yudenblat de *Bagatelles*, envers lequel, dans sa vindicte, Céline ne sera pas sans ambivalence. Il a aimé Rajchman. Comme quoi...

Simultanément, Louis écrit une autre pièce, connue aujourd'hui sous le nom de *Progrès*. C'est un vaudeville en quatre tableaux, tenant en une cinquantaine de feuillets retrouvés par Jean-Pierre Dauphin, qui ne mérite pas trop qu'on s'y appesantisse, si ce n'est pour témoigner à quel point Louis était gagné par l'écriture, tout en balbutiant sur une voie sans issue, s'obstinant à rêver ballet et théâtre, espérant un succès boulevardier, qui réglerait les premiers soucis qu'il voyait poindre quant à la manière de gagner sa vie après la S.D.N. De fins psychologues verraient dans la distribution de *Progrès* une bonne scène familiale où sont réunis la mère (Marguerite, la boiteuse), la grand-mère (Céline Guillou ici sous le patronyme de Punais), le père (le mal-aimé), un détour par le bordel, l'apparition d'une Américaine pulpeuse (Elizabeth Craig d'ores et déjà et pour longtemps omniprésente)... C'est là (*Progrès*) un des exemples des parcours illusoires de Louis — Pascal Fouché y voit un prélude de *Mort à crédit* —, qui se bat pour sortir de son enfance littéraire, s'attachant aux facilités et aux paillettes plus qu'à l'exigence sans concession de la création. Peut-être lui faut-il souffrir encore, partager d'impossibles amours, s'égarer dans les solitudes, pour se trouver.

Elizabeth Craig

> *Moi la pureté de la danse je comprends... cochon au fond bien entendu comme lui, comme Jules, comme tout un chacun, mais ma petite religion de la danse ! où qu'on irait mort, sans danse ?*
>
> L.-F. CÉLINE,
> Féerie pour une autre fois

Elizabeth Craig est un mythe littéraire. Elle apparaît sur la scène célinienne fin décembre 1926, début 1927, et elle la quitte en juin 1933, plus exactement en juillet 1934 après la tentative infructueuse de Céline pour renouer avec elle. Mais la quitta-t-elle réellement, cette scène, quand on sait qu'en 1947 Céline était encore à sa recherche, se demandant si elle était toujours vivante ? Ne presse-t-il pas alors Milton Hindus, ce professeur américain qui s'intéresse à lui, de la retrouver, ne possédant que sa dernière adresse, celle de 1934, 2325 South Highland Avenue, Los Angeles ? Mythe encore, elle est la dédicataire de *Voyage* et son nom, inconnu, insolite pour beaucoup, s'affiche en ouverture du volume depuis soixante-quinze ans tandis qu'elle nourrit quelques-uns des personnages féminins du roman : Molly la prostituée, Musyne, Lola, Madelon. Mythe décisif lorsque Céline en fait un génie sans lequel il n'aurait rien été ou qu'il assure qu'elle est un Molière au féminin. Céline, qu'on disait très circonspect par rapport à l'amour qu'il réduisait au sexe, à un échange hygiénique — mais, c'est bien le méconnaître, il parle à maintes reprises d'amour fou et de passion dans ses livres —, adjure Elizabeth de l'aimer. Il a dans ses lettres qu'il lui destine ou qu'il destine, parlant d'elle, aux amis, les accents de tout le monde saisi par l'état amoureux. Elizabeth est l'une des femmes, sinon *la* femme, de sa vie.

Elizabeth Craig, mythe, certes, et aussi légende. L'entourage de Louis dans les années 1930 a joyeusement fantasmé sur elle, lui prêtant une sexualité débordante à tendance bisexuelle prononcée, une grande liberté de mœurs, un goût du risque, de l'équipée, de l'exploration des relations et des expériences extrêmes, y compris celle de la drogue. Quelques-uns, dont Brochard, l'ami de Rennes, Mahé, guère gentleman, assurent l'avoir « eue », arguant du côté partouzard induit par Louis et affirmant qu'elle suivait docilement les désirs de Louis qui l'incitait à séduire hommes et femmes et à les lui faire partager. Union libre, donc, en apparence très libre, très entourée de proches qui appelaient Elizabeth « l'impératrice ». Or, il s'avère, selon Alphonse Juilland, un universitaire de Stanford, qui a réussi à retrouver la trace d'Elizabeth dans les années 1980 pour finalement la rencontrer en 1988, un an avant sa mort — elle avait quatre-vingt-six ans — et obtenir d'elle six entretiens[1], qu'elle déclare toutes ces rumeurs infondées *. Bien entendu, chacun récrivant l'histoire et son histoire, Elizabeth ne se souvient plus de toutes les libéralités qu'on lui a prêtées. Elle est offusquée quand Juilland fait état des qu'en-dira-t-on. Elle n'a jamais fait, dit-elle, l'amour avec une femme ou un homme devant Louis. Elle était au courant du libertinage de Louis, mais, elle, ne l'a jamais trompé.

Que sait-on d'Elizabeth Craig ? Elle est née en 1902 à Los Angeles, de Hattie Merril, fille d'un ancien gouverneur de l'Iowa, Stuart Merril, reconverti dans les affaires immobilières en Californie — les Merril étaient implantés en Amérique depuis le XVIIe siècle — et de John Craig. Son père, John, appartient à la première génération américaine des Craig venus d'écosse. D'abord mécanicien-dentiste, il s'est, pour épouser Hattie, initié au droit californien et a pu entrer, ainsi, dans l'office du père, Stuart Merril, qui avait fixé cette condition au projet de mariage. Talentueuse, Hattie a travaillé sérieusement le piano et est même allée poursuivre ses études à l'Opéra de Vienne où John, alors en Autriche, l'a connue. Hattie et John forment un couple plutôt traditionnel, puritain — prosélyte du côté d'Hattie — et cultivé. Leurs revenus modestes ne les empêchent pas cependant de voyager en Europe. Elizabeth a deux frères plus âgés qu'elle dont l'un, Charles, est un prodige du violon. Il mourra malheureusement très jeune, lors de la Première Guerre mondiale, victime du typhus, dans un

* Elle s'entretiendra également avec Pierre Monnier à la même époque et modulera ses réponses en fonction de son interlocuteur.

camp de soldats américains. Hattie en sera très affligée et traversera de nombreux épisodes dépressifs.

Dès sa puberté, Elizabeth affirme son goût pour la danse. Elle sera successivement élève, à Los Angeles, de Belcher et de Kosloff, un ancien de la troupe de Diaghilev. Dans leurs studios, elle se fait des amies sûres parmi les danseuses : Estelle Reed et Hélène Sheldon qui iront, plus tard, à New York et à Paris avec elle. À seize ans, elle est suffisamment talentueuse pour être remarquée par une actrice renommée du muet, lesbienne notoire, Alla Nazimova, qui s'entiche d'elle et la conjure d'abandonner la danse pour le cinéma. Et l'on verra Elizabeth comme figurante dans diverses productions dont *Manslaughter* et *Les Dix Commandements* de Cecil B. DeMille. C'est à cette époque qu'Elizabeth est atteinte de tuberculose. Soignée, elle regarde vers New York et vers l'enseignement de Mikhaïl Mordkin, un ancien du Bolchoï et des Ballets de Diaghilev. Ses parents consentent à son départ. Elle débarque donc à New York en compagnie d'Hélène Sheldon et de la mère de cette dernière à l'âge de vingt ans. Bien qu'étudiant avec Mordkin, elle se fait engager, comme Hélène, dans les Rockettes des Ziegfeld Follies très en vogue à ce moment-là, pour quelques mois. En 1925, l'opportunité lui est donnée de venir à Paris avec la troupe d'Albertina Rasch, une danseuse formée à l'Opéra royal de Vienne et, cette fois, elle est avec Estelle Reed. Le but est aussi d'intégrer les écoles de danse de deux éminentes émigrées russes, Bronislava Nijinska, la sœur de Nijinski, et Lubov Egorova, mariée au prince Troubetzkoï. Se produisit-elle sur la scène du Moulin-Rouge, comme elle l'a prétendu, où un soir elle fut victime d'une hémoptysie qui l'éloigna de la scène pour longtemps ? Prévenus, ses parents accoururent de Los Angeles et la firent hospitaliser en Suisse où elle profitera des soins dispensés dans un sanatorium. Hémoptysie ou simples crachats hémoptoïques ? L'interrogation est permise. L'hémoptysie signe une évolution grave de la tuberculose. Elizabeth a vingt-trois ans. Était-elle à ce point malade ? Comme elle se rétablit rapidement et suggère même avoir été élève de l'école de danse Dalcroze à Genève, il est possible d'en douter. Sans doute risque-t-elle une rechute qui, n'importe comment, en ces temps-là, suffisait pour alarmer et indiquer un isolement. En fin de compte, elle renonça pratiquement à la danse professionnelle.

C'est à Genève, un samedi, au cours d'une promenade, et par hasard, qu'elle rencontre Louis dans une librairie. Fin 1926, début 1927 ? Difficile à préciser tant les souvenirs des uns et des autres sont flous. Elle feuillette des livres chers consacrés à la danse avec ravissement. Louis la remarque et l'aborde. Spontanément, il lui parle en anglais. Comment a-t-il deviné qu'elle était américaine ? Ce sera la première question d'Elizabeth. Ils devisent et enchaînent sur une courte marche. Après qu'elle lui a appris qu'elle est à l'hôtel avec ses parents, il sollicite un rendez-vous pour le lendemain. Pourquoi pas ? Elle l'invite à son hôtel où elle le présentera à John et Hattie. Elizabeth quittera Genève en mai 1927 pour Paris où ses parents ont loué un appartement, 245, boulevard Raspail. Philippe

Alméras rappelle que Louis est un familier des lieux puisqu'en décembre, aux environs de Noël, il a habité un hôtel sur le même boulevard et qu'il y a travaillé à *L'Église* et à *Progrès*, le divertissement où apparaît une facétieuse Américaine, preuve incontestable (ou prémonition) de l'existence de l'inédite Elizabeth. Elle et Louis se sont vus souvent durant les mois qui précèdent le retour à Paris et, selon ce qu'elle dira à Alphonse Julliand, la proximité de ses parents imposait que la relation fût platonique. N'y eut-il pas pourtant quelque incursion à Paris — Louis alla trois jours à Cherbourg réceptionner une délégation médicale — ou quelque dérogation, connaissant Louis, chez lui à Champel ? Admettons que l'idylle s'est accomplie à Paris, à la fin du printemps. Ce sera un amour passion aimanté d'une attirance physique totale. Elizabeth est une danseuse, une Américaine de surcroît. Elle pétille, elle glisse, elle vole. Rescapée de la tuberculose, elle est d'une vitalité exubérante. Elle est tout ce que Louis aime chez les femmes :

> Il me souvient comme c'était hier de ses gentillesses, de ses jambes longues et blondes et magnifiquement déliées et musclées, ses jambes nobles. La véritable aristocratie humaine, on a beau dire, ce sont les jambes qui la confèrent, par d'erreur [2].

Dès lors, leur vie s'organise. Bien que Louis inquiète et désarçonne ses parents, Elizabeth décide de vivre avec lui. Elle le rejoint lorsqu'en octobre 1927, en congé maladie de la S.D.N., il s'installe au 36, rue d'Alsace à Clichy, ce dont elle ne se souviendra pas quand Juilland l'évoquera.

Elle est rue Lepic, avec lui, au 98, quand Louis y emménagea en août 1929. Elle découvre en sa compagnie la vie de bohème à Montmartre, le peuple. On les voit également au ski à Chamonix. Petite (un mètre cinquante-cinq), rousse éclatante, le corps élancé, harmonieux, sa démarche, son port électrisent, son rire illumine. Elle survient dans la vie de Louis au moment d'une métamorphose. De nouveau médecin de terrain, encore qu'il espère de Rajchman de courtes missions, Louis exerce au dispensaire municipal de la rue Fanny à Clichy. Simultanément, il est entré en écriture et son engagement est radical, exclusif. Son temps est donc fort rempli. D'après Elizabeth — elle en garde bonne mémoire —, Louis n'en demeure pas moins disponible pour le sexe. Partenaire exigeant, il l'honore de trois à quatre rapports par jour qui la laissent épuisée et comblée. De plus, il est disert sur le sujet. Le sexe le fascine, et elle écoute ses longues digressions sans oublier les virées dans des bordels spéciaux où Louis l'entraîne au voyeurisme, qu'il cultive comme le relate ce passage souvent cité de sa lettre du 28 février 1948 à Milton Hindus :

> J'ai toujours aimé que les femmes soient belles et lesbiennes — bien appréciables à regarder et ne me fatiguant pas de leurs appels sexuels ! Qu'elles se régalent, se branlent, se dévorent — moi voyeur — cela me chaut ! et parfaitement et depuis toujours ! Voyeur certes et enthousiaste consommateur un petit peu mais bien discret [3].

Elle le suit, perplexe, sans réprobation, pourtant peu encline à participer au spectacle. Quel plaisir éprouve-t-il donc à contempler des ébats qui ne sont pas les leurs, lui si prompt à la désirer, elle, même s'il ne prétend pas être fidèle ? Il assume son voyeurisme, son obsession du sexe. Déjà, il craint la « redoutable » (l'impuissance) qui, selon lui, survient vers quarante ans. Alors, comme tout un chacun, il s'arrange, profite de la luxuriance présente et diffère l'épreuve.

Mais il ne se perd pas. Entre ses activités de médecin, ses plongées dans les bars, bistrots, tripots de Montmartre, ce qu'il partage de société avec les amis qui sont le public ébloui de sa faconde qu'il a brillante, il a instauré la discipline de l'écriture, spartiate. Il se lève tôt, se couche tard, très tard. Rue Lepic, dans l'étroit réduit — *exit* la minuscule cuisine — qu'il a disposé en bureau, il écrit des heures, retranché. Sa production est torrentielle. Quand il sort de son antre, c'est un possédé, un être en état second. Son visage, ses yeux, son corps, portent les stigmates de l'immense effort.

> Il levait la tête comme s'il me reconnaissait à peine, puis souriait gentiment : je viens dans un petit moment. Penché sur ses papiers, il avait l'air d'un vieillard, son visage semblait vieux, tout en lui avait l'air vieux. Je me disais : « Est-ce bien Louis[4] ?

1929, il commence le *Voyage* qu'il achèvera au début de 1932. Trois ans d'un travail qui le mène au bord de l'hallucination où il se sent explorateur de continents, démiurge, ignoré. Et Elizabeth l'accueille, l'accompagne, nécessaire parce qu'auprès de lui, simplement. Son besoin d'elle, alors, est dévorant. Elle l'accepte. Lui lit-il des pages comme il le fit avec d'autres, à elle qui n'utilise que quelques mots de français, avec laquelle il ne communique qu'en anglais ? Ne lui importe que le monologue, que de confronter sa langue à un silence aimant qui l'écoute et pour qui il s'efforcera de traduire quelques formules idiomatiques. Ce qu'elle perçoit, c'est un souffle inimitable, un flux sonore, des intensités charnelles dont elle pressent l'extase. Comme Brindeau pour le *Semmelweis*, elle est accoucheuse, révélatrice et facilitatrice d'un désir irrésistible, le sien à lui, qui la dépasse. Elle ne donne que du temps, de l'amour et de la passion. Elle enchante Louis de par l'Amérique qui l'habite. Elle est innocemment conviée dans les entrées opaques du génie et de l'alchimie. Ce furent son rôle, sa mission dans lesquels il l'avait, même inconsciemment, instituée, sans qu'elle y comprît grand-chose, que de le croiser, lui, en ces instants précis. Elle ne lut pas le *Voyage* à sa parution, feignit d'ignorer pendant plus de cinquante ans qu'elle en était la dédicataire et ne fit connaissance du texte dans la traduction de John Marks qu'à la veille de sa mort, à quatre-vingt-sept ans. Seule certitude, elle y était (en était) quand Louis devint écrivain, Céline — l'écrivain. Pourquoi elle ? Autant demander à la vie. Qui peut démêler dans les arcanes de l'imagination les places qu'on octroie à l'autre ?

Elle n'était pas toujours auprès de lui. Chaque année ses parents lui offraient les billets afin qu'elle les rejoignît aux États-Unis. Elle y séjournait deux, trois mois, plus parfois sans que jamais une date de retour fût arrêtée. Privé d'elle, « Si tu me quittes, je suis perdu[5] », Louis lui écrivait des lettres d'amour * et il vaquait à ses envies, se liait à des femmes et, surtout, se consacrait à sa tâche littéraire, en manque d'Elizabeth, vivifié par ce manque et l'attente. En Amérique, elle retrouvait son monde et, nonobstant les contraintes du puritanisme auquel elle échappait à Paris, elle savourait sa terre natale. Aussi hésitait-elle à revenir auprès de cet homme, Louis, imprévisible, doux et ténébreux, tout à la noirceur de la condition humaine, qui tirait substance de son désespoir affiché, et qu'elle nourrissait de sa vitalité, du rêve de la danse qu'elle incarnait et qui était, pour lui, un idéal de perfection dont il voulait que l'écriture s'inspirât. L'Amérique la tenait aux racines, et l'Europe la réclamait qui lui procurait l'ivresse. Alphonse Juilland a finement noté que cette dualité avait persisté, irrésolue chez elle lorsque, dans les entretiens, prenant la parole, elle est tantôt Elizabeth Craig, l'ancienne amante passionnée de Louis-Ferdinand, tantôt la très fidèle et désormais rangée femme de Ben Tankel, le successeur de Louis — chacune adoptant une version différente de la même histoire et nous égarant. Elle procédera ainsi avec Pierre Monnier. Des propos de la vieille dame envers des faits si lointains, on n'apprendra rien de plus sur Elizabeth Craig, la fougueuse amante du *french lover*, celle des années Céline, sinon en retenant d'elle une trace de douceur, de tendresse, pour celui-ci, énigmatique, inquiétant, d'une grandeur dissimulée.

* Elle les brûla toutes après la séparation, sauf les cinq dernières.

Elizabeth retourne aux États-Unis à la sortie de *Voyage*. Sa mère est au plus mal, elle va mourir début 1933. Louis a manqué le Goncourt, mais il est dorénavant célèbre. Il n'est plus Louis — l'obscur. Le reconnaît-elle dans ce qu'il est en passe de devenir : un écrivain considérable soucieux de ses royalties ? Elle a décidé — les confidences qu'elle a faites à Colette Destouches âgée de douze ans qui l'aime beaucoup en attestent — de ne plus revenir. La séparation sera sans appel bien qu'Elizabeth reste profondément attachée à Louis. Elle a perçu chez lui une telle attention à la beauté des femmes, un esthétisme forcené de la danse, qu'elle ne supporte pas de vieillir devant lui et prendre le risque d'être objet de répulsion. N'a-t-il pas trouvé piètre sa prestation lors d'une représentation au Paramount ? Elle veut qu'il la garde en lui telle qu'elle est à ce moment, dans l'éclat de ses trente ans, qu'il n'ait pour images d'elle que celles de leurs six années de folie sexuelle et de compagnonnage sublime dans le monde de l'art quand elle l'aida à naître à lui-même.

La suite est anecdote. Elizabeth revient néanmoins au printemps 1933 et repart définitivement en juin 1933, le laissant sans nouvelles. Céline se veut inconsolable. Sur cette affliction les témoignages divergent. Il voyage grâce aux subsides de Rajchman, connaît nombre de rencontres féminines éphémères ou durables qui ont pour nom Erika Irrgang, Cillie Pam, deux Juives, l'une allemande, l'autre autrichienne, auxquelles il prodigue des conseils qui sont comme des protections, et Karen-Marie Jensen, danseuse danoise et grande amie d'Elizabeth, qui refuse le concubinage qu'il lui propose. Alors, il veut revoir Elizabeth, impérativement, la convaincre de reprendre la vie commune. John Marks, son traducteur anglais, a travaillé avec célérité puisque *Voyage* sort aux États-Unis au printemps 1934. Denoël, son éditeur français, envoie Céline à New York pour la promotion du livre. Céline s'embarque en juin et se prête, tant à New York qu'à Boston, aux rituels de la promotion : conférences, interviews, dédicaces, photos. Il n'a qu'une envie : rejoindre Los Angeles, et pour deux raisons : retrouver Elizabeth et tenter de placer l'adaptation de *Voyage* au cinéma dans les studios de Hollywood. Pour ce, il compte sur Jacques Deval, auteur de théâtre de boulevard à succès qu'il a connu avec sa compagne, Junie Astor, à Paris, avant que Deval s'établisse à Los Angeles où il a ses entrées à Hollywood. La vie que mène Deval à de quoi plaire à Louis qui est comme celle d'un nabab entouré de femmes promenant sur le monde un regard acéré, moqueur et caustique, celui d'un esprit libre. Gratuitement et lourdement, Henri Mahé fera de Deval un juif, né Blumaran. En réalité, Deval, natif du Tarn, a pour patronyme Boularan. Juif, non-juif ? Céline s'en moque et correspondra avec lui jusqu'en 1939 pour reprendre contact en 1947. Deval défendit Céline en infirmant que Louis fût antisémite ou tînt des propos antisémites devant lui en 1934. Il regretta bien sûr *Bagatelles pour un massacre* mais continuera, à tort ou à raison, de distinguer l'auteur des pamphlets du Céline qu'il connut : « De toute façon, il était profondément bon et bien incapable de résister à la chaleur de tout contact humain direct[6]. »

Céline et Elizabeth se revirent donc en juillet 1934 à Hollywood. Toutefois la chronologie, les traces de ces retrouvailles sont confuses. Y a-t-il eu une ou plusieurs entrevues ? En 1988, Elizabeth, devenue Tankel, est imprécise. Alors qu'on croyait établie une seule rencontre dans la villa de Jacques Deval, quelques heures au maximum soldées par l'échec de Louis — Elizabeth ne consent pas à rentrer en France avec lui — tandis que Ben Tankel, le futur promis, patiente dans la rue, voici qu'Elizabeth propose une autre version. Nous pensions qu'elle ne s'était pas montrée à l'aéroport le lendemain malgré l'imploration de Louis qui lui avait pris un billet. Elle parle maintenant d'une nuit folle, d'une nuit d'amour supposée, lyrique, la dernière. On ne sait plus si elle vint ou non à l'aéroport, mais elle se souvient du regard ultime de Louis lors de la séparation : « Il m'a regardée avec le regard terrible de quelqu'un qu'on écrase et qui est en train de mourir[7]. » On ne pourra, à l'avenir, que supposer. Il est certain, cependant, qu'Elizabeth était très ambivalente. Elle aimait deux hommes, devait opter entre deux continents, et son père n'allait pas tarder à être malade, accusant le contrecoup de la mort d'Hattie. Deux hommes bien différents : Céline, l'illuminé, le démesuré, l'artiste. Ben Tanker, violent, Américain du Sud typique, qui plaisait à Elizabeth par sa virilité et son enracinement. Elle le choisit. Ben Tankel était au courant de l'existence de Céline et des sentiments qu'il inspirait à Elizabeth, qu'elle ne lui avait pas cachés, le soumettant aux affres de la jalousie. Elle évita qu'ils ne se croisent et ne se toisent. Elle craignait des imprécations, un pugilat, une issue sordide. Elle mena donc l'affaire des brèves retrouvailles seule et renonça dans la douleur à Céline. Elle disparut. Elle occupa ses pensées longtemps. Il la chercha en vain désormais.

À son habitude, Louis alimenta la rumeur. Ben Tankel était un Juif, un juge, il était lié à la Mafia. Elizabeth avait sombré dans l'alcool et la drogue. Elle appartenait au monde des gangsters qui l'avaient kidnappée. Il l'avait vu, de ses yeux vu, le rapt, Elizabeth traînée derrière une palissade dans un terrain vague. Il colporta cette invention, révéla ses cauchemars, une souffrance atroce. Se défendit-il par ces scénarios d'avoir été plaqué par une femme qu'il avait tant aimée, à qui il devait tout, humilié peut-être qu'un Yankee fruste lui eût été préféré ou d'avoir cédé, lui aussi, qui ne croyait pas à l'amour, au comportement bien banal de l'amant délaissé et misérable qui va quêter un dernier espoir de retour ?

Vous maniez l'amour, attendez !... baisers dérobés, consentis, croupions tortillons, distendues braguettes, pupilles retournées implorantes... pour finir par quelles cochonneries !... après maire, curé !... le plus foutrant, hoquetant pancrace [8] !

Jacques Deval est plus prosaïque. Certes il admet que Céline accusa le coup de la séparation mais que, dans le même temps, il parut très soucieux de voir le *Voyage* accepté par les producteurs tout en écrivant intensément, lancé dans *Mort à crédit*. Le 14 juillet, Céline décolla pour Chicago sachant que Karen-Marie Jensen dansait au French Casino. Il descendit au New Lawrence Hotel « bourré de nègres et de maquereaux[9] » (le gangster Dillinger sera abattu lors de ce séjour). La chaleur était étouffante. Il vit Karen-Marie Jensen. Elle le sentit éprouvé et compatit. Lui accorda-t-elle plus ? Il la demanda en mariage. Comme précédemment, elle refusa et lui indiqua l'adresse d'une danseuse de New York, Irene Mac Bride, qu'il courtisera et qui l'éconduira vertement *.

Touchait-il le fond à ce point ? Souhaitait-il qu'on le crût ? Que sait-on de son désarroi lorsqu'il cède à ces pathétiques gesticulations vis-à-vis de femmes à peine entrevues ? Sinon ce qu'en révèle la fiction qu'il bâtit, alors qu'il vient de dire l'un de ces adieux que chacun connaît dans sa vie et qui sont tel un adieu à la vie elle-même, et son deuil.

* François Gibault indique que Dubuffet lui révéla que sur le bateau de retour, Céline demanda en mariage Louise Nevelson, qu'il avait connue à New York. D'autre part, François Gibault soutient que Céline ne rencontra pas Irene Mac Bride mais une autre danseuse, Margaret Sandy.

La médecine

Je ne me réjouis que du grotesque aux confins de la mort. Tout le reste m'est vain.

L.-F. Céline, lettre à Léon Daudet, déc. 1932, *Cahiers de L'Herne, op. cit.*

Céline a beaucoup tourné autour de la médecine. Y est-il jamais entré ? Envers elle, son attitude est contrastée. Quelquefois il la bafoue, la vilipende, la ridiculise. D'autres fois, il lui décerne le brevet supérieur des conduites humaines et s'y accroche comme à une bouée, se revendiquant indéfectiblement médecin, afin d'y trouver une légitimité en regard de laquelle celle accordée par la littérature est, pour lui, bien faible. La médecine fait partie de son autofiction. On ne sait trop à quand remonte sa vocation, si tant est qu'il en eût une. Dès le passage Choiseul, affirme-t-il. Peut-être en observant le rassurant Dr Capron de *Mort à crédit*. Ou plus tard, lors de ses séjours hospitaliers après sa blessure d'octobre 1914, ou bien en Afrique face à ses propres fièvres et à la misère physique des Africains, ou encore au cours de la Mission Rockfeller lorsqu'il joue au paramédical ? Et, pourquoi pas par la proximité d'Athanase Follet et l'attrait équivoque de la notoriété et du confort, sans oublier le penchant hygiéniste de Louis né de la hantise parentale des microbes, de la tuberculose, de l'alcoolisme, intériorisée comme phobie dont celle du cancer ? Louis sera à ce propos un inquiet hypocondriaque, redoutant la multiplication sournoise, dans les replis d'un organe profond, de quelque cellule maligne à l'origine d'une mort affreuse. N'importe comment tout se mêle en chacun, et la vocation, pour ceux qui se destinent à la médecine, est sujette à caution. Tout un bric-à-brac de bonnes et de mauvaises intentions, plus ou moins nobles, plus ou moins inavouables, les occupent sans que puisse être annulée la relation à la mort dont la médecine est la vaine et illusoire conjuration. Céline et la mort, tout un programme ! Céline et le sexe aussi, l'autre cœur de la médecine. Il confiera à Jean Guénot lors d'une visite à Meudon en 1960 :

> C'est que la vocation médicale je l'avais, tandis que la vocation littéraire je ne l'avais pas du tout. Je considérais le métier littéraire comme une chose tout à fait grotesque, prétentieuse, imbécile qui n'était pas faite pour moi. Pas sérieux, quoi... Alors que j'avais toujours la vocation médicale... Oh profonde... Ça, je n'trouvais rien d'plus vénérable qu'un médecin dès ma plus petite enfance[1]...

Louis, devenu docteur, a la fibre généraliste et un goût prononcé pour le soin aux enfants. Le choix d'une pratique générale lui convient parce que l'on y voit et l'on y parle de tout, il est conscient de la composante sociale de la maladie. Il y a dans la médecine générale, médecine unitaire, une véritable fidélité à Hippocrate et l'occasion de rencontres vraies car le malade, selon Louis, est au plus près de la condition humaine réelle qui est souffrance, précarité, angoisse et finitude. La vie, la parole singulière intéressent au plus haut point Céline. Il est décrit comme un médecin écouteur, attentif au récit du malheur — rappelons qu'il a songé à devenir psychiatre. Ses consultations sont longues et, de ce fait, peu lucratives. Il prescrit peu, il conseille sur fond d'hygiénisme moralisateur. Il a le sourire, le geste, le mot justes. Il aime l'enfance dont il exaltera les vertus et, avant tout, sa poétique qui, malheureusement, sombrent dès l'embrigadement éducatif et scolaire. Il l'aime aussi parce qu'elle est fugace, désarmée. Et, si elle est promesse, cette promesse est celle du destin humain : déclin, décrépitude, déchéance et mort. Il voudrait, même s'il n'en croit rien, éviter ce défilé mortel aux enfants. Il s'est revendiqué voyeur, la médecine est à cet égard un excellent champ d'exercice du voyeurisme. On regarde, on palpe, on sonde, on fouille. On a pouvoir sur l'autre, on le met à nu, on l'objective. Céline, voyeur, n'est cependant pas un intrus. Ce qui le retient chez l'autre, en consultation, c'est l'histoire racontée, la vie concrète, le drame, le détail. Il sait que le patient enseigne beaucoup et que reconstituer le puzzle existentiel est création romanesque tant le roman infantile persiste en chacun. Son écoute de l'autre est une écriture.

La clinique fondamentale, celle des grands traités historiques de la médecine, vérifiée inlassablement auprès du malade, la possède-t-il ? Son cursus accéléré, son expérience hospitalière réduite ne lui ont pas donné l'occasion d'exercer des responsabilités formatrices. Stagiaire, il a suivi des cours, assisté, au sein de la cohorte étudiante, à des présentations magistrales. C'est peu. La clinique, il va la découvrir sur le tas, semblable en cela au clinicien patenté dont la sagesse est de réapprendre chaque jour sa clinique en la pratiquant. Celle de Céline est, au début tout au moins, minimale, livresque. Certes, il est héritier de la médecine pastorienne et adepte d'une politique active et rigoureuse de santé publique qu'on appelle alors l'hygiène sociale, mais ses références viennent de la médecine des années 1920, descriptive et peu curative. Est-ce, la chirurgie mise à part, le vide de la thérapeutique qui l'a rendu rétif aux médications ? Ne sera-t-il pas méfiant envers les antibiotiques antituberculeux alors qu'il est habituellement prescripteur de morphine, le grand antalgique, comme le note Christian Dédet[2], dans « l'usage rituel, vraiment sacralisé qu'il faisait de la morphine en clientèle » :

> Je leur redéfoncerais pas le couvercle, je les ferais par re-re-mourir ! non !... vous allez voir moi ! tout le contraire !... tout douceur !... tendresse thébaïque !... morphine 2cc !... que bigre ! Sydenham déclarait déjà (1650) qu'il guérissait tout ce qu'il voulait, toutes les maladies, avec quatre ou cinq onces d'opium... et alors ? Pour ça, je le dis à mes confrères, gaspillez pas votre opium ! La guerre peut venir, les restrictions... on vous promet ceci !... cela !... mais votre agonie ? C'est pas le blabla qui vous aidera[3] !...

En fait, il a le profil du médecin des épidémies, le genre médecin de dispensaire au travail axé sur la prévention et le dépistage en milieu défavorisé. Ce qu'il n'a pas acquis de compétence clinique fine, il le comble par son expérience humaine — ses déjà plusieurs vies comme nous l'avons signalé — qui va lui apporter une profondeur de champ relationnel, une attention, une intuition et la latitude d'instaurer un espace d'accueil au malade qui se sentira à même de s'exprimer librement : « Question des instincts, je m'occupe que des regards[4]. »

C'est donc dans ces dispositions, après qu'il a en quelque sorte fui — ou différé — la confrontation avec la réalité de la médecine libérale en allant à la S.D.N., qu'il s'installe à Clichy-la-Garenne — le Rancy de *Voyage* — de l'autre côté de l'actuel périphérique, entre les portes de Saint-Ouen, Clichy et d'Asnières, au 36, rue d'Alsace, dans un trois-pièces, au premier étage d'un immeuble à l'époque récent. Sa plaque, apposée en octobre 1927, indique qu'il exerce la médecine générale pour adultes et enfants. À l'orée des années 1930, Clichy est une municipalité ouvrière gérée par les communistes, pauvre, emblématique des banlieues exclues, un lieu difficile, insécurisé. Elizabeth Craig partage le quotidien de Louis et le couple ne passe pas inaperçu. On entend les éclats de voix, en anglais, de leurs conversations. L'allure d'Elizabeth est remarquée et l'environnement, dans l'ensemble, est bienveillant. Seule la bouchère du rez-de-chaussée prétend que des orgies se déroulent dans l'appartement, qu'on y danse nu… Le docteur n'a pas une clientèle pléthorique. Il reçoit des vieux, des miséreux, quelques enfants. La plupart du temps, il se laisse attendrir et oublie de se faire payer — voire, il dépanne —, et rapidement le cabinet périclite. Louis, que ses parents destinaient au commerce, n'en a décidément pas la bosse ! De plus, suite au refus de publication de *L'Église*, il n'est pas sans penser à écrire. Conçoit-il dès ce moment *Voyage* ? Sa voisine de palier, une correctrice d'épreuves, Jeanne Carayon en atteste[5]. Il l'aurait entretenue d'un roman en cours. Devant l'échec prévisible de son installation, Louis, sur recommandation, est entré comme rédacteur de prospectus médicaux et notices à l'usage des médecins et des visiteurs médicaux au laboratoire Biothérapie, fin 1928. Biothérapie est dirigé par deux Juifs immigrés, Charles Weistrem et Abraam Alperine. Louis y restera jusqu'en 1937. Il y rédigera l'argumentaire du célèbre dentifrice à l'arsenic, le Sanogyl, ainsi que celui d'un vaccin par voie orale contre la typhoïde. Il collaborera également à deux autres laboratoires, l'un dirigé par M. Gallier *, un ancien de la Biothérapie qui l'engagea en 1930 et pour lequel Louis conçut un médicament, la Basedowine, qui demeura en vente jusqu'à ces dernières années et qui était actif contre l'hyperthyroïdie et les règles douloureuses. Pour l'autre, le laboratoire Cantin, situé à Palaiseau, où il entre en 1932, Louis mit au point un somnifère, le Somnothyril, et un antitussif en gouttes et pastilles, le Nican. Dans son exil danois ultérieur, Louis réclamera à Mme Arnold, la directrice de Cantin, en vain, une rému-

* Louis y fera embaucher Germaine Constans, l'amie de Vareddes, et sa mère, comme visiteuses médicales. Marguerite Destouches y travaillera jusqu'à sa mort en 1945.

nération pour ses droits d'inventeur de ces produits. Ces mêmes années, Louis correspond avec l'Institut prophylactique de la rue d'Assas, dirigé par le Dr Arthur Vernes à qui l'on doit divers tests de détection de la syphilis et de la tuberculose. Il satisfait ainsi son goût de la recherche. Dans le souci d'acquérir une formation à la tuberculose, il effectue un stage dans le service de Léon Bernard à Laënnec où il rencontre Robert Debré et apprend beaucoup sur la lecture des clichés pulmonaires.

En août 1929, il quitte la rue d'Alsace pour la rue Lepic sous prétexte d'une invasion par les punaises, toujours, nous le savons, avec Elizabeth Craig. L'appartement est de taille plus modeste et ne permet pas d'y loger un cabinet médical. Par relation — est-ce sur recommandation de Léon Bernard, très influent ? — Louis a été recruté, en janvier 1929, au dispensaire du 10, rue Fanny à Clichy, récemment ouvert. Salarié à raison de 2 000 francs par mois, il doit y assurer une vacation quotidienne de médecine générale de 17 heures à 18 h 30 où domineront prévention et dépistage de la tuberculose, de l'alcoolisme et des maladies vénériennes. La rue Fanny est un lieu notoire dans le parcours célinien. Louis s'y sédentarisa neuf ans. Ce fut son poste médical le plus assidu. De 1929 à 1931, il travaille également au Centre Brandès du 35, avenue de Saint-Ouen et y reçoit nombre d'anciens combattants. La rue Fanny fut le théâtre de multiples anecdotes et péripéties dont l'apparition manifeste de son antisémitisme. Au dispensaire, Louis côtoyait plusieurs médecins d'origine juive, à commencer par le médecin-chef, Grégory Ichok,

Lituanien naturalisé, ami de Salomon Grumbach, président de la commission des affaires étrangères de l'Assemblée nationale. Homme public et d'opportunité, Ichok fut surnommé par Louis : « l'œil de Moscou ». Il en fit d'emblée son rival. Nous y reviendrons. C'est durant ses activités, rue Fanny, qu'il écrivit et publia *Voyage*, *Mort à crédit* et deux pamphlets : *Mea Culpa* et *Bagatelles pour un massacre*. C'est dire que la période fut féconde car le Dr Destouches passa de l'anonymat médical — il fut retrouvé au dispensaire par un journaliste de la grande presse, René Miquel, déguisé en malade — à la célébrité littéraire. Il n'est pas sûr qu'être devenu une personnalité connue lui plut. Louis souhaitait pratiquer la médecine dans la simplicité pour une clientèle déshéritée, sinon misérable. Sans être missionnaire ni songer au sacerdoce, il se voulait tout à son art de soigner, prodiguant des soins à des individus laissés pour compte, meurtris, dans une banlieue peu fréquentable. Sa fonction le renvoyait, en miroir, à ce qu'il était, un petit médecin, un ouvrier qualifié de la médecine, lié aux patients par le même décor et le même dénuement. Nous ne sommes pas loin ici du Ferdinand Bardamu de *Voyage*, du Gaston Sabayot de *Mort à crédit*. Deux témoignages nous éclairent sur le Céline médecin de cette époque. D'abord celui d'André-Louis Lejay qui le vit au Centre Brandès : « Tout en étant patient et bon avec certains malades l'importunant exagérément, il avait, en prenant un ton paternel mais ferme, l'art d'éluder les questions en dissuadant ces malades de poursuivre l'entretien. Son visage restait souriant et dans ses yeux montrant sa mansuétude. Il était aimé parce qu'il faisait confiance[6]. » Le second, celui d'André Pulicani : « Le Docteur Destouches serait un beau titre de roman et la place qu'y occuperait le médecin ne serait ni médiocre, ni banale — le docteur des pauvres était un vrai docteur, non un amateur —. J'ai pénétré dans l'intimité du praticien quand il a soigné mes enfants et, plus tard au milieu de ses malades, au dispensaire de Clichy… Une patience, une bonté, une gentillesse infinies, jamais découragées. Ceux qui jugent Céline uniquement d'après la véhémence de ses pamphlets ne peuvent imaginer l'homme de qualité, le soigneur qu'il était, parfaitement simple et parfaitement bon[7]. »

Est-ce pour échapper à cette platitude toute relative qu'il tient à devenir membre de la Société médicale de Paris où il est élu en 1928 et que, outre sa participation aux travaux des laboratoires, il s'évertue à écrire plusieurs articles techniques — sept au total — entre 1928 et 1930 parus dans les revues, *Médecine*, le *Paris médical* et *La Presse médicale* et qui vont d'une note sur l'emploi des antiviraux de Besredka à l'immunité anti-infectieuse et aux vaccinations dont celle contre la typhoïde ? Dans le même temps, sa permanente impulsion à bouger lui commande-t-elle de solliciter auprès de Rajchman de courtes missions sous l'égide de la S.D.N. qui lui sont accordées ? On le verra ainsi à Londres du 26 mars au 8 avril 1929, en Europe du Nord : Danemark, Suède, Norvège, de décembre 1929 à février 1930, du 28 juin au 17 juillet à Dresde, Prague, Vienne et, du 17 décembre 1932 au 15 janvier 1933, à Berlin et Vienne, en vue d'étudier l'organisation de la médecine sociale et de dispensaire dans ces différents pays, sans qu'aucun rapport fût remis à Genève où, rituellement, il eut à rendre des comptes au contrôleur attitré, le capitaine Johnston-Watson *. Peu lui importe, il sait utiliser les voyages à son bénéfice, en particulier les deux derniers — les relations avec Elizabeth se compliquant — prévus pour maintenir le contact avec Erika Irrgang qu'il va voir à Breslau et avec Cillie Pam qu'il retrouve à Vienne. Et c'est à Vienne qu'il est introduit auprès des milieux psychanalytiques.

Céline connut une partie de l'œuvre de Freud et en fut interpellé. La notion d'inconscient le séduisit, non qu'il en retînt peut-être toute la subtilité linguistique et structurale. Il réduisait volontiers l'inconscient à une dimension biologique, à « quelque chose » qui travaille dans le corps, en deçà de la conscience, et est responsable de désordres **. C'est en cela que l'apport de Freud à la médecine l'intéressait. Il loua et recommanda son œuvre (« Notre maître à tous, c'est Freud[8] », déclare-t-il en février 1933, ou encore à Albert Thibaulet, le 24 janvier 1933 : « L'énorme école freudienne est passée inaperçue[9] »). De son côté, Freud eut connaissance de *Voyage* par Marie Bonaparte. Il le lut en français et, semble-t-il, ne le termina pas,

* Il rédigea néanmoins pour le journal *Le mois* du 19 février 1933 un article sur la situation en Allemagne : « Pour tuer le chômage, tueront-ils les chômeurs ? » que François Gibault trouve prophétique.

** Un courrier de 1921 au Dr Jean Thomas, alors que Louis étudiait à Rennes, est très explicite sur le sujet. 1921 ! On comptait sur les doigts d'une main les médecins français inspirés par Freud.

ayant, écrivit-il à Marie Bonaparte, peu de goût pour un réalisme descriptif et noir qui n'ouvrait sur aucune solution. À Vienne, en 1930, puis à la charnière 1932-1933, Céline, par l'intermédiaire de Cillie Pam, rencontra A. J. Strofer, l'éditeur de Freud et directeur du *Journal international de psychanalyse*, le Dr Annie Angel et Annie Reich, la femme de Wilhelm Reich, elle-même psychanalyste. Il eut de longues discussions avec Anny Angel autour des perversions qui impressionnèrent le médecin viennois. Eut-il alors vent des travaux et de l'engagement de Wilhelm Reich, l'auteur, entre autres, de *La Révolution sexuelle*, de *La Fonction de l'orgasme*, de *La Psychologie de masse du fascisme*, et membre du parti communiste autrichien avant de le devenir du parti allemand ? Wilhelm Reich qui, dès cette époque, développait une politique de masse : le Sex-Pol contre la répression et la misère sexuelles du peuple qu'il assimilait à un acte de santé publique ? Nous l'ignorons. Reste que Louis demanda à Cillie Pam de lui traduire *Deuil et mélancolie*, le texte de Freud non encore disponible en France. Le choix de ce texte n'est pas anodin quand on sait les tendances dépressives de Céline. On ne peut affirmer qu'il lut *Au-delà du principe de plaisir* mais il trouva, chez Freud, confirmation, avec la pulsion de mort, et l'affrontement d'Éros et de Thanatos, de ce qu'il avait constaté au travers de la guerre, des conflits sociaux et des conduites d'autodestruction. À Vienne, Céline prit conscience de la montée de l'antisémitisme. Il offrit à Anny Angel de lui prêter son appartement à Paris au cas où elle devrait fuir son pays pour des raisons politiques. Jusqu'en 1938, il demeura fidèle, en amitié, à Cillie Pam qu'il promit également d'accueillir avec son fils — son mari ayant disparu à Dachau. Certes, Céline ne fut pas un expert en psychanalyse mais il avait perçu l'essentiel : la force des pulsions et du désir, leur censure, leur refoulement coupable, le malaise dans la civilisation, ce malaise dans lequel il rejoignait plus ou moins le pessimisme freudien. Il reconnut aussi, en rejetant l'auto-analyse comme illusoire (lettre à Jean Thomas), la nécessité d'un échange duel, c'est-à-dire, bien entendu sans le nommer ainsi, le lieu du transfert. Il fut donc dans une contiguïté avec Freud pendant plus de quinze ans. Certains commentateurs ne trouvent-ils pas ses premiers romans éminemment freudiens ? À partir de 1937, par contre, toute référence au Viennois cessa. Dans une lettre du 5 août 1947, il écrira cependant à Milton Hindus :

> Freud est tout de même un très grand clinicien, l'un des derniers sans doute de la grande école clinique — Charcot, Dieulafoy, Addison etc. À présent les techniques ramassent tout — l'esprit devient tout petit devant les mathématiques [...] Hélas ! Freud a certes déliré beaucoup — mais notre délire à présent semble être uniquement de fanatismes politiques — c'est encore plus ridicule — Je le sais. J'y ai été pris [10].

Bagatelles pour un massacre — et plus accessoirement *Mea Culpa* — sera la cause des démissions (forcées) de Céline du dispensaire de la rue Fanny et du laboratoire Biothérapie, le tout consommé en décembre 1937. L'été précédent — il vit, cette fois, avec Lucette Almansor —, il assura un dernier remplacement en libéral, celui du Dr Malouvrier à Montvilliers près du Havre. Ce remplacement ne fut pas concluant — trop de négligence et de fantasque de la part de Céline — et ne sera pas renouvelé. Pratique-t-il l'année 1938 ? Probablement non. Les pamphlets l'ont rendu militant et l'occupent. Il rédige *L'École des cadavres*. Et on le retrouve à Saint-Germain-en-Laye, l'été 1939, où avec l'argent gagné par *Voyage*, il s'est acheté un appartement 15, rue Bellevue. Il décide d'y poser sa plaque. De nouveau, il va se montrer mauvais communicant. L'installation est à peine remarquée, il ne verra aucun malade. Il ferme donc le cabinet à l'automne et, la rue Lepic abandonnée, il se rapatrie avec Lucette chez sa mère, rue Marsollier. La France est en état de « drôle de guerre » depuis septembre. Louis a quarante-cinq ans et aspire, malgré sa réforme à 70 %, à être incorporé. On n'accédera à sa requête qu'en 1940, tenant compte de son concours de médecin sanitaire maritime réussi en 1924, en l'affectant sur un navire d'une compagnie privée mais réquisitionnée, le *Chella*, qui assure la ligne Marseille-Casablanca et retour. Pour l'heure, il est à terre et obtient — en octobre 1939 — quelques vacations de médecin scolaire au dispensaire de Sartrouville dont il devient, en mars 1940, par intérim du Dr Dubroca, mobilisé, le médecin-chef *. C'est à cette occasion qu'en juin, sur ordre du maire, il va, Lucette Almansor transformée en infirmière, convoyer en ambulance

* En référence à l'automne 1940 et sa suite, dans *Céline à Bezons (1940-1944)*, ouvrage publié aux Éditions du Rocher, David Alliot et David Renard évoquent le témoignage d'infirmières du dispensaire peu favorables au Dr Destouches.

municipale deux nourrissons et une vieille dame jusqu'à Issoudun dans le Cher, puis Saint-Jean-d'Angély (Charente-Inférieure), en plein exode, au sein de l'effondrement du pays, à la suite de vicissitudes qu'il narrera avec humour et dérision dans les vingt premières pages de *Guignol's band*. Ce qu'il a découvert du comportement de l'armée, de l'incurie de l'administration et de la démission des pouvoirs va le marquer profondément. Sa mission accomplie : mettre en lieu sûr ses passagers, il poursuit jusqu'à La Rochelle et se présente, le 20 juin, au médecin inspecteur départemental adjoint de la Charente-Inférieure à qui il fait mention de sa qualité de médecin sanitaire de la marine. Il a alors la possibilité d'embarquer sur l'un des derniers bateaux aptes à quitter la France et gagner Londres ou l'un des Territoires d'outre-mer soumis à l'autorité de la République. Prétextant la nécessité absolue de ramener l'ambulance que les militaires convoitent à Sartrouville, il décline l'offre et repart avec Lucette et les patients vers Paris. Il est de retour, l'ambulance restituée, à Sartrouville pour le 14 juillet. Par le truchement de la médecine, à lui qui voulait servir, une chance a été alors donnée de se retrouver quelque part en France libre dans un dispositif sanitaire. Ce qui eût changé son destin. Il choisit une fumeuse et impérative obligation qui l'éloigna définitivement d'une autre vie.

Petit détour par le *Chella* avant de reprendre. Le 1er décembre 1939, suite à sa demande d'incorporation, Céline est affecté sur ce bateau de la compagnie Paquet. D'abord uniquement civil, le navire sera équipé de canons de protection. Louis n'y est engagé que provisoirement à la place du médecin titulaire absent et cet engagement où il acquiert d'ailleurs du galon ne durera qu'un mois. En effet, près de Gibraltar dans la nuit du 5 au 6 janvier 1940, le *Chella* éperonne accidentellement un cargo britannique, le *Kingston Cornelian*, que Céline transformera plus tard en torpilleur, et qui coule par le fond. À bord du *Chella*, les dégâts sont importants et la nuit est dramatique avant que le bateau puisse rejoindre Gibraltar. Céline est requis et va intervenir toute la nuit auprès des blessés. Ce qu'il considérera ensuite comme un véritable fait d'armes. C'est ainsi qu'il écrira au médecin-colonel Camus :

> Nous fûmes fort arrangés nous-mêmes en détresse toute la nuit. Inutile de te dire encore que ton ami tout au cours de cette nuit fort tragique, entre morts, noyades, et blessés sut faire honneur à ceux qui lui apprirent le métier des armes et de manœuvre et de vaillance et discipline. À ce point je me demande si mes talents ne seront honorés, en haut lieu[11].

Sommairement réparé, le *Chella* peut rentrer à Marseille. Revenu à Paris, Céline attendra vainement qu'on le rappelle. Les travaux de réfection s'éternisant, le *Chella* ne reprendra pas la mer. Le 2 juin 1940, les bombardements allemands le coulèrent à quai. Des officiers écrivirent à Céline pour le lui annoncer et ne tarirent pas d'éloges sur son comportement dans la nuit du 5 au 6 janvier. « Quelle nuit ! J'ai suturé pendant quatorze heures et piqué dans tous les sens — toute la nuit, coupaillé ici ou là — la guerre sur ce rafiot fonçant, fonçant[12]. »

En octobre 1940, Louis postule pour le dispensaire de Bezons, autre ville déshéritée de banlieue près d'Argenteuil.

Pauvre banlieue parisienne, paillasson devant la ville où chacun s'essuie les pieds, crache un bon coup, passe, qui songe à elle ? Personne. Abrutie d'usines, gavée d'épandages, dépecée, en loques, ce n'est plus qu'une terre sans âme, un camp de travail maudit, où le sourire est inutile, la peine perdue, terne la souffrance, Paris « le cœur de la France », quelle chanson ! quelle publicité [13] !

Les courriers qu'il adresse aux officiels de l'administration en train de se reconstituer sont tendancieux. Le climat est à la xénophobie aggravée et les premières lois antisémites ont été promulguées par le gouvernement de Vichy. Céline s'appuie non explicitement sur elles mais profite de l'atmosphère alarmante du moment pour mettre en avant ses qualités de Français de souche, d'ancien combattant et sa légitimité à occuper le poste de médecin-directeur du dispensaire de Bezons à la place du Dr Hogarth, d'origine haïtienne, fondateur du dispensaire et déjà destitué de ses fonctions parce que étranger. Louis sera nommé le 21 novembre et exercera jusqu'en juin 1944 *. Il y assurera le même travail que rue Fanny, prévention, dépistage, médecine générale, médecine sociale. Il bataillera contre la réduction des rations caloriques dans les cantines des écoles, pour la déli-

* Il devra sa nomination au président de la délégation spéciale mise en place par Vichy, Frédéric Empaytaz, pour remplacer le maire communiste Peronnet réfugié en Algérie. En retour, Céline interviendra auprès de ses contacts vichyssois afin qu'Empaytaz fût nommé préfet en 1942.

vrance de points d'alimentation supplémentaires aux vieux et grands malades, de même que pour les attributions de charbon aux nécessiteux. Il gagne 3 600 francs par mois. Au chapitre de l'écriture, il publiera *Les Beaux Draps* en 1941, et reviendra au roman avec *Guignol's band*, écrit entre 1941 et 1944. Rue d'Alsace, Jeanne Carayon, sa voisine, le décrivait élégant dans ses costumes de tweed coupés à l'américaine, presque dandy. À Bezons, son apparence a changé. Depuis la fin de la rue Fanny et les pamphlets, on le voit volontiers en canadienne usagée recouvrant des vestes de laine superposées. Ses cheveux ont poussé. Il garde parfois la barbe quelques jours. Certes, il a toujours aimé la moto — les motos à side-car pour les randonnées en Bretagne — mais, maintenant, il conduit une pétrolette souffreteuse — une Cyclo-zéphyr — pour se rendre de Paris à Bezons. On le croise souvent, les moufles autour du cou battant sur sa poitrine avec ses lunettes de motocycliste, ébouriffé. C'est ainsi qu'il arrive au dispensaire. Médecin des pauvres, il est comme les pauvres.

Il va protester contre l'éloignement de Bezons qui l'oblige à des trajets hasardeux soumis aux aléas de la distribution de carburant. Nommé médecin assermenté auprès de l'état civil — il constate les morts et rédige les certificats de décès —, il ne va pas tarder à signaler que l'assermenté de la Butte Montmartre est un certain Dr Weiss [14]. Vu son patronyme, peut-il encore y prétendre ? Céline s'y verrait bien. Vérification faite, Weiss, dont la famille est en France depuis 1860, n'est pas juif. Céline abandonne la piste. Mais il s'en prend néanmoins à d'autres dont le secrétaire des médecins de Seine-et-Oise, le Dr Manckiewictz, prétendant que celui-ci est juif. Mankiewictz devra prouver qu'il est aryen *. Ces invectives sont à lier au contexte de l'époque — un nombre non négligeable de médecins français « aryens » ont recouru à la délation visant leurs confrères par intérêt mesquin et mercantile — et à la propre attitude de Céline dont nous traiterons plus tard. Elles n'influent pas sur sa pratique **.

Juin 1944. Avec Lucette, ils quittent précipitamment la rue Girardon, sur les hauteurs de Montmartre, où ils habitent depuis 1941. Et c'est le début d'un exil de sept ans où il aura peu affaire à la médecine. Il exercera seulement, de novembre 1944 à mars 1945, à Sigmaringen où nous le retrouverons, une médecine sans moyen pour le tout-venant — un bon millier d'individus — de l'émigration collaborationniste, et non, sauf exception, pour son élite. Au Danemark, en 1947, il sera quelques semaines détenu-aide de salle à l'infirmerie de la prison Vestre Fangsel. Puis, à son retour, ce sera Meudon, et, une nouvelle fois, l'apposition

* Le Dr Guy Morin, qui connut Céline dès le P.C.N. à Rennes, relate — dans son témoignage des *Cahiers de l'Herne : Destouches médecin* — qu'aux environs de 1935, souhaitant revenir à Paris, il aurait interrogé Céline sur les possibilités d'installation qui lui aurait répondu : « Mon cher vieux — aucune chance. Ici, tous juifs et francs-maçons. »

** Le Dr Howyan, Arménienne qui intervenait au dispensaire de la rue Fanny et remplaçait Céline durant ses absences, affirme avoir été dénoncée comme juive par Céline après 1940. Elle est la seule à se déclarer victime d'une délation célinienne. Y a-t-il des preuves ? Lors d'un entretien avec Philippe Alméras (qu'il rapporte dans son *Dictionnaire Céline*, en décembre 1968, elle dira : « C'était [Céline] un maquereau. Vous m'avez entendue ? Il avait des femmes sur le trottoir. »

de sa plaque (minable celle-ci). Il sera médecin jusqu'en 1959, afin, à soixante-cinq ans, de faire valoir ses droits auprès de la caisse de retraite des médecins. À Meudon, route des Gardes, en son capharnaüm, au milieu de son bestiaire, il ne verra pas grand monde sinon des miséreux quasi clochardisés qu'il ne fera pas payer. Méfiant, persécuté, il se rendra quelquefois à domicile dans des vêtements de plus en plus négligés. Ce désert résume peut-être toute sa médecine :

Parlons médecine... il me vient encore quelques malades... Certes !... jamais vous pouvez vous vanter d'être absolument sans malades !... non ! un de temps à autre... bon !... je les examine... pas plus mal que les autres médecins... pas mieux... Aimable je suis ! oh ! très aimable ! et très scrupuleux !... jamais un diagnostic de chic !... jamais un traitement fantaisiste !... depuis trente et cinq années, jamais une prescription drôlette !... trente-cinq années malgré tout, c'est la mort du cheval !... parce que je me tiens pas au courant !... que si ! que si !... Je lis à fond tous les prospectus... deux, trois kilos par semaine ! ... au feu ! au feu le tout !... c'est pas moi qui serai inquiété pour « prescription à la légère » !... où que vous allez ? Assises... 10e chambre ?... Buchenwald ? Sibérie ?... Merci !... Cabaliste ? alchimiste dangereux ! Rien à me reprocher ! Seulement un petit truc... que je demande jamais d'argent ; je ne peux pas tendre la main !... même pour les A.S.... même pour les A.M.G.... je démordrai pas !... idiot d'orgueil[15] !

Trente-cinq ans de médecine ! (À Milton Hindus, dans sa lettre du 12 juin 1947, il parlera de vingt-sept années de médecine quotidienne. Il aurait donc débuté en 1920 !). Il exagère. La médecine effective — ne parlons ni de la période des études, ni de celle consacrée à la S.D.N —, il l'a pratiquée en diverses séquences : quelques mois de remplacement, deux ans à éclipses rue d'Alsace, neuf ans rue Fanny, quatre ans à Bezons, quatre mois en Allemagne, et à peu près rien à Meudon, soit, en compactant, une quinzaine d'années, et encore, jamais à temps plein. Des vacations. Trois heures par jour maximum. Il est hasardeux de s'avancer sur sa compétence. On l'a décrit, rappelons-le, comme de bon (très bon) contact, attentionné, généreux, intuitif, focalisé sur l'alcoolisme, la tuberculose, les maladies vénériennes, les épidémies, plus hygiéniste que thérapeute. Sans doute curieux des progrès, des avancées de la recherche de son temps, il est réticent face au primat de la technologie, de la médecine d'organe, de l'invasion pharmacologique. Il promeut volontiers — il suffit de consulter sa correspondance avec Albert Paraz gravement tuberculeux — des remèdes paysans, des remèdes de bonne femme et n'est pas avare de propos moralisants quant à l'alcool, à l'excès de nourriture, au sexe *. Il est hanté par l'hygiénisme, par les risques de contamination, par la dégénérescence — il n'est pas loin, pour lui, le temps de l'hérédo-syphilis, des tares, des aberrations chromosomiques soi-disant criminogènes, ces idéologies conquérantes de la deuxième moitié du XIXe siècle **. Soucieux de la bonne santé de l'espèce — entendons la race — il va glisser — est-ce

* Émile Brami a recueilli dans son *Céline* le témoignage du psychiatre Claude Jeangirard qu'il soigna enfant pour une otite. Jeangirard nota l'apparence et l'attitude peu orthodoxes de Céline.

** Est-il certain que nous sommes aujourd'hui indemnes de toute résurgence de ces idéologies quand on voit un candidat à la présidence de la République, devenu président, soutenir l'origine génétique de la pédophilie, de la tendance suicidaire chez l'adolescent avec, en filigrane, celle de l'homosexualité ?

l'influence de Gobineau, sûrement, de Carrel, probablement ? — vers le racisme. Il se déclarera raciste : « Moi, je vous parle en clinicien, embryologiste et raciste[16] », et son racisme est prétendument d'obédience scientifique, médicale, reposant sur la thèse discutable, mais répandue, que le métissage affaiblit la race. Céline ne propose pas l'éradication d'une quelconque race par une autre mais leur non-échange. Une race non viable décline d'elle-même. Il subodore, question climat — le Sud ! — qu'il y a des dysfonctionnements, des anomalies de développement, des êtres inférieurs. D'où son obsession du mélange délétère, des parasites, de l'agression microbienne, des vagues infectieuses venues d'ailleurs.

Sa médecine est un humanisme de la misère, une démarche compassionnelle — il déteste la souffrance, la pauvreté —, un infime rempart contre l'inéluctabilité de la maladie invalidante et de la mort. Trente-cinq ou quelques années suffisent à en faire le tour. Il fait aussi de la médecine un observatoire privilégié des conditions et motivations réelles de l'existence humaine dont la connaissance étaye son travail d'écrivain. Il n'a jamais gagné beaucoup d'argent avec la médecine, tout juste a-t-il perçu un salaire de cadre moyen. En libéral, il hésite à se faire payer, oublie. Pourquoi ? Par culpabilité ? Parce qu'il estimait ses prestations trop aléatoires ? Parce que sous son regard d'écrivain le patient lui apportait plus que lui ne lui donnait ? Ignorait-il la valeur symbolique du paiement — hormis évidemment l'arnaque charlatanesque ? Qui paie se sent reconnu comme sujet de ses dires sur sa maladie et ses symptômes et, dans le cas contraire, est assimilé à un nécessiteux, la gratuité signifiant que l'acte médical, lui-même, ne vaut rien. Alors : Céline, un partageux, un saint Vincent-de-Paul ? Nous ne trancherons pas. Avançons toutefois une hypothèse. Son ambiguïté envers le paiement ne reflète-t-elle pas le prix en négatif qu'il payait, lui, pour son impuissance à guérir, pour son incrédulité quant au semblant d'intervention auquel il s'obligeait en trompant non vénalement le malade qui ne pouvait que croire en lui pour son bien. Céline comme tout médecin désarmé — ceux qui sont convaincus d'avoir des armes ne s'interrogent pas — était dans une dualité indépassable, faite de lucidité et de duplicité. Sans doute a-t-il vécu et aimé la médecine pour cet impossible-là. Il aurait bien voulu guérir (de) la vie.

Littérature (1)

Mais vous savez la littérature c'est la mort. Ce qui retient en vie c'est seulement l'affection des êtres et des choses. Tout le reste n'est rien.

L.-F. CÉLINE,
Lettre à Erika Irrgang, septembre 1932
Cahiers Céline, n° 5

Voyage au bout de la nuit est une sorte de paradoxe. C'est à la fois l'ouvrage le plus connu de Céline, celui que le grand public associe automatiquement à son nom jusqu'à l'y identifier, que ce large public ait essayé de le lire dans sa totalité ou renoncé en chemin comme beaucoup. Et, pourtant, ce n'est pas le meilleur livre de Céline à l'aune de l'aventure langagière qu'il a menée. Louis n'aurait-il écrit que *Voyage* qu'il serait resté néanmoins une singularité littéraire remarquable des années 1930, l'individu auteur d'un seul livre — on (il) l'a pensé à l'époque —, une somme, décalée de la production ambiante mais qui, avec l'arrivée ultérieure sur le marché d'écrivains tels que Henry Miller, John Dos Passos, Jean-Paul Sartre, William Burroughs et, bien entendu, James Joyce, à la renommée déjà incontestable, se serait intégrée sans trop d'aspérités à cette cohorte. Sauf que Miller, Sartre, Burroughs doivent beaucoup, précisément à Céline, parce que celui-ci a poursuivi son œuvre et s'est imposé comme l'un de leurs maîtres dans le registre de l'autofiction à visée réaliste, et au développement imaginaire et prédélirant prodigieux.

Voyage n'est qu'un début. On dit même que la page de titre serait demeurée vierge du nom de l'auteur longtemps avant que celui-ci décide de son pseudonyme : Louis-Ferdinand Céline, effaçant Destouches en hommage à sa grand-mère, Céline Guillou. Une convention tacite assure que, l'immense majorité des écrivains ne pouvant prétendre à la capacité d'écrire un tel livre — et, c'est vrai, on ne se mesure pas à Céline —, Céline, en conséquence, n'eût-il écrit que *Voyage*, aurait atteint la célébrité. Cette assertion n'est soutenable que par un effet de trompe-l'œil. En cette aube du XXIe siècle, il est difficilement concevable de se plonger, tant dans le contexte culturel des années de genèse et de parution de *Voyage*, que dans l'évaluation de ce qu'était l'attente du public d'alors et celle des éditeurs. Sans doute la critique, à de rares exceptions près, faiseuse de réputation, fonctionnait-elle comme aujourd'hui à la fois dans la paresse, le conformisme, le parti pris et la suffisance. Elle décernait ses brevets de notoriété sans trop concéder au risque et à l'originalité. Il a fallu, pour ne citer qu'eux, que les surréalistes dévergondent spectaculairement — et Céline aimait ce mot : dévergonder — les portes de la convention pour être écoutés. Notre vision de cette culture d'il y a quatre-vingts ans est soumise aux supputations, aux projections, aux imaginations.

Toujours est-il que, dès sa publication, *Voyage* va surprendre, sidérer, secouer les bienséances. S'il y a parmi les lecteurs autorisés des grincheux, des effarouchés, des attentistes, des sceptiques dont André Breton, l'ensemble des avis virent progressivement à l'enthousiasme — enfin, c'est la dominante qui s'entendra — et, pour ce qui est des intellectuels de gauche, au malentendu. Force est de reconnaître que de l'extrême droite (Daudet, Rebatet) à l'extrême gauche — Trotzki y va de sa plume —, on vante le livre. Est-il un évènement ? Oui, si l'on se réfère à ce qu'il déclenche de passions — ce n'est pas *Hernani*, mais presque —, à ce qu'il est censé exprimer d'autre que les parlotes académiques reconnues, et à ses ventes. Non — un non relatif —, si on le rapporte à la série des écrits céliniens qui va suivre. *Voyage*, de ce point de vue, est une promesse et le lieu des premières traces d'une esthétique qui va se formaliser au long des années, appuyée sur un labeur de forçat. Céline a toujours insisté — ou voulu le faire accroire, mais nous lui donnons quitus — sur l'immense travail qu'exigeait son art d'écrire, lui qui pesait chaque mot dix fois, qui n'abandonnait une phrase qu'à la énième tentative, son rythme musical obtenu, qui vivait l'écriture quasiment en apnée, répartissant son souffle qu'il avait grand, illimité, en fonction de ces fameux soupirs scandés par les trois points qui lui servent de ponctuation. Ceux qui ont parcouru son œuvre de bout en bout savent à quel point la littérature ainsi exercée a brûlé Céline. *Voyage* n'est que l'annonce encore timorée de cette épopée.

La chronique l'a cerné à peu près, la rédaction de *Voyage* demanda de trois ans et demi à quatre ans. Céline l'ébaucha-t-il dès la fin 1928, rue d'Alsace, comme l'a suggéré Jeanne Carayon à qui il laissa la responsabilité de la correction des épreuves ? Le portait-il en lui de tout temps, c'est-à-dire depuis 1914, ce qui facilita son éclosion ? Ce dont nous sommes sûrs, c'est que dès l'été 1929, rue Lepic, Elizabeth Craig assista à la naissance laborieuse du livre face à Céline retranché dans son antre, solitaire et halluciné. Ce qui peut être aussi affirmé, c'est que le manuscrit était disponible à la fin 1931 et au tout début 1932. À quelle malheureuse secrétaire revint le mérite de la frappe — et mérite il y avait, étant donné les pages biffées, raturées, corrigées, remises par Céline ? Un temps, on crut l'attribuer à une secrétaire du laboratoire Biothérapie qui se suicida peu après sans qu'on pût inférer que la frappe y fût pour quelque chose. Finalement, c'est Aymée Paymal, employée rue Fanny, qui se chargea de la totalité de la frappe.

En 1929, Charles Dullin, que fréquentait de loin Céline, avait eu quelque velléité à monter *L'Église*, puis renonça. Qu'il ne montât pas la pièce aida sans conteste Louis à s'investir plus complètement encore dans *Voyage*, et à cesser d'accorder crédit à cette coquetterie : se vouloir un auteur de théâtre, une coquetterie qui mit d'ailleurs du temps à disparaître. Le champ était libre pour se reconnaître comme prosateur, raconteur d'histoires sur la trame du roman, son roman. Pendant quatre ans Louis va donc se confronter à ce récit qui est avant tout libération d'un trop-plein de passé, d'émotions, de frustrations, d'humiliations, et seulement après, l'approche d'une forme adéquate, esquissée, pour transcrire tout ce matériau. Comme dans tout livre originel, il a tout en germe, mais rien n'est alors confirmé.

Voyage a imposé des personnages inoubliables. À commencer par Ferdinand Bardamu, ce fantomatique et désabusé médecin narrateur, devenu phare de l'œuvre célinienne et qui continue d'alimenter la glose. Qu'a-t-il à voir de si près avec l'auteur jusqu'à l'engloutir ? Puis : Léon Robinson, l'errant maudit, le paradigme de l'humain en perdition et, peut-être, l'acteur décisif de *Voyage*, Molly la belle, somptueuse et aimante prostituée de Detroit, le mélange de toutes les femmes en une qui offre sa vie pour vous aimer, vous sauver, qu'on ne voudrait (devrait) jamais quitter, l'indépassable, la grande rivale littéraire de la Molly Bloom de Joyce qui a le bénéfice de l'antériorité (qu'est-ce qui a poussé Céline à choisir ce même prénom ? Avait-il vraiment connaissance d'*Ulysse* ?). Derrière Molly, le cortège des autres femmes : Musyne, Lola, Madelon... la vieille Mme Henrouille et toute la galerie balzacienne des entités, du sergent Brandelore au Pr Destombes, à Roger Puta, à Jean Voireuse, au caricatural Pr Jaunissey, à Parapine, Gustave Montandon, l'abbé Protiste qui porte le nom d'un unicellulaire, l'inconsistant (et littérairement faible) Pr Baryton. Le défilé des lieux aussi : Noirceur-sur-Lys, Bambola-Fort Gono, Bikomimbo, Rancy-la-Garenne, le dérisoire institut Bioduret Joseph, etc. La notoriété de *Voyage* a imposé ces noms désormais communs. Cependant, le livre est comme inachevé, presque décousu, avec des longueurs, des négligences. Il repose sur les tribulations fantastiques de Bardamu et Robinson, Don Quichottes plus évanescents encore que leur modèle, dans un récit buissonnant, hésitant, où les défauts sont les signes évidents d'une forme qui se cherche, une forme qui a ses fulgurances et appelle son futur — quel lecteur génial pouvait les deviner à l'époque ? —, prenant des pauses (et des poses) dans l'aphorisme. Certaines sentences étant à cet égard de purs régals et dignes de figurer pour la postérité.

Suite à la dédicace à Elizabeth Craig, cette inconnue essentielle, on s'en doute, le livre lui étant dédié — il constitue une offrande, un juste retour à l'inspiratrice —, l'exergue de *Voyage*, lui, tout étant un texte d'emprunt, le définit. Il emprunte, arrangé par Céline, au chant des gardes-suisses du palais des Tuileries, et indique clairement le projet. Les deux derniers vers du quatrain ne disent-ils pas : « Nous cherchons notre passage dans le ciel où rien ne luit » ? Une savante investigation de Philippe Alméras a établi que plus qu'un chant composé par Céline *, il a rapport avec un lied suisse allemand, *Beresina Lied*, écrit après la retraite de Russie et

* Céline en composa deux autres : *Au nœud coulant ou Kalinka* et *Règlement*, enregistrés ensuite par lui, accompagnés par un accordéon et déposés à la Société des auteurs et compositeurs de musique sous le nom de Louis Noceti, artiste montmartrois.

qui ne peut être daté de 1793 comme l'indique Céline puisque les gardes-suisses n'étaient plus aux Tuileries depuis 1792. Le livre se compose de cinq parties : la guerre et ses suites, en particulier les séjours hospitaliers, l'Afrique, l'Amérique, Rancy-la-Garenne et les pérégrinations autour de Robinson, l'asile de Vigny enfin. Pour l'écrire, Louis a non seulement puisé dans sa mémoire tourmentée, mais il a également usé de celle d'autres dont Marcel Lafaye (que de par son pseudo d'écrivain François Gibault nomme Paul Farges), qu'il rencontra en 1929 à Montmartre. Lafaye (1897-1974) est généralement vu comme un double de Céline. Il a quitté l'école à quinze ans, a fait la guerre en tant que pilote d'avion. Abattu, il fut grièvement brûlé au visage. Pour son comportement, il obtint la médaille militaire et la croix de guerre. Démobilisé, il passa le baccalauréat en 1919, exploita une concession en Afrique, se retrouva télégraphiste sur les grandes lignes maritimes puis gagna l'Amérique et devint ouvrier dans le Connecticut, puis chez Ford, pour revenir en France en 1930. Autant dire que son itinéraire passionna Céline qui l'incorpora à sa propre fiction. Plus tard, Lafaye lui fit connaître Joseph Garcin (1894-1960) qui, lui, hanta le milieu français de Londres et fournit à Céline, à sa demande, nombre d'éléments qu'il inséra dans *Guignol's band*. La correspondance régulière que Louis entretint avec ce dernier renseigne aussi sur la progression de *Voyage*.

De ses diverses sources et méandres mémoriaux, Céline va mettre en scène un anti-héros, un individu quelconque, en proie à l'incomplétude et à l'absurde, avant que Sartre ne reprenne ce type d'homme futile, écrasé par l'histoire, comme faisceau de contingences. Cet individu, jeté dans un univers hostile et qui n'a qu'un destin, celui d'être promis à la mort, est radicalement seul, et n'a rien à espérer de quiconque. Ses semblables voués à la même désolation ne lui seront d'aucun secours, d'autant que personne ne peut imaginer sortir d'une sorte de déterminisme biologique auquel l'espèce humaine n'échappe pas. C'est que l'homme, selon Céline, la conscience réduite, est dominé par l'animalité. L'homme ne vit que pour la satisfaction égoïste de ses besoins, guidée par l'instinct. Le pessimisme de Céline est sans issue. « L'Homme, dit-il à Élie Faure, est maudit. Il inventera des supplices mille fois plus effarants encore pour les remplacer. Dès l'ovule, il n'est que le jouet de la mort[1]. » Quant à la question du questionnaire de Proust : « Pour quelle faute avez-vous le plus d'indulgence ? » Il répondra : « L'homme n'est qu'une faute… il est loupé !… Faut en prendre son parti… le tolérer comme il est pas perfectible[2] !… » Tout l'incite à penser l'homme vivotant ainsi dans un cosmos indifférent et soumis à la marche inexorable et aveugle de l'Histoire, insensée. Peut-on retenir que l'évolution du monde contemporain apporte quoi que ce soit qui puisse le contredire quand on voit la barbarie officier à tous les étages, le règne du chacun pour soi et la loi du plus fort érigés en éthique sociale, la mise en coupe réglée des citoyens justifiée par des déguisements démocratiques, la promotion d'une modernité qui n'est jamais que le retour des vieilles lunes de l'économisme et des vertus petites-bourgeoises ? Le militantisme — de gauche, plus précisément —, auquel Céline n'a jamais cru, était bien angélique quand il visait à modifier les conditions sociales, ce qui allait induire un changement quasi automatique des mentalités. Pour Céline, l'homme demeure un loup pour l'homme.

On lui reprochera son darwinisme social, son insistance sur l'ancrage biologique de l'espèce humaine, sa dépendance par rapport à l'instinct et l'absence de tout dépassement possible de l'inné de sa condition. Une fatalité pèse sur l'homme, presque métaphysique. Au travers de Bardamu, de Robinson qui contemplent ce désastre qu'ils habitent et dont ils sont eux-mêmes acteurs, Céline entonnera sa complainte aux accents funèbres sur laquelle il brodera toutes ses variations ultérieures, utilisant pour ce faire l'humour décapant, le génie du verbe et son chant lyrique, l'étincelle du désir seule capable d'éclairer la nuit, mais si fugace. *Voyage* est bien le temps inaugural de cette suite à venir, répétitive, infinie. Indéniablement, Céline surprit, par l'utilisation de ce ton d'une désespérance assumée, sans baume, sans élixir pour l'apaiser. Il avait lu Pascal, avait gardé souvenir de « la misère de l'homme sans Dieu » et la grandeur de l'homme à l'accepter. Chez Céline, point de grandeur, point de Dieu, mais une vaine et grotesque incomplétude, un être imparfait, né pour rien. De cette condition d'innommable à la Beckett, il va faire un jeu pathétique et tragique. Et c'est parce qu'il apparaît sans concession sur ce sujet qu'il peut imposer son ton qu'on ne tardera pas à reconnaître inimitable, l'authenticité du désespoir donnant à l'écrit une légitimité indiscutable. On conçoit qu'Elizabeth Craig pût trouver à Louis une allure de dément au sortir de ses morceaux de bravoure où il affrontait l'irrémédiable.

Pourtant, côté grisaille, l'époque qui préside à l'élaboration de *Voyage* n'est pas vierge. Elle cultive le souvenir de la guerre. Des centaines de livres ont paru. Certains ont connu d'immenses succès tels *Le Feu* d'Henri Barbusse, *Les Croix de bois* de Roland Dorgelès, tous deux primés par les Goncourt. Céline, lui, parle peuple, et c'est l'originalité qu'on lui concédera d'avoir introduit la langue populaire et l'argot non seulement dans les dialogues, comme Barbusse, mais dans le moule de la phrase. Au même moment, le populisme a ses gloires dont Eugène Dabit, l'auteur d'*Hôtel du Nord*, et Henri Poulaille. Barbusse et Dabit ont droit à l'admiration — et peut-être à l'envie — sans réserve de Céline qui laisse entendre que de suivre une voix semblable à la leur lui apportera le succès. Il écrit comme un forcené mais glisse à l'occasion qu'il flirte avec la mode, l'esprit du temps midinette :

> Savoir ce que demande le lecteur, suivre la mode comme les midinettes : c'est le boulot de l'écrivain très contraint matériellement, c'est la condition sans laquelle pas de tirage sérieux (seul aspect qui compte). Ainsi pour la guerre depuis Barbusse, ainsi pour ces déballages psychanalytiques depuis Freud[3].

Il affirme n'avoir qu'un but, s'assurer de bonnes ventes et en recevoir le magot afférent. Est-ce une pudeur habillée de cynisme pour dissimuler qu'il n'a qu'un seul interlocuteur, la mort, qu'un seul dialogue, le dialogue avec elle, et que le verbe tant prisé n'est qu'un rempart unique et fragile, balayé à chaque page, qu'il lui faut recommencer inlassablement pour résister à l'effondrement et se maintenir en vie ? Quand il pose au provocateur, Céline se protège. À se clamer explorateur du néant on frise la grandiloquence, on est risible. Quand il déclare ne viser que de substantiels droits d'auteur et, qu'après *Voyage*, il en resterait là, ses propos ne sont tenus que pour épater, voire égarer. Doit-on pour autant écarter qu'à l'issue de l'effort accompli pour écrire le livre il songea à clore son épisode littéraire et s'en tenir — puisqu'il avait tout dit — à la seule médecine ? C'était sans compter sur la malédiction d'être écrivain qui agit à l'instar de la passion amoureuse, de la toxicomanie et des aliénations totales, une malédiction qui ne le lâchera pas et sera source de toutes ses jouissances. Des milliers de pages l'attendaient qu'il paraphera.

Le manuscrit fut prêt début 1932*, impressionnant. À le placer, Louis fut maladroit, c'est-à-dire naïf. Il l'adressa à deux éditeurs — et cela n'étonnera que ceux qui croyaient Louis au fait du monde de l'édition —, Brossard et Figuière, qui n'avaient pas vocation à la publication de tels ouvrages ; aussi lui répondirent-ils en ce sens, encore que

* Il faut signaler que Fernand Destouches décédera en mars 1932 alors que le manuscrit était terminé. La disparition de son père, qui affecta profondément Louis, n'eut donc pas d'incidence sur l'écriture du texte.

Figuière lui proposa un tirage à compte d'auteur ! En février-mars, il fut plus avisé en se tournant vers des maisons de renom reconnues pour la qualité de leurs choix littéraires : Gallimard et Denoël. De Gallimard, il avait déjà essuyé deux refus, l'un pour *L'Église*, l'autre pour *Semmelweis*. Denoël était apparu sur la scène parisienne de l'édition plus récemment et avait à sa tête Robert Denoël, belge, jeune, passionné et ambitieux, qui venait de s'associer à un Juif américain fortuné, Bernard Steele. Gallimard adopta le cheminement habituel : désignation d'un lecteur patenté membre du comité de lecture, Benjamin Crémieux, d'origine juive, membre du Quai-d'Orsay. Rue Sébastien-Bottin, on huma, on renifla, on prit son temps. On suggéra des coupures, des allégements. On n'écarta pas la publication. Trop tard, à quelques heures près. Robert Denoël lut le manuscrit, lui, en une nuit haletante, selon la légende, et fit part de son enthousiasme indiscutable à ses collaborateurs dès le lendemain, et de sa décision de publier *Voyage*, le livre géant d'un inconnu, le rêve de tout éditeur. Il tenait là *le* chef-d'œuvre, il le porterait au plus loin. Il l'avait prouvé avec Eugène Dabit. Qu'il fût l'éditeur de ce dernier avait pesé dans le choix de Céline de lui faire parvenir le manuscrit et de signer avec lui. Louis avait suivi de près le lancement et le succès d'*Hôtel du Nord* en 1929. Il aimait l'écriture et l'ambiance des romans de Dabit qui lui étaient familiers. Il n'omettait pas de signaler que Dabit d'abord peintre avait écrit aussi *P'tit Louis* et, surtout, *Villa Oasis*. Il le connut plus tard, entretint une correspondance avec lui, partagea des promenades sur les bords de la Seine, des virées nocturnes. Il savait Dabit communisant. A-t-il su qu'il était de mère juive ? Peu importe, ils communiquèrent sans fard. Céline ne lui confia-t-il pas :

> Dimanche pour faire plaisir à Descaves, j'ai dû aller bavarder sur Zola à Médan. Les occasions me sont toujours odieuses. Mais j'ai eu l'impression consolante — l'absolution que la littérature ne signifiait plus rien dans la vie d'aujourd'hui. C'est une ville ancienne — Capitale comme Dijon — abandonnée aux retraités à renvois... aux automobilistes de troisième main — aux ébats amputés... La vie ne passe plus par là. La T.S.F., le cinéma, détiennent ses friperies. C'est fini mon vieux. À nous la casquette des gardiens de musée[4].

Revenons à Denoël. Il retrouva Céline dans des circonstances résolument rocambolesques, car Louis aurait omis de faire figurer ses coordonnées sur le manuscrit. Il existe plusieurs versions de cette affaire dont il semble bien que celle retenue par Philippe Alméras à partir du journal de Galtier-Boissière soit la plus plausible. Juliette Delaunay, alors employée rue Amélie chez Denoël, aurait reçu le manuscrit et lu les cent premières pages qu'elle trouva sublimes. Elle en fit part à Denoël qui, fort de sa lecture nocturne, se serait précipité au 98, rue Lepic — l'adresse était donc bien visible — où il fut reçu par la femme de ménage qui l'informa que le docteur était à son dispensaire de Clichy où l'éditeur se rendit dans la foulée pour proposer un contrat à Céline qui signa immédiatement. Nous étions le 30 juin 1932. Céline avait trente-huit ans. Le même jour, il reçut un télégramme de Gallimard lui signifiant l'acceptation du manuscrit et la décision de publication. Homme de parole, il déclina l'offre. Et l'aventure Denoël commença qui ne se clôturera qu'en 1944 par l'exil de l'un, Céline, en juin, et l'assassinat de l'autre, Denoël, en décembre. Ce fut aussi le début de la relation folklorique et tumultueuse avec Gaston Gallimard qui, n'admettant pas d'avoir manqué le premier Céline, n'aura de cesse que de ramener Louis au bercail. Il lui faudra attendre près de vingt ans, hormis une petite publication, *Secrets dans l'île*, dans un collectif *Neuf en une* en novembre 1936.

Denoël promet à Louis le Goncourt. Louis, qui n'en doute pas, avait écrit à Gallimard à la remise du manuscrit, sans trop d'hésitations : « C'est le Goncourt assuré[5]. » Robert Denoël a perçu la force du livre, toute la puissance célinienne, et quand il est face à Céline, il constate qu'il tranche sur le commun des littérateurs :

> Je me trouvais face à un homme aussi extraordinaire que son livre. Il me parla pendant près de deux heures en clinicien qui a fait le tour de la vie, en homme d'une lucidité extrême, désespéré à froid, et cependant passionné, cynique mais pitoyable [...]. Son expression était toujours forte, imagée, parfois hallucinante. L'idée de la mort, de la sienne et de celle du monde, revenait dans son discours comme un leitmotiv. Il me décrivait une humanité affamée de catastrophes, amoureuse du massacre. La sueur lui coulait sur le visage, son regard semblait brûler[6].

L'éditeur adhère au propos et à la forme de *Voyage*. Rien de comparable à l'horizon. Dès lors la stratégie usuelle se met en place et d'abord : amadouer les membres de la capricieuse académie. À la parution, le 20 octobre 1932, l'événement est déjà créé. De grands noms de l'époque, Léon Daudet, Lucien Descaves, Georges Bernanos, ne vont pas tarder à tresser des couronnes et abonder dans le dithyrambe. Les ventes suivent* et Louis joue le jeu des interviews. La partie paraît gagnée, puisque la veille de l'attribution du prix, le vote est acquis et le bandeau indiquant « Prix Goncourt 1932 » imprimé pour la jaquette des exemplaires en réimpression. Et puis, pris dans les subtilités et chochotteries du monde littéraire, le vote s'inverse. Les frères Rosny auteurs de *La Guerre du feu*, et en premier le président du jury Joseph-Henri dit Rosny l'aîné, qui avaient accordé leurs suffrages à *Voyage* changent d'avis et se reportent sur Guy Mazeline et son ouvrage *Les Loups*. Céline doit se contenter, grâce à l'intervention de Lucien Descaves, du prix Renaudot, ce qui n'est pas rien. Comme Denoël, il est consterné. Plus, floué, narcissiquement blessé de s'être vu préférer un autre. Outre les ventes et rentrées attendues dont il arguait qu'elles étaient ses motivations principales à écrire, sans que nous en soyons dupes, qu'espérait-il de la reconnaissance de ce jury de barbons qui, mis à part les noms de Rosny, de Dorgelès et de Léon Daudet, sont oubliés. Quelques mois plus tard, en mars 1933, un journaliste, Maurice-Yvan Sicard**, révélera, en s'appuyant sur les dires de Lucien Descaves, les transactions peu glorieuses qui aboutirent à l'éviction de

* 50 000 exemplaires vendus en janvier 1933.

** Futur secrétaire de Jacques Doriot.

Céline et de son livre. Galtier-Boissière défendit les mêmes allégations. Sicard et lui furent l'objet de plainte pour diffamation de la part des Rosny et de Dorgelès. L'affaire, jugée le 15 décembre par la 12e chambre, aboutit à la relaxe de Galtier-Boissière qui avait écrit une lettre d'excuses à Rosny aîné, mais, le 4 janvier 1934, la chambre condamna Maurice-Yvan Sicard, qui ne s'était pas excusé, à 30 000 francs de dommages et intérêts. Ainsi fut clos ce qui passe pour le public cultivé, le non-décernement du prix à Céline, comme une injustice — voire une faute — culturelle majeure provoquant une agitation qui profita néanmoins au retentissement du livre. N'importe comment — hasard de l'histoire ? — cet automne 1932 vit la parution de livres d'auteurs comme Robert Brasillach, *Le Voleur d'étincelles*, Ramon Fernandez, *Le Pari*, ou Marcel Jouhandeau, *Tite-le-Long*, instaurés rivaux littéraires et qui se retrouvèrent bientôt dans le marais de l'extrême droite, de l'antisémitisme, et de l'étroit conservatisme, tant dans l'immédiat avant-guerre que durant la collaboration en compagnie de Céline.

Quel entêtement, presque un fourvoiement, à vouloir être désigné écrivain par les Goncourt, alors qu'il les dépassait de cent coudées ? Le désir de reconnaissance est d'une dialectique obscure. Il y va pour qui s'y soumet d'un jeu mortel. Pour beaucoup l'oukase de l'autre qui discrimine et nomme l'élu, renvoyant le commun à l'anonymat, plus qu'un adoubement est sceau divin en dehors duquel il n'y a ni salut ni existence possibles. On les plaint de n'être au monde que par et sous ce regard. Dédaigné, Céline n'eut de cesse dorénavant que d'en découdre avec ces autres qui ne l'avaient pas reconnu *.

Voyage suscita une presse énorme et un malentendu, avons-nous dit. Peut-être le résumé et le prière d'insérer demandés par Gallimard avant la mise en lecture et rédigés par Céline, non sans réticence, sont-ils responsables de la méprise à gauche puisque Céline y présente son roman comme un « roman communiste ». L'Institut de mémoire de l'édition contemporaine (Imec) a rassemblé en un volume l'ensemble des articles parus à propos de *Voyage* dans toute la diversité des interrogations, des perplexités, des remarques acerbes, des éloges fervents, des essais d'analyse et de perspective d'alors[7]. Ce qui en ressort, au travers des avis prononcés pour ou contre, c'est la tentative de rallier Céline à un courant de pensée. Une droite le loue, une gauche aussi. Une droite le vitupère, une gauche se méfie. Mais son audience est telle qu'il paraît bon d'avoir Céline avec soi au sein de la lutte idéologique féroce qui ponctue la montée des fascismes et précède le Front populaire, non sans tenter de l'instrumentaliser. Tous sont d'accord sur le constat, pour le déplorer ou s'en féliciter : le livre dénonce la guerre, le colonialisme, le capitalisme américain, il est la description misérabiliste de l'état de la classe laborieuse, il se nourrit d'un pessimisme foncier. Tous se trompent. Non que ce qui

* Pourtant il avait aussi son côté complaisant quant aux mœurs littéraires. Dans son *Dictionnaire Céline*, Philippe Alméras a recensé un bon choix des dédicaces bien léchées, sinon flagorneuses, que Louis-Ferdinand adressait aux messieurs influents de la critique et de l'univers mondain.

est noté n'apparaisse pas, mais il n'y a pas de soutènement célinien à un projet politique ou assimilé. Il exprime un monde sans âme dont l'homme (et la vie) est l'exclu et la victime obligés. La révolte de Céline est celle d'un solitaire, son cri est un cri viscéral contre la mort et l'incurable corruption du vivant. De par les gouffres qu'il côtoie, il n'est ni récupérable ni assimilable. Pourtant, les communisants vont chercher, sur la foi du texte, à en faire un compagnon de route, selon la tactique du rameutage, dans la conjoncture d'une lutte de classes à l'échelle internationale où, pour ce qui est de la France, Aragon est le grand recruteur. Nous y reviendrons.

Pendant ce temps, les traducteurs sont au travail. La première traduction allemande promise pour mai 1933 est annulée et reportée à décembre — les nazis n'aimant pas ce livre décadent et nauséabond. Elsa Triolet et Aragon proposent une version expurgée au public soviétique. Partout le livre est en chantier. Un tel iconoclaste, Céline, ne peut pas ne pas être, même inconsciemment, révolutionnaire. N'a-t-il pas déclaré, rappelons-le, son roman « communiste » ? Georges Altman * ouvre le ban dans *Monde*, la revue d'Henri Barbusse, dès le 29 octobre 1932 : « Je ne sais pas qui est Louis-Ferdinand Céline, l'auteur. Je sais que son livre désespéré est un lourd fleuve noir qui charrie des cadavres d'illusions et d'espoirs morts, un fleuve où se promènent d'étranges et belles lueurs [...]. Nuit

* Exclu du P.C.F., en 1929, il deviendra trotzkiste. Céline lui vouera une grande estime pour son article, le premier à paraître. Il aura droit au tutoiement, bien que journaliste et critique.

de la guerre, nuit de l'Afrique, nuit des villes, nuit des banlieues, nuit de la Seine dont l'image clôt le livre, nuit du fleuve noir où le sifflet d'un remorqueur *appelait vers lui toutes les péniches du fleuve, toutes, et la ville entière, et le ciel et la campagne, et nous, tout qu'il emmenait La Seine aussi, tout qu'on n'en parle plus.*

C'est le dernier mot de *Voyage*, de ce terrible *Voyage au bout de la nuit*, qui n'est pas une plaisanterie littéraire, mais un livre dur, neuf, fort, disant l'âcre goût de la vie. » Plus mesuré, Paul Nizan, alors critique à *L'Humanité*, écrit lucidement le 9 décembre : « Cet énorme roman est une œuvre considérable, d'une force et d'une ampleur à laquelle ne nous habituent pas les nains si bien frisés de la littérature bourgeoise [...]. Céline n'est pas parmi nous : impossible d'accepter sa profonde anarchie, son mépris, sa répulsion générale qui n'exceptent point le prolétariat. Cette révolte pure peut le mener n'importe où : parmi nous, contre nous ou nulle part. » Jean Fréville, de nouveau dans *L'Humanité* du 19 décembre, manie la même rhétorique. Il salue d'abord et rectifie ensuite : « Il y a des livres qui par leur son, leur puissance et leur couleur s'imposent à la critique bourgeoise, même quand ils recèlent des dangers pour l'ordre établi. Le chef-d'œuvre de Céline *Voyage au bout de la nuit* est de ces livres-là [...]. Le livre chaotique, désespéré et révolté de Céline reflète la décomposition et l'agonie de la société bourgeoise française, mais il demeure fermé aux souffles annonciateurs des tempêtes révolutionnaires, prochaines. » Claude Lévi-Strauss intervient à son tour dans *L'Étudiant socialiste* de janvier 1933 : « Il serait sans doute abusif de prétendre faire de Louis-Ferdinand Céline un des nôtres. Mais nous pouvons être légitimement fiers de voir une telle œuvre née, sinon exactement dans notre camp, au moins aussi loin des frontières à l'intérieur desquelles se tient un ennemi commun. » Maxime Gorki, lui, au Premier Congrès des écrivains soviétiques en août 1934, sera plus défiant : « L'homme de l'Ouest contemporain a également perdu son ombre en émigrant de la réalité dans le nihilisme du désespoir comme nous le montre bien le livre de Louis [Ferdinand] Céline [...] et ne possédant aucune donnée pour se "rallier" au prolétariat révolutionnaire, il est tout à fait mûr pour accepter le fascisme. » Quant à Trotzki, dans son article « Céline et Poincaré » écrit en mai 1933 et repris dans *Littérature et Révolution*, il est dans la valse-hésitation : Céline est-il avec ou contre nous ? Mais il admet une évolution positive si Céline se décide à choisir : « Louis-Ferdinand Céline est entré dans la grande littérature comme d'autres pénètrent dans leur propre maison ! [...] La force de Céline réside dans le fait qu'avec une tension extrême il rejette tous les canons, transgresse toutes les conventions et, non content de déshabiller la vie, il lui arrache la peau [...]. Céline n'écrira plus d'autres livres où éclatent une telle aversion du mensonge et une telle méfiance de la vérité. Cette dissonance doit se résoudre. Ou l'artiste s'accommodera des ténèbres, ou il verra l'aurore. »

C'est dire, au parcours de ce trop bref florilège, que Céline embarrasse la gauche. On pressent sa radicalité, son potentiel subversif vis-à-vis des ordres établis littéraire et social, mais on craint qu'il ne pourfende tout ordre en anarchiste intransigeant qu'il est et qu'il instille le poison démobilisateur de la négation systématique des valeurs. Dès 1936, nous le verrons, avec la parution de *Mea Culpa* et plus encore avec celle de *Bagatelles pour un massacre*, en 1937, la rupture sera effective entre la gauche et Céline, assimilé à un fasciste. Y a-t-il ironie de l'histoire, cependant, quand on sait, tous les témoignages concordent, que Staline avait *Voyage* pour livre de chevet ?

À peine revenu du tourbillon médiatique, Céline va s'atteler à son prochain livre, *Mort à crédit*, où se cristallise sa véritable identité littéraire. Enfin, après un différé de quelques mois comme pour se remettre de ces semaines où, probablement, il a trouvé qu'il y a eu autour de lui trop de battage. Un moment, il songe à écrire — féru des textes médiévaux qu'il était — un roman de chevalerie, genre pour lequel il se croit doué, et c'est *La Légende du roi Krogold*, qu'on retrouvera évoquée dans *Mort à crédit* mais aussi dans *Féerie pour une autre fois* *. Cependant, par deux fois au cours de l'été 1933, il annonce le livre à venir à Denoël. En juillet, par une lettre à en-tête du Pigall's club, ce bistrot-tabac du 22, boulevard de Clichy qu'il fréquentait beaucoup :

* Philippe Alméras précise à ce propos que R. Tettamanzi a collationné une trentaine de fragments relatifs à *La Légende* qui prouvent que Céline s'y intéressait encore après 1940.

Je tombe de fatigue. Trop de problèmes médicaux. Et j'avance le prochain monstre, folle entreprise une fois de plus. Il faut trouver le ton, le style, quelle abominable sujétion. Les frivolités m'échappent[8].

En août, par un second courrier, il emploie pour la première fois l'expression « Mort à crédit », plutôt énigmatique. Pour le « monstre » en gestation, il n'a pas encore retenu de titre. Il hésite entre *Tout doucement* et *Adieu Molitor* et présume « cinq ans de délire ». Entre-temps, il a voyagé. Rappelons qu'il est allé à Berlin et à Vienne. Du printemps 1933 au printemps 1936, période où il est censé avoir écrit le livre, il ira quatre fois à Londres, en Autriche, à Anvers, à Bruxelles, aux États-Unis, passera l'été 1935 à Copenhague, Berlin, Badgastein, Salzbourg, le plus souvent pour resserrer les liens avec « ses femmes », Elizabeth Craig bien sûr, mais aussi Karen-Marie Jensen, Erika Irrgang, Cillie Pam, et une nouvelle venue, Évelyne Pollet, âgée de vingt-sept ans, mère de deux enfants, habitant Anvers *. Elle se pique d'écrire et l'informera par lettre du trouble dans lequel l'ont plongée *Voyage* et ce qu'elle a pu deviner de la personnalité de l'auteur. Leur correspondance durera jusqu'en mai 1933, avant qu'ils se voient et entament une liaison de plusieurs années — elle se terminera en 1941 — ponctuée par une sérieuse tentative de suicide d'Évelyne très amoureuse de Louis. Affligé par la séparation d'avec Elizabeth, celui-ci cherche une femme. Il croit la

* Elle réduira à néant la rumeur entretenue par Céline lui-même sur son impuissance en le décrivant comme un amant très entreprenant.

trouver en la pianiste Lucienne Delforge qu'il rencontre en mai 1935 et accompagne de Copenhague à Salzbourg. Leur relation physique se terminera en avril 1936, Lucienne Delforge ne pouvant assumer la coexistence avec un tel homme. Une journaliste du *Crapouillot*, Élisabeth Porquerol, a dressé un portrait de Céline, dans ces mois de transition entre *Voyage* et *Mort à crédit*, lors d'un entretien qu'il lui a accordé : « Jamais je n'ai rencontré quelqu'un d'aussi fatigant, se levant, s'asseyant, marchant, gesticulant, dansant, pendant trois heures et demie ! Son imperméable [un ciré noir] faisant autour de lui un bruit mou de toile cirée ; pourquoi ne l'a-t-il pas enlevé en entrant ? J'aurais dû lui dire de se débarrasser, mais craint qu'il n'en profite pour s'installer[9]. » Mais surtout il lui parle de la danse, « cette parole sans mots, rien qu'un geste, une ligne sûre, une flèche indicatrice, une corde à attraper, *le fil conducteur de la mort* ». C'est donc un Céline inquiet, instable comme il peut l'être, marqué par l'échec au Goncourt, le départ d'Elizabeth, l'âge, il va avoir quarante ans — et pour lui c'est l'âge du cancer —, qui se prépare à écrire, annulant ainsi sa trompeuse déclaration d'en rester là, avec la littérature, après *Voyage*.

De 1933 à 1936, les événements politiques nationaux et internationaux ne sont pas de moindre importance : prise du pouvoir par Hitler, incendie du Reichstag, scandale Stavisky, 6 février 1934 *, Front populaire en Espagne, puis en France et,

* La date du 6 février 1934 fait référence à une manifestation antiparlementaire organisée à Paris par des groupes de droite et les ligues d'extrême droite et qui tourne à l'émeute sur la place de la Concorde.

juillet 1936 — *Mort à crédit* a paru en mai —, début de la guerre d'Espagne. Céline ne prend part à aucune manifestation ou protestation sauf une, nous en reparlerons : la signature de l'appel pour Dimitrov, à l'instigation d'Henri Barbusse. Le monde l'indiffère-t-il ? Non, il l'observe et pense que la tâche d'un écrivain est avant tout d'écrire des livres et sur les sujets qu'il veut, dussent-ils apparaître futiles. *Mort à crédit* sera de l'ordre du panorama intime. En l'occurrence son passé obsède Céline dont sans aucun doute il souhaite se libérer en partie par la catharsis de l'écriture. À l'origine, il conçoit *Mort à crédit* comme un récit recouvrant l'enfance, la guerre, Londres, donc les années 1894-1916. Pour finir, il ne gardera que l'enfance et l'adolescence, oubliera la guerre qu'il gardera pour *Casse-pipe* et Londres qu'il réservera à *Guignol's band I* et *II*. Par contre, il débordera sur 1917-1918, lorsqu'il fut recruté à *Eurêka*. Durant trois ans, il travaille assidûment à son livre tout en composant, ainsi que nous l'avons rappelé brièvement, avec la vie et les amours comme tout un chacun. D'ailleurs, les amours, ne les sacrifie-t-il pas au profit de sa solitude littéraire ? « Ses femmes » sont à l'étranger, ce qui l'arrange. Il profite allègrement d'Évelyne Pollet tout en s'en distanciant, quitte soudainement Salzbourg, y laissant en plan Lucienne Delforge. Il fait connaissance de Lucette Almansor, sa future troisième épouse, en décembre 1935, mais ne formalisera leur liaison qu'après la sortie de *Mort à crédit*. Elle n'a donc pas d'influence sur sa rédaction. Auparavant, après requête de Robert Denoël, qui veut absolument publier un autre livre dans la foulée de *Voyage*, Louis a accepté la publication — en septembre 1933 — de *L'Église*, sans illusion et sans se laisser distraire par les commentaires critiques. Seule exigence, que la couverture reproduise le moulage du visage de l'Inconnue de la Seine, cette jeune noyée de 1830 ! Il s'en vendra néanmoins 12 000 exemplaires.

Pour mener à bien le « monstre » — sept cents pages imprimées, des milliers de pages manuscrites avant la frappe —, il procède avec le même rythme que celui adopté pour *Voyage*. Il écrit la nuit, le matin avant de se rendre au dispensaire de la rue Fanny ou aux laboratoires. Son lieu principal est le 98, rue Lepic, mais il a quelquefois besoin de s'en évader. Il rejoint alors l'Hôtel du Parc à Saint-Germain-en-Laye, ville qu'il apprécie et où il s'est acheté, souvenons-nous, un appartement avec les droits d'auteur de *Voyage* et qu'il n'habitera jamais sauf lors de son installation de l'été 1939. Il séjourne aussi à Saint-Malo, Dinard, à l'hôtel Frascati au Havre — la ville du grand-père, insistons-y — où il achève son livre. Toutefois, la rue Lepic est son point d'ancrage. Il y revient lorsque, atteint d'une crise de dysenterie, il quitte précipitamment Saint-Germain. Le 98, rue Lepic est contigu au lieu — avenue Junot — où se réunit une joyeuse bande sous l'égide du peintre, musicien, mutilé de guerre — il est unijambiste — et grand amateur de femmes, Eugène Paul, dit Gen Paul, qui accueille dans son atelier, au pied de la rue Girardon et en face du Moulin de la Galette, toute une faune excentrique, marginale, prostituée, proxénète et mondaine. On y croise en vrac : Marcel Aymé, des acteurs, Jean Bonvillers, Robert Le Vigan, Michel Simon, le graveur Jean-Gabriel Daragnes, le caricaturiste Ralph Soupault, le chansonnier Max Revol, les peintres Henri Mahé, Jean et Raoul Dufy, le compositeur Noceti, la chanteuse Damia, Jo Varenne, patron du Moulin de la Galette, des mondains : Marie Bell, Florence Gould, le maire de Montmartre Paul Labric, l'attaché de l'ambassade d'Espagne Antonio Zuloaga, Francis Carco, Pierre Mac Orlan et bien d'autres tel Paul Valéry, aperçu une fois, et ignorant Céline qui sera membre de cette assemblée jusqu'en juin 1944. Dans l'immédiat, celui-ci n'utilisera pas tout ce que pouvait lui suggérer ce monde où se côtoyaient des modèles, des putains, des théâtreux, des snobs, des gens de la rue. On en retrouvera certains au travers des péripéties de l'Occupation et de l'émigration à Sigmaringen. Il s'en servira dans *Maudits soupirs pour un autre jour*, *Féerie pour une autre fois*, *Normance* et, par flash-backs, dans les trois livres dits de la trilogie allemande, en particulier en évoquant Gene Paul et Le Vigan.

Donc *Mort à crédit* l'absorbe, le dévore — il révélera avoir perdu onze kilos pour le mener à bout. Toujours cet effort, cette tension, cette intensité et le corps qui paie ! Louis, encore en deçà dans *Voyage*, déchire, cette fois, des pans entiers de la convention littéraire. Il dévoile et déploie l'ampleur de ses recherches stylistiques. L'argot devient le vecteur de sa langue et, à partir de lui, il invente expressions et néologismes. Il scande son phrasé. C'est un musicien, un danseur. Il se meut dans un rythme, propre, vital, qui se repère aux trois points parsemant ses phrases qui, on l'a dit, sont les marques de son souffle, de sa respiration intérieure, indissociables de la main qui écrit. Son engagement est total. Un épuisement. Il ne sera pas compris. On lui reprochera une inflation verbale monotone, de l'artifice, du fabriqué, un symbolisme à l'ancienne (Paul Nizan) * bien que *L'Humanité* ait publié les bonnes feuilles du livre. Bref, on l'éreintera sur la forme. Il tentera de répondre, ne fût-ce que dans sa lettre, à André Rousseau du *Figaro* :

Pourquoi je fais tant d'emprunts à la langue, au jargon, à la syntaxe argotique, pourquoi je la forme moi-même si tel est mon besoin de l'instant ? *Parce que vous l'avez dit elle meurt vite cette langue.* Donc elle a vécu, elle vit tant que je l'emploie. Capitale supériorité sur la langue dite pure, bien française, raffinée, elle TOUJOURS MORTE, morte dès le début, morte depuis Voltaire, cadavre, *dead as door nail.* Tout le monde le sent, personne ne le dit, n'ose le dire. Une langue c'est comme le reste, ÇA MEURT TOUT LE TEMPS, ÇA DOIT MOURIR. Il faut s'y résigner, la langue des romans habituels est morte, syntaxe morte, tout mort. Les miens mourront aussi, bientôt sans doute, mais ils auront la petite supériorité sur tant d'autres, ils auront pendant un an, un mois, un jour, VÉCU. Tout le reste n'est que grossière, imbécile, gâteuse vantardise. Dans toute cette recherche d'un français absolu il existe une niaise prétention, insupportable, à l'éternité d'une forme d'écrire, une seule, en français ! Le joli style ! La jolie momie ! Bandelettes ! Ne rien risquer. Vite en momie [10] !

* Céline s'en souviendra — il se souvient de tout — et épinglera Nizan en juillet 1939 dans *Je suis partout* : « [...] lui le plus décourageant bulleux limaçon de tout l'élevage habitano gauchiste où pourtant Dieu sait s'ils inondent, submergent et glairent à foison ! [...] C'est lui ce pauvre abject qui se présente au pavois ! Bonne mère ! »

Mais ce n'est pas tout. À partir de *Mort à crédit*, Céline se libère complètement de toute convention prétendument morale et de tout tabou. Il exalte une sexualité cosmique, barbare, invasive. Éros déferle, impérial, indécent. Les corps sont réduits à leur matérialité biologique, instinctuelle. On accusera Céline de scatologie, d'obscénité ! C'est dénier toute la portée émotive du livre car telle que n'a cessé de la proclamer Céline, l'émotion est là, dominante tandis que s'expose toute la panoplie célinienne de la violence et de l'inutilité de vivre. Face à cette violence intrinsèque, inhérente à l'être vivant, rien ne résiste, chacun embarqué pour le meilleur et pour le pire. Ferdinand, le jeune Bardamu, nous conte ses enfance et adolescence au passage des Bérésinas, ses senteurs, son environnement mesquin, sa famille bornée, le voyage en Angleterre, ses débuts professionnels et, dans la seconde partie du livre, ses aventures avec Courtial des Pereires au luxuriant et triste destin *. Les premières lignes de *Mort à crédit* sont édifiantes et magnifiques :

> Nous voici encore seuls. Tout cela est si lent, si lourd, si triste... Bientôt je serai vieux. Et ce sera enfin fini. Il est venu tant de monde dans ma chambre. Ils ont dit des choses. Ils ne m'ont pas dit grand-chose. Ils sont partis. Ils sont devenus vieux, misérables et lents chacun dans un coin du monde [11].

Tant de monde dans sa chambre ! Ce sont leurs visages que la fiction perpétuelle et l'outrance vont animer. Rien n'est vrai. Tout est vrai. Cette aporie

* Raoul Marquis, le modèle de Courtial, meurt en 1934. Sa mort inclina-t-elle à opter pour cette longue évocation de Courtial ?

offre à la lecture psychanalytique un champ fort propice. Céline en est-il conscient ? Sûrement et il s'en moque. Vous en voulez ? Vous en redemandez ? Un instant, je livre à domicile. Facile, trop facile de l'y voir régler la question du père, de le regarder se débattre dans un Œdipe bancroche — avec le simulacre du meurtre du père, la stigmatisation de la pauvre mère, infirme de surcroît —, étaler une érotomanie perverse, de se délecter avec les déjections universelles. On en fera — c'est inévitable en ce temps, le nôtre, où la psychose est l'Arlésienne des doctes séminaires — un apprenti psychotique[12]. Le tableau est trop beau. Le pompon de ce réductionnisme psychologique sera attribué à Nina Gourfinkel, psychiatre, pour son article de la revue *Le Courrier d'Épidaure*, auquel Céline réagira vivement dans *Bagatelles* : « Il en écumait d'insultes, cet infect dans son charabia psychofreudien, pluricon. Cet imbécile d'après son verbiage, sa marotte, son pathos, devait être aliéniste. » L'arasement de la littérature a toujours été sinon le but, du moins l'effet sur elle du plaquage des grilles théoriques, psychologiques, sociologiques, historiques et linguistiques. Il faut bien le tenir en cage, l'artiste, lui rogner les ailes, lui faire rendre gorge sur sa présomptueuse et soi-disant irréductible créativité pour lui déclarer *in fine* qu'il n'est que cela, un avorton dans une histoire banale à pleurer. Que son petit jeu n'amuse pas. Que ses mots sont des pièges. Soit, mais Céline vint avec sa transe, et Joyce, et Miller, et Artaud, et Burroughs, et Fante, et Bukowski et tant d'autres pour nous dire :

J'étais un rentier de l'esthétique. J'en avais mangé de la fesse et de la merveilleuse... Je dois le confesser de la vraie lumière. J'avais bouffé de l'infini[13].

Terminé en février mais poursuivi pratiquement jusqu'aux rotatives, le livre paraît en mai 1936 en pleines grèves et agitations dues au Front populaire. Pour le parfaire, Céline a bénéficié de la relecture éclairée d'une nouvelle correctrice, Marie Canavaggia que Jeanne Carayon, partie pour les États-Unis, lui a recommandée. Avec Marie Canavaggia, la collaboration inaugurée à cette occasion va se poursuivre jusqu'à la mort de Céline. Elle corrigera *Nord*, sa dernière prestation, l'ultime, manuscrit, *Rigodon* ayant été confié à François Gibault. Marie Canavaggia sera ainsi pendant vingt-cinq ans la compagne d'écriture intime de Céline. Lors de la mise au point des manuscrits et des épreuves, elle lui sera indispensable. Elle sait le lire. Par la médiation de l'écriture, leur communication sera amoureuse, chaste, réservée au monde de l'art. Jean-Paul Louis, dans son introduction à l'Édition complète des lettres à Marie Canavaggia, note : « Il arrive cependant à la secrétaire de s'égarer sur des chemins sentimentaux que Céline réprouve : il ne le fait évidemment pas au nom de la morale, mais au nom du "sérieux" [...]. C'est probablement à partir de 1944 que la fascination littéraire s'est définitivement mêlée de sentiments dont l'expression, encouragée par la solitude, se faisait enflammée lorsqu'elle ne pouvait plus être continue[14]. »

Denoël a préparé la sortie avec conviction. Il croit au livre bien qu'il ait eu quelques frayeurs à la lecture de certains fragments trop osés, trop libres, trop dévastateurs, frayeurs qui ont été dissipées après négociations tendues avec Céline que la seule allusion à un remaniement insupportait, et terminées par un compromis : laisser en blanc les passages jugés choquants et prétextes à procès pour atteinte aux bonnes mœurs et obscénités. On en avertirait le lecteur. Il s'agissait, certes, d'une censure déguisée, mais les blancs ne dénatureraient pas la musique de la phrase qui importait tant à Céline. Les blancs pointaient une limite, épiçaient, de fait, une curiosité obligée. La version complète ne sera rétablie qu'en 1981, dans l'édition de la Pléiade, dirigée par Henri Godard.

À la parution de *Mort à crédit*, Céline s'esquive. Il est à Londres auprès d'Erika Irrgang devenue réfugiée, pour une dernière rencontre. Pendant quinze jours, il suit de loin les événements en France. À son retour, il retrouve la critique qui va s'exercer sur plusieurs semaines et dont la moitié, celle qui le mortifiera le plus, est extrêmement virulente. Parmi elle, l'article de Brasillach, particulièrement mordant. Quelques adeptes notoires de *Voyage* l'abandonnent. Lucien Descaves, à qui il a dédié le livre, se tait. Léon Daudet, envers lequel Céline s'est pourtant fendu d'une missive émouvante, demeure silencieux. On étrille Céline. La haine (ou la rivalité, si l'on considère Brasillach) sous la rhétorique n'est pas absente. Son livre est une insulte à la littérature et il faut l'écarter d'urgence des mains trop pures. Bref, on ne perçoit pas la nouveauté, l'inédite ouverture du texte qui aujourd'hui est un classique et, pour beaucoup, le meilleur livre de Céline. Mais, pourquoi, une fois encore, se laisse-t-il affecter par les critiques négatives alors qu'il semble négliger les bonnes telles celles de Pierre Scize dans *Le Merle blanc** (« Céline vous pouvez bien désormais dire et faire tout ce que vous voudrez, vous avez donné une voix au désespoir humain. Une voix qui ne se taira plus [15] ») ou de Charles Bernard dans *La Nation belge*, tous deux éveillés passionnément à la radicalité de l'œuvre célinienne ? S'imagine-t-il avoir des comptes à rendre et à qui ? On ne comprend pas ce qui pousse le pourfendeur de l'hypocrite conformité bourgeoise, le lucide contempteur de l'académisme, lui qui manie un verbe imparable, à céder à la vindicte si l'on oublie qu'il est avant tout et tout simplement un être humain qui se figure livré à la calomnie, un artiste qui prend le risque d'éveiller l'autre, de s'exposer, de s'exhiber, de « mettre sa peau sur la table », le plus nu de tous, et qui n'est pas aimé.

Denoël lui vient en aide et, fait rarissime pour un éditeur, il prend la plume et publie, en juillet, à 3 000 exemplaires, une plaquette : *Apologie de Mort à crédit* où il s'engage à fond aux côtés de son auteur. Il y recense le pauvre argumentaire des détracteurs, compare ce qu'a récolté Émile Zola à

* Après la parution de l'article très favorable de Scize, un lecteur exigea un droit de réponse, en fait une furieuse semonce contre Céline se terminant par une menace de mort explicite. Ce à quoi Céline répondra dans la revue *Le Merle blanc*, en septembre 1936 : « Qui veut me tuer est libre ! royalement libre ! Je ne me cache pas. Je n'ai pas de miliciens à mon service. »

la sortie de *L'Assommoir* et de *La Terre*, une volée de bois vert, et les réactions au livre de Céline — la comparaison est exemplaire, même cécité, même mépris — pour conclure par la reproduction *in extenso* de l'essai de Charles Bernard. En exergue, également bienvenu, Denoël reprend une phrase d'un critique musical allemand, mort en 1850, Wieck, s'en prenant à Beethoven et prédisant que de sa musique : « il n'en restera rien... » À son tour, la déprime passée — en 1933, déjà, il avait écrit à Dabit : « Je suppose avoir été si humilié, si longuement, si abominablement et si sottement par tant d'hommes que la maladie d'orgueil a fini par me venir[16] » —, Céline va aiguiser ses traits. Dans *Bagatelles pour un massacre* (1937), il ironisera :

> Ah ! Si j'étais camelot du roi... ventriloque... stalinien... célineman rabineux... comme ils me trouveraient aimable... Si je rinçais tout simplement... tables, zinc, couverts les critiques se sont toujours inévitablement gourés... leur élément c'est l'Erreur... Ils n'ont jamais fait autre chose dans le cours des temps historiques : se gourer... Par connerie ? Par jalousie... les deux seuls plateaux de ces juges.

Plus tard, quand il retournera au roman, en 1941, il y reviendra dans la préface à *Guignol's Band* :

> *Mort à crédit* fut accueilli, qu'on s'en rappelle, par un de ces tirs de barrage comme on n'avait pas vu souvent, d'intensité, de hargne et de fiel ! Tout le bas, le fin fond de la critique, au sacré complet, calotins, maçons, youtrons, rombiers et rombières, binocleux, chuchoteux, athlètes, gratte-culs, toute la Légion, toute là debout, hagarde, déconnante l'écume !
>
> L'hallali !

Ces rappels ne sont pas anecdotiques, ou du seul registre de la polémique littéraire. En ces jours, Céline va s'interroger sur le rôle de la littérature. Pour lui, il appert que, compte tenu du contexte des luttes sociales d'alors, le public attend autre chose que du roman. La massification des conflits implique une autre forme d'interpellation, une sorte de prise de position voltairienne. Toujours blessé par l'accueil de *Mort à crédit*, devant la non-reconnaissance de son considérable travail où il a misé si gros, il ne se sent pas en situation de continuer dans cette veine — la machine est bloquée —, il aspire à une autre forme qu'il va actualiser dans le pamphlet. En lui agit une césure. Il n'a soif que de fiction, de dévergondage. Il ne s'est jamais éprouvé aussi libre et inventif que dans le roman tel qu'il le conçoit, mais ce qu'il produit est, semble-t-il, irrecevable et iniquité profonde. Il est pour un temps l'homme du ressentiment. Il n'a pour choix que de mener l'assaut par la diatribe acérée contre ceux — imaginons pour la plupart — dont il s'estime être la victime. Tout alentour devient conspiration et malveillance. Une bascule a lieu, fondamentale, peut-être irréversible. Imprécateur, son verbe va l'entraîner vers l'injustifiable.

L'homme aux pamphlets (1)

On déconne rose dans l'espoir.

L.-F. CÉLINE,
Guignol's band

Été 1936, Céline fort déçu, comme on vient de le montrer par la réception faite à *Mort à crédit*, est seul en littérature et avare en déclarations publiques. En quatre ans, depuis la parution de *Voyage*, on ne lui connaît qu'une seule intervention, à la demande de Lucien Descaves, l'hommage à Zola, en octobre 1933, à Médan, où Céline parla en fait plus de lui-même en un propos elliptique et inspiré que de Zola. Il met au point cependant quelques projets littéraires proches du théâtre-ballet : *Naissance d'une fée* et *Voyou Paul et Brave Virginie* qu'il tentera de placer sans succès. Il ébauche *Casse-pipe* mais sans trop de cœur à l'ouvrage. Deux faits importants toutefois. Le premier, il a renoué avec le couple, en l'occurrence avec Lucie Almansor (Lucette Almansor) qu'il a connue via Gen Paul qui cherche des modèles, au cours de danse de Mme Alessandri. Lucette a vingt-trois ans

— Louis quarante-deux — et devient sa régulière en quelques semaines bien qu'il continue ses contacts avec ses désormais familières, Karen-Marie Jensen, Cillie Pam, Évelyne Pollet. Lucette, qui essaie de son côté de mener une carrière professionnelle, remplacera-t-elle Elizabeth Craig, avec laquelle elle n'est pas tendre lorsqu'il en est question dans la genèse des livres à venir ? Ni elle ni lui ne le savent. Le second fait est que, l'été, il s'est rendu en U.R.S.S. et précisément à Leningrad car aucun élément sérieux ne permet d'affirmer qu'il est allé ailleurs et, en particulier, à Moscou comme il le laissera entendre. Du Havre, il a embarqué, mi-août, sur le *S.S. Polaris*. Il a fait escale au Danemark, rencontré Karen-Marie Jensen, à qui il a confié son or provenant de la conversion de ses droits d'auteur afin qu'elle le dépose dans une banque danoise sûre. Ce voyage va mettre fin à l'ambiguïté du « Céline de gauche ».

Nous l'avons dit, l'apparente proximité de Céline et de la gauche est basée sur un malentendu duquel les deux parties ont joué, l'une et l'autre, la gauche plus que Céline. Par exemple, Aragon a-t-il connu Céline avant 1932 ainsi que le suggère François Gibault ? Sachant que Denoël possédait le manuscrit de *Voyage*, Aragon a-t-il insisté auprès de lui sur la forte personnalité de l'auteur ? Si nous évoquons Aragon, c'est en fonction du rôle majeur que celui-ci occupera dans l'intelligentsia communiste et apparentée après sa rupture avec les surréalistes, suite au Congrès des écrivains de Kharkov, tant pendant les années qui précédèrent le Front populaire que dans les suivantes, avant que, la guerre terminée, il étende son magistère — et Sartre à son instar — au Comité national des écrivains (le C.N.E.) et dirige l'épuration des intellectuels au travers de la liste noire, devenant poète national et éminence grise du communisme international, récompensé, entre autres, par un prix Lénine. Mais, pour l'heure, il est en ambassade chez les poètes, les peintres, les romanciers. Il draine des créateurs à la notoriété certaine et à l'œuvre connue ou reconnue vers des associations ou comités d'intellectuels que le Parti oriente en coulisses. Et Céline, de par ce qu'il est devenu, avec *Voyage*, est dans son point de mire. De plus Aragon, nous l'avons évoqué, et Elsa Triolet sont les cotraducteurs de la première édition de *Voyage* en U.R.S.S., bien qu'elle ait été revue et amputée par un apparatchik et préfacée par un autre : Ivan Anissimov. En novembre 1933, rappelons-le aussi, auteur d'un article sur *L'Église*, dans *Commune*, Aragon, à qui le contenu de l'acte III n'a pas échappé, alors que l'antisémitisme du texte semble avoir été méconnu à la même époque par Sartre et Simone de Beauvoir, propose une main tendue à Céline « [m]algré vos petites idées sur les juifs ». Ce qui fait écrire à Philippe Alméras qu'on pouvait, en 1933, être antifasciste et antisémite.

C'est qu'il y a enjeu. Récemment a été créée sous l'égide de Barbusse dont l'état de santé est problématique — il mourra en 1935 à Moscou — l'Association des écrivains et artistes révolutionnaires (l'A.E.A.R.). Bien que sa popularité demeure immense, Barbusse est en délicatesse avec la ligne soviétique. Malraux, Gide, Élie Faure, etc., adhèrent à l'A.E.A.R. On songe à Céline pour remplacer Barbusse. Quelle méprise! Quelle aberration! Peut-être est-on abusé, sinon par l'admiration — et elle est franche —, du moins par le respect profond que Céline a pour Barbusse et « l'autorité » que ce dernier paraît avoir sur Louis-Ferdinand. N'a-t-il pas obtenu de l'antipétitionnaire de principe qu'est Céline qu'il signe la pétition internationale pour la libération de Georges Dimitrov, injustement accusé avec ses camarades Popoff et Tanev de l'incendie du Reichstag, en février 1933 ? Dimitrov, bulgare, juif d'origine, était un membre important du Komintern. Comme tous les signataires, Céline savait qu'il était innocent et c'est au nom de cette innocence bafouée qu'il accepta de signer. Un acte à ne pas oublier. Il écrivit alors à Barbusse (décembre 1933) :

Cher Barbusse

Nul mieux que vous n'est qualifié pour rédiger cette protestation qu'avec vous bien entendu je signe.

J'espère que dans l'état actuel des choses il ne sera pas trop tard pour qu'un tel geste aboutisse positivement.

À moins qu'avec Noël Hitler ne se livre à quelque grâce politique...

La vie tient souvent à de telles bêtises.

Mais vous êtes le meilleur Juge.

À vous bien cordialement.

L.-F. Céline[1]

Céline n'adhéra pas à l'A.E.A.R., pas plus que pendant l'Occupation, mis à part le Cercle européen, il fut membre d'un quelconque groupe ou d'une association organisée. Il fit par contre, nous le verrons, des apparitions publiques souvent incongrues ou contestables. Au milieu des années 1930, il s'écarta progressivement de toute tentative de ralliement à la gauche. Ne répond-il pas à Lilika Nakou et Annette Vidal venues le démarcher, rue Fanny, pour l'A.E.A.R. : « La différence qui me sépare de vous, c'est que, moi, je n'ai aucun espoir ! Je ne crois pas que le monde puisse devenir meilleur[2] ! » Sa brouille avec Aragon au prétexte des avanies de la traduction russe de *Voyage* — Aragon sera traité de « supercon » ou d'« Aracon » — facilitera l'éloignement. À un mois de son voyage en U.R.S.S., Céline lui écrira (27 juillet 1936) : « Le malheur en tout ceci est qu'il n'y a pas de "peuple" au sens touchant où vous l'entendez, il n'y a que des exploiteurs et des exploités, et chaque exploité ne demande qu'à devenir exploiteur. Il ne comprend pas autre chose. Le prolétariat héroïque égalitaire n'existe pas. C'est un songe-creux, une FARIBOLE[3]... » Au moins, il n'était plus harcelé. Quant à Aragon, au fil des ans, dans sa mémoire, ses liens avec Céline, certes à visée uniquement organisationnelle, devinrent de plus en plus ténus. Et puis Céline en voulait au Front populaire. Il reprit le refrain de la gabegie : inflation à 28 %, incompétence dans la gestion, dans la programmation militaire, il partagea la suspicion envers les Juifs de la finance au gouvernement. Il endossa les habits de l'épargnant : ses droits d'auteur étaient dévalués. À la sortie de *Mort à crédit*, les grèves lui avaient fait perdre de sérieuses rentrées, etc. Néanmoins, subsistait une petite curiosité : l'U.R.S.S. Il n'était pas le seul à être à la fois fasciné et terrifié par elle. L'appareil de propagande soviétique ne lésinait pas sur les invitations. Dès les années 1920, nombre de personnalités en vue firent le voyage à Moscou aux frais de la princesse. Le dernier en date, après celui de Malraux *, fut celui, retentissant, de Gide et de Dabit, Dabit qui, malheureusement, succomba à une forme maligne de scarlatine le 21 août 1936 à Sébastopol, à l'âge de trente-six ans. La délégation où se trouvait Gide quitta la France le 15 juin et revint le 21 août. Gide fut reçu avec beaucoup d'honneurs puisqu'il fut admis, invité proche de Staline, à la tribune du Kremlin lors d'un défilé. On sait qu'il commit deux ouvrages à l'issue de son séjour : *Retour d'U.R.S.S.* et *Retouches au Retour d'U.R.S.S.* où sont exposées une expectative et une critique bien troublantes.

Céline, le même mois, ne s'embarrasse d'aucune contrainte officielle et se prend en charge financièrement. Son but : aller en U.R.S.S. dépenser ses droits d'auteur. C'est à Leningrad qu'il débarque, début septembre, où il restera un mois. Il narrera ses aventures dans *Bagatelles pour un massacre*, rédigé l'année suivante et contenant des descriptions remarquables de Leningrad, du théâtre Mariski (devenu Kirov), du grand hôpital dévolu aux maladies vénériennes, de ses rencontres avec des apparatchiks de la culture auxquels il s'escrimera à vendre son argument de ballet *Naissance d'une fée*, le tout avec lyrisme, humour, justesse de la perception, dérision. À l'automne, il tente de

* Malraux, membre du comité de lecture de Gallimard, avait apprécié et défendu *Voyage au bout de la nuit*.

tirer les leçons de son voyage. Et c'est : *Mea Culpa*, le premier de ses pamphlets, vingt pages que Denoël publiera en décembre dans un volume conjoint avec *Semmelweis*. *Mea Culpa*, qui n'eut pratiquement pas d'audience critique, se vendit à 20 000 exemplaires. Excepté pour les anticommunistes déclarés, convaincus d'avance, le texte venait trop tôt et l'intelligentsia de gauche, engagée dans le combat antifasciste, préféra l'ignorer ou feindre de ne pas être surprise par l'évolution de Céline qui se souviendra dans *Bagatelles* d'un seul article, celui d'un nommé Helsey, qui, dans le *Journal*, le traita de renégat. *Mea Culpa* peut-il être qualifié de pamphlet ? C'est avant tout un constat amer et mordant de la réalité soviétique, un texte de rupture et de lucidité où sombrent, si tant est qu'il en cultivât, les dernières illusions de Céline. Il y décrypte la fabuleuse mystification du communisme russe, État policier où des clans rivaux se sont accaparé le pouvoir et le peu de richesses produites à leur seul profit, faisant « suer le moujik » (ici, Prolovitch) dans la plus pure tradition tsariste, comme d'autres, ailleurs, font « suer le burnous », tandis que les damnés de la terre, les victimes de l'Histoire, ne peuvent pas eux-mêmes prétendre être des anges. L'acuité du regard de Céline, comme ses conclusions, sont impitoyables. Contentons-nous de deux citations :

> Le communisme matérialiste, c'est la matière avant tout et quand il s'agit de matière c'est jamais le meilleur qui triomphe, c'est toujours le plus cynique, le plus rusé, le plus brutal. Regardez donc dans cette U.R.S.S. comme le pèze s'est vite requinqué !

Tout ça c'est encore l'injustice rambinée sous un nouveau blaze, bien plus terrible que l'ancienne, encore bien plus anonyme, calfatée, perfectionnée, intraitable, bardée d'une myriade de poulets extrêmement experts en sévices. Oh ! pour nous fournir des raisons de la déconfiture canaille, de la carambouille gigantesque, la dialectique fait par défaut !... Les Russes baratinent comme personne ! Seulement qu'un aveu pas possible, une pilule qu'est pas avalable : que l'homme est la pire des engeances !... qu'il fabrique lui-même sa torture dans n'importe quelles conditions, comme la vérole son tabès... C'est ça la vraie mécanique, la profondeur du système !... Il faudrait buter les flatteurs, c'est ça le grand opium du peuple[4]...

Les vingt pages de *Mea Culpa* fourmillent de formules dites impérissables. Celle sur l'imposture de la prétention au bonheur : « C'est avec des gens heureux qu'on fait les meilleurs damnés. Le principe du diable tient bon ! », ou celle du morceau final traitant du « nettoyage par l'Idée ». *Mea Culpa* est une table rase. À son retour d'U.R.S.S., Céline n'a plus aucun doute : il n'y a plus rien sur terre qui puisse éclairer le monde sauf à consentir — il évoque son escale à Copenhague et son côté « petit paradis » —, à vivre en Occident qui est un moindre enfer.

Mea Culpa n'est pourtant qu'un hors-d'œuvre. À l'écrire, confiera-t-il à Évelyne Pollet, il s'est libéré. Ce n'est que le premier pas de la libération de ses non-dits, du « tout semblant ». Car il s'agit bien d'une entreprise libératoire quant à l'accumulation de ses déceptions, frustrations et des silences qu'il s'était obligé à garder. Finies donc les dissimulations et timidités. Avec *Bagatelles pour un* *massacre,* qu'il enchaîne peu après, il se pose à la fois en victime et en imprécateur. On attend qu'il parle, il va s'y employer. Victime, il l'est, pourfendu pour sa littérature où il estime avoir tout donné de lui-même, et comme Français moyen spolié par la politique socialiste, victime encore quand il pressent une guerre inévitable avec l'Allemagne à laquelle le peuple sera livré comme en 1914. Et, pour quoi ? Et, pour qui ? Imprécateur, quand il répond à ces questions. Bien sûr, il y a la bourgeoisie vénale qui poursuit ses intrigues, mais, bien au-delà, il y a les puissances occultes, celles des Juifs et des communistes — c'est égal : « Juifs et communistes sont pour moi synonymes ont tous été traqués à mort* » —, les grands manipulateurs de l'ombre au bénéfice desquels la guerre sera menée et face auxquels les sociétés chrétiennes gangrenées par eux ont déjà cédé. Céline ne fait que reprendre l'idée récurrente du complot permanent. Va-t-il en rester au débat, à la confrontation d'opinions ? Non, il va dénoncer, flétrir, sans produire d'analyse mais de l'invective et du slogan, procédant par excès délibéré et cet excès interroge.

Mea Culpa, dont aujourd'hui on aurait mauvaise grâce à refuser la véracité, ne lui suffit pas. Il n'a qu'érodé la surface de la mystification soviétique, il lui faut aller au cœur du réel. Qu'y trouve-t-il ? Les Juifs, les véritables détenteurs de la pensée, de la finance et du jeu institutionnel. Il ne voit qu'eux, partout, et leur irruption soudaine et incoercible

* Céline recense le nombre de juifs membres du Politburo de 1917. Pratiquement, sous des noms d'emprunt tous les dirigeants sont d'origine juive !

dans sa vision devient obsession prévalente. Jusqu'alors, il n'y a, ni dans *Voyage* *, ni dans *Mort à crédit*, ni dans *Mea Culpa*, d'allusion péjorative aux Juifs. Certes, il y a le troisième acte de *L'Église* (1927), mais Céline plaide pour la parodie de la très imaginée S.D.N. ! Et le voici, courant 1937, dans la violence verbale, l'accusation, l'anathème. Il a sauté le pas. Ce qu'il taisait, il le crie, ainsi qu'à l'accoutumée, dans la démesure amplifiée d'une outrance surprenante. Il était donc antisémite et on ne le savait pas. On subodorait son racisme biologique, médical, mais il était presque inoffensif, une vue de l'esprit sur le destin des espèces, au prix d'une distorsion d'Élie Faure — en particulier de son ouvrage *Trois gouttes de sang*. (Élie Faure disparaîtra juste avant la parution de *Bagatelles*.) Aujourd'hui, Céline affiche, affirme la supériorité des peuples du Nord sur ceux du Sud et, plus précisément, de la race blanche celto-flamande, celto-germaine, sur les Asiates toujours affublés de touches négroïdes. À cette exagération, l'époque autorise. Nous sommes au début 1937, Blum au pouvoir dilapide soi-disant les richesses françaises, l'Allemagne est sortie du marasme, a résorbé son chômage et s'arme sans vergogne au mépris des traités internationaux. Elle a nettoyé ses parasites, édicté les lois de Nuremberg sur l'appartenance à la nation et retrouvé l'âme allemande. Elle est porteuse d'une mission civilisatrice, celle de l'Europe

* On ne peut retenir, comme le propose Philippe Alméras, que la phrase de *Voyage* sur le jazz assimilé à une « musique négro-judéo-saxonne » soit antisémite. C'est oublier la proximité de la musique klezmorin avec le jazz New-Orleans, celui de Céline.

blanche et, pour cela, elle doit donner leçon aux démocraties abâtardies dont la disparition est souhaitable. Il faut s'entendre avec l'Allemagne pour éviter la guerre et, pourquoi pas, la prendre pour modèle.

Céline est sorti de la Première Guerre mondiale pacifiste absolu et est revenu d'U.R.S.S. anticommuniste virulent. Il aurait pu se contenter, lui l'anarchiste viscéral, d'être proche de la droite nationale dont on connaît le triste couplet : « Plutôt Hitler que le Front populaire. » Mais Céline vit désormais dans l'excès, un énigmatique excès. Tout naturellement, il glisse vers la désignation du bouc-émissaire. On le connaît, l'indésirable. Le drame, la galère, la pantomime historique durent depuis deux mille ans autour de lui. Il a le malheur d'être juif. Rien de nouveau sous le soleil ! Mais quelle exploitation chaque fois ! Et Céline va s'en ravir, s'en subjuguer, s'en aveugler, jusqu'à faire douter de sa raison et, même, tant il abuse de l'épithète vengeresse et lapidaire, de la pertinence de ses diatribes. (Il s'apercevra plus tard qu'on ne lui demandait rien, la panoplie antisémite et xénophobe étant déjà bien garnie.) Son portrait à charge est un délire et Céline aime délirer. C'est sa force *. Ne livre-t-il pas de l'antisémitisme, dans *Bagatelles*, une telle caricature qu'on le trouverait philosémite, qu'on avancerait presque qu'il joue un jeu subtil de second degré, fournissant de l'argument aux pro-

* À ce propos il serait intéressant de savoir ce qu'il pensa d'Artaud avec qui il dîna l'année précédant le voyage de ce dernier en Irlande d'où il revint mystique et délirant. Dîner en présence, notamment, de Desnos qu'il fustigea lourdement en 1941.

sémites. C'est le doute qui saisit, entre autres, Pierre Loewel qui, dans l'*Ordre* (7 janvier 1938), écrira : « C'est aussi exactement le type d'ouvrage dont un antisémite intelligent se demanderait si, au fond, il n'a pas été payé par les Juifs. » Et le 28 février, il réitérera dans *Samedi* soutenant que « les Juifs devaient considérer d'un esprit ouvert toute critique dirigée contre eux[5] ».

Oublions les paradoxes. Céline est de tradition antisémite. Il naît l'année où éclate l'affaire Dreyfus. Son enfance a été bercée par les discours de son père inspirés de la *France juive* d'Édouard Drumont et de son journal *La Libre Parole*, qui propage une réflexion un ton au-dessus de l'antisémitisme traditionnel dont on sait qu'il traverse toutes les couches sociales du pays. Pour Drumont et ses épigones, dont Fernand Destouches, que le Juif soit hétérogène à la nation est une telle évidence, une telle vérité reçue, qu'il n'est guère besoin d'en parler. On coexiste avec le Juif dans la méfiance. Il n'est pas pour autant coupable de tout. Depuis la fin des guerres de Religion, la France n'a connu ni extermination pour croyances impies ni pogrom. L'antisémitisme se meut dans le monde des fantasmes ; voilà pourquoi il est résurgent, émotionnel et potentiellement explosif. Chez Céline, il est latent.

Les premiers mois de 1937 voient Céline dans l'attente, en une grande excitation, une revendication à vif. Il est victime, répétons-le, de non-reconnaissance. De son grand œuvre d'alors *Mort à crédit*, il ne veut entendre que les critiques négatives, et celles-ci ne sont pas majoritairement juives, loin de là. Mais il est ainsi qu'il ne supporte pas la moindre égratignure. Il a le moi exacerbé, hypertrophié qui apparaît comme le produit dégradé de la juste évaluation qu'il fait de son génie. Il se sent tellement grand qu'on ne peut ni le toucher ni le juger. Affirmation qui contraste avec la relative autodépréciation qu'il exprime dans son quotidien : petit médecin, écrivain besogneux en peine de fabriquer de l'écrit populaire lucratif et, surtout, homme précaire, insécurisé par la maladie, la déchéance et la mort. L'élément déclenchant de cette véritable crise mutante qui va le submerger pendant cinq ans n'est pas univoque et peut-être n'est-il que minime, négligeable, bien que habile à s'immiscer. C'est là le type même de l'effraction narcissique, dans l'univers psychique instable, parce que en éruption permanente, d'un créateur de cette trempe pour le gripper et l'envahir, s'appuyant sur des affects, des traces mnésiques et verbales préexistantes. Sans trop s'appesantir sur la lourde terminologie de la mécanique mentale, convenons que Céline a basculé à la suite de la convergence d'au moins quatre facteurs : l'échec vécu comme tel et sans amendement possible de *Mort à crédit*, le voyage en U.R.S.S., la politique du Front populaire, la menace d'une guerre imminente. Il s'est retrouvé, tel un monomaniaque, sans bornes pour le contenir, dans son verbe, à vaticiner en majeur, contre l'Élu de Dieu et le maudit de l'Histoire. Ce qui a toujours été, pour ceux qui s'y sont exercés, une malédiction.

Bagatelles pour un massacre porte la marque

indélébile de cet ébranlement, sous la férule d'une conviction intraitable. Nous ne sommes plus ici dans une rationalité immédiatement appréhendable mais dans un délire qu'on ne saurait réduire à la psychopathologie, pas plus qu'on ne saurait enfermer Céline dans le cercle d'airain de la paranoïa, bien que comme beaucoup il en accuse parfois fortement quelques traits, comme cette propension à se sentir persécuté. Trop simple. Faut-il rappeler que le sujet glisse entre les mots comme l'anguille entre les doigts ? Ce délire est célinien, au sens où Céline l'a allégué, concernant sa manière de traiter l'écriture. Il s'est référé, utilisant ce qu'il savait ou croyait savoir de la psychiatrie, au « délire cohérent de Dupré ». Il faisait allusion, là, au délire d'imagination d'Émile Dupré, psychiatre, qui l'individualisa au sein des délires chroniques systématisés. Et c'est, effectivement, un délire prolifique. Le délire célinien n'a de réalité que dans l'exagération, le grossissement, la fantasmagorie échevelée, l'invention du réel, quand ce n'est pas l'irruption brutale de celui-ci. Sans coup de folie, sans l'aiguillon de celle-ci, il ne se passe rien dans l'écriture (et dans l'art). D'où l'excès célinien, qui, ici, par sa violence, nous interpelle. *Bagatelles*, 380 pages très denses, est avant tout une œuvre littéraire, sous forme de patchwork, puisqu'on y retrouve la dénonciation du communisme inaugurée dans *Mea Culpa* en plus étayé, la S.D.N., avec en particulier l'apparition de Rajchman en Yubelblat, mention des « cephalobills » et de la « disparition des carcasses », des réflexions sur la santé publique, la littérature contemporaine, l'urbanisme, mais aussi des arguments de ballet dans leur intégralité, tels *Naissance d'une fée*, *Voyou Paul*, *Brave Virginie*, pour se conclure par un chapitre sur Van Bagaden, l'armateur, qui sera longuement évoqué dans *Guignol's band* par le biais de son presque homonyme Titus Van Claben. S'y lisent encore des narrations *, un retour au passé, un dialogue fictif avec un comparse juif : Gutman (est-ce le médecin traitant de Céline, Gozlan, le « petit médecin de Médan ? ») et, évidemment, le nerf de la guerre, l'axe thématique : les diatribes antijuives, volcaniques, sans que les Aryens bien maltraités à leur tour soient épargnés. Le tout est construit comme une suite de séquences et d'associations libres où se mêlent humour, ludisme, lyrisme, véhémence. Le lecteur de Céline ne s'y perd pas — la verve est là, brillante — s'il surmonte l'achoppement sur la figure du Juif-repoussoir contre laquelle Céline le prévient :

> J'ai rien de spécial contre les Juifs en tant que juifs, je veux dire simplement truands comme tout le monde, bipèdes à la quête de leur soupe... Ils me gênent pas du tout. Un Juif ça vaut peut-être un Breton, sur le tas, à égalité, un Auvergnat, un franc-canaque, un « enfant de Marie »... C'est possible... Mais c'est contre le racisme juif que je me révolte, que je suis méchant, que je bouille, ça jusqu'au tréfonds de mon bénouze [6] !...

* Parmi elles, le récit de ses relations avec sa traductrice et accompagnatrice, Nathalie, avec qui, bien qu'il la soupçonne d'être de la Guépéou (nom de la police politique soviétique dans les années 1920), il a vraisemblablement eu une romance, Nathalie souhaitant un mariage blanc pour passer à l'Ouest.

Avec *Bagatelles*, dans la veine de *Voyage* et *Mort à crédit*, il n'y a aucun renoncement formel. Bardamu, Robinson, Ferdinand-le-Jeune se retrouveraient dans cette faconde débridée, ces formules incisives.

D'être littéraire n'exonère toutefois pas Céline. *Bagatelles* est publié en décembre 1937. Personne — et bien entendu les intellectuels — ne peut dénier les conséquences en Allemagne — Céline était à Berlin en 1932, à Vienne en 1933 — de la prise du pouvoir par les nazis, de la promulgation des lois de discrimination raciale et des persécutions politiques, de même que le climat délétère, qui, en France, inspire les apostrophes contre Léon Blum, Salengro, Mandel et autres... Céline a conscience de sa notoriété, qui, de par ses écrits pamphlétaires, va s'accroître considérablement, et il n'est pas sans concevoir qu'ils en auront d'autant plus d'impact. C'est donc, lucidement, guidé par son idée fixe qu'il décide d'écrire et de publier son texte :

Moi je suis bien renseigné... alors j'adhère jamais à rien... ni aux radiscots... ni aux colonels... ni aux doriotants... ni aux « Sciences christians », ni aux francs-maçons ces boy-scouts de l'ombre... ni aux enfants de Garches, ni aux fils de Pantin, à rien ! J'adhère à moi-même tant que je peux... C'est déjà bien mal commode par les temps qui courent[7].

Cependant, le contexte historique ne doit pas jouer comme censure. Aucune censure n'est tolérable et elle produit, après coup, des effets contraires. De croire l'U.R.S.S. assiégée n'a-t-il pas conduit à protéger le stalinisme en différant la révélation de son abomination ? Mais il y va de la responsabilité de l'écrivain — et Céline ne se censurera pas — qui monte en ligne, de celui qui écrit pour être lu. Ce n'est pas un vieux et vain débat. En 1937, au pogrom permanent outre-Rhin, et peu importent ses modalités, on ne peut rajouter qu'en sachant ce qu'on fait et sans se donner l'alibi d'être le jouet aveugle du destin. Les mots portent, ils sont armés pour ça. Sinon, pourquoi publier ? Ce n'est pas manier une dialectique percluse que de constater que Céline s'est *objectivement* engagé, au nom du pacifisme — laissons-lui qu'il n'obéit à aucune directive autre que celle de sa propre gouverne — du côté du combat antisémite, et que rien, y compris sa pathétique défense d'après guerre quand il s'identifie au prophète, nécessairement soumis à l'opprobre pour avoir osé dire, ne peut l'en dédouaner. Cela n'infère pas qu'il faille réclamer l'autodafé pour *Bagatelles*. Ce livre appartient au parcours de Céline dont il scande un moment de grande agitation, de solitude, d'angoisse et de sidération, toute illusion humaniste dissipée, face à une confrontation qu'il pressent irrémédiable et exterminatrice. Ce n'est plus le communisme qui hante l'Europe mais la mort. Gardons à Céline qu'il traite le Juif comme un guignol sinistre au point qu'il en devient, ce Juif, par son grotesque, irréel, inhabité. Il soutient que le Juif est raciste parce qu'il a maintenu et protégé sa communauté par l'endogamie, et fasciste car, représentant le peuple élu, il ne tolère aucune critique. Mais là où l'excès agit, il tue la pertinence de la thèse, si tant est qu'elle soit fondée. À terme, *Bagatelles* échoue dans son projet de dénonciation de la guerre pour les Juifs, fomentée par les Juifs, tandis que s'effondrent les caricatures. Ne reste alors que du littéraire, des séquences anthologiques intemporelles au milieu du pathos. Aussi paraît-il bien peu sensé de censurer *Bagatelles*. Ne se termine-t-il pas sur une profession de foi esthétique, qui n'est pas sans évoquer Nietzsche que Céline a lu, Nietzsche qui ne croyait qu'en un Dieu capable de danser et pour qui la vie sans musique n'était qu'une erreur ?

Un petit sursaut simplement entre la mort et l'existence... cela distrait... vous emporte !... Vous me suivez ?... Un peu de lumière et d'accord... Le rêve nous emporte... Mais la musique ?... Ah ! voici toute mon angoisse... Je retombe tout empêtré !... Musique !... ailes de la danse ! Hors la musique tout croule et rampe... Musique édifice du Rêve !... Je suis encore une fois frit... Si vous entendiez causer par hasard, dans vos relations... d'un musicien assez fragile... qui ne demande qu'à bien faire... Je vous prie... un petit signe... Je lui ferai des conditions... entre la mort et l'existence... une situation légère... Nous pourrions sûrement nous entendre[8]...

Dédié à Eugène Dabit, le communisant — où se logeaient les fidélités de Céline ? Dans quelle confusion était-il ? —, *Bagatelles* fut mieux reçu que *Mort à crédit*. La droite bien entendu, l'extrême droite, les xénophobes s'en réjouirent. Daudet (« Il faut remonter jusqu'à la Réforme, jusqu'à Jean Fischart — traducteur en allemand de Rabelais — et jusqu'à Ulrich de Hutten, pour ouïr pareil tocsin sonné à toutes les cloches de la furie populaire*[9] ») et Rebatet exultè-

* Cette phrase fut utilisée par l'éditeur comme bande publicitaire lors de la publication de *L'École des cadavres*.

rent. Brasillach, toujours pincé et se méfiant que la cause antisémite en fût affaiblie — il était hors de question que les nazis se servent d'un tel ouvrage — consentit toutefois à saluer le livre, reprenant en titre une phrase de Céline sur « la révolte des indigènes », en exaltant son comique dans *Je suis partout* du 21 janvier 1938. La gauche y vit confirmation de la dérive célinienne annoncée — on vérifie toujours ses hypothèses *a posteriori*. Gorki, Nizan l'avaient prévu. Bien sollicitée par ailleurs, elle fut toutefois en retrait. Cependant, Hanns-Erich Kaminski, un social-démocrate allemand partisan de l'alliance avec les communistes et journaliste réfugié en France après l'incendie du Reichstag, prit la plume pour un contre-pamphlet[10], bien mesuré et qui passa inaperçu. Gide, dans son article d'avril 1938, dans la revue de la N.R.F., rejoignit Brasillach sur le côté comique du texte et ne le prit pas au sérieux au sens où il ne se répandit pas en foudres moralisantes sur le contenu. Il se régala même de la farce que semblait avoir manigancée Céline. Gide préférait ce Céline-là, follement caustique, sarcastique, défoulé, à celui que l'on aurait voulu endimanché. Perspicace, Gide admettait le délire célinien. « "*Mais tu délires Ferdinand!... Nom de Dieu t'es saoul!... T'es noir à rouler ma parole...*", fait-il dire à Gutman, son complaisant interlocuteur, dans un des dialogues des mieux réussis vers la fin du livre [...]. Certains pourront trouver malséant un jeu littéraire qui risque, la bêtise aidant, de tirer à conséquence tragique. Quant à la question même du sémitisme elle n'est pas effleurée. S'il fallait voir dans *Bagatelles pour un massacre* autre chose qu'un jeu, Céline, en dépit de tout son génie, serait sans excuse de remuer les passions banales avec ce cynisme et cette désinvolte légèreté[11]. » Les tribunes juives réagirent par les voix de Bernard Lecache ou encore Georges Zerapha qui fournit à Emmanuel Mounier la matière de son article d'*Esprit* – revue alors confidentielle — pour son numéro de mars 1938 qui répertoriait les sources de Céline, sources on s'en doute peu fouillées, dont le faux des *Protocoles des sages de Sion*, et que Mounier démonta aisément. « Quelle érudition ! lira-t-on, et certains seront impressionnés par les chiffres des statistiques. Je demande aux lecteurs de ne pas en être dupes. Céline s'est contenté de relever ses citations dans un ouvrage récemment édité à la Librairie académique Perrin, *Israël, son passé, son avenir*, par de Vries qu'il a copié sans pourtant avoir la courtoisie de le mentionner. Le reste de sa documentation est puisé dans deux petites brochures, du genre de celles qu'on vend à la sortie du métro, avec la liste des derniers numéros gagnants et les illustrés pornographiques. La première, *Le Règne des Juifs*, fournit en ses pages les paragraphes correspondants des pages de *Bagatelles pour un massacre*. Quant à la seconde, *La Prochaine Révolution des travailleurs*, elle présente, sur un seul feuillet, un ramassis d'informations arbitraires que nous retrouvons enchâssées dans les lyriques et commentaires de Céline dans son livre. Où finit la plaisanterie ? Où commence l'indélicatesse[12] ? »

La critique de droite l'emporta. Ce fut un succès. On vendit 40 000 exemplaires du livre avant la guerre, le tirage atteignit les 75 000 en 1944. Il fit des émules, dont le pitoyable *Péril juif* de Marcel Jouhandeau.

François Gibault nous rappelle qu'à l'époque de la parution, et sans connaître le livre, un ex-collègue de Céline à la S.D.N., médecin et juif, Walter Strauss, lui écrivit qu'il quittait l'Allemagne pour les raisons que l'on devine. Céline lui répondit : « Ce qui vous arrive est absolument affreux. Demain ici sans doute nous aurons des choses semblables [13]. » Où se cache donc le vrai Céline ? Anticonformiste en médecine, solitaire, gouailleur et libéré de parole, y compris de la plus tendancieuse, habitué des bordels, client des rades douteux, incertain de lui-même, n'est-il pas marginal à vie, encombré par sa célébrité, une sorte de métèque au sein de la société policée et métaphore des variations anthropologiques qu'expriment ces quelques lignes de *Voyage au bout de la nuit* :

> La race, ce que tu appelles comme ça, c'est seulement ce grand ramassis de miteux dans mon genre, chassieux, puceux, transis, qui ont échoué ici poursuivis par la faim, la peste, les tumeurs et le froid, venus vaincus des quatre coins du monde. Ils ne pouvaient pas aller plus loin à cause de la mer. C'est ça la France et puis c'est ça les Français.

Il est peut-être heureux que la mort ait empêché Élie Faure * de prendre connaissance de *Bagatelles*, lui qui avait tellement aimé le Céline présent dans ces derniers mots **.

* Céline aimait répéter qu'il le considérait comme un maître auquel il avait « tout pris ».

** Dans sa lettre à Milton Hindus, du 5 août 1947, Céline dira : « Élie Faure était un magnifique esprit de la génération où la France avait encore une magnifique élite — Je l'ai bien connu, je l'aimais beaucoup et puis nous nous sommes séparés stupidement et je l'ai regretté sur des questions idiotes de politique », Milton Hindus, *Céline tel que je l'ai vu*.

L'homme aux pamphlets (2)

> *C'est un malheur pire que tout, l'enfer médiocre, l'enfer sans flamme. Y a des guerres qu'arrivent heureusement, de plus en plus longues, c'est fatal. La terre se réchauffe.*
>
> L.-F. Céline,
> *Les Beaux Draps*

La rédaction de *Bagatelles* ne doit pas faire oublier le quotidien de Céline qui, en février 1937, quitte de nouveau Paris pour New York où il va séjourner trois semaines sans qu'on sache précisément ce qu'il y fit, sinon qu'il apprit que *Mea Culpa* allait être publié aux États-Unis, qu'il se rendit souvent au *Radio-City Hall*, assista à divers spectacles de danse sur Broadway, et revit la sculptrice Louise Nevelson, tandis que Lucette Almansor s'installait rue Lepic. Tenta-t-il de négocier l'acceptation d'un de ses ballets comme à Leningrad l'été précédent ? Il revint une fois encore déçu de l'Amérique. Rencontra-t-il sur le bateau du retour, comme le pensent François Gibault et Frédéric Vitoux, Jean Gabin et Danielle Darrieux ? Une certitude, c'est qu'il se lia par hasard avec Jane

Bowles — elle lisait *Voyage*, installée dans un transat, sur le pont —, la femme de l'écrivain Paul Bowles qui insinua que Céline eut une relation avec elle. En avril, il part à Saint-Malo avec Lucette et relance l'écriture de son pamphlet. Puis, en mai, il gagne l'île de Jersey, au moment du couronnement du roi d'Angleterre, Georges VI, dans le but d'explorer la possibilité d'y résider — c'est un paradis fiscal contrôlé par les Anglais mais considéré comme neutre — au cas où il devrait fuir la France dans la perspective de la guerre et y placer son argent. L'île est quasiment en état de siège — on craint un acte terroriste contre le roi. Céline est arrêté et son passeport confisqué. Il sera libéré après intervention du consul. De retour à Saint-Malo, il va rejoindre le lieu de son dernier remplacement en libéral dont nous avons parlé et il s'installe avec Lucette à l'hôtel Frascati, au Havre, où il termine *Bagatelles*, ainsi que l'année précédente il l'avait fait pour *Mort à crédit*.

Alors qu'à la sortie de *Mea Culpa*, il n'avait eu à essuyer que quelques remarques de la part d'édiles ou de sympathisants communistes de Clichy, la sortie de *Bagatelles* l'oblige à prendre la décision de démissionner du dispensaire de la rue Fanny et clore son différend avec Ichok, le médecin-chef. Dans le même temps, les deux responsables juifs du laboratoire Biothérapie le licencient. Céline s'était toujours plaint d'Ichok qu'il considérait comme un usurpateur qui lui avait soufflé la direction du dispensaire, mais également comme un agitateur communiste, un agent soviétique. Il se disait aussi entouré de médecins juifs. *De facto*, on a du mal à en dénombrer plus de trois qui exerçaient rue Fanny. « Le plus chouette, écrit-il à Albert Paraz le 18 mai 1951, c'est que le faux docteur Ichok, lituanien juif communiste de Clichy m'a déclaré une guerre à mort le jour où j'ai refusé de collaborer à la *Pravda* de Moscou. Il a fait entrer 12 médecins juifs au dispensaire de Clichy ! ! ! Une "Synagogue" comme disait l'un d'eux le Dr Schiff — psychiatre[1]. » Mais c'est Ichok qui suscitait toute sa rancœur. Ichok n'était pas une personnalité facile. Cyclothymique, autoritaire, cosmopolite dans sa formation médicale qui s'étalait de l'Allemagne à la Suisse, il n'avait pas, en apparence, de supériorité médicale sur Céline. Il avait été contraint de recommencer une partie de son cursus à son arrivée en France. D'un intérêt curieux pour la crémation, il enseignait la statistique médicale à l'École pratique des hautes études et fréquentait le gratin politique de gauche. Persécuta-t-il Céline ? Accentua-t-il par sa présence ou par son comportement l'antisémitisme de celui-ci ? On n'en possède pas la preuve. Méfions-nous de l'autofiction. Sans doute n'aimait-il pas Céline mais, de là à le haïr comme ce dernier l'a prétendu, il y a une marge. Deux mondes, deux notoriétés, deux caractères trempés et indépendants se faisaient probablement de l'ombre, et l'un était juif, étranger, communiste... Ichok qui luttait contre la dépression se suicida à quarante-huit ans, au cyanure, en janvier 1940, à la terrasse d'un café de la porte Maillot. Raison invoquée : l'extension de la guerre. Mais, comme le souligne Philippe Alméras[2], les causes sont plus complexes. Ichok revenait de quelques semaines aux États-Unis. Il avait mal accepté le pacte germano-soviétique d'août 1939. Était-il menacé par le Komintern ? La question reste ouverte, qui n'intéressait pas Céline outre mesure.

Bagatelles publié, Céline aurait pu en rester là. La charge salubre — de son point de vue — était suffisante. Et le voilà qui persévère, se remet en chantier. Et ce sera *L'École des cadavres*, au titre accrocheur, inducteur de surenchère. Mais avant, il va être mêlé à l'accélération des temps. Nous sommes début 1938, Céline, toujours très prudent et soucieux de ses économies, se rend à Amsterdam pour mettre en sûreté une partie de son or sous forme de cent quatre-vingt-quatre pièces de dix florins à la Nederlanche Bank et fait un crochet pour voir Évelyne Pollet, son amante et admiratrice belge qui songe à écrire un article sur *Bagatelles* pour l'hebdomadaire *Cassandre*. Ce qui n'eut pas de suite. À son retour, Céline est confronté à la situation intérieure. Chautemps, qui a succédé à Blum, a démissionné. Blum, revenu aux affaires à la tête d'un gouvernement d'union nationale qui ne durera que quelques semaines, cédera Matignon à Daladier. Quant à la situation internationale, elle est plus que préoccupante. Le 15 mars, c'est l'Anschluss, Hitler annexe l'Autriche. La guerre d'Espagne bat son plein. Nazis allemands, fascistes italiens sont, sur le terrain, aux côtés de Franco, tandis que les Brigades internationales prêtent main-forte aux républicains. Cela soucie-t-il Céline ? Peu, du moins dans les actes. Début avril, de Bordeaux, il entreprend un nouveau voyage outre-Atlantique. Le 26 avril, il fait escale à Saint-Pierre-et-Miquelon. Ces îles inhospitalières, battues par le vent, lui plaisent. Il n'a pas abandonné son idée d'un point de chute au cas où sa situation en France deviendrait intenable — et, pour le présent, elle ne l'est certes pas. Qui irait lui chercher des tracasseries là-bas, si loin ? (Quelques années plus tard, il aura même le ridicule de demander à Pierre Laval, lors d'une promenade à Sigmaringen, de le nommer gouverneur de Saint-Pierre-et-Miquelon ! Ce qui lui sera accordé. Pour rien.)

Puis, il arrive à Montréal où l'accueille, sur recommandation de Georges Montandon, médecin et ethnologue, fondateur de l'ethnoracisme, et dont nous reparlerons, un universitaire canadien, Victor Barbeau, qui n'aura de cesse — le séjour durant une bonne semaine — de lui faire rencontrer la fine fleur intellectuelle de l'extrême droite franco-canadienne. Apparemment Céline n'acquiesce guère et ne concédera à la convivialité que lors d'un dîner en petit comité où, comme à son habitude, il monopolisera la parole, lancé dans une de ces fresques apocalyptiques et autres digressions sans fin qu'il affectionne, excluant alors quiconque voudrait lui disputer la scène. Céline ne dialogue jamais, il impose son verbe. De Montréal, il se rend à New York pour la dernière fois, dans le but d'écumer les lieux qu'il aime, ceux du music-hall. Le *Normandie* le ramène au Havre le 28 mai. Lucette Almansor, désormais bien en place dans la vie de Céline, l'y attend. Ils passent une semaine au Havre avant qu'elle parte en tournée en Pologne et Lituanie d'où il sera impatient qu'elle revienne. Les affres de l'écriture l'ont repris. Il rouvre *Casse-pipe* pour le lâcher. Il lui faudra attendre la mi-juillet, le retour de Lucette et les vacances à Saint-Malo, cette ville dont Frédéric Vitoux dit qu'il l'a peut-être le plus aimée, pour se remettre à *L'École des cadavres*. Entre-temps, il a musardé avec un poète du cru, Théophile Briand, directeur d'une feuille locale, *Le Goëland*, et avec des activistes bretons fascisants dont Ollier Mordrel, mais l'essentiel de son temps est consacré au pamphlet. La tension s'accroît en Europe centrale du fait des exigences allemandes sur le territoire des Sudètes et la semi-capitulation de Munich se profile. Aussi, dans cette conjoncture, Céline trouve-t-il urgence à écrire, à se hâter, quand on sait que dans *L'École*, il réclamera l'Union franco-allemande, l'Alliance franco-allemande, l'Armée franco-allemande, une Confédération des États aryens d'Europe.

À peine a-t-il achevé son livre qu'il file à Londres et, toujours à ses soucis d'argent, fait transférer l'or qu'il avait antérieurement déposé à la Llyods Bank à la Privat Banken de Copenhague. Ne dessine-t-il pas son avenir ? Ne désigne-t-il pas le lieu où il s'estimera en sécurité ? Les accords de Munich sont signés les 29 et 30 septembre. Céline est revenu à Paris peu avant. Participe-t-il au lâche soulagement de l'opinion ? Il est trop clairvoyant pour ne pas discerner dans ces accords un répit très provisoire. Ce qui lui importe, c'est la publication de *L'École* qu'il remet à Denoël, ce dernier lui assurant une publication des plus rapides, pour la fin de l'année.

Ce qui sera effectif le 28 novembre, à peu près

au même moment où est programmée la sortie de la traduction allemande de *Bagatelles*, en triste proximité avec la « Nuit de cristal » qui verra le déchaînement de la terreur nazie dans l'ensemble des régions allemandes contre les Juifs à la suite de la tentative d'assassinat du diplomate allemand en poste à Paris, von Rath, par le jeune juif polonais immigré Herschel Grynszpan. La « Nuit de cristal » sera le sinistre point d'orgue de la première phase de la politique antijuive du IIIe Reich. Les derniers espoirs juifs d'un accommodement possible s'envolent et les réfugiés affluent tandis que d'infâmes décisions sont en préparation qui, trois ans plus tard, seront décrétées au titre de la « solution finale ». Personne, en cette fin 1938, ne peut ignorer ce qu'augure la « Nuit de cristal ». Et c'est dans ces circonstances que, le 2 décembre, Céline se retrouve chez Darquier de Pellepoix, alors conseiller de Paris et animateur du Comité antijuif de France, pour une réunion où il préfère rester anonyme et silencieux, bien qu'à l'issue de la réunion il devise avec Darquier.

L'École des cadavres a intrigué par sa dédicace à Julien l'Apostat, cet empereur romain restaurateur du paganisme, mort à trente-deux ans, et par son exergue cryptique : « Dieu est en réparation », quand on sait le soin que Céline apportait à toutes ses formulations. *L'École*, donc, est-il un livre de trop ? Trois cent cinq pages découpées en séquences courtes de une, deux, trois pages qui, selon ses commentateurs favorables, rendent haletante la lecture, haletants le style de la pensée de

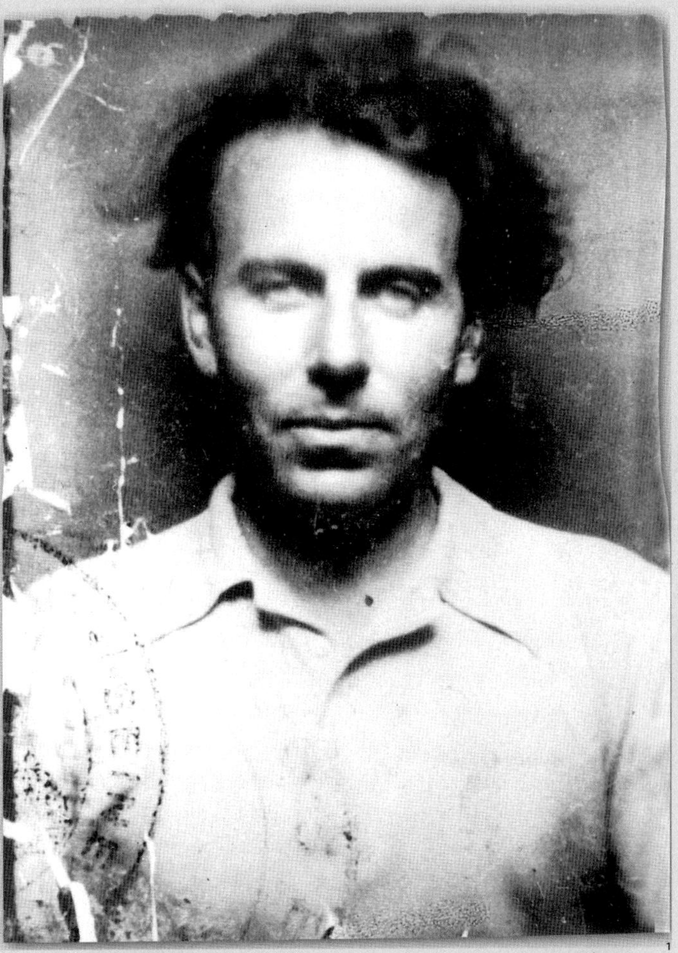

1

1 Photo d'identité, Londres, 1915.

« Je suis anarchiste jusqu'aux poils.
Je l'ai toujours été et ne serai jamais rien d'autre. »

2

3

4

5

6

7

2 Louis Destouches vers 1896.

3 Louis Destouches entre ses parents le jour de sa première communion, le 18 mai 1905.

4 Louis Destouches fin 1914 ou 1915.

5 La rampe en aval du pont de Courbevoie.

6 Ludwig Rajchman.

7 Grégory Ichok.

8

9

10

11

« La grande prétention au bonheur, voilà l'énorme imposture. »

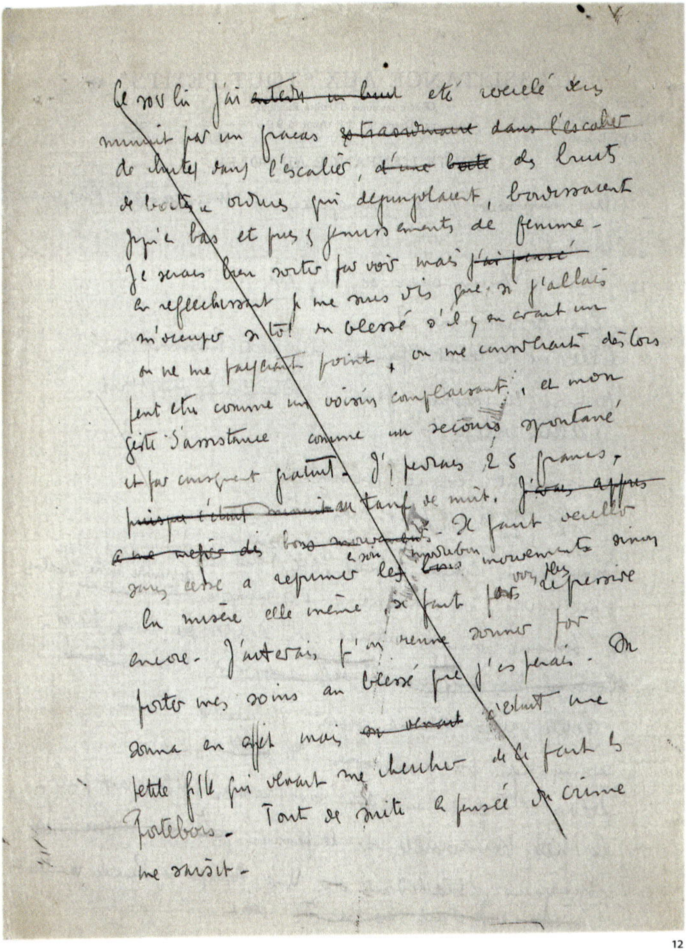

Ce soir là j'ai ~~entendu un bruit~~ été réveillé vers
minuit par un fracas ~~extraordinaire~~ ~~dans l'escalier~~
de bottes dans l'escalier, ~~d'une botte~~ des bruits
de bottes et ordres qui dégringolaient, bondissaient
jusqu'en bas et puis des gémissements de femme –
Je serais bien sorti pour voir mais ~~j'ai pensé~~
en réfléchissant je me suis dit que si j'allais
m'occuper si tôt du blessé s'il y en avait un
on ne me payerait point, on me considérait dès lors
peut être comme un voisin complaisant, et mon
geste d'assistance comme un secours spontané
et par conséquent gratuit. J'y perdrais 25 francs, ~~j'étais appelé~~
~~puisqu'il était minuit~~ au tarif de nuit. Il faut veiller
~~à ne refuser des~~ bons ~~moments~~. [illegible] mouvements [illegible]
[illegible] a reprendre les [illegible] vos plus
la misère elle même, il faut pas [illegible]
encore. J'attendrais qu'on vienne sonner pour
porter mes soins au blessé que j'espérais. On
sonna en effet mais ~~on venait~~ c'était une
petite fille qui venait me chercher de la part des
Pottebois. Tout de suite la pensée du crime
me saisit –

12

8 Colette Destouches.

9 Elizabeth Craig début 1933, chez Jean Ajalbert.

10 Céline à Saint-Malo en 1933, sur la terrasse de Marie le Bannier.

11 Lucette Almansor.

12 Manuscrit de *Voyage au bout de la nuit*. Paris, BnF.

DISPENSAIRE-MUNICIPAL

13

14

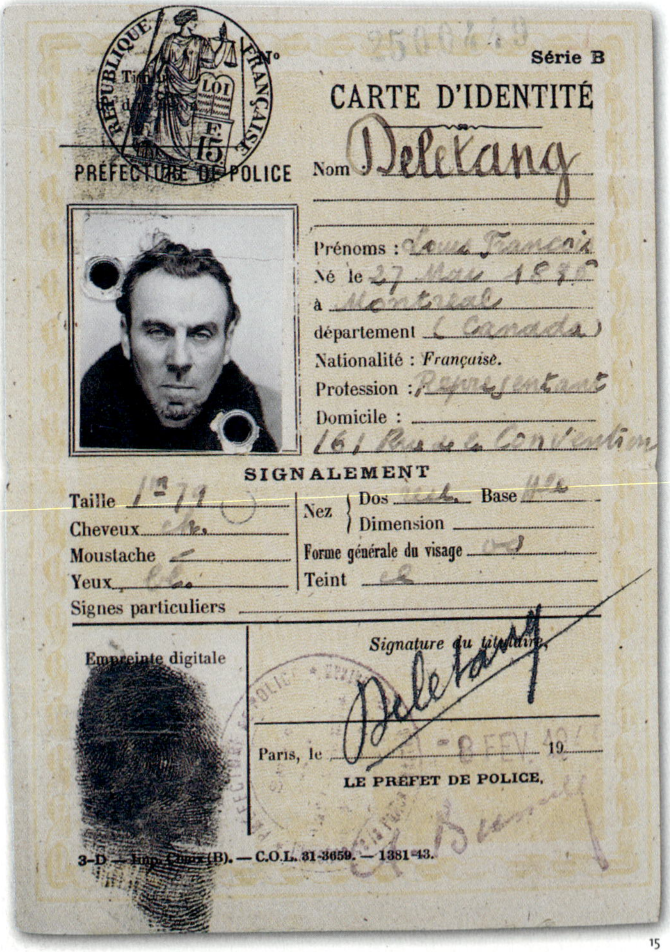
RÉPUBLIQUE FRANÇAISE
LOI
15
PRÉFECTURE DE POLICE
N°
Série B
CARTE D'IDENTITÉ
Nom Deletang
Prénoms : Louis François
Né le 27 Mai 1890
à Montreal
département (Canada)
Nationalité : Française.
Profession : Représentant
Domicile : 161 Rue de la Convention
SIGNALEMENT
Taille 1m79
Cheveux
Moustache
Yeux
Nez Dos Base
Dimension
Forme générale du visage
Teint
Signes particuliers
Empreinte digitale
Signature du titulaire
Deletang
Paris, le 8 FEV. 1944 19
LE PRÉFET DE POLICE.
3-D — Imp. Chaix (B). — C.O.L. 31-3659. — 1381-43.

15

13 Dispensaire de Bezons où Céline exerça de 1940 à 1944.

14 Le château de Sigmaringen, résidence du gouvernement de Vichy de septembre 1944 à avril 1945.

15 Fausse carte d'identité confectionnée en 1944.

16 Céline en promenade avec sa chienne Bessie au Danemark.

17 Céline et Lucette penchés sur un hérisson, Meudon, 1952.
Photo Daniel Frasnay.

16

17

« Forcer son rêve à toutes les promiscuités, c'est vivre dans un monde de découvertes, c'est voir dans la nuit. »

« La vérité de ce monde, c'est la mort. »

18 Devant la maison de Meudon.
Photo François Pagès.

19 Céline et son perroquet Toto à Meudon.
Photo François Pagès.

18

19

Céline, pensée en continuité avec celle de *Bagatelles*. Pacifisme teinté d'un alignement sur les positions allemandes et d'un antisémitisme forcené définissent le propos fondé sur un mode « délirant », outrancier, dépourvu d'humour, d'une quelconque distanciation, et d'un ton passionnel pur, étayé sur un verbe nettement moins vibrant que celui de *Bagatelles* : il dresse une liste des déclarations antijuives de Diodore de Sicile à Sénèque, Tacite, en passant par Érasme, Voltaire, Benjamin Franklin et même Léon Blum... jusqu'à Maurras qu'il trouve trop timoré. Le « ni Berlin-ni Moscou » de ce dernier n'est-il pas ralliement à la cause juive par le refus de Berlin ? Céline voulut-il profiter du succès commercial de son précédent livre et s'en tailler un nouveau ? Ce n'est pas à rejeter, mais concédons-lui que son option était autre, politique, qu'il y avait pour lui injonction à traiter l'actualité et les prémices du futur proche, inquiétant. Ses urgences, Céline se les crée. On ne peut lui donner tort, de son point de vue, de s'indexer sur la marche forcée de l'Histoire. Dans moins d'un an, l'Europe sera en guerre. Concédons encore que *L'École* soit dans la nécessité, celle d'un dernier appel qui n'aura pour seul mérite que d'avoir été lancé bien que tout fût perdu. Ce dont Céline est convaincu. Dès lors, il n'écrit plus dans la provocation, se réservant le refuge du littéraire comme dans *Bagatelles*, mais dans la rage et l'impuissance face à ce qui advient. En conséquence, il déborde, vocifère. Il n'est plus drôle. Il abdique devant l'Allemagne, hurlant au loup. Qu'on nous permette de retenir sans arbitraire quelques citations suffisamment explicites quant au projet du livre. Elles parlent d'elles-mêmes :

Je l'ai vu travailler un petit peu le juif Benès* à la S.D.N. Petite crapule talmudique, toute agitée de subterfuges, inépuisablement sournois, complotiques, tout conifié d'avocasseries, de rusailleries bêbêtes et brèves. Un vrai petit dégueulasse raton tout délirant de médiocrité chatouilleuse. Un vibrion de couloirs toujours en train de se suractiver. Une très redoutable petite saloperie venimeuse au cœur de l'Europe. Bien entendu pour les loges Jehovah lui-même ! Plus Salomon ! Exactement tout ce que les Maçons conçoivent comme idéal homme d'État : une sécheresse mortelle dans une chicanerie sans limites.

Je ressens tellement je suis drôle, des choses encore bien plus perverses. Des véritables sadismes ? Je me sens très ami d'Hitler, très ami de tous les Allemands, je trouve que ce sont des frères, qu'ils ont bien raison d'être racistes. Ça me ferait énormément de peine si jamais ils étaient battus. Je trouve que nos vrais ennemis c'est les Juifs et les francs-maçons. Que la guerre qui vient c'est la guerre des Juifs et des francs-maçons, que c'est pas du tout la nôtre. Que c'est un crime qu'on nous oblige à porter les armes contre des personnes de notre race, qui nous demandent rien, que c'est juste pour faire plaisir aux détrousseurs du ghetto. Que c'est bien la dégringolade au dernier cran de la dégueulasserie.

Ce sont les Allemands qui ont sauvé l'Europe de la Grande Vérolerie Judéo-Bolchévique 18. Nous nous débarrasserons des Juifs, ou bien nous crèverons des Juifs, par guerres, hybridations burlesques, négrifications mortelles. Le problème racial domine, efface, oblitère tous les autres. Il relègue aux fantasmagories, aux accessoires pour cotillons et partouzes démagogues toutes les conjonctures dites sociales, dites communistes, dites socialistes, dites maçonniques.

* Benès, successeur de Masaryk, était président de la République tchécoslovaque au moment des accords de Munich. Pour protester contre eux, il donna sa démission.

« To be or not to be » Aryen ? That is the question ! Et pas autre chose ! Toutes les doctrines d'inexistence des Races, le plus grand confusionnisme racial, tous les apostolismes du méli-mélo racial à toute force, l'espérantisme du trou du cul « à la Romain Rolland », au plus grand babélisme copulateur ne sont qu'autant de virulentes vacheries destructrices, toutes sorties de la même boutique talmudique : « À la destruction des Blancs. »

« À l'affolement, à la confusion des sexes par toutes les bites de toutes les couleurs imaginables. »

« Mort pour les Juifs ! Aux chiots les Loges ! Debout les Aryens ! » [...] Le reste du temps qu'est-ce qu'il fabrique le peuple bibineux, pêcheur d'ablettes ? Entre les déluges ? Rien ! Il s'écoute causer, roter, il se fait reluire avec des conneries, comme des vraies gonzesses, des futilités, des babioles. Il compte les verres sur la table... Jamais il parle du fond des choses ? Jamais. C'est une vraie affaire pour la Mort, le peuple. Un coup de clairon, il apporte, y a pas besoin de lui expliquer. Il est toujours là. Il attend[3].

D'autres anathèmes ne sont pas totalement infondés mais s'affadissent et perdent toute vertu réflexive dans le contexte militant équivoque du livre. Ainsi :

L'imagination matérialiste nous condamne à l'infini dans la destruction, la philosophie matérialiste, la poésie matérialiste nous mènent au suicide par la matière dans la matière. Tous ces acharnements prosaïques ne sont qu'autant de trucs de la matière pour nous dissoudre, nous rattraper. Les hommes épris de matière sont maudits. Lorsque l'homme divinise la matière il se tue.

Les masses déspiritualisées, dépoétisées (marteau-faucille et boyau) sont maudites.

Les races ne se font pas toutes seules, ne se défendent pas toutes seules ; elles sont au fond de chaque homme en instance, en « devenir » au fond de chaque espèce. C'est tout. Elles exigent pour durer, pour subsister, un effort permanent, stoïque, de chaque être vivant, pour vaincre la disparition et la mort.

Elles sont en « devenir », toujours en péril, toujours menacées.

L'Internationale dite ouvrière, l'Internationale de classe, n'est qu'un leurre, une simagrée, un subterfuge démagogique juif dont les Aryens se saoulent et déconnent. Aryens dopés, toujours en position haineuse, toujours prêts à foncer dans les pires catastrophes, les pires calembredaines guerrières, révolutions, croisades massacrières. Toute la lyre au « delirium » des démocrates en action.

Il n'existe pas « d'intelligence ouvrière », il n'existe qu'une docilité hurlante ouvrière, un grégarisme aryen vantard, vociférant, que le Juif amuse, entretient, exploite depuis 2 000 années[4].

La réception du livre fut quasi nulle et ses ventes mauvaises. Céline gênait son monde… La presse de gauche ayant fait son deuil de l'auteur de *Voyage* ne lui fit guère de publicité polémique. À droite et à l'extrême droite on regarda cet objet étrange avec circonspection. Il arrivait en un moment délicat, celui de la préparation à une guerre jugée inéluctable où il fallait bien ranimer le patriotisme et le sentiment anti-allemand, ne fût-ce qu'en façade. Et Céline enfonçait le clou, prêchait l'alliance franco-allemande. La connivence avec Hitler ne l'effrayait pas et il clamait plus fort encore sa haine des communautés ethniques minoritaires, en premier celle des Juifs, appelant à une véritable épuration ethnique. Il était de fait précocement anachronique et n'eut droit qu'à quelques notes de circonstances dont une, surprenante, d'Henri Guillemin se consacrant au seul style. Brasillach ne se manifesta que plusieurs mois après, en février 1939. Céline était donc seul à s'exprimer aussi résolument, d'autant qu'en avril 1939 parut le décret Marchandeau qui prohibait toute publication mettant en cause les minorités vivant dans le pays. Denoël préféra retirer de la vente, préventivement, *Bagatelles* et *L'École*. Ce qui fut l'occasion d'un écho perfide dans *Je suis partout* : « Ferdinand, tu te dégonfles » que Céline attribua à Brasillach. Il le lui fit savoir dans un courrier bien tourné : « Vous ergotez Brasillach, je ne vous traite pas de lope, ni de salope moi [Brasillach était homosexuel] si j'avais envie de le faire, je ne choisirais pas un prétexte. J'irais vous le dire en homme et en face. » Et plus loin, il ajoute : « Je vous ai dit que nous avions déjà 2 procès. Faut-il que nous en prenions 36 pour vous faire jouir, fillette[5] ? »

Les procès auxquels fait allusion Céline sont ceux que lui intentèrent le journaliste communiste Léon Treich et un médecin, également communiste, ancien des Brigades internationales, le Dr Rouquès, que Céline, dans *L'École*, avait traité de Juifs. Ces deux personnalités qui n'étaient pas juives protestèrent et portèrent plainte pour diffamation (était-il diffamatoire d'être traité de Juif ?). Pour Treich, Céline accepta d'ajouter un erratum, mais Rouquès se montra intraitable et traîna Céline en correctionnelle — une honte pour lui et sa mère ! — où il fut condamné à verser des indemnités à Rouquès, soit 2 000 francs * et à la suppression du passage

* Rouquès réclamait 50 000 francs.

litigieux. Le livre qui s'était voulu un brûlot protestataire s'avérait-il un pétard mouillé ? Partiellement. En 1942, Denoël rééditera *L'École* avec une préface de Céline s'entêtant à surenchérir, dans un contexte beaucoup plus dramatique — l'extermination des Juifs d'Europe avait été décidée, les rafles, les déportations politiques, les condamnations à mort d'otages et de résistants étaient monnaie courante. Est-ce une maladresse insigne ? Une absence totale de cœur ? Une cécité délibérée quant à la situation ? Ou bien la manifestation de cet excès dans lequel se noie Céline et qui appartient à son mystère ? Il accentue sa singularité, comme le remarque Philippe Alméras en relevant la description de Céline — on l'a noté, depuis la parution de *Bagatelles*, son apparence physique a changé — par Marcel Sauvage dans *L'Intransigeant* du 23 décembre 1938 : « Il fulmine, percute de l'épithète à longueur de journée, dans une solitude agrandie autour de lui qui résonne de sa passion fougueuse, de cris, d'insultes et parfois, j'imagine, d'un grand rire farceur, frénétique et douloureux[6]. » Céline est déjà ratiocineur, isolé parmi les siens. Soumis à ses obsessions raciales plus qu'il n'en est maître, n'est-il pas, à quarante-quatre ans, en crise, en voie de quitter la littérature ? *L'École* n'a pas la marque de l'insolence que requiert le genre pamphlet. Il aurait pu se passer de l'écrire. Il n'a pas pu.

Cette solitude, qui l'a accompagné toute sa vie et qui n'est pas pour lui alors une surprise, se creuse dans le cadre du désarroi dans lequel vont être plongés les citoyens et l'intelligentsia, tant durant la période dite de la « drôle de guerre » que lors de la débâcle de juin 1940. 1939 a vu, en janvier, la chute de Barcelone et, peu après, celle de Madrid. En mars, la guerre d'Espagne est terminée. Un chef militaire non dénué de prestige, Franco, mais à la pensée politique étriquée, installe une chape de plomb de près de quarante ans sur son pays. En 1944, sous l'impulsion de Lucette Almansor, Céline songera à s'établir en Espagne, puis renoncera. Trop au sud, trop chaud ! En août 39 est signé le pacte germano-soviétique qui désarçonne les intellectuels de gauche et aboutit à l'interdiction du parti communiste et de son journal, *L'Humanité*. Céline est à Saint-Malo et demande à Évelyne Pollet, convalescente après une lourde intervention chirurgicale, de le rejoindre. Mais il est en compagnie de Lucette qui, désormais, partage sa vie. Évelyne Pollet a connu Lucette l'année précédente, à Anvers, à la suite d'une maladroite initiative de Céline qui avait emmené celle-ci avec lui. À Saint-Malo, Évelyne Pollet, possessive, ne supporte pas la situation et fait scandale. Elle absorbe des doses importantes de digitaline et risque l'arrêt cardiaque. Céline passe la nuit auprès d'elle à la surveiller. Il n'aime pas trop l'hystérie et il la renvoie dès le lendemain.

En juillet démarre une affaire, certes secondaire par rapport aux dissensions internationales, mais qui concerne Céline indirectement, via les révélations apportées par *L'Humanité* : l'affaire Abetz. L'ambassadeur du Reich venait d'être expulsé pour espionnage. Lucien Sampaix, rédacteur à *L'Humanité*, fit état de rencontres occultes à l'ambassade auxquelles auraient participé Darquier de Pellepoix et l'écrivain C… et suggéra que ce C… était Céline qui démentit et envoya, en ce sens, une lettre à *L'Humanité* qui l'ignora et que *Je suis partout* s'empressa de publier avec, paradoxalement, peut-être, le *Droit de vivre*, journal de la L.I.C.A. *. Puis la polémique cessa car *L'Humanité* disparut des kiosques suite à son interdiction. Céline vouera dorénavant Sampaix aux gémonies, insistant sur la judéité du journaliste, y compris jusqu'à sa mort — Sampaix sera fusillé à Caen, le 15 décembre 1941. À signaler que Céline, qui se sentait menacé rue Lepic, avait déménagé chez sa mère, rue Marsollier, avec Lucette qui s'y sentit bien à l'étroit et bien contrainte.

Céline aborba donc l'année 1940 comme l'ensemble des Français en une période de « drôle de guerre » qui paraît irréelle. Il vient de vivre l'épisode du *Chella* que nous avons narré. En février, il est de retour à Paris. Il fait connaissance, fréquente ou renoue avec des individus de l'extrême droite traditionnelle qui, pour certains, pressentent qu'ils vont participer à une relève qui ne saurait tarder. Parmi eux, Lucien Combelle, journaliste à *La Gerbe*, à *Je suis partout*, qui deviendra en 1942 rédacteur en chef de *Révolution nationale*, Alphonse de Chateaubriant, directeur de *La Gerbe*, Lucien Rebatet, Drieu la Rochelle sollicité bientôt pour reprendre la N.R.F. — il pense à intégrer Céline au comité directeur —, Georges Montandon et, de loin, Brasillach. Marcel Déat, transfuge de la

* Ligue internationale contre l'antisémitisme.

S.F.I.O., futur dirigeant du Rassemblement national populaire (le R.N.P.), le courtise en vain. Céline le méprise. Peu avant la déclaration de guerre, il avait été approché par Karl Epting, francophile et lecteur enthousiaste de ses livres, proche d'Otto Abetz et actif propagandiste au sein du comité France-Allemagne et de sa revue *Les Cahiers franco-allemands*. C'est dire que la solitude de Céline est à nuancer. Cependant, il est sans emploi médical. Il a tenté sans succès d'ouvrir, nous l'avons vu, un cabinet à Saint-Germain-en-Laye. Il décroche finalement une vacation de médecine scolaire à Sartrouville — fonction qui l'entraînera, l'exode venu, dans l'expédition en ambulance municipale à Saint-Jean-d'Angély. Après ce que Céline nommera « Notre-Dame de la Débinette », commence l'Occupation. Il observe les premiers mois de cette situation inédite, la France coupée en deux, un pseudo-gouvernement en zone libre à Vichy, une présence allemande toute-puissante au nord, une ambassade d'Allemagne qui rayonne à Paris et dédaigne de s'installer à Vichy auprès du gouvernement fantoche et qui, de ce fait, obligera Vichy à déléguer un ambassadeur français à Paris, François de Brinon, avec lequel Céline aura plusieurs contacts. De son observation du temps sur fond de pessimisme, il va tirer matière à un dernier pamphlet, *Les Beaux Draps*.

Le gros œuvre du livre sera terminé pendant l'été 1940 et la version définitive achevée à la fin de l'année, la publication ayant lieu en février 1941. Denoël, fine mouche, sent bien que la collaboration franco-allemande qui se met en place va dégager un marché nouveau et crée une filiale, les Nouvelles éditions françaises, que Georges Montandon inaugure avec : *Comment reconnaître le juif* ? Un mot de Montandon. Céline l'a connu au moment de *Bagatelles*. Docteur en médecine — d'origine suisse —, il avait enseigné l'ethnologie à l'École d'anthropologie de Paris. En 1941, il entre comme expert au Commissariat général aux questions juives à la demande de Xavier Vallat. En 1942, il anime la revue *L'Ethnie juive*. En 1943, Darquier de Pellepoix le promeut à la direction de l'Institut des questions juives. Juillet 1944, un commando apparemment inexpérimenté de la Résistance le blesse gravement à son domicile et tue sa femme. Grâce à l'intervention de son fils, il est pris en charge dans un convoi sanitaire qui le rapatrie en Allemagne où il mourra à l'hôpital de Fulda. C'est ce même Montandon qui, le 18 août 1940, dans *Paris-Soir*, relatant une rencontre avec Céline, propose un article intitulé : « Faut-il fusiller ou couper les nez ? », où ce glorieux penseur suggère « une modalité élégante de faire se terrer les jolies juives », en particulier de réserver à celles qui se destinent aux professions du spectacle où elles excellent : la consigne de leur couper l'appendice nasal. Il essaie d'entraîner dans sa campagne Céline qui l'enverra poliment paître.

Revenons à *Beaux Draps* qui porte en exergue : « À la corde sans pendu ». Le propos est déroutant, axé sur l'actualité et la politique mise en œuvre dont il prend acte. D'emblée, on apprend que la révolution nationale a d'ores et déjà échoué. Même les Allemands, qui prétendaient beaucoup, n'ont rien entrepris. Les anciens affairistes sont aux affaires et les Juifs à Vichy. Pétain (Bedain) radote et son « gouvernement » n'a pas pris les mesures attendues. D'ailleurs, Laval est juif, il n'est que de regarder son profil. De même, dans *L'École*, Roosevelt devenait Rosenfeld ! Si l'antisémitisme est toujours bien présent, la répétition l'émousse. Céline pense en avoir fait le tour et dit ce qu'il avait à dire sur la question, d'autant qu'il lui apparaît qu'il s'est époumoné en vain puisque les Juifs continuent de manœuvrer en coulisses. Il se détourne donc pour se focaliser sur la prétendue révolution nationale qui n'est qu'illusion :

> Bouffer du juif [j'entends par juif, tout homme qui compte parmi ses grands-parents un juif, un seul] ça suffira pas, je le dis bien, ça tourne en rond, en rigolade, une façon de battre du tambour, si on saisit pas leurs ficelles, qu'on les étrangle pas avec. Voilà le travail, voilà l'homme. Tout le reste c'est du rabâchis, ça vous écœure tous les journaux, dits farouchement antisémites, qu'est-ce qu'ils cherchent au fond ? On se demande. Qu'est-ce qu'ils veulent ? la place des youpins ? carrer là-dedans leurs chères personnes ? C'est mince comme programme [7].

Bien entendu, c'est faire fi — mais Céline, le lucide, a son point aveugle — des premières lois antijuives d'octobre 1940 de Vichy, sans que les Allemands l'aient exigé, c'est annuler la répression déjà en action contre les responsables du Front populaire, les communistes, les syndicalistes, etc. Ce qui retient Céline, c'est que de cet après-guerre, on profite et qu'au sacrifice se substitue le bénéfice. De la débandade de la IIIe république et de la fin du régime démocratique, il espérait beaucoup, un nouvel ordre, un nouveau monde. Et quoi ? Rien, sinon l'affairisme et la cupidité. Alors, il en revient au communisme, un communisme à la française : « le communisme Labiche ». Il y a peu encore, dans *Bagatelles*, il se proclamait proche du communisme : « Je me sens communiste de toutes fibres ! de tous les os ! de toute barbaque ! et c'est pas le cas pour bezef ! [...] Mais s'il s'agit du vrai communisme, du partage de tous les biens et peines du monde dans la plus stricte égalité alors je m'en ressens comme personne[8]. » Que faire du « lion populaire » ? s'interroge-t-il. Un communisme adapté lui est nécessaire.

> Faut pas du grand communisme, ils comprendraient rien, il faut du communisme Labiche, du communisme petit-bourgeois, avec le pavillon permis, héréditaire et bien de famille, insaisissable dans tous les cas, et le jardin de cinq cents mètres, et l'assurance contre tout. Tout le monde petit propriétaire. Le bien Loucheur obligatoire. Toujours les 100 francs maxima, les maridas à 125, les grosses mémères à 150. Ça, fera des discussions affreuses, du bignolage à pertes d'ouïes, un paradis pour ménagères, on arrêtera plus de jaboter à propos des profiteurs qu'ont des 4 et 5 enfants, mais ça aura plus de conséquence, ça pourra pas soulever les masses des différences de 25 francs[9].

Céline est médecin à Bezons quand il met la touche finale à son pamphlet. Il est sensible depuis toujours — et sans illusions — à la condition ouvrière. Il n'a jamais adhéré à la vision, à la passion technologiques. Il se veut homme d'un autre temps et présente un programme en retrait sur la pression productiviste.

L'usine c'est un mal comme les chiots, c'est pas plus beau, pas moins utile, c'est une triste nécessité de la condition matérielle [10].

Et plus loin :

35 heures c'est maximum par bonhomme et par semaine au tarabustage des usines, sans tourner complètement bourrique.

Y a pas que le vacarme des machines, partout où sévit la contrainte c'est du kif au même, entreprises, bureaux, magasins, la jacasserie des clientes c'est aussi casse-crâne écœurant qu'une essoreuse-broyeuse à bennes, partout où on obnubile l'homme pour en faire un aide-matériel, un pompeur à bénéfices, tout de suite c'est l'enfer qui commence, 35 heures c'est déjà joli [11].

Au-delà de la constatation ou de la difficile acceptation du monde industriel et de l'aliénation dans un travail répétitif, s'annonce le dernier tiers du livre consacré à une sorte d'utopie. « Il faudrait réapprendre à danser. La France est demeurée heureuse jusqu'au rigodon. » S'ouvre alors une vaste rêverie lyrique sur la véritable nature de l'être humain en une sorte d'éloge de la beauté. La véritable révolution serait-elle d'ordre esthétique et, l'art, le média de la liberté retrouvée ? Toutes ces pages, inattendues, méritent l'attention. Céline y redéfinit l'éducation en exaltant le génie de l'enfance. Et c'est un tout autre Céline qui apparaît, l'artiste, l'amoureux des musiques :

Regardez les petits enfants, les premières années... ils sont tout charme, tout poésie, tout espiègle guilleterie... À partir de dix, douze ans, finie la magie de primesaut ! mués louches sournois butés, cancres, petits drôles plus approchables, assommants, pervers grimaciers, garçons et filles ragoteux, crispés, stupides comme papa maman. Une faillite ! Presque déjà vieillards à l'âge de douze ans ! Une culbute des étoiles en nos décombres et nos fanges !

Un désastre de féerie [12].

Les beaux-arts doivent être l'axe de la vie scolaire. Il faut développer et veiller aux enthousiasmes, échapper à « la tripe, déesse des bourgeois ». Ces pages étonnantes mériteraient qu'on multiplie les citations :

Nous crevons d'être sans légende, sans mystère, sans grandeur. Les cieux nous vomissent. Nous périssons d'arrière-boutique [13].

Ou encore :

[C]hoyer les enthousiasmes, non les raplatir, l'enthousiasme le « Dieu en nous », aux désirs de la Beauté devancer couleurs et harpes, hommes à recueillir les féeries qui prennent source à l'enfance.

Si la France doit reprendre l'âme, cette âme jaillira de l'école. L'âme revenue, naîtra légende, tout naturellement.

Bien sûr il faudra tout l'effort ! Ne point labeur ménager !

Tant de scrupules et mille songes ! d'application merveilleuse, une fièvre, une ferveur, peu à l'ordinaire de nos jours. Mais l'enfance n'est point chiche du divin entrain dès qu'elle approche des féeries.

L'école doit devenir magique ou disparaître, bagne figé.

L'enfance est magique.

Et le livre se clôt sur la banlieue, la médecine, la rigueur des temps en quelques fragments qui amorcent le retour de Céline à la littérature. Dans quelques semaines, il se jettera, éperdu, dans *Guignol's band*. Le lyrisme, l'aventure fictionnelle, la poésie sont au rendez-vous :

> C'est le moment des Univers... l'appel ! l'exhorte en fa mineur !... qui n'insiste pas !... C'est à vous !... c'est à vous la ferveur des ondes !... si vous avez l'âme haricot ça va pas arranger les choses... l'âme est partie !... il faut savoir filer l'arpège... l'essaim des dièzes... la trille au vol... le cœur s'arrête [14] !...

On comprendra que le livre surprit et fut considéré à l'instar de *L'École* comme décalé. Il s'en vendra néanmoins 26 000 exemplaires. Son propos n'était tendre ni pour Vichy ni pour les Allemands. La collaboration si fructueuse pour certains battait son plein. Il fallait pour y faire sa place s'épargner toute critique des pouvoirs et, par contre, en rajouter envers les ennemis héréditaires : les Juifs, les communistes, les résistants, les réfractaires à l'ordre nouveau. Parmi les réactions, somme toute mitigées, retenons celle de Drieu, sans relief, l'entretien avec Henri Poulain et la chronique de Robert Desnos. Céline accorda à Henri Poulain pour *Je suis partout* un entretien en mars 1941. On le pensait, au regard du morceau final de *Beaux Draps*, émancipé de ses litanies réitérées, il se réempêtre, mais il y est aidé par le journaliste très conventionnel, dans son obsession antisémite, en profitant, au passage, pour dénoncer — le mot n'est pas inapproprié, l'intention y est — le secrétaire des médecins de Seine-et-Oise, Manckiewictz, qui devra faire, nous l'avons dit, la preuve qu'il n'est pas juif. Par ailleurs, le fond de l'entretien baigne dans un pessimisme qu'exprime bien la phrase qui donne son titre à l'entretien : « C'est trop moche l'homme ! » Desnos, lui, dans *Aujourd'hui* fut très négatif. Céline va réagir par lettre adressée au journal par voie d'huissier, sommant Desnos de publier sa photo de face et de profil, supposant qu'on aura ainsi la preuve — le fameux profil sémite ! — que « Desnos » est encore un de ces Juifs cachés. On le voit, l'argument littéraire vole haut ! *Aujourd'hui* publiera naturellement la lettre de Céline tandis que, dans le même numéro, Ramon Fernandez écrivit un article de complaisance jugeant *Les Beaux Draps* un « assez bon livre ». Sans anticiper sur le comportement de Céline durant l'Occupation, sachons que *Les Beaux Draps*, faute de plaire au régime et accusé de démoraliser l'armée française, fut interdit en zone libre par décision de Pierre Pucheu, ministre de l'Intérieur de Pétain, le 4 novembre 1941, interdiction symbolique puisque quelques dizaines d'exemplaires, seulement, furent saisis dans les librairies, notamment à Marseille et Toulouse. Aubaine pour Céline de se retrouver dans la position de victime qu'il affectionne dorénavant et fait de lui le « persécuté officiel ». C'est ce qu'il déclara à Pierre Lhoste de *Paris-Midi*, le 29 décembre 1941, sans oublier de mentionner que les Juifs ne sont pas ainsi les seuls à être persécutés !

Les pamphlets, inégaux dans leur qualité textuelle, ont eu un véritable retentissement dans la France des années 1930 et du début des années 1940, conférant à Céline, outre ce qu'il devait à sa stature d'écrivain, une immense notoriété qui en fit un réel maître à penser de ce temps, à l'égal de Gide consacré « contemporain capital », suscitant bien sûr des inimitiés et rivalités telle celle de Brasillach. Un journal qui annonçait une contribution de Céline — nous reviendrons sur son rapport aux journaux de l'Occupation — voyait son tirage décuplé. Ce rôle lui convenait-il ? Sans doute, dans la mesure où il était avide de reconnaissance, quoi qu'il ait pu en dire, et aussi parce que les pamphlets, dont il ne faut pas oublier quelle urgence personnelle les motivait, jouaient le rôle de substituts à une panne littéraire (*Casse-pipe* était sur le métier et il avançait peu). Céline s'y retrouvait donc. Toutefois, son vieil anarchisme, sa propension à la solitude, son culte de l'individualisme, sa méfiance instinctive à l'égard de toute utilisation ou instrumentalisation de ses propos — et, là, il était naïf — le prédisposaient peu à accepter le rôle de mentor. Alors, il oscillait, conscient que le succès de ses écrits scabreux ne serait que momentané et que — dès 1941, il est persuadé que la guerre est perdue pour l'Axe — tôt ou tard il devrait payer. Il va se détacher progressivement de ses pamphlets sans les renier — Denoël republiera néanmoins *Bagatelles* et *L'École* en 1942 — jusqu'à demander, après la guerre, à ce qu'ils ne soient jamais réédités. Ce souhait, on peut l'entendre étant donné que les pamphlets seront à la source de tous ses ennuis, amalgamés à des malveillances, à des versions erronées de ses faits et gestes sous l'Occupation. Il lui parut souhaitable qu'on n'en parlât plus, leur contenu, le contexte historique qui les avait vus naître n'ayant plus de raison d'être. Pourtant, son attitude pose problème. Où s'arrête la propriété d'un écrivain sur son œuvre ? Va pour un écrit négligeable du point de vue de l'auteur qu'on le pilonne selon son désir. Mais les pamphlets ? Ils étaient porteurs, et c'était leur raison d'être, d'une parole éminemment publique, se voulant agissante dans une conjoncture d'affrontement aigu où la prise de parole d'un côté comme de l'autre se justifiait par l'enjeu historique. La tension, la réduction manichéenne des données du conflit, la charge passionnelle, induisaient la radicalisation mais aussi la possibilité de dérapage, de fourvoiement, souvent au niveau verbal, du moins dans un premier temps.

Céline fut pris dans sa propre logique, autosuffisante. Il était au-delà du doute, dans la conviction inébranlable, dans l'irréversibilité de son discours. Il s'est investi à part entière dans ses écrits polémiques. Écrivain engagé avant l'heure sartrienne, il s'inscrit dans la lignée des grands intervenants de la plume, Voltaire, Hugo, Léon Bloy, Bernanos. Et voici qu'il décrète que tout doit être remisé et dévolu au silence, que tout ça lui est dorénavant hétérogène, qu'il faut le ranger au fond d'une poche, un mouchoir par-dessus. Ses légataires, dont Lucette Almansor, fidèle à ce vœu, seront tenus de veiller à l'effectivité de l'interdit posthume. Troublante volonté magique d'annulation. Les pamphlets sont introuvables * — sauf dans le très lucratif marché parallèle, pour ne pas

* *Mea Culpa* a été réédité par la revue *L'Infini* et dans *Céline et l'actualité* (1933-1961), *Cahiers Céline*, n° 7, *Cahiers de la N.R.F.* Les autres sont sur Internet.

dire noir, des livres rares. Céline s'ampute ainsi de plusieurs centaines de pages de son œuvre, jugées peu opportunes — disons carrément gênantes — dans le climat de l'après-guerre, de son exil, de son retour en France qui fut exil intérieur, sans qu'il les ait jamais déclarées indignes. Il est probablement trop facile de dire — tant la prestation fut publique et orientée vers un but politique — que les pamphlets appartiennent à l'Histoire qui a, pour sa part, nombre d'écrits peu ragoûtants à son catalogue. En effaçant les siens, dont n'importe comment il ne peut être disjoint, Céline pratique non seulement une autocensure mais une censure tout court qui n'aide en rien à sa « réhabilitation ». Pouvait-il imaginer que cette sorte de ravalement sous forme de déni le rendrait acceptable ? Tout le monde sait que les pamphlets ont existé et qu'ils sont accessibles aux commentateurs *. Ceux qui aspirent à les lire, ceux qui ne le veulent pas et ceux qui ne les ont pas lus les dotent d'une aura quasi démoniaque, incitatrice de fantasmes et de graves préjugés. Céline-Satan, Céline-délateur, Céline-collabo, Céline-salaud. Ces épithètes fleurissent et abondent que la lecture des pamphlets, dans leur diversité, relativise notablement. Tour de passe-passe et dissimulation éditoriale desservent Céline. Certes, il s'est égaré en une acmé corrosive, messianique, à la légitimité autoproclamée, mais est-il le seul sur ce chapitre ? Souvenons-nous, sans pour autant l'exempter, il y a peu, des thuriféraires mondains du maoïsme, des théori-

* *Les Beaux Draps* a été monté en spectacle à la Librairie Anamorphoses par Claude Duneton.

ciens de la guerre civile révolutionnaire en France, pour ne citer qu'eux. Céline n'a cessé de vaguer dans un fantastique social dont les pamphlets ne sont qu'une des facettes.

On ne peut se garder, quant à considérer sa position sur ses pamphlets, d'un sentiment de duplicité, comme s'il soustrayait cinq années de sa vie qui lui ont rapporté en notoriété, gommait, lui si soucieux de l'écriture jusqu'à la maniaquerie et se targuant d'un courage à toute épreuve — ce qu'il eut — sans jamais admettre qu'il pût s'être trompé * et sans reconnaître les effets directs de ses écrits dans le socius en une période soumise à la violence de l'extermination. Certes, la repentance peut servir de bonne conscience, d'alibi moral bien utile, on ne la lui demandait pas. Se fût-il simplement excusé, au sens de manifester un seul regret public, cela l'aurait rendu sinon lisible dans ces occurrences, du moins l'aurait marqué d'humanité, une humanité qu'indéniablement il possédait. Nenni, il demeura opaque à lui-même et dans l'impossibilité de toute autocritique, sauf à se justifier, ainsi lorsqu'il prétend — référence évidente au personnage de *Bagatelles pour un massacre* — que s'il avait su, il aurait été du bon côté, c'est-à-dire celui de Célineman. D'une erreur de perception regrettable, le pénalisant dans ses intérêts, s'affichant cynique, irrécupérable **, manqua-t-il de dignité intellectuelle ? Le débat n'est pas clos.

* Notamment lorsqu'il revendique d'avoir osé attaquer les juifs sous Léon Blum.

** Il jouera au pitre provocateur ultérieurement dans les interviews de la fin de sa vie, entre autres, dans celui avec Madeleine Chapsal pour *L'Express*.

De son vivant, les pamphlets l'ont coupé d'une partie d'un lectorat qui lui était acquis, et généré une hostilité néfaste. Mort, sa décision de non-réédition — y aura-t-il jamais un bon moment pour les rééditer ? — lui aliène toujours une part très importante de lecteurs et renforce une volonté délibérée de ne pas le lire où est invoquée sa part obscure et ténébreuse, dissuasive. On peut arguer que la publication des pamphlets n'apporterait rien. À voir. Ne sont-il pas propres à ridiculiser l'antisémitisme ? Sont-ils donc part mineure, négligeable, de son œuvre ? Trop commode. Nous n'en croyons pas un mot. Ils sont un témoignage de lui-même au même titre que ses autres livres. Serait-il donc l'unique sujet à coexister avec ses aberrations ? Il y en a, au contraire, légion à s'écarteler dans les contradictions. Céline veillait férocement à la moindre virgule. Il n'aurait jamais laissé paraître un texte qu'il n'aurait pas avalisé, et souverainement. Alors, l'ambiguïté de son choix conjoncturel et devenu abusif persiste comme si Céline avait décidé d'une postérité sélective.

Sa drôle d'Occupation

Plus on est haï, je trouve, plus on est tranquille...

L.-F. CÉLINE,

Bagatelles pour un massacre

La fin du printemps 1940 et l'été qui suivit furent un traumatisme historique pour le pays. Il engendra une confusion et désorientation politiques totales où les comportements les plus surprenants, d'une grande partie de l'élite notamment, se multiplièrent au prix de revirements spectaculaires par rapport à un proche passé. Puis la nuit s'installa où les plus corrompus, les plus avilis, les plus débrouillards et aussi quelques idéalistes perdus dans le rêve d'un nouvel ordre européen trouvèrent pitance en pactisant avec l'ennemi, tandis que l'immense majorité des citoyens devaient affronter les drastiques conditions fixées par l'occupant qui s'édictèrent au fil des mois. Céline, qui avait décidé de rester à Paris, avait un pied dans le camp de ceux qui appelaient à la collaboration, tout en subissant au même titre que les autres Français dont il menait la vie ordinaire les mêmes contraintes. Début 1941, grâce à Gen Paul, il réintégra Montmartre et occupa avec Lucette Almansor un appartement au cinquième étage du 4 de la rue Girardon à deux pas de l'atelier de Gen Paul et du 98, rue Lepic. Il se rendait trois fois par semaine à Bezons sur son Cyclozéphyr, quelquefois par les transports en commun en un trajet qui durait une heure et demie pour une distance de sept kilomètres. Il s'en plaignait. Il s'absentait assez souvent de sa consultation pour l'obtention de laquelle il avait milité fermement auprès du délégué spécial de Bezons, Frédéric Empaytaz, nommé en remplacement du maire communiste destitué. Il prétextait alors des obligations, prenait des vacances dont le nombre de jours dépassait largement les douze annuels qui lui étaient attribués. Mme Hogarth, femme de l'ex-responsable du dispensaire, le Dr Hogarth, Haïtien interdit d'exercer, elle-même médecin continuant de travailler dans les locaux, le remplaçait sans problème. Ces congés permettaient à Céline ainsi qu'à Lucette de partir pour la Bretagne qu'ils traversaient de long en large afin de se réapprovisionner en denrées essentielles en tâtant du marché noir. On dit que la baignoire de l'appartement de la rue Girardon était remplie de pommes de terre ! Gen Paul voyait dans le lieu une vraie caverne d'Ali Baba, pleine de saucissons, jambons et cochonnailles diverses. Mais, avant tout, Céline aimait la Bretagne et la beauté de son littoral dont il avait besoin. Au cours de ses différents séjours, deux à trois chaque année jusqu'en 1943, il fut en contact avec des activistes bretons, dont Ollier Mordrel qui avait d'abord été appelé à Berlin avant que les nazis le dédaignent. Au cours de l'été 1942, le couple accepta l'inattendue invitation du Dr Mondain, psychiatre de l'asile départemental d'aliénés à Quimper, avec qui ils partagèrent quinze jours la familiarité des malades dont certains cas médico-légaux dangereux qui déambulaient librement dans l'hôpital. Céline préférait Saint-Malo, on le sait. Saint-Malo était en zone militaire et proscrite aux touristes. Il fit des pieds et des mains pour y être admis. Ce qui l'amena à négocier avec les services de sécurité allemands de Rennes son permis de séjour dans la ville. Il laissa de ses démarches auprès du chef de la Gestapo locale, Grimm, des traces qui donneront lieu à exploitation après la Libération et en feront, dans *L'Humanité*, un agent de la Gestapo.

Après *Les Beaux Draps*, il s'était remis à la fiction et veillait en même temps à la réédition de ses livres, *Voyage*, les pamphlets, rééditions qui nécessitaient que le papier, rationné, fût disponible. Là encore, il sollicita l'aide des Allemands par l'intermédiaire d'une de ses relations bien placées, Karl Epting, qui octroya à Denoël les quantités suffisantes. Des jaloux prétendirent — et ce n'était pas entièrement faux — que Céline utilisait à lui seul la presque totalité du stock Denoël. Il poursuivait sa vie à Montmartre, passait du temps comme auparavant dans l'atelier de Gen Paul (à portée de voix du balcon de la rue Girardon) où régnait une certaine hystérie et où il retrouvait les complices de l'avenue Junot. Il sortait peu cependant. Il écrivait. Dans la pièce aménagée en bureau des fils étaient tendus entre les murs. Des paquets de feuilles manuscrites suspendus, retenus par des pinces à linge, bien distincts, marquaient la progression du livre en cours. Tous ses visiteurs ont été frappés par ce dispositif dont la description fait partie de la légende de Céline. Toutefois, c'est à Saint-Malo qu'il aurait voulu vivre et s'installer comme médecin. Cela resta une velléité. Comme les Parisiens, il assista (et subit) aux bombardements alliés, celui du pont de Bezons, de Renault-Billancourt en 1942 (il signa l'appel pour dénoncer les bombardements anglo-américains, sa deuxième signature sur une pétition, après celle pour Dimitrov en 1933), celui de La Chapelle et Montmartre, en avril 1944, dont il tirera matière pour de prochains livres tel *Normance*. Le 15 février 1943, il se maria avec Lucette, à la mairie du XVIIIe arrondissement. Seul Gen Paul, témoin, était au courant. Ni sa mère ni les parents de Lucette, avertis après, ne furent présents. Un contrat de mariage sous le régime de la séparation des biens avait été signé la semaine précédente. La cérémonie, uniquement civile, fut des plus sobres. Aucun repas n'avait été prévu — Lucette dut en improviser un, sommaire —, Gen Paul en fut irrité. Ce troisième mariage mettait-il fin, à l'âge de quarante-neuf ans, à l'errance sentimentale et sexuelle de Céline, errance dont Émile Brami a recensé, en vingt-deux pages, dans sa biographie de Céline[1], les rencontres connues et supputé les nombreuses inconnues. Il déserta les bordels — ce n'était pas le genre de Lucette. Renonça-t-il douloureusement à son libertinage, lui qui déclara, en 1933, à Lilika Nakou : « La femme est mon dieu. La femme c'est toute ma vie » ? Ou bien la saison en était-elle passée ? Il invoquera sa santé. À partir des années 1940, aux approches de la cinquantaine, il se vivait comme un vieux soumis au redoublement de ses affections chroniques : névralgies, céphalées, fatigue, paludisme, séquelles de sa dysenterie. Et, on l'a dit, son faciès avait changé. Il se négligeait ou peut-être se détachait-il de son personnage de dandy ténébreux. « Le comportement de Céline à Bezons a déconcerté. D'abord, il venait de Paris sur une drôle de motocyclette, dans ses tenues miteuses, avec une canadienne en peau de mouton jamais très nette et des gants suspendus autour du cou par une ficelle. Il a surpris aussi par son air désabusé et son peu d'intérêt pour la médecine[2]. »

Il va se fâcher avec sa fille, Colette. Certes, il n'avait pas été un père très présent mais il avait su manifester son souci d'elle et apprécié la chaleur des rapports de Colette avec Elizabeth Craig. Lors de la survenue d'un épisode méningitique chez Colette, il s'était précipité à Rennes, se préoccupant des soins prodigués, s'installant au chevet de l'enfant jusqu'à la guérison. Il s'inquiétait de son éducation, la voulait étudiante en médecine, et voici que, le 10 juin 1942, elle lui annonce son mariage avec Yves Turpin, qu'un premier rejeton naît en août qui sera suivi par quatre autres que Céline se refusera à connaître. Il désapprouvera cette union et l'idée que sa fille ne devienne qu'une femme au foyer de plus, à la terne existence programmée. Il rompt avec elle et ne la reverra qu'en 1951, son gendre étant *persona non grata*. En 1942, un nouveau comparse apparaît dans la vie de Céline, le chat Bébert, né en 1935, acheté par l'acteur Le Vigan à la Samaritaine qui le confia, suite à des déboires conjugaux, à Céline, d'abord réticent, avant que s'inaugure une grande histoire d'amour qui va faire de Bébert, en particulier au travers du livre de Frédéric Vitoux[3], le chat le plus célèbre de la littérature. Nous aurons bientôt l'occasion d'évoquer Bébert. Entre lui et Céline va s'établir une véritable connivence, d'autant que, depuis Bobs, le chien de son enfance, Céline n'avait pas recueilli d'animaux. Ce sera pour lui le prétexte d'exprimer, et de plus en plus fréquemment, son attirance, sa fascination et sa proximité des animaux, dont celle de Bébert, son seul et fidèle compagnon d'exil : « Un chat c'est l'ensorcellement même, le tact en ondes[4]... »

Cette vie que nous venons de décrire succinctement n'est pas en rupture avec le Céline de l'avant-guerre. Circonstances aidant, il est devenu plus casanier. Il s'adapte, non sans maugréer, à l'oppression. Il ne se réduit cependant pas à un profil moyen. Il va persévérer dans un constant activisme, le plus souvent épistolier — mais il lui arrivera de marquer aussi de sa présence physique des manifestations antisémites — par le canal des journaux inféodés à l'idéologie ultraconservatrice ou engagés dans la collaboration, un activisme contempteur de la politique raciale mise en œuvre et des actes de la Révolution nationale. Dans le même temps, il aura d'indiscutables contacts avec les autorités allemandes et la délégation de Vichy dans les territoires occupés, dirigée par Fernand de

Brinon dont, par ailleurs, la femme, Jeanne Ulmann, était juive. Jusqu'au printemps 1943, encore que cette date, qui correspond à peu près à l'annonce de la capitulation de von Paulus à Stalingrad, ne soit pas une césure absolue, Céline sera très présent sur la scène parisienne et nationale. Il ne se fera pas oublier tout en cultivant sa singularité, maniant cynisme, ambiguïté, voire duplicité. Il n'écrira, selon ce qu'il soutiendra, que des lettres privées à différents organes de presse, soit sous couvert de droit de réponse lorsqu'il estime avoir été mis en cause, soit sous forme de commentaire de l'actualité. Ces courriers sont nommément destinés aux responsables des rédactions et à eux seuls. Ceux-ci, la plupart du temps, s'empresseront de les publier étant donné l'aura de Céline qui se dédouanera en affirmant qu'il avait écrit simplement une lettre et qu'on l'a rendue publique sans son accord, la triturant, caviardant, censurant. D'où une nouvelle lettre de protestation... Il se flattera, de ce fait, de n'avoir jamais écrit un article — incapable, dit-il, d'en écrire un — et d'avoir refusé toute rémunération, renvoyant séance tenante tout chèque qu'on s'était obstiné à lui faire parvenir. Ce qui a été vérifié. Il n'a donc touché aucun subside de la presse de la collaboration. Par contre, il a accordé des entretiens et accepté sciemment leur publication. Quelles que soient leur forme et les chipoteries qui les entourent, la contribution intellectuelle de Céline a été réelle et, pour son essentiel, porteuse d'un très agressif discours antisémite. Sur ce chapitre, la prestation de Céline est accablante. On ne saurait, au risque d'une laborieuse répétition, tout citer. Les écrits journalistiques de Céline concourent à l'épuration ethnique dans le contexte que l'on connaît. Sa cécité quant à la situation ambiante et la réitération à formuler ses anathèmes sont impressionnantes. Ne voit-il, n'entend-il donc rien ? Poser la question, c'est supposer qu'il pourrait alors subsister chez lui une amorce de critique de son obsession antijuive. Mais là précisément est le problème. De critique, il n'y a point. Peut-il conjurer en lui la prévalence qui l'incline à la persécution antisémite ? Force est d'admettre qu'il ne le peut pas. Que sait-il des déportations ? Pas plus que la majorité des Français. Ses accointances allemandes ne vont guère l'éclairer sur un sujet que les Allemands gardent tabou.

Philippe Alméras a établi la liste exhaustive des participations de Céline aux journaux entre le 31 août 1940 et le 22 juin 1944 : trente et une lettres et douze entretiens, soit au total quarante-trois interventions à raison d'une bonne dizaine par an. On les trouve dans les quotidiens et hebdomadaires les plus en vue : *Je suis partout*, *Au Pilori*, *La Gerbe*, *L'Appel*, *Paris-Midi*, *Aujourd'hui*, *Le Cri du peuple*, les organes de parti dont celui du Parti populaire français (le P.P.F.) de Doriot : *L'Émancipation nationale* et *Les Cahiers de l'émancipation nationale*, etc., sans compter les comptes rendus des apparitions publiques de Céline lorsqu'il se montre, il est vrai rarement, à telle réunion ou tel meeting. Ses correspondants sont dans leur majorité des figures notoires de la collaboration dont les publications sont parfois directement sous tutelle allemande (*La Gerbe*) ou financées par eux

(*L'Appel*). Il s'agit d'Alphonse de Chateaubriant, de Pierre Costantini, Jean Lestandi, Lucien Combelle, Maurice Yvan Sicard, Pierre Lhoste. Face à ses interlocuteurs, Céline s'évertue à ne jamais paraître épouser une cause collective ou propre à l'organe auquel il contribue. Il se veut singulier, différent, revendiquant d'avoir été pionnier en matière d'antisémitisme militant. Il écrit ce qu'il veut, quand il veut, où il veut, mais exige de demeurer l'incontestable propriétaire de son discours et de la forme dans laquelle il l'exprime. « Je suis gratuit mais absolu[5]. » Il n'adhère qu'à lui-même et à ses délires. D'où ses fréquents démêlés avec la presse, toujours accusée de l'utiliser contre son gré, de le déformer ou de refuser ses outrances. Un seul exemple parmi bien d'autres : *L'Émancipation nationale* a censuré sa phrase sur l'Église catholique : « L'Église notre grande métisseuse, la maquerelle criminelle en chef, l'antiraciste par excellence[6] », en dépit des assurances qu'avait prodiguées Doriot d'une publication intégrale de la lettre que Céline lui avait adressée le 7 février 1942.

De ses interventions — elles adoptent toutes la même tonalité —, nous pouvons en retenir quelques-unes significatives de l'ensemble. Son « acte de foi » paru dans *La Gerbe* le 13 février 1941 au moment de la parution de *Beaux Draps* où il attaque violemment la soi-disant inertie française vis-à-vis du problème juif avec cette phrase devenue symbolique : « Cent mille fois hurler "Vive Pétain" ne valent pas un petit "vire les youtres" dans la pratique — Un peu de courage n… de Dieu[7] », et de fustiger l'incapable Révolution nationale vichyste, la prudence des intellectuels en attendant d'eux un acte de foi : « Les juifs sont-ils responsables de la guerre ou non ? Répondez-nous noir sur blanc, chers écrivains acrobates [8]. » Il avancera ensuite que son texte a été falsifié du fait de la situation particulière de *La Gerbe* où son directeur, Alphonse de Chateaubriant, était chapeauté par un fonctionnaire allemand, Eitel Moelhausen, qui détenait le pouvoir éditorial. Le 30 octobre de la même année, Céline répond à l'enquête de *L'Appel* de Pierre Costantini *, un des antisémites les plus acerbes appointés par les Allemands : « Faut-il brûler les juifs ? », par deux lettres qu'il proclame privées et dont la seconde est publiée.

J'en ai assez de rabacher sur la question juive. Trois livres catégoriques suffisent, je pense. Vieux médecin, je déteste les pataquès et les ordonnances vaines. Le babillage. Après tout je suis le seul à qui on n'ait pas à demander son avis sur la question.

Je l'ai donné avec éclat sous Blum, sous Mandel. Mais les autres ? Tous les autres écrivains [Suit un énuméré qui va de Duhamel à Giraudoux en passant par Mauriac, Morand, etc.]

Sont-ils racistes ou merde. Ces gr... rapprochistes ? Approuvent-ils ou désapprouvent-ils les lois de Nuremberg ?

Je propose ce fameux lièvre à tous vos confrères depuis un an.

Ce n'est pas moi qu'il faut relancer. J'ai tout dit et les autres continuent de ne rien dire [9].

Cette interpellation des contemporains qu'il juge très timorés va cheminer et le mener à une autre intervention, le 11 décembre, cette fois dans *Au*

* Ce dernier prétendra (Céline arroseur-arrosé) que Lucette Almanzor est juive car, comme le note Émile Brami dans la *Juderia* de Grenade, il y a une rue Almanzor !

Pilori, le journal dirigé par Jean Lestandi qui a succédé à Henri-Robert Petit *, dont le titre sera : « Prologue au parti unique ». Céline y déplore le manque de liaison entre tous les Français antijuifs, dont il estime que les Français sont conscients et d'accord avec lui :

Quelles questions j'ai à poser ? En voici une qui me vient tout naturellement à l'esprit :

Chaque fois que Hitler prend la parole, il engage formellement la responsabilité des Juifs quant au déclenchement de la guerre européenne. Alors, pourquoi vous, qui voulez vous incorporer dans le National-Socialisme n'engagez-vous pas également officiellement cette responsabilité ?

Autre question : Êtes-vous raciste comme tous les nationaux-socialistes dont Hitler fut, dès la première heure le porte-parole, ou êtes-vous antiraciste ? Si vous êtes raciste pourquoi n'en parlez-vous jamais ? Si vous êtes antiraciste, vous ne pouvez pas vous incorporer dans la politique nationale-socialiste. Alors à quelle politique voulez-vous vous rallier [10] ?

De là, *Au Pilori*, sous l'impulsion de Céline prend l'initiative d'une réunion où est invité le dessus du panier de la collaboration et de l'extrémisme antisémite dont Xavier Vallat, haut commissaire aux Questions juives, Bucart, Chateaubriant, Luchaire, Costantini, Montandon, Déat, Darquier de Pellepoix, Suarez, etc. Peu se rendent, le 20 décembre, à cette réunion à la participation squelettique — Vallat, Drieu se sont excusés — qui fait long feu, mais Céline y est présent et l'anime. Trois points font

* Petit, antisémite notoire, pourvoyeur de nombreuses informations délivrées à Céline, sévissait encore dans les années 1980, puisqu'un procès lui fut fait en 1984. Alméras rappelle que *L'Événement du jeudi* l'appela alors le « Petit Céline d'Argenteuil ». Céline correspondit avec lui bien après 1950.

consensus dont le premier est capital : « Racisme : régénération de la France par le racisme. Aucune haine contre le Juif, simplement la volonté de l'éliminer de la société française *. Il ne doit plus y avoir d'antisémitisme mais seulement des racistes. » En second, l'injonction est faite à l'Église de prendre position sur le problème racial. Enfin, une proposition « socialiste », un salaire minimum d'au moins 2 500 francs pour la classe ouvrière.

Parti unique, dénonciation de la timidité vis-à-vis des nécessaires mesures racistes — Céline en revient à son racisme basal, « scientifique », vieille lune du XIXe siècle réactualisée par Alexis Carrel, où l'hérédité est un dogme — alors que se précise son attirance pour Doriot, cet ancien dirigeant communiste de haut niveau, ex-maire très populaire de Saint-Denis, que le Komintern faillit préférer à Maurice Thorez, en 1929, comme secrétaire général du Parti français. Céline, qui, comme le rappelle Frédéric Vitoux, rencontra Doriot de manière non officielle chez un ami commun, le Dr Bécart, apprécie le tribun frotté à la tradition ouvrière et au nationalisme vétilleux et celui qui, déterminé, dès l'offensive allemande du 25 juin 1941 en Russie, fonde la Légion des volontaires français contre le bolchevisme (la L.V.F.) et gagne sans hésitation le front russe où il participera à des combats meurtriers devant Moscou. Céline loue la L.V.F. et la lucidité de Doriot à défendre coûte que coûte une alliance franco-allemande effective, seul rempart contre le bolchevisme

* Céline connaissait-il la position des révolutionnaires de 1789, lors de l'adoption du statut des Juifs : « Tout pour les Juifs. Rien pour la nation juive ? »

conquérant et on le verra, le 1er février 1942, au meeting de Doriot tenu au Vél d'Hiv — quinze mille personnes y assistent —, lorsque ce dernier y fit un premier bilan de l'action de la L.V.F. avant de repartir au front. Doriot aurait bien aimé recruter Céline pour le P.P.F. Bien entendu en vain. Céline lui écrira et sa lettre sera publiée dans *Les Cahiers de l'émancipation nationale* en mars 1942. Il y proclame ses inquiétudes et ses révoltes devant ce qui se passe à Paris comme à Vichy, foires aux arrivismes et mesquineries, tandis que des courageux se battent à l'Est :

> Pendant que vous êtes aux Armées, il se passe de bien vilaines choses. Entre nous, en toute franchise, nous assistons en ce moment à un bien répugnant travail : le sabotage systématique du racisme en France par les antisémites eux-mêmes [...]
>
> Elle finit même, à tout prendre, par vous écœurer un peu, cette cause aryenne impossible.
>
> Puisque nous sommes si pourris, tellement indécrottables, si bêtes, disparaissons donc, charogne ! [...]
>
> Tout tombe dans la main du Juif par discorde et dénigrement. Il n'y a qu'à saisir. On le prie. On le supplie. Pourtant, la tâche serait facile, enfantine, avec un peu de volonté... Volatiliser sa juiverie serait l'affaire d'une semaine pour une nation bien décidée [11].

Volatiliser sa juiverie en une semaine, les commandos doriotistes lâchés tels les S.A., est une pensée rude au moment où s'exerce la solution finale ! Et Céline de presser Doriot.

> L'essentiel du fin du fin, le tréfonds de toutes ces malices, c'est que disparaissent les aryens ! point d'autres astuces !

Cette rage monte du fond des glandes, irrésistible, des épididymes métissés.

Nous n'avons pas encore tout vu ! [...]

Nous périrons en refusant ! Voici, ami, mon dernier mot ! Puisse votre victoire à l'Est bouleverser le cours des choses [12] !

La violence verbale de Céline fera que, selon le témoignage de M.-Y. Sicard des *Cahiers*, d'autres missives de Céline ne seront pas acceptées par la revue. Il y a donc des inédits en ce registre ! Céline ne réservait pas ses invectives qu'aux journaux. Que lit-on dans l'attestation de 1942 qu'il fournit au Conseil de l'Ordre des médecins de Seine-et-Oise retrouvée par François Gibault où il assure, comme la loi nouvelle l'y oblige, qu'il n'est pas juif et qu'il respectera le code de déontologie, un commentaire proprement inutile : « m'engage à faire crever tous les Juifs et enjuivés de la médecine et d'ailleurs et qui se foutent de nous plus que jamais [13] » ? Céline ne lésinait pas dans le superfétatoire que nul n'exigeait. Dans cet ordre d'idées peut-être faut-il dire un mot de ces trois rencontres avec Ernst Jünger, alors capitaine de l'armée régulière affecté à Paris, écrivain déjà renommé, et qui tint son journal de l'Occupation [14]. Céline fut présenté à Jünger, le 7 décembre 1941, à l'Institut allemand de la rue Saint-Dominique. Entre eux le contact se révéla difficile étant donné la différence de leurs personnalités. Devant cet officier strict et mesuré, Céline, comme à son habitude, se crut obligé de provoquer, exagérer, manifestant, selon Jünger, sa surprise et sa stupéfaction du fait que les Allemands n'exterminent pas plus ardemment les

Juifs et ne fassent pas un usage illimité de la baïonnette comme sauraient le pratiquer les Bolcheviks s'ils étaient à Paris. Jünger, officier loyal, antinazi, en désaccord avec la politique raciste du IIIe Reich (on sait que le jour de la mise en œuvre de l'obligation de porter l'étoile jaune, il saluera ostensiblement et respectueusement des jeunes Juives qu'il croisa lors de sa promenade quotidienne. Il approuvera également l'attentat contre Hitler de juillet 1944), sera outré par les propos de Céline dans lesquels il décela la « monstrueuse puissance du nihilisme ». Ils se revirent lors d'un dîner chez Paul Morand, le 22 avril 1943, dîner auquel assistaient Louise de Vilmorin, alors comtesse Palffy, et Jacques Benoist-Méchin. À l'issue de ce dîner, Jünger qualifia le Dr X. (Céline) d'« homme de l'âge de pierre [15] ». Enfin, une dernière fois réunis à l'Institut allemand, Jünger, toujours effaré, ne distingua pas Céline de « l'ensemble de ces “scribouillards” à gages [16] » en réaffirmant de nouveau : « J'entre dans une période où la vue des nihilistes m'est insupportable [17]. » Signalons aussi que la traduction française de son journal cite nommément Céline alors que la version allemande usait d'un pseudonyme, Merline. Or, à l'époque de la parution du *Journal* (1951), Céline connaissait de grandes difficultés que nous aborderons plus tard. Jünger regretta publiquement que les quelques lignes qu'il consacrait à Céline pussent desservir celui-ci.

Les manifestations où Céline accepta de se montrer furent rares mais suffisamment éloquentes pour qu'on s'en souvienne. Ainsi, le 15 mai 1941, le voit-on à l'inauguration de l'Institut d'études des questions juives, une de ces pantalonnades tragiques dont collaborateurs et racistes étaient coutumiers, présidée par le pitoyable capitaine Sézille. Céline se tient au fond de la salle et marmonne si fort qu'il indispose. On l'entend ponctuer, selon Rebatet, les propos bafouillés de Sézille sur la tyrannie judéo-marxiste par un : « et la connerie aryenne, dis, t'en cause pas ? ». Le 5 septembre de la même année s'ouvre au Palais Berlitz l'exposition antisémite : « Le Juif et la France. » Il la visite, déplore qu'on n'y vende ni expose ses livres. Il proteste auprès de Sézille. Plus tard, les Allemands le sollicitent pour participer à l'Office central juif. Il refuse. En février 1942, il intervient à l'École libre des sciences médicales pour un exposé traitant de la médecine où il soutient qu'à la Faculté on apprend une médecine de droite alors que sur le terrain on exerce une médecine de gauche. Convainquit-il son parterre de médecins ? Le 10 juin, quinze jours après qu'il a demandé d'être radié du comité d'honneur du Cercle européen, il assiste néanmoins à une conférence du Dr Hauboldt, l'un des directeurs des services de santé du Reich qui jouera un rôle important lors du séjour en Allemagne de Céline et Lucette de l'été 1944 au printemps 1945. (Il sera le Pr Harras de *Nord*.) La conférence a pour sujet le service médical de l'immigration, sujet qui parle à Céline qui se demandait s'il ne devait pas aller en Allemagne comme médecin auprès des ouvriers français requis par le Service du travail obligatoire (le S.T.O.). En février, on l'a vu, il est au meeting de Doriot, tout en ayant pris ses distances par rapport à la L.V.F.

Non qu'il renonçât à la coopération militaire avec l'Allemagne, mais il répugne, paficisme aidant, à voir couler le sang français « pour le profit des capitalistes ». Il préfère que la France mette son savoir-faire médico-chirurgical sous forme de légion — ou mission — humanitaire près des soldats allemands et des populations. Sous cette forme, il n'écarte pas l'idée de se rendre lui-même sur le front en tant que médecin. Cherche-t-il à quitter la grisaille de Bezons pour des tâches jugées plus nobles, nécessaires ?

Sur un tout autre plan, il se mêle d'affaires semi-mondaines comme l'« affaire Cocteau », lors des représentations de la pièce *Les Parents terribles*, au printemps 1941 avec Jean Marais. *Je suis partout* la reçut très mal et l'attaqua durement ainsi que Cocteau à deux reprises, le 12 mai et le 16 juin, en des termes injurieux. Jean Marais, excédé, interpella le critique Alain Laubreaux et le gifla en public. Céline prit dans un premier temps la défense de Cocteau, se posant en tiers, puis il adopta la position de Laubreaux, ce qu'il lui confirma dans sa lettre du 22 novembre en termes bien rugueux et d'une thématique déplacée.

> Raison de race doit surpasser raison d'État. Aucune explication à fournir c'est bien simple. Racisme fanatique total ou la mort ! On nous attend ! Que l'esprit mangouste nous anime nous enfièvre !
>
> Cocteau décadent, tant pis !
>
> Cocteau, licaïste *, liquidé [18] !

* Licaïste, de L.I.C.A. (Ligue internationale contre l'antisémitisme) à laquelle Cocteau avait adhéré avant la guerre.

S'il dédaigne les premières il n'en est pas toujours absent. On le retrouve ainsi à l'événement parisien d'avril 1943, à la Comédie-Française pour la première de *Renaud et Armide* de Cocteau (encore !). Et là, il écrit une longue lettre à Marie Bell (Armide).

Les sources à poésie sont au chant pas au bavardage. Cocteau aurait introduit un peu de drôlerie, il frôlerait Shakespeare. Déjà tel quel c'est bien agréable — et vous êtes à la mesure ce qui est magnifique. On n'y célèbre aucun juif, si ce n'est un peu Ben Jésus. J'y respire [19].

Marie Bell, qu'il connut dès 1934, faisait partie de ses actrices fétiches comme Junie Astor qu'il partagea avec Jacques Deval (les actrices, les danseuses !). Il disait de Marie Bell, amie de la femme d'Otto Abetz, qu'elle décidait de la politique à l'ambassade d'Allemagne. Il en resta longtemps très proche, bien que Lucette la craignît en tant que rivale. En 1948, il lui déclarera : « Tu seras le désir assassiné [20] ! » C'est dire que durant ces années sombres, Céline ne fut pas totalement ermite.

Simultanément, il songe à se rendre à Berlin, espère aller au Danemark qu'il a visité, nous l'avons dit, à plusieurs reprises afin de préparer une éventuelle retraite stratégique mais, surtout, pour contacter Karen-Marie Jensen après le fiasco de la banque d'Amsterdam * car il compte sur elle pour retirer son or de la banque de Copenhague et

* Rappelons que les Pays-Bas envahis, les Allemands imposèrent l'ouverture des coffres des banques et confisquèrent les contenus et valeurs, dont ceux de Céline, à leur seul profit.

qu'elle le cache jusqu'à ce qu'il puisse le récupérer. Berlin lui paraît la place la plus adéquate pour une brève rencontre qui lui permettra de confier à Karen-Marie Jensen les clés de son coffre. C'est le but officieux du voyage. Il piaffe cependant quelque temps — les Allemands se méfiant de lui — avant d'obtenir un visa. Finalement, c'est Karl Epting qui le lui obtient avec l'objectif de visiter un service de médecine du travail en entreprise, un dispensaire de banlieue et de prendre langue avec des médecins de santé publique. Céline impose la présence de Gen Paul. Il est accompagné de deux confrères, les Drs Bécart, l'ami de Doriot, et Rudler, qui, après la guerre, deviendra professeur à Genève. Pour Céline la mission, commencée le 8 mars 1942, n'eut rien de médical. Il consacra la plupart de son temps aux danseuses et à Karen-Marie Jensen qui lui promit de faire tout son possible pour mettre en sûreté les lingots qui, dans leur code épistolaire, deviendront : « les enfants ». Elle lui offrit aussi la jouissance de son appartement de Copenhague, au 20, Ved Stranden, si nécessité s'en faisait sentir. Requis pour intervenir auprès du Foyer des ouvriers français de Berlin, Céline leur dit, non sans courage, que choisir entre le communisme et le nazisme, c'était comme choisir entre la peste et le choléra. Lors du banquet final à l'hôtel Adlon, où l'écoutèrent des hauts responsables nazis, audace et témérité, il reprit les mêmes termes. On le laissa néanmoins rentrer à Paris, le 13 mars, sans encombre. Frédéric Vitoux signale que Céline eut une conversation avec le Dr Conti, ministre de la Santé, qui reçut la délégation en compagnie d'officiers revenant du front russe. Ceux-ci, impressionnés, relatèrent la force morale des prisonniers de guerre russes. L'idéologie marxiste leur semblait, dans ce cas, bien supérieure à l'idéologie nazie censée motiver leurs troupes. Céline, déjà très sceptique sur l'issue de la guerre qu'il prévoyait encore longue et, de ce fait, perdue, déclara à Rudler sur le chemin de retour que les Allemands étaient « foutus » et que les communistes allaient gagner.

Les rapports de Céline avec les occupants furent complexes. Apparemment, ne fréquentant, à l'exclusion des amis de l'avenue Junot, et encore — Ralph Soupault, le caricaturiste, un habitué, était un extrémiste —, que des antisémites et des collaborationnistes, il put être classé par les Allemands comme un compagnon de route. En réalité, il les déconcertait, les dérangeait. Déjà *Voyage au bout de la nuit* avait déplu aux nazis, *Bagatelles* avait été traduit, mais son style outré et son absence de références « scientifiques » avaient souligné son inconsistance. Des hommes de l'appareil de la propagande, tel Bernard Payr, qui, sous l'autorité de Rosenberg, avait produit un rapport sur Céline très défavorable, en février 1942, le détestaient. Son outrance verbale, l'imprévisibilité de ses comportements guidés par un individualisme forcené et l'anarchisme le rendaient incontrôlable, peu utilisable, et plutôt encombrant. Céline le savait et s'en délectait. Ça ne l'empêcha pas de profiter des sympathies qu'il suscitait dans les milieux diplomatiques, culturels et la Wehrmacht et, très peu, à la

Gestapo. L'Institut allemand par la voix de Karl Epting l'appréciait et l'admirait. Cocteau, un familier, qui dès 1940 se demandait ce qu'il « pouvait faire pour les Allemands », écrivit dans son journal que « Céline avait ensorcelé Epting ». D'autres aussi, comme Gerhardt Heller, chargé de la censure, le Dr Knapp, du service de santé de l'étranger, un adjoint de Hauboldt, Ernst Achenbach, responsable de la section politique, Hermann Bickler, du service de renseignements pour l'Europe occidentale dont les bureaux se trouvaient avenue Foch, et le sculpteur officiel du Reich Arno Breker, sociable et opportuniste, également ami de longue date de Cocteau, le traitaient aimablement.

De quelles faveurs jouissait donc Céline ? Pour lui-même il ne sollicita pratiquement rien. On vient d'évoquer le visa pour Berlin et, plus haut, le permis de séjourner à Saint-Malo accordé par le nommé Grimm, de la Gestapo de Rennes, sur recommandation de Bickler. Même si on le vit à plusieurs reprises chez Fernand de Brinon, Céline ne demandait pas pour lui mais démarchait pour d'autres qui étaient en difficulté. Arrêtons-nous sur trois exemples d'interventions à but salvateur rappelées par François Gibault. La première pour Camille Savoine, médecin franc-maçon, identifié comme juif par erreur et libéré après son arrestation. La seconde pour un Breton de Quimper, Jacques Mourlet, interné à Fresnes en 1941 dont les parents alertèrent Céline. La troisième, malheureusement vaine, concernant Noël L'Helgouarch, du Finistère, marin à Mers el-Kébir, estimé faible d'esprit et qui, à la suite d'un pari stupide, sabota un câble téléphonique desservant un poste allemand. L'Helgouarch fut condamné à mort par un tribunal allemand le 15 avril 1941. Deux médecins, les Drs Tuset, directeur de la santé de la préfecture du Finistère, et Besse, qui appartenait à la Résistance — ce qui n'avait pas échappé à Céline —, le saisirent pour qu'il intervienne. Ce qu'il fit, y compris en joignant de Brinon. Sans succès. Le condamné fut exécuté. Par contre, fut-il prévenu comme Cocteau — qui se démena — de l'arrestation de Max Jacob qu'il connut (un peu) avant la guerre, en Bretagne, jusqu'à partager quelques courriers et repas dont l'un chez le Dr Tuset en compagnie — ironie de l'Histoire à venir — de Jean Moulin alors sous-préfet de Châteaulin ? Probablement, mais après Drancy *.

Cela n'annule pas le fait que Céline « fricotait » avec l'occupant. Certes, il n'était pas le seul. Karl Epting, Gerhardt Heller, qui soi-disant ne partageaient pas l'idéologie nazie, n'ont jamais dissimulé qu'ils furent bien courtisés et jugés fréquentables par beaucoup qui ne s'en vantèrent pas ensuite. Les historiens de cette période abondent en informations sur le sujet. Qu'on s'y réfère ! Céline aurait pu faire le mort, se taire, écrire ses romans, demeurer en son ermitage intellectuel. Il s'est exhibé, a éructé. On peut soutenir qu'il n'avait plus le choix, les causalités s'enchaînaient. Dès avant la guerre, il avait exprimé son refus du communisme, mené sa

* Rencontre que Pierre Péan, cité par Philippe Alméras, a retrouvée et qu'il relate dans *Vie et morts de Jean Moulin*, Fayard, 1998.

campagne pacifiste contre les conflits à venir sur la base d'un argumentaire erroné mais pour lui imparable : la guerre pour les Juifs, et prôné l'alliance franco-allemande comme remède au bellicisme et attendu d'elle une révolution. Par ailleurs, il cultivait un individualisme jaloux, se défiant de toute illusion envers un projet collectif. Karl Epting l'a bien noté :

> Céline n'aimait pas les Allemands. Il a bien espéré un court moment que les forces irrationnelles de la révolution nationale-socialiste pourraient fertiliser le sol aussi dans les pays de l'Ouest — comme d'autres écrivains, Drieu la Rochelle, Chateaubriant, l'ont cru à leur manière —. Mais en cela, il se vit très vite détrompé. Tout ce qui vint ensuite, ce fut le destin, la nécessité de continuer à marcher sur le chemin tracé une fois pour toutes. Déjà, depuis *Bagatelles pour un massacre* il n'y avait plus de retour en arrière pour lui [21].

Il y a aussi son jeu avec l'ambassade, avec Otto Abetz, l'ambassadeur qui, marié à une Française, Suzanne de Bruyker, la secrétaire de Jean Luchaire *, se présentait comme francophile. À lire ses biographes, à consulter les témoignages qui se brouillent, on ne peut affirmer combien de fois Céline se rendit à l'ambassade — une fois ? trois fois ? — et quand ? Y eut-il, comme l'affirma Frédéric Vitoux, deux dîners à l'ambassade, l'un en septembre 1943, l'autre en décembre ? Au premier auraient assisté Drieu la Rochelle, Jacques Benoist-Méchin et Gen Paul. Au second, Drieu la Rochelle et Georges Pelorson, représentant des « Jeunes du

* Collaborateur notoire et ami de longue date d'Abetz.

Maréchal ». Philippe Alméras avoue ne pas savoir si Céline — ainsi qu'il l'a nié — s'est rendu ou non à l'ambassade, s'appuyant sur Epting qui assure que Céline « n'était pas du calibre à être reçu » et concluant que tous ces supposés rendez-vous ne sont qu'affabulations. François Gibault, lui, retient que Céline a été invité par Abetz dans sa villa de Chantilly, que le Dr Bécart avait organisé un dîner à l'hôtel Ritz avec Abetz, qu'il y aurait eu un autre dîner avec Fernand de Brinon, place Beauvau, en présence de Gen Paul, enfin une soirée à l'ambassade, rue de Lille, en compagnie de Benoist-Méchin, Drieu et Gen Paul. Soirée mémorable dont le récit nous a été fourni ultérieurement par un témoin anonyme dans *Paroles françaises* du 17 février 1950 sous le titre : « Quand Céline mettait l'ambassadeur d'Allemagne dans de beaux draps ». C'est la version, l'unique, que va suivre de son côté Émile Brami. David Alliot[22] se contente d'une seule rencontre avec des officiels allemands, rue Saint-Dominique, fin 1942. De cette confusion, surnage une vérité : Céline a bien connu Otto Abetz.

Pourquoi ? Il est probable que l'ambassade a pris l'initiative de contacter Céline vu sa notoriété, ses positions contrastées et abruptes, afin sans doute de l'évaluer, de songer à une possible utilisation ou à le contrôler. On l'a suggéré, les Allemands étaient partagés envers lui, aussi fallait-il qu'ils décident d'une position. Céline, quant à lui, de par ses relations « culturelles » qui fonctionnaient, ne cherchait pas précisément à se compromettre avec l'ambassade. Il fut difficile de le convaincre d'accepter une invitation. On s'en remit à l'attaché de presse de l'ambassade d'Espagne, Antonio Zuloaga, familier de l'atelier de Gen Paul, pour les préliminaires et la médiation. Céline ne consentit qu'à la condition que Gen Paul fût de la partie et que le nombre de participants au dîner fût restreint aux officiels allemands, à Zuloaga et à l'exclusion de tout autre invité. *Exit,* donc, Drieu et Benoist-Méchin. L'ambassade se rendit à ces conditions. Sauf qu'Abetz, rappelé à Berlin pour consultation, n'était pas là, étant remplacé par un plénipotentiaire, le ministre Schleier. Le récit de la soirée vaut par lui-même. Retenons simplement que le repas fut très guindé jusqu'à ce que Céline fît scandale en tenant des propos ouvertement défaitistes et antiallemands sur fond de dérision et de sarcasme. Pour couronner le tout, il demanda à Gen Paul d'« imiter le moustachu * » — dès cette époque, Céline traitait Hitler de « Mage du Brandebourg ** » —, un rôle que Gen Paul maîtrisait parfaitement, tout en ironie et insolence. Les diplomates, ulcérés, maintinrent une façade de convenance mais éloignèrent les petits personnels, craignant que, parmi eux, l'un ne fût mouchard au service de la police politique et que cette dernière n'intervînt promptement. Zuloaga tenta de réduire la tension, et Schleier, feignant de considérer Céline comme un malade (un trépané !), mit une voiture à sa disposition pour le ramener à son domicile. Gen Paul en voulut à Céline de l'avoir ainsi exposé. D'ailleurs, dès juin 1944, ils

* Les propos tenus par Céline et le déroulement de cette soirée ont été relatés dans la revue *Parole française* (1951).

** Dans *Nord,* il le qualifiera de « gougnafier hurleur ».

ne se revirent plus. Céline était définitivement infréquentable. Partout.

Plus troublants sont les rapports avec Hermann Bickler qui était, comme nous l'avons dit, l'un des chefs du renseignement. Il dépendait directement d'Heydrich, ce tyranneau, chef du renseignement nazi jusqu'en 1939 et, depuis, chef de la sécurité du Reich qui avait martyrisé Prague avant d'y être assassiné en 1942. Être dans l'intimité de Bickler n'était pas anodin quand on sait qu'il était l'adjoint de fait de Knochen et d'Oberg, les organisateurs de la répression antiterroriste et antisémite à Paris, tout en obéissant aux ordres d'Eichmann. Pourtant, il s'avérait courant que Céline s'arrête au siège de l'avenue Foch, en direction de Bezons, sans but précis sinon celui de s'entretenir de la situation générale avec le dignitaire allemand étonnamment disponible pour lui, si tant est qu'il eût passé la porte, car l'allure de Céline intriguait et manquait lui faire refuser l'entrée. Était-il donc un vagabond ? Un terroriste ? Ce qui lui rappelait qu'en octobre 1941, il avait failli être interdit d'entrée pour la même raison au Café de la Paix, lors de la collation d'adieu d'un éminent journaliste japonais Kuni Matsuo *. Que représentait-il donc pour trouver ainsi porte ouverte chez un responsable de ce niveau dont on peut imaginer que les occupations et obligations étaient absorbantes ? Bickler se

* La tenue de Céline lui était reprochée, notamment par Jacques Ménard, rédacteur en chef du *Matin* et président de l'Association des journalistes antijuifs. Céline déparait dans ces milieux qui se voulaient représentatifs.

détendait-il auprès de Céline dont la verve le distrayait ? Il n'hésitait pas à proposer une promenade au bois de Boulogne. Il s'amusait, paraît-il, des excès verbaux de Céline. On n'en sait guère plus, doutant que Bickler se servît de Céline pour soutirer des informations sur les milieux parisiens. Sans se dérober, il a accepté de répondre aux questions de François Gibault et confirmé que Céline ne lui apprit rien, sinon qu'il chargeait de ses soupçons Mme Abetz et Laval décrété « sale youpin » ! Bickler rendit pourtant des services capitaux à Céline en lui octroyant, en juin 1944, le passeport spécial pour hôtes étrangers qu'Arthur Pfannstiel, cotraducteur de *Bagatelles* et spécialiste de Modigliani, lieutenant à l'antenne Rosenberg, lui délivra. Ce qui permit alors à Céline et Lucette de se rendre à Baden-Baden. En 1945, Bickler renouvela son aide pour un visa d'entrée au Danemark, occupé pour peu encore par l'Allemagne dont le représentant diplomatique, Werner Best, avait travaillé antérieurement à l'ambassade de Paris et que Céline avait croisé. Céline poursuivit sa correspondance avec Bickler après la guerre. En 1960, ne lui écrivit-il pas pour lui demander de se documenter sur un institut historique officiant à Bonn qui détenait de prétendues preuves sur le fait que la construction d'aucune chambre à gaz n'avait pu être terminée durant les hostilités ? Révisionnisme avant l'heure ou tentative de déculpabilisation * ?

* L'extrait des mémoires de Bickler publié dans le hors-série du magazine *Lire* (juin 2008) n'apporte pas d'éléments nouveaux sur leur relation.

Bien qu'à partir du printemps 1943 Céline se fît plus discret, il n'en continua pas moins d'intervenir ponctuellement. En décembre 1943, il termine une préface pour le livre d'Armand Bernardini sur l'onomastique juive que Denoël devait publier avant d'y renoncer *. En avril 1944, il donne une longue interview à Claude Jamet du journal *Germinal* qui se veut socialiste, à l'occasion de la sortie de *Guignol's band,* où il blâme la Résistance et la versatilité des Français qui se préparent à accueillir leurs nouveaux maîtres, les Anglo-Américains et les gaullo-communistes. Il sait qu'il est depuis août 1942 sur la liste noire divulguée par la B.B.C. Depuis, il a reçu des menaces de mort, des petits cercueils symboliques, une dizaine. Il a décidé néanmoins de demeurer le plus longtemps possible à Paris (par prudence, avec l'aide du frère de Serge Perrault, un danseur ami de Lucette, qui travaille à la préfecture de Paris, il a fait faire, pour Lucette et lui, des fausses cartes d'identité au nom de Delétang Louis-François, né à Montréal et d'Alcante Lucile née à Pondichéry). Croit-il en un renversement possible de la situation militaire avec l'annonce d'armes de destruction massive mises au point par les Allemands, les V1 et les V2 ? C'est peu probable. Karen-Marie Jensen, appuyée par Lucette, le presse de venir en Espagne où le régime de Franco est bien disposé à son égard. Zuloaga l'attend à Bilbao mais Céline pense au Danemark, obstinément. Il faut le

* Dans un tout autre ordre d'idée, il consacrera une belle et sensible préface sur la banlieue pour le livre du bibliothécaire de Bezons, Albert Serouille : *Bezons à travers les âges.*

débarquement du 6 juin pour le forcer à partir — Bickler intervint, on l'a vu. Céline boucle son appartement de la rue Girardon, protège quelques-uns de ses manuscrits, soit en les gardant avec lui, soit en les confiant à des tiers, telle Marie Canavaggia chez laquelle il dépose la seconde partie de *Guignol's band,* ou encore chez le graveur Daragnès, un de la bande de l'avenue Junot qui reçoit plusieurs feuillets. En laisse-t-il dans son appartement — les quatre cents pages de *Casse-pipe* disparurent, c'est certain * — qui fut mis à sac puis réquisitionné et attribué à un résistant, Yvon Morandat ? Lucette et lui emportèrent bien entendu Bébert, l'inséparable, mais aussi un nombre vertigineux de valises, colis et babioles dont ils se délestèrent en grande partie durant l'épopée tumultueuse qui les attendait. Ils pensaient s'absenter trois mois ** ! Céline tint son départ secret, y compris pour Gen Paul. Il vit sa mère, la veille, rue Marsollier, pour la dernière fois — elle mourra en mars 1945 — et ne l'informa pas ***, pas plus que Lucette, ses parents. Le 17 juin, ils prirent le train gare de l'Est en direction de l'Allemagne. Le train qui leur succédera sera bombardé. Mais ce ne fut pas, comme il l'a affirmé, par le dernier convoi qu'il quitta la France, d'autres suivirent jusqu'à la fin août, dont celui qui évacuera Georges Montandon.

* Des riverains affirment avoir vu des manuscrits de Céline dans les poubelles de l'immeuble, des feuillets poussés par le vent dans les caniveaux...

** Céline emporta en prévision d'un éventuel suicide du cyanure pour Lucette et lui.

*** François Gibault soutient le contraire. Marguerite Destouches serait venue voir son fils rue Girardon et lui aurait donné moult conseils pour le voyage.

Si, pour les Français, sauf pour une minorité corrompue, les années d'Occupation furent des années noires, terribles, pour Céline ce fut une époque obscure, difficilement déchiffrable. Certes, il a été prodigue, alimentant sans vergogne la funeste chronique antijuive et, sur ce plan, le verdict de l'Histoire est sans appel : ses écrits sont non seulement irresponsables, mais irrattrapables en regard du contexte où il les a publiés. Il s'est mêlé aux milieux collaborationnistes sans pour autant adhérer à leurs organisations, à leurs activités, mais en partageant leurs idéologies. Ses lettres en attestent. Il n'en a tiré aucun profit matériel sinon celui de la notoriété littéraire que, sans doute, il a souhaité maintenir, taraudé par la peur d'être dépassé, disparu des annales, lui qui n'écrivait plus à ce moment avant d'entreprendre enfin *Guignol's band*, dans le registre de ce pour quoi il était né, celui de la fiction lyrique, dont il possédait au centuple le talent. Il a fréquenté des Allemands qui avaient des fonctions dans la diplomatie, la propagande, l'armée ou la police. Il les rencontrait périodiquement. Ils l'écoutaient — il les divertissait —, accédaient quelquefois à ses requêtes par sympathie pour lui, pour ce qu'il était et parce qu'il était peut-être manipulable tandis que d'autres, en particulier dans l'appareil nazi, se défiaient de lui, voire le méprisaient. Il était patriote avec des relents « antiboches » mais restait étranger à ceux qui avaient repris le drapeau, les résistants qui, par leur courage et leur abnégation, sans pour autant trop les idéaliser, ressemblaient à ses camarades d'il y avait longtemps, à l'orée de ses vingt ans.

Avait-il le choix ? On a déjà répondu à cette question. La logique dans laquelle il s'était enfermé dès avant la guerre était irrévocable. Il n'a ni désiré ni su l'inverser. Il n'avait plus d'ancrage depuis longtemps dans l'autre monde, celui de Barbusse, de Dabit, d'Élie Faure. Leurs héritiers l'en avaient irrémédiablement exclu et ceux qui l'encensaient désormais, il en connaissait l'arrivisme et l'inanité. Il était seul, bataillant avec ses chimères, persuadé qu'il avait raison contre tous et le privilège de l'antériorité dans le combat. Persistent ses raisons indéchiffrables. Qu'a-t-il fabriqué à stigmatiser ceux qui étaient réduits au silence, en demandant la stricte application des lois de Nuremberg ? Qu'eut-il à persécuter, par exemple, le danseur de l'Opéra, Serge Lifar, dont il soutint que l'anagramme était Rafil, donc un Juif, parce que celui-ci ne porta pas attention à ses arguments de ballet ? C'est ici sa face exposée. Elle l'a rendu inique. Doit-on s'y fixer ? Philippe Alméras[23] a établi la liste des personnes publiquement épinglées par Céline. De Huysmans (mort en 1907) à Spinasse (ministre du Front populaire passé à Vichy), en passant par Charles Cros (mort en 1888) ou Desnos, la liste comprend neuf noms. Comme l'a vérifié Émile Brami auprès d'Éric Mazet, les vivants désignés ne risquaient que des ennuis administratifs. Mais ses comportements ont emmuré, comme par anticipation, Céline dans l'opinion. Doit-on cependant ignorer que son voisin du quatrième étage, rue Girardon, Champfleury, et sa compagne Suzanne Mabille, une héroïne du livre de Roger Vailland, *Drôle de jeu* (1946), ont témoigné que

Céline savait qu'au-dessous de chez lui, des résistants allaient et venaient, qu'on y accueillait et cachait des parachutistes, des réfractaires au S.T.O., qu'il soigna même un de ceux-là gravement torturé par la Gestapo et dit en substance à Champfleury : « Vous n'avez rien à craindre de moi[24]. » Et il tint parole. Le commissaire de police de Bezons, Vanni, gaulliste et anticommuniste, dont le commissariat servait à l'hébergement clandestin de Juifs et de résistants pourchassés, a indiqué que Céline ne lui avait jamais refusé les certificats médicaux de complaisance, sachant, là encore, à qui ils étaient destinés. Émile Brami[25] a révélé qu'un juif polonais, Oscar Rosembly, venait régulièrement consulter Céline et que Gen Paul le cacha de 1943 jusqu'à la Libération. Le même auteur a retrouvé la trace d'une jeune fille protégée de Céline âgée à l'époque de dix-huit ans, Lucienne Damas. Elle s'est souvenue, bouleversée, d'une rafle de Juifs à laquelle elle avait assisté, qu'elle reprocha à Céline d'avoir par sa voix favorisé ces exactions. « Il était au bord des larmes et a répondu : "c'est affreux, mais vous ne pouvez pas comprendre, mon petit, vous ne pouvez pas comprendre *" [26]. » Marc-Édouard Nabe, dans son roman (à peine romancé), *Lucette,* relate que, selon Lucette Almansor, une nuit de 1942-1943, elle et Céline avaient aussi été témoins d'une rafle et vu vieillards et enfants juifs, misérables et terrorisés,

* Dans un entretien du 2 mai 1974, repris dans *Céline à Bezons* (*op.cit.*), Lucienne Damas est moins affirmative sur les réactions de Céline qui se serait montré plus réservé, trouvant toutefois les rafles inhumaines.

embarqués sans ménagement dans un camion bâché. Après coup, Céline en aurait pleuré pendant deux jours. Sur qui ? Sur quoi ? Il pleurera encore à Rennes, et beaucoup, lorsqu'il vit un cheval, cette fois, en route pour l'abattoir qui s'était échappé, ramené par les équarisseurs, les pattes ligotées et traîné à terre. L'animal regarda Céline avec l'intense effroi des bêtes promises à la mort. Doit-on insister sur ce chapitre lacrymal ? Non. Mais, tel était aussi Céline que l'on disait privé de cœur, semblable à Nietzsche, à Turin, un jour de janvier 1889, se jetant au cou d'un vieux cheval de trait exténué, fouetté jusqu'au sang par sa brute de maître.

Un projet d'assassinat

Vous me faites chier avec Brasillach.

L.-F. Céline,
Féerie pour une autre fois

Juillet 1943, un soir, dix résistants du réseau Champfleury-Mabille sont réunis, imprudemment, dans l'appartement de Robert Champfleury au quatrième étage du 4, rue Girardon, au-dessous de l'appartement de Céline. Céline vient de recevoir le caricaturiste Ralph Soupault, secrétaire de la Fédération de Paris du P.P.F., et Alain Laubreaux, critique théâtral à *Je suis partout*. Céline les raccompagne. La descente de l'escalier est bruyante et ne peut échapper au groupe du quatrième qui, des fenêtres, observe le trio poursuivant sa discussion sur le trottoir. Une idée naît que formule l'un des résistants, Roger Vailland : « Et si l'on tuait Céline ? » Une grenade lancée du quatrième ferait l'affaire mais aurait pour conséquence de condamner l'appartement de Champfleury, plaque tournante de diverses filières de la

Résistance — n'a-t-il pas abrité une réunion du prestigieux C.N.R. * ? — et les mettrait en danger, lui et sa compagne. Puisque Céline est ainsi bien repéré, à l'occasion d'une autre visite des collaborateurs, il sera aisé à partir du petit square de l'avenue Junot de les mitrailler et de s'enfuir dans la nuit. Deux hommes suffiront. Une action classique de commando. Ni vu ni connu. *Exit*, Céline, l'infâme, et ses acolytes honnis.

Ce scénario a existé. On l'a dit, Céline, sur liste noire, recevait des menaces fréquentes, anonymes. Dès la parution de *Bagatelles*, il prévoyait un règlement de comptes dont il serait la victime.

> J'ai reçu trois petits cercueils, dix lettres de faire-part, au moins vingt lettres de menaces, deux couteaux à cran d'arrêt, une petite grenade anglaise et cinquante grammes de cyanure... On pense à moi dans les ténèbres... Tout ce soir qui tombe me parle de ma mort, là le bleu étoilé en haut du Sacré-Cœur qui tourne violet puis sombre, sombre [1].

Sauf qu'il entretenait des relations cordiales avec Champfleury qui ne fut pas avare dans son témoignage d'après guerre de phrases élogieuses sur le comportement de Céline. Ce qui n'empêche pas que Céline, qui n'obtint, de la préfecture, un port d'arme qu'au printemps 1944, était une proie facile et que de l'assassiner pouvait éveiller chez quelques-uns le désir d'un acte héroïque à peu de frais susceptible de les installer dans l'Histoire. On savait quand il partait pour Bezons et en revenait. Son meurtre, comme celui de Philippe Henriot, ministre

* Conseil national de la résistance que présida Jean Moulin.

de l'Information, survenu fin juin 1944, serait emblématique. Céline le savait et s'y préparait. Verbalement, il n'avait pas peur de la mort. L'amplifiait-il à dessein, mais il exsudait de lui une immense fatigue de vivre. Alors, pourquoi ne pas finir ainsi ?

Ce scénario présumé a été répété par Roger Vailland dans un journal genevois *La Tribune des Nations*, en son numéro du 13 janvier 1950, dans la proximité de l'audience prévue le 21 février, au tribunal de Paris qui devait statuer sur le cas Céline et commander son retour ou non de l'exil danois. *La Tribune des Nations,* dirigée par André Ullman, était un périodique financé par les Soviétiques. L'article de Vailland s'intitulait : « Nous n'épargnerons plus Louis-Ferdinand Céline[2] » et racontait par le menu les discussions qui eurent lieu dans le groupe à propos de l'opportunité ou non d'assassiner Céline. Vailland (le Marat de son roman *Drôle de jeu* qui reprend succinctement l'histoire) était pour. Un autre clandestin, Alcibiade (Jacques-Francis Rolland, alors agrégatif de philosophie et futur auteur de la N.R.F.), également, ainsi qu'un nommé Fred, alors que Jacques (non identifiable) et Chloé (Simone Mabille) étaient contre, elle pour des raisons de sécurité du réseau déjà évoquées. Outre ses positions politiques et raciales, Céline, dans le groupe, n'avait pas littérairement bonne presse. On le considérait comme fini — *Guignol's band* n'était pas encore paru —, « une ambulance ». Cette conception d'un Céline dépassé, d'homme d'un autre temps, va prévaloir à la Libération avec l'apparition d'autres mentors dont

Sartre. Nous verrons qu'il n'en était rien mais que tout — et l'époque l'explique — militait en la défaveur de Céline. Si l'on suit la version Vailland, il semble donc que l'opération s'avérait possible et que, somme toute, elle était simple et facile. En 1949, avait été publié *Casse-pipe* en texte réduit, celui que l'on connaît désormais. Céline figurait de nouveau chez certains libraires. Vailland s'en offusqua tout en jugeant le livre mauvais, celui d'un Céline à bout de souffle. La perspective de son retour éventuel en France réactivait les oppositions, les indignations. Pierre Hervé, un des philosophes du P.C.F., écrivit dans *L'Humanité* du 21 janvier que Céline, eu égard à ses relations avec Grimm qui venait d'être arrêté à Leipzig, était un agent de la Gestapo. Vailland soulignait à quel point il eût été cohérent de tuer Céline en 1943 et que la mansuétude d'alors qui les fit hésiter fut « un marché de dupes et par surplus une mauvaise action[3] ».

De son côté, Yves Courrière, dans sa biographie de Vailland[4], donne une autre version des faits. Il s'appuie en particulier sur le témoignage direct de Jacques-Francis Rolland qui, loin d'adhérer à l'opinion que lui prête Vailland sous le pseudonyme d'Alcibiade, affirme ne pas avoir souhaité la mort de Céline. Par son père, qui connaissait Gen Paul et son atelier, il avait rencontré, enfant, plusieurs fois Céline et s'était lié avec Marcel Aymé, à tel point qu'il utilisa ponctuellement l'appartement de celui-ci, quelques années plus tard, pour des rendez-vous de résistants pendant lesquels Marcel Aymé s'éclipsait tacitement. Bien qu'il eût l'impression que Céline avait terminé son œuvre,

Jacques-Francis Rolland le respectait et n'avait aucune mauvaise intention à son encontre. Toujours selon Yves Courrière, Vailland lui-même confia à sa seconde femme, Élisabeth : « Je ne tue pas les écrivains. » Peut-on d'ailleurs ignorer que Vailland fut aussi confronté à un cas délicat ? Juste après la Libération, ne croisa-t-il pas fortuitement, devant Les Deux Magots, Robert Brasillach, l'un de ses deux amis de la khâgne de Louis-le-Grand avec Thierry Maulnier, un Brasillach pourchassé, à qui il proposa, lui l'incontestable résistant, de le cacher dans la planque qu'il possédait à la campagne ? Brasillach éluda, fataliste et résigné.

Le projet d'assassiner Céline, amplement réalisable, n'aboutit donc pas. Il était en réalité assez « rocambolesque ». Céline en prit connaissance au Danemark par l'envoi que lui fit vraisemblablement Albert Paraz de l'article de *La Tribune des Nations*. À sa lecture, Céline entra, paraît-il, en fureur. Mais c'est seulement à partir de l'automne 1957 qu'il se décida à réagir. Pourquoi 1957 ? Parce qu'en septembre parut *La Loi*, annoncé en août, le roman de Roger Vailland auquel le prix Goncourt devait être décerné. On parla beaucoup de ce livre, de son auteur. Des placards publicitaires furent réservés dans la presse. De plus, il était publié chez Gallimard qui avait fait paraître au printemps *D'un château l'autre*, le premier Céline d'après l'exil à être gratifié de quelque intérêt par la critique. Ce qui eut pour effet, par ouvrages interposés, que Céline et Vailland voisinaient à la vitrine des libraires. Par recoupements — il y avait peu à forcer —, Céline identifia « son assassin Vailland » à l'auteur de *La Loi**. En janvier 1958, on put lire dans *Le Crapouillot* de Galtier-Boissière une lettre de Céline vivement polémique. Vailland y était étrillé comme écrivain sans style et sans forme, et sa Résistance à visée meurtrière moquée gravement. De l'automne 1957 au milieu de l'année 1958, dans ses lettres à la N.R.F. et, plus précisément, à Gaston Gallimard et Roger Nimier, il continuera d'appeler Vailland (qu'il écrira quelquefois avec un *t* substitué au *d*) « mon assassin ». Céline reprochera à Gaston Gallimard de le mettre en concurrence avec Vailland. Il ira jusqu'à proposer, non sans humour, à Nimier, son actif éditeur et défenseur chez Gallimard, d'organiser une émission de radio où lui et Vailland pourraient débattre ! Dans sa missive au *Crapouillot*, il reprocha aux « résistants » d'avoir découvert la lune en s'apercevant que leurs réunions qui se déroulaient au-dessous de chez lui comportaient un danger pour le réseau, alors que tout le monde dans cette partie de la Butte — c'est sans doute exagéré — savait ce qui avait lieu chez Champfleury, la concierge de l'immeuble étant dans la confidence. Céline, toujours dans *Le Crapouillot,* confirmait les bons termes dans lesquels il était avec Champfleury et son épouse dont il tolérait les activités avec bienveillance, observant que le résistant lui avait même fait miroiter une retraite dans un maquis vendéen !

* Y-eut-il aussi ressentiment littéraire de la part de Céline, toujours persuadé que les éditeurs le minoraient étant donné que, selon Frédéric Vitoux, *D'un château l'autre* avait atteint 30 000 exemplaires vendus au bout d'un an, alors que *La Loi*, propulsé par le Goncourt, dépassait les 250 000 ?

Reste qu'au-delà de l'anecdote Céline a été réellement en péril. S'il n'avait pas quitté la France en juin 1944, il aurait risqué sans conteste une exécution sommaire dans le genre de celles dont l'épuration, qui ne brilla pas toujours, loin s'en faut, par son discernement, avait la pratique. Ou bien, il aurait été l'objet d'un emprisonnement hâtif suivi d'un jugement expéditif et d'une exécution pour l'exemple. Et pourtant, lui, dont les itinéraires, les déambulations et les habitudes dans Montmartre étaient connus, n'eut à subir aucune agression. Peut-être chacun tenté de mettre fin à la vie de Céline était-il dans la position des membres du groupe Vailland qui, devant l'effectivité de l'acte, reculèrent, saisis d'une sorte de crainte ou de frayeur sacrées devenues interdits, commandement et mot d'ordre : on n'assassine pas Céline. Comme si l'humanité, au gré de ses aberrations et turpitudes, engendrait en elles une éminence, une autorité, une élévation paradoxale, incarnées dans des êtres apparemment les moins disposés à les exprimer *. Et Céline était de ceux-là, grand écrivain, le supposé plus novateur de son temps, qui, de l'être, imposait distance et déférence. Cela semble-t-il, et malgré lui, suffit à dissuader le groupe, et tous les prétendants à sa mort, de toucher ne fût-ce qu'à un seul de ses cheveux.

* En ces apparitions l'Histoire aime surprendre et induire la perplexité. Ainsi de Heidegger considéré par beaucoup comme le plus grand philosophe du XXe siècle. Ne fut-il pas inscrit au parti nazi et l'une de ses proches amies ne fut-elle pas la profonde analyste du totalitarisme, Hannah Arendt, fidèle, y compris après 1945 ?

Littérature (2)

On est parti dans la vie avec les conseils des parents. Ils n'ont pas tenu devant l'existence. On est tombé dans les salades qu'étaient plus affreuses l'une que l'autre. On est sorti comme on a pu de ces conflagrations funestes, plutôt de traviole, tout crabe baveux, à reculons, pattes en moins.

L.-F. CÉLINE,
Guignol's band

En janvier 1944, Céline signe son contrat chez Denoël pour la parution de *Guignol's band* qui paraîtra en mars selon un tirage initial, moyen, de 5 000 exemplaires. Le volume est à 65 francs et Denoël espère atteindre les 30 000. À l'origine Céline a conçu le livre en trois parties. Il n'en restera que deux. De juin 1941 au début 1944, nous y avons insisté, c'est la replongée de Céline en littérature. Elle est joyeuse, exubérante. On la sent ardemment souhaitée, redonnant tout son pouvoir à la fiction, accordant à celle-ci d'être l'organisatrice décisive de la vie et instituant qu'hors d'elle il n'y a point de salut. Le sujet de *Guignol's band* est le retour vers un passé presque édénique, celui de la parenthèse ludique à Londres de mai 1915 à mars 1916, celle de la dissolution — pour ne pas dire le dérèglement — des sens et du dévergondage des mœurs du jeune Louis-Ferdinand Destouches, sorti de la torpeur familiale et de l'absurdité de la guerre. Est-il né à lui-même à Londres, s'est-il accepté tel qu'il était, s'exerçant au parasitisme gourmand, au proxénétisme dandy, au trafic illicite, dans lesquels il joue à se croire acteur, persuadé que ce n'est que l'affaire de quelques mois ? S'il est aisé pour Céline de retomber dans ses euphories d'il y a trente ans, d'évoquer un monde révolu, habité par des fantômes que, seul, lui peut ramener à la vie, il demeure qu'au regard des années noires son sujet est scabreux. Comment le pétainisme moral, le commerce des vertus guerrières, l'hypocrisie des mœurs collaborationnistes, pourraient-ils recevoir un livre de cet acabit qu'en juin, dans *Aspects*, Jacques de Lesdain qualifiera de « kaléidoscope d'images pénibles, souvent ordurières [...] que vous commenciez le livre par le début ou par la fin, il n'a pas plus de sens, pas plus d'utilité », résumant ainsi l'avis dominant de ceux qui n'ont pas fait vœu d'inconditionnalité, comme Lucien Combelle, à Céline ?

Huit ans séparent *Guignol's band* de *Mort à crédit*. Logiquement, on l'a dit, si la chronologie était respectée et avait été le souci littéraire de Céline, *Casse-pipe* aurait dû succéder à *Mort à crédit*. Est-ce par opportunité — rajouter la description d'une guerre passée à la guerre présente et pas nécessairement dans l'exaltation n'étant pas des plus justifié — ou bien par la difficulté d'achever *Casse-pipe*, toujours est-il que Céline préféra rejoindre le monde ancien et béni de Londres. Il y songeait dès *Bagatelles* où il introduisit Borokrom (Benedictus) qui sera l'une des figures centrales de *Guignol's band*, mais sans doute n'était-il pas prêt, en 1937, à y entrer. L'écriture des pamphlets l'électrisait et, dans le même temps, le paralysait. Il cherchait à s'en évader et y retombait obstinément. Il envisageait un exil intérieur, un exil hors de la réalité, en gardant en réserve *La Légende du roi Krogold,* s'efforçant à une rêverie médiévale. Il écrira finalement *Scandale aux abysses*, une de ces féeries théâtrales, règne du roi Neptune, qu'il conçut comme une animation destinée au cinéma. L'actualité l'exténuait, il payait cher à la commenter et la prophétiser, mais il y succombait. Les événements décidaient pour lui. C'est rien de dire qu'après *Les Beaux Draps*, il aspirait à la littérature dont il était en manque. Et quoi de plus évident, cultivant le goût du retrait, que de retourner en soi, dans les lointains, et de récrire la fresque d'un passé lumineux ? Cela valait bien mieux qu'un Moyen Âge un peu irréel. Et, que de promesses pour le style, l'invention ! Libre à Londres, enfin libre, si longtemps après, à son austère table de travail, dans le prodige de l'illumination rétrospective. Peut-être eût-il été prématuré (dans la proximité immédiate de *Mort à crédit* au labeur si éprouvant) de se lancer dans les centaines de pages de *Guignol's band* ? Céline seul avait la réponse. Huit ans de chemins de traverse consumés afin que revenir sur le métier fût possible.

Le retour à la fiction va être, de là, jubilatoire, inscrit dans un champ de liberté intemporel où joue la mémoire tantôt précise et accrochée, tantôt diaphane, porte ouverte aux excentricités de l'extravagance et des fabulations. Céline retrouve alors l'illimité qui est la chance de la littérature. Et, pour ce, il renoue avec son verbe unique dont *Bagatelles* conservait quelques éclats. De nouveau, tout lui paraît permis. Et quelle idiote censure pourrait l'entraver ? Comme l'avait déjà fortement induit *Mort à crédit*, l'écriture le possède et le mène par-delà les horizons. Il serait vain de chercher une trame réaliste à *Guignol's band* même si y défile une galerie de figures picaresques pour la plupart en délicatesse avec la loi, ou du moins résolument en marge, dans un décor de théâtre expressionniste, fictif, mais qui a force de réalité, en fidélité à ce qui est essentiel dans l'œuvre de Céline : son fantastique social. Plus haut, nous avons mentionné les noms de quelques-uns de ces folkloriques du milieu, mais il y en a une multitude dans le livre — sept cent vingt pages en deux parties — dont émergent Cascade, le mac en chef, protecteur de Ferdinand, le narrateur, les inventeurs, Borokrom et Sosthène de Rodiencourt, pseudo-ingénieur, l'usurier juif Titus Van Claben, le Dr Clodovitz, l'inspecteur Matthew, le colonel J.F.C. O'Calloghan et, surtout, sa nièce, Virginia, la nubile, sans négliger toute la galerie des prostituées et des relations du mitan, tous se mouvant dans un Londres évanoui, étrange et parallèle, plus attrayant bien sûr que le Londres ordinaire.

La restitution de cet univers doit beaucoup à un témoin, Joseph Garcin. Selon la méthode qu'il avait adoptée pour *Voyage* en utilisant Marcel Lafaye,

Céline va soutirer à Joseph Garcin de précieux renseignements sur le Londres d'alors. Garcin, engagé volontaire durant la Première Guerre mondiale, mis en contact avec Céline en 1929 par Lafaye, qui se brouilla ensuite avec lui à cause de ses mauvaises fréquentations, avait vécu à Londres dans le milieu de 1916 à 1917. Céline le sollicita quand il songeait à inclure dans *Voyage* un chapitre londonien auquel il renonça. Toutefois, leur correspondance, qui commença en 1929, se poursuivit jusqu'en 1938. Céline n'ayant pas abandonné l'idée d'un livre sur Londres, Garcin l'alimenta en détails ainsi que le traducteur John Marks. Les informations fournies par Garcin, inspirant Cascade, ont été utiles à Céline bien que la rédaction de *Guignol's band* fût postérieure à l'arrêt de la correspondance.

Début 1944, les 700 pages sont écrites mais Denoël hésite — est-ce la crise du papier ? La conjoncture ? — à publier un si gros ouvrage. Céline s'y résout et accepte que la première partie paraisse — rappelons qu'il en prévoit trois —, soit deux cent cinquante pages. Cela l'arrange-t-il, étant donné qu'il semble encore hésitant sur la suite à laquelle il pense revenir — il récrira trois cents pages, début 1945, mi-1947, au Danemark ? Au printemps 1944, compte tenu des événements, il n'a pas la disponibilité de se consacrer à une mise au point qui le satisferait. Il confie donc la partie manuscrite imparfaite à Marie Canavaggia. C'est à partir de ces pages trop rapidement dactylographiées que Robert Poulet procédera en 1964, vingt ans après la parution de *Guignol's band*, à l'édition de ce qui sera intitulé *Le*

Pont de Londres. De par le sagace travail ultérieur d'Henri Godard, les pages revues par Céline au Danemark et celles qui ne l'avaient pas été, mais dépoussiérées et toilettées, constitueront, ensemble, la totalité du volume II de *Guignol's band*, le texte rétabli conforme à la version du tome III de l'encyclopédie de la Pléiade, *Les Romans de Céline*. Nous disposons donc de la version définitive qui, vraisemblablement, aurait eu son aval.

Guignol's band I est comme le prologue à *Guignol's band II*, qui, lui, court sur près de cinq cents pages, dont environ trois cents traitent de l'idylle entre Ferdinand, âgé de vingt et un ans, et de Virginia qui est dans sa treizième année et nièce du colonel O'Calloghan, vieillard autoritaire, qui l'éduque, la chaperonne et la corsète. Ferdinand, parrainé par Cascade, mac omnipotent, et acoquiné à l'imprévisible Sosthène de Rodiencourt, se présente telle une sorte de sociopathe, catégorie d'individu que sécrètent inévitablement les sociétés rigides, ultraconformistes et contrôleuses, la sociopathie étant alors, sous forme transgressive, une façon de résister à ce qui est vécu comme oppression quotidienne :

Un déserteur, chère madame ! Un jeune homme peu intéressant !... Un monstre à vrai dire... Un bandit !... Et son pauvre père !... Il aurait dû le mettre en prison !... Non ! à la Roquette !... en prison avec les voyous ! Vous en seriez pas là, madame !... Il a déserté à Londres !... Il était blessé !... Il était fou !... Ivrogne !... Satyre !... Il était menteur !... Il se masturbait dans tous les coins !... On l'a surpris bien souvent... Il avait des infâmes instincts !... Il a été recalé trois fois à son certificat d'études !... Comme il avait les yeux cernés !... Tout le monde s'en rappelle[1] !...

Ainsi campé sous la plume de Céline, qui ne se veut pas un chantre de l'amour, Ferdinand Bardamu va vivre un amour fou avec l'à peine pubère Virginia — le deviendra-t-elle avec Ferdinand ? Céline va jongler avec toute la panoplie du lyrisme exacerbé, du réalisme cru, de l'échange passionné et de la démesure, toujours, pour nous le conter cet amour. À trente ans de distance, le narrateur se souvient :

Des jambes qu'on remarquait déjà, fines et fortes, musclées, dorées, félines... ô l'arc admirable de cuisse en cheville !... tendues de fraîcheur, de joie !... ardentes bondissantes de lumière ! Ah ! J'avais la berlue chaque coup ! Oh merde Oh ! là là ! Je vois encore cette petite jupette... charmante amusante à plis... une écossaise[2].

Car, dès leur première rencontre, le feu est là, instantané :

Je respire !... Je respire plus !... de la voir... mon souffle brise... Ah ! C'en est trop !... Je l'aime trop tout de suite... Ce n'est plus moi !... Je flanche ! Non ! Je revis !... J'ai la berlue... Ah ! ses cheveux ! Une lumière d'or ! Une fête ! Blonde la fête de ses cheveux... Blondes ses boucles !... Blonde ma joie !... Blonde ma prière !... Blonde qui joue !... Blonde ma fée !... Blonde je veux !... Ah ! comme je l'aime !... Ah ! je ne sais plus ! Je demeure là devant elle !... C'est moi !... Oui c'est moi[3] !...

Et tout s'embrase et ne cessera durant plus de deux cents pages encore de vertiges, d'épisodes tragi-comiques, toujours nimbés de sensualité, d'érotisme nu à l'image du récit de l'orgie fabuleuse et interminable au Touit-Touit, un bouge, d'impulsions forcenées, non sans que l'humour vienne à propos apaiser la flamme. Il est évident qu'au cours de cette fantasmagorie qu'il revisite à plusieurs décennies de distance, Céline se livre totalement. Voyeur au début, Ferdinand contemple et se délecte de Virginia, l'imagine enfant-femme, puis cède, quand elle le provoque, aguicheuse, osée, sensuelle et consentante, à une invincible sexualité et consomme l'acte à l'issue duquel Virginia est peut-être enceinte :

Ah ! Je pouvais plus rien que dandiner !... Je la tenais serrée dans mes bras... Ah ! fameux gaillard !... Joli schnock ! Ah ! j'imaginais ce qui allait arriver... baiseur de petites filles !... Cochon effroyable !... pervers monstre !... baisé une enfant !... cloque monsieur ! cloque satyre ! Ah ! joli coco !... maudit voyou !... petit fou ! Satyre ! Français ! Mais non pas fou ! Messieurs-mesdames ! Trente-six chandelles ! Bite folle le voilà ! folle ! Méchant garçon ! escarpe ! bandit ! Pendez-moi ça ! Ah ! je l'embrassais !... Je la consolais... Comme ça toujours là sur la pelouse... là tous les deux... nous deux ensemble [4] !...

On pourrait, ne retenant que ces dernières lignes, croire le narrateur empreint d'une quelconque culpabilité. Que non ! Il exulte de cette folie amoureuse, de cette grâce qu'il connaît. Certes Virginia est connue des commentateurs de Céline — et on verra semblable situation avec Toinon, la gamine délurée, et Tourbillon, l'adolescente de *Maudits soupirs pour une autre fois* —, mais peu s'attardent sur elle et la fable de cette histoire qui débonde, alors que Céline faisant foin — ne s'en souciant pas — de toutes préventions, de toutes ligues de vertu et tous perroquets moralisants, a écrit un roman pédophile accompli, une vaste séquence endiablée au sein de sa grande narration de Londres 1916. Est-il trop intrépide, irresponsable, inconscient ? N'écrit-il pas alors sous le régime de « Travail, famille, patrie » ? Est-il provocateur ou innocent de s'ébattre et jouir ainsi au vu de tous ? Non, il n'est rien qu'un écrivain, face à ses fantaisies psychiques, disant la vie en ses fonds inavoués — il est clair que Céline comme Freud a atteint le trognon de l'espèce qui n'est guère joli —, se moquant du qu'en-dira-t-on, de la petite monnaie des belles âmes étriquées, et se déployant dans un art qui n'a de raison d'être qu'au-delà du bien et du mal. Reste qu'un auteur ne saurait envisager aujourd'hui de produire un tel récit car, aujourd'hui, les écrivains ont peur.

On l'a signalé, *Guignol's band I* paraît au mauvais moment. Dans les milieux littéraires on à fort à faire avec les échéances qui s'annoncent terribles. Le livre aura peu d'échos. Les antis se demanderont quel sérieux accorder à ces radotages sur une époque si éloignée et à ces personnages dont aucun n'a à voir avec les valeurs du temps. Les amis exprimeront tout le bien qu'ils en pensent, presque dans l'indifférence. Une seule critique mérite d'être notée, celle de Roger de Lafforet dans *Révolution nationale* du 29 avril 1944 qui voit dans *Guignol's band I* la première œuvre surréaliste authentique. Que n'aurait-il pas écrit s'il avait connu la suite ! L'assertion a de quoi faire bondir quand on sait le peu de cas que Céline faisait du surréalisme dont il disait pis que pendre. Mais ce qui est perçu, par de

Lafforet, au travers du voile onirique que revêt le livre, c'est la poursuite de l'entreprise langagière initiée avec *Mort à crédit*, la soumission à la « dictée intérieure » à l'aune des associations libres. Si l'annexion au surréalisme paraît un peu forcée, n'empêche que *Guignol's band I* et *II* se justifie d'un dépassement luxuriant de ce que promettait *Mort à crédit*, un « jaillissement de geyser à l'abondance inspirée », selon de Lafforet.

Céline se méfiait du jazz, bien que, très soucieux de musique et de mots, il ait pu écrire à Milton Hindus que le jazz « était du nouveau », ou que « le jazz a osé[5] ». Il constate dans la préface à *Guignol's band I* que le jazz a remplacé la valse et que, tout compte fait, il faut s'y faire. « Vous écrirez "téléphonique" ou vous n'écrirez plus du tout[6]. » Il reconnaissait à Paul Morand d'avoir fait jazzer la langue française. Et lui ? Nul doute qu'il a le sens de la rythmique, des pauses, des silences, de la scansion, qu'il chante, qu'il n'est en rien étranger, de par son expérience humaine, à la litanie et à la mélopée des blues, nonobstant qu'il puisse l'ignorer, car il s'ébroue aux mêmes sources. Il a le sens de l'improvisation. S'il garde la maîtrise de sa phrase, il ne dédaigne pas s'égarer entraîné par l'association, l'image imprévues, et se fondre dans la superposition des voies et des voix. En cela il est improvisateur et, comme tel, ne refuse pas les intensités qui montent en lui, le subjuguent et le conduisent à la transe, transe manifeste qui sous-tend les époustouflantes pages de *Guignol's band*. Là aussi, il rejoint le jazz ancestral et les musiques incantatoires. Sa fameuse « petite musique » est également, quoi qu'il en soit, tam-tam, percussif et complexe.

Revenu à la littérature, Céline révèle à quel point son écriture suppose un état extrême, une disponibilité psychique ouverte et dévorante qu'il appelait son « délire ». Il est sans grand intérêt de proposer une hiérarchie des œuvres. Pourtant, effréné, dispersé, littéralement inénarrable, symbole d'une renaissance intime, *Guignol's band I* et *II* s'impose comme le grand roman inégalé de Céline *. Mis à part la version courte de *Casse-pipe*, c'est également le lieu de la dernière apparition de Bardamu. Dans les livres qui suivront, la défroque sera abandonnée, il n'y en aura plus que pour Destouches alias Louis-Ferdinand Céline.

* André Dunand et, plus tard, Catherine Sorba (1996) en ont tenté des adaptations théâtrales tandis que le comédien Claude Mann réalisait un disque pour Ades.

Chemins d'exil

Il comprend tout de suite, il saute, s'installe et ronron... C'est pas un greffe n'importe quoi, il comprend nos conditions, je suis sûr qu'il en sait plus qu'il dit et même sur ce qui va se passer... Le silence animal c'est quelqu'un...

L.-F. CÉLINE,
Rigodon

Juin 1944, Céline a cinquante ans, il a refusé l'Espagne (trop au sud) et vise le Danemark où, à Copenhague, l'attendent ses lingots et l'appartement de Karen-Marie Jensen. Il n'a d'autre choix que de traverser l'Allemagne où il ne pense pas rester. Munis à la fois de leurs fausses cartes d'identité mais surtout des indispensables *fremdenpass* (nominaux ceux-là) qui leur assurent l'hospitalité due aux invités du ministère des Affaires étrangères du Reich, possesseurs aussi de plus d'un million de francs (environ 250 000 euros *) — Céline a vidé ses comptes en banque dont une grande partie provient

* Lucette avait également cousu dans le gilet de Céline et sa ceinture qu'il ne quittait pas des poches où il gardait ses pièces d'or.

des droits d'auteur versés par Denoël pour les ouvrages publiés pendant l'Occupation. Lucette, Bébert et lui arrivent le 19 juin à Baden-Baden, la station thermale réputée destinée aux aristocrates et riches ressortissants d'Allemagne et d'Europe centrale. Bien que située à soixante kilomètres de Strasbourg, la ville de Baden-Baden est non seulement épargnée par les bombardements mais semble être un îlot préservé de l'Histoire, singeant une vie mondaine, luxueuse et ouatée. Le ministère a réquisitionné un palace pour ses hôtes, le Brenner's Park Hotel, encore partiellement habité. Nourriture, hôtellerie, service et environnement sont ceux que l'on peut attendre d'un palace international. Pour Céline, le contraste avec les restrictions parisiennes est spectaculaire. Pendant quinze jours, il va se repaître mais sans oublier le Danemark et, dès le début du mois de juillet, il tente une première mission à Berlin auprès du Dr Knapp, l'adjoint d'Hauboldt, qu'il a vu plusieurs fois à Paris. Céline demande l'autorisation de passer la frontière danoise et de s'installer au Danemark. On prend acte de sa demande mais on lui conseille de retourner à Baden-Baden où la réponse lui parviendra. Au Brenner's il reprend la vie certes agréable mais, pour lui, arrêtée. S'il est invité du gouvernement allemand, il se sent plus sous son contrôle. En effet, l'ancien vice-consul allemand à Marseille, Joseph Schleman, et sa secrétaire très francophobe, Fräulein Fischer, détiennent tous les passeports des résidents dont les fameux *Fremdenpass*. Céline joue néanmoins au médecin, devise avec la veuve du général Van Seeckt qui fut commandant en chef de l'armée allemande de 1920 à 1925 et qui est antinazie. Incidemment, Céline sera témoin, le 20 juillet, d'une fête donnée par les officiers allemands présents à l'hôtel à l'occasion de l'attentat perpétré contre Hitler dont les opposants crurent à tort qu'il avait été réussi. Il observe, amusé, les premiers Français émigrés, dont Maud de Belleroche, qui s'exhibe près des piscines tournant la tête des hommes et qui sera croquée sous les traits de Mlle de Chamarande dans *D'un château l'autre*. Il s'ennuie toutefois, s'inquiète de l'avenir. Baden-Baden ne lui paraît qu'une parenthèse dorée prête à se refermer et plus dure sera la suite. Il commande des lectures à Karl Epting, encore à Paris, pour peu de temps, qui se rend à la librairie Tschann — 84, boulevard du Montparnasse — pour honorer la liste de Céline : *Mémoires d'outre-tombe* de Chateaubriand, les *Poésies* de Ronsard, les *Historiens et Chroniqueurs du Moyen Âge* dans l'édition de la Pléiade, des poésies allemandes traduites par Epting, *Voyage au bout de la nuit*, *Mort à crédit* et *Les Beaux Draps*. Il est surprenant de constater qu'en cette période chaotique, le courrier, même diplomatique, fonctionne toujours. Peut-être Céline a-t-il le temps de se pencher sur *Guignol's band II* dont il a apporté avec lui — un double ? — le manuscrit. Lucette et lui se lient aussi à un couple de Suisses, Paul et Hélène Bonny, leurs voisins d'étage. Bonny a été compromis par son travail de traducteur pour l'ambassade d'Allemagne et par les quelques billets qu'il a fait passer à Radio-Paris où officiait un autre Suisse, Georges Oltramare dit Dieudonné. D'emblée, Céline voit dans Bonny une piste possible pour la Suisse.

Première quinzaine d'août, les conditions changent. De nombreux émigrés débarquent de Paris dont Jean Luchaire, sa fille Corinne, une actrice, Jean Hérold Paquis, Marcel Déat, Pierre Costantini, Alphonse de Chateaubriant, Fernand de Brinon, etc., et Le Vigan. Devant cet afflux, Céline et Lucette Almansor sont déménagés de la chambre résidentielle qu'ils occupaient au premier étage pour une chambre sous les combles, tandis que baisse la qualité des menus. Céline se sent de moins en moins disposé à partager avec la débandade collaborationniste et devine que son destin risque de lui être lié alors que, lui, n'est en Allemagne qu'en transit et n'a d'autre projet que de rejoindre le Danemark. Karl Epting, après la débâcle parisienne de l'armée allemande à Paris, est revenu à Berlin et, fin août, il rend visite à Céline, qui l'a réclamé instamment, à Baden-Baden. De leur entrevue il ressort que Céline, Lucette et Le Vigan ont permission de se rendre à Berlin pour rencontrer Hauboldt. Berlin est très endommagé par les bombardements incessants. À l'hôtel Adlon, toujours debout et d'un relatif standing, ils sont refusés à cause de Bébert, les animaux n'étaient pas admis. Ils se résignent à un hôtel de moindre prestige, le Zénith dont Céline fera la savoureuse description dans *D'un château l'autre*. Hauboldt les reçoit dans son bunker souterrain de Grünewald et propose à Céline un poste de médecin appointé — Céline n'avait-il pas désiré travailler comme médecin auprès de la communauté des travailleurs français du S.T.O. ? — que celui-ci refuse. Hauboldt décide alors, au terme de dix jours passés à Berlin, de les héberger dans une propriété, dépendant en partie du ministère de la Santé, à Kränzlin, à quelques dizaines de kilomètres au nord-ouest de Berlin. Il s'agit en fait d'une propriété agricole de plusieurs hectares, proche du village de Neuruppin, appartenant à la famille Scherz qui a concédé un bâtiment au ministère. Des groupes divers vivent sur le territoire de la propriété : un groupe d'objecteurs de conscience allemands, un de prisonniers français, un de prisonniers russes, un de prostituées transférées de Berlin et sous contrôle disciplinaire, un de gitans. La famille Scherz se compose d'Erich Scherz, quatre-vingts ans, ancien militaire, de son fils, Erich Scherz junior, âgé de quarante-cinq ans, paraplégique, qui dirige l'exploitation avec sa femme Asta, quarante-trois ans, dont il a deux enfants, et la belle-sœur de Erich père : Käthe Lake, pianiste à ses heures. Elle partage avec son beau-frère quelques pièces du premier étage du bâtiment central, appelé le château dont le rez-de-chaussée est occupé par la dépendance du ministère tandis qu'Erich fils et sa famille disposent d'une villa. Le château est affublé de deux tours latérales dont l'une sera affectée à Céline et Lucette pour l'occupation d'une pièce du haut, spartiate, sans eau, ni toilettes, et une du bas, insalubre, à Le Vigan.

Le séjour va durer six semaines. Le trio n'est pas le bienvenu. Il est suspect aux yeux de tous, des Scherz en premier qui se le voient imposer — mais Hauboldt semble avoir les faveurs d'Asta Scherz — et ne lui faciliteront en aucune manière le quotidien, aux yeux des prisonniers qui y voient des « collabos », et de la population aux sentiments antifrançais. Le trio est tenu de demeurer à l'intérieur de la propriété, sous l'autorité du *Landrat*, un administrateur chargé de Neuruppin et plutôt débonnaire. Céline prend alors conscience de sa condition de réfugié toléré. Rien ne lui est concédé. La chambre est glaciale, la nourriture très insuffisante, son périmètre de sortie restreint, l'environnement déprimant — une étendue prussienne froide et sans reliefs —, l'hostilité sourde et menaçante. Cependant, il obtient un nouveau sauf-conduit d'Hauboldt de quarante-huit heures pour Rostock — y a-t-il promesse d'un poste de médecin ? Mais pour quelle fonction ? —, ce port peu amène de la Baltique avec, à proximité, le Danemark et la plaque tournante de Warnemünde. Céline constate que la zone est fortement militarisée et que toute velléité de passage clandestin dans les îles danoises est vaine, voire dangereuse. Le retour à Kränzlin est donc obligé. Les raids aériens sur Berlin sont de plus en plus nombreux. Le soir, on devine les gigantesques faisceaux lumineux de la D.C.A. et les lueurs des bombes incendiaires tombées sur la capitale.

Céline a appris qu'une colonie française était réunie dans le Sud, au Bade-Wurtemberg, à Sigmaringen. Il n'a rien à gagner à rester à Kränzlin, dont dans *Nord* — le livre sera publié en 1960 — il fera une telle caricature qu'elle lui vaudra un procès de la part de la famille Scherz et d'Hauboldt pour diffamation. Le mieux est de se retrouver en compagnie française. Parce qu'il y a pénurie de médecins, qu'on y parle français — et pour Céline c'est capital : il est en manque de sa langue — et qu'on y est près de la Suisse, à quelques lieues. Sigmaringen, qu'il s'obstinera à écrire Siegmaringen — *Sieg,* de quelle victoire voulait-il parler ? — est une petite ville à cent kilomètres de Stuttgart, au bord du Danube. Le château des Hohenzollern la domine, immense, romantique. Les nazis l'ont réquisitionné et ont amené dans leurs fourgons contre son gré ce qui demeurait de représentation vichyssoise, et qu'ils logent — Pétain, Laval, les prétendus ministres — aux étages supérieurs de l'édifice. Les exilés de Baden-Baden ont été évidemment fermement priés de rejoindre Sigmaringen où se retrouvent donc entre mille deux cents à mille cinq cents Français, tous en rupture avec le pays, sous l'égide d'une pseudo-commission gouvernementale française, théâtre de désolantes et minuscules rivalités entre les anciens de la collaboration. Par les Bonny, eux aussi réfugiés à Sigmaringen, Céline fait passer un courrier à de Brinon en lui proposant d'assurer une activité de médecin dans la colonie. La réponse de De Brinon est immédiate et favorable car il n'y a là qu'un seul médecin en exercice, le Dr Jacquot, un ex-membre du R.N.P de Déat. Avec l'accord d'Hauboldt, fin octobre, Céline et Lucette, flanqués de Le Vigan, parviennent à Sigmaringen. La description qu'a faite de cette arrivée Lucien Rebatet, déjà sur place, est anthologique. Bien que citée par de nombreux biographes, il est impossible de ne pas la reprendre ici.

Quand un matin du début novembre *, le bruit se répandit dans Sigmaringen : « Céline vient de débarquer », c'est de son Kränzlin que le bougre arrivait tout droit. Mémorable rentrée en scène. Les yeux encore pleins du voyage à travers l'Allemagne pilonnée, il portait une casquette de toile bleuâtre comme les chauffeurs de locomotives vers 1905, deux ou trois de ces canadiennes superposant leur crasse et leurs trous, une paire de moufles mitées pendues au cou, et au-dessous des moufles, sur l'estomac, dans une musette, le chat Bébert, présentant sa frimousse flegmatique de pur Parisien qui en a connu bien d'autres. Il fallait voir dans l'apparition de ce trimardeur, la tête des militants de base, des petits miliciens : « C'est ça, le grand écrivain fasciste, le prophète génial ? » Moi-même, j'en restais sans voix [1].

Céline ne passe jamais inaperçu, ni Bébert, considérablement amaigri, qui a surmonté Kränzlin, et qui, à Sigmaringen, va être un peu mieux loti grâce à la générosité d'un charcutier qui le prend en sympathie. À Céline et Lucette on attribue la chambre 11 de l'hôtel Zum Löwen, près de celle des Bonny. Le Vigan sera logé à l'hôtel Dären. Les conditions sont médiocres, l'ameublement très rudimentaire et les toilettes sur le palier, débordantes, puisque le Löwen, conçu pour accueillir moins de cinquante pensionnaires, en héberge près de cent cinquante ! La chambre du Dr Muller dont la mission est de surveiller les Français se trouve également au Löwen ainsi que celle du *Gauleiter* Boemelburg, ancien de la Gestapo à Paris, qui déambule en compagnie de deux bergers allemands auxquels, selon Céline, il donne à manger de la chair humaine. D'emblée Céline se met au

* Rebatet se trompe sur la date de quelques jours.

travail. Il consulte au cabinet du Dr Gunther, un dentiste mobilisé au front, et au Fidelis, un couvent transformé en maternité. Le soir, il reçoit dans sa chambre. Il frappe par son dévouement à la communauté et son désintéressement — il n'ira jamais chercher ses bulletins de paie préparés par la commission gouvernementale. Plus, il prélèvera sur ses propres deniers l'achat des médicaments devenus rares et dont la plupart viennent de Suisse, sans jamais rien réclamer à quiconque. Parmi ses patients, une femme d'élite, la mère d'Abel Bonnard, l'académicien ex-ministre de l'Éducation nationale de Vichy, nonagénaire et moribonde : « Ma plus vieille malade... quel bel esprit ! Finesse ! Mémoire ! Christine de Pisan ! Louise Labé !... Marceline ! Elle m'a tout dit, tout ! récité ! Comme je l'aimais bien[2]. » Il partage les tâches avec le Dr Jacquot mais ne rencontre pas Ménétrel, le médecin personnel de Pétain qui sera d'ailleurs évincé par de Brinon pour raison de rivalité et remplacé par un médecin d'un stalag voisin, le Dr Schellemans *. Céline n'a pas accès au château, sinon par les invitations de Laval qu'il accompagne quelquefois en promenade, ou bien en allant à la bibliothèque des Hohenzollern — quatre-vingt mille volumes — où il consulte avec passion la collection de *La Revue des Deux Mondes*. Lucette, de son côté, à la forte instigation de Céline, continue ses exercices de danse. Elle réussit à disposer d'une galerie du château, tandis que la pianiste Lucienne Delforge,

* Céline, médecin de Pétain, est donc pure fable.

elle aussi à Sigmaringen, occupe une autre salle pour répéter. Elle donnera des concerts.

La vie s'organise donc, mais elle est précaire. Tous les jours, des escadrilles alliées traversent le ciel de Sigmaringen en direction du nord et de l'est, celles du 15 février 1945 iront bombarder Dresde dont il ne restera rien. Des nouvelles de la bataille de France parviennent, Leclerc est entré dans Strasbourg, les Américains attaquent à l'ouest, leurs canons grondent. La brève contre-offensive de von Rundstedt dans les Ardennes les 15 et 16 décembre 1944 redonnera quelque espoir aux plus optimistes des émigrés et fera long feu. Céline est lucide. Il sait évidemment que la guerre est perdue et souhaite qu'elle s'achève au plus vite. Pour l'heure, il continue à être médecin, tente de pallier la mauvaise nourriture en achetant des produits au marché noir guère fourni de Sigmaringen. Il est peu enclin à fréquenter le monde collaborationniste transporté de Paris dont il juge la comédie du pouvoir ridicule et désespérante. Certains, tel Jean Hérold Paquis, lui rendent bien son aversion. On le voit toutefois en compagnie de quelques ex-dignitaires de Vichy comme Paul Bichelonne, polytechnicien, ancien ministre de l'Industrie qui va mourir malencontreusement en décembre 1944 dans un hôpital allemand, officiellement d'une embolie pulmonaire postopératoire, ou encore Abel Bonnard et Paul Marion, transfuge du parti communiste et ministre de l'Information. Il accepte les rendez-vous de Pierre Laval — au profil tellement sémite ! — qui le nomme gouverneur de

Saint-Pierre-et-Miquelon ! Il maintient ses relations avec de Brinon, en particulier par sa secrétaire Mme Mitre, celle qui l'accueillait déjà place Beauvau. Otto Abetz, l'invite un soir à un dîner au château où il y a plus à boire qu'à manger. Quant à Pétain, celui-ci le dédaigne, se contentant de saluer respectueusement Lucette Almansor lorsqu'il la croise lors de sa promenade. Sigmaringen abrite une sorte de vie provinciale, suspendue, une partie de France, en zone occupée, avec sa piétaille qui a mal choisi et qui, après avoir profité, va payer, ses marionnettes et pantins politiques, policiers et militaires, qui persistent à se croire la France légitime, tandis que Céline, convaincu que c'est une fin de partie, ne songe qu'à fuir.

La situation fin 1944, début 1945, est encore confuse et peu propice. Les Allemands essaient d'organiser une « Division Charlemagne », une nouvelle mouture de la L.V.F., à partir des dix mille miliciens de Darnand, chef de la milice, dont la plus grande partie est regroupée en dehors de Sigmaringen, associée aux hommes de Doriot retranchés avec leur chef sur les rives du lac de Constance et qui ne se mêlent pas à la communauté de Sigmaringen, plus des militaires et policiers encore dépendants de la Commission gouvernementale. Céline y est farouchement opposé, craignant le très probable massacre de la Division. Les Allemands tentent d'insuffler un peu de dynamisme en convoquant une Association des intellectuels français en Allemagne qui se solde par un échec. Il n'y aura que deux réunions ! Céline y affichera son défaitisme et définira Sigmaringen comme une banlieue de Katyn ! Un jour le fasciste belge, le rexiste Léon Degrelle, vient faire une conférence, elle aussi destinée à ranimer le moral des troupes. Céline quitte la salle à la moitié de l'exposé de Degrelle, ostensiblement. Selon François Gibault, les deux hommes se seraient revus après. Étant donné sa notoriété, les propos de Céline, qu'il discipline de moins en moins, alertent les Allemands. Certains en rient, d'autres, tel le S.S. Boemelburg — il aurait confié qu'il était nécessaire de fusiller Céline —, en sont irrités. À Sigmaringen, en paroles, Céline est donc un subversif sur fond de désenchantement dont Schillemans, le médecin du château témoignera : « [...] il me brosse le tableau de la situation militaire telle qu'il la voyait : "J'ai l'impression que ce coup-ci, ils [les Allemands] sont stratifiés, cristallisés. Fini les replis élastiques, le caoutchouc est sclérosé" [...]. Céline semblait à présent regretter beaucoup de choses. Je ne pouvais me débarrasser du souvenir de ces grands yeux affamés qu'il avait posés sur moi, ces yeux qui semblaient appeler au secours, contrastent étrangement avec sa voix gouailleuse, l'humour et le sens comique du personnage, tous ces côtés de chansonnier montmartrois[3]. »

Le 15 février 1945, Doriot meurt sur la route dans sa voiture criblée de balles par un avion allié volant à basse altitude. Qui pouvait être au courant de ce déplacement de Doriot ? Une suspicion demeure. Les Allemands n'ont-ils pas commandité l'acte afin de se débarrasser de lui ? Qu'importe, à Sigmaringen cela signifie que le danger est imminent. Céline est désemparé. Comment quitter cette souricière ? La Suisse est si proche. Il s'est exercé avec Lucette et Bébert à marcher dans la neige. Il rêve de profiter d'un défaut de la surveillance allemande à la frontière. Le couple (avec Bébert) a failli prendre un train clandestinement — et en marche — à la gare de Sigmaringen, mais les sentinelles allemandes les en ont dissuadés sans ménagement. Le 22 janvier, Céline avait écrit au consul général suisse de Stuttgart, se fiant aux conseils de Bonny, une lettre où il faisait état de ses qualités de médecin et d'écrivain et de ses avoirs en pièces d'or et bijoux pour un équivalent de 12 000 francs suisses, suggérant qu'il pourrait tripler cette somme par des apports venant d'Espagne (vraisemblablement par l'intermédiaire de Karen-Marie Jensen). Il ne souhaite que l'octroi d'un court séjour, le temps que les conflits en France s'apaisent. La lettre restera sans réponse. Les Suisses, qui n'ont pas été des plus zélés et accommodants avec ceux qui se pressaient à leurs frontières, fuyant l'oppression, n'avaient sans doute guère envie de laisser s'installer chez eux un être aussi controversé et sulfureux que Céline. Il en revient donc au projet danois et se tourne vers les autorités allemandes, enfin, vers ce qui lui reste de relations. Parmi elles, Heller, l'ex-chef de la censure à Paris, mais ce dernier est en disgrâce. On ne sait comment, compte tenu de la désorganisation de l'Allemagne, Céline réussit à recontacter Hermann Bickler replié en Forêt-Noire, ni comment celui-ci put le visiter à Sigmaringen à la fin du mois de février. Bickler, à la requête de Céline, intervient alors sur deux plans. D'abord en imposant à Boemelburg d'accorder à Céline et à sa femme le droit de quitter Sigmaringen munis des divers laissez-passer pour traverser le pays en direction de l'Allemagne du Nord et, ensuite, en écrivant au ministre plénipotentiaire allemand au Danemark, Werner Best, dont nous avons dit que Céline l'avait connu à Paris. La réponse de Best sera positive. Quant à Boemelburg, il s'inclinera devant Bickler. Pour les aider dans ce périple, en réalité une véritable épopée, un ancien de la L.V.F., qui occupa un poste d'infirmier auprès de Céline à Sigmaringen, leur est adjoint. Il se nomme Germinal Chamoin. Il est connu pour sa loyauté exemplaire et son impressionnante débrouillardise. Sa mission consiste à accompagner le couple jusqu'à la frontière danoise, à s'assurer que leur passage au Danemark est effectif et à revenir à Sigmaringen.

Le 22 mars au soir, Céline, Lucette, Bébert et Germinal Chamoin quittent Sigmaringen. Un petit comité composé d'Abel Bonnard, Le Vigan, le Dr Jacquot, Paul Marion, Rebatet vient les saluer. Le train qui va les emporter est d'après Rebatet « un de ces misérables trains de l'agonie allemande avec sa locomotive chauffée au bois[4] ». Les deux cents kilos de bagages emportés par le couple ont été hissés à bord, le train s'ébranle. Céline est joyeux et Rebatet commente * : « Nous autres, nous restons, le cœur serré, dans l'infernale chaudière. Mais point de jalousie. Si nous devions y

* Ce petit monde au bord du cataclysme est-il au courant du suicide de Drieu, resté à Paris, survenu le 15 mars ?

passer, du moins le meilleur, le plus grand de nous en réchapperait[5]. » Frédéric Vitoux a bien résumé le contexte dans lequel allait avoir lieu le voyage et l'état des voyageurs :

> La folle odyssée commençait pour Céline et ses compagnons, vers le nord, vers le Danemark, vers la terre promise entre deux bombardements, deux tiraillements, tels des spectres écrasés, hébétés de fatigue, dans un paysage crépusculaire, des cités à la dérive, une population troglodyte qui attendait le pire — la mort ou les cosaques — en songeant avec une incrédule frayeur au (déjà vieux) rêve hitlérien du grand Reich qui devait durer mille ans[6].

C'est peu dire que le voyage est mouvementé au travers d'une Allemagne écrasée, de villes détruites, des multitudes décimées, hagardes, dans un décor d'anéantissement. C'est par Chamoin, qui en nota scrupuleusement les différentes étapes, que nous connaissons l'itinéraire de Céline, lequel, bien évidemment, toujours entraîné par son autofiction — elle donnera *Rigodon* — va dresser un tableau encore plus effroyable, comme si besoin était, de cette montée vers le Nord. Dix-huit jours de tribulations selon lui, quatre armées en lutte, des marches de nuit dont l'une de trente-cinq kilomètres sous un feu pire qu'en 1917, Bébert stoïque, héroïque, dans sa gibecière ne se nourrissant pas, n'urinant pas, n'émettant aucune plainte, aucun miaulement. Un chat à la hauteur de l'événement qui manqua rester à Sigmaringen chez le charcutier qui l'avait pris en sympathie. Céline, prévoyant les aléas redoutables du voyage, s'était résolu à se séparer de Bébert, lequel, s'étant échappé, avait traversé la bourgade, rejoint le Löwen, juste avant le départ de ses maîtres. Face à un tel attachement, Céline, ému, ne put que l'emmener avec lui.

Pour ce qui concerne l'équipée, sa réalité, bien que très harassante, est moindre *. Elle ne dura au maximum que cinq jours, puisque Céline et Lucette prirent le train pour Copenhague le 27 mars. Mais ces cinq journées furent riches en péripéties. Sans reprendre le détail de toutes les stations, sachons qu'ils prirent une vingtaine de convois — certains pour quelques minutes seulement à cause du risque de bombardement, du renoncement des autorités à poursuivre plus avant parce que les voies inutilisables ne le permettaient plus —, qu'ils bringuebalèrent d'Ulm (où avaient eu lieu les obsèques nationales du maréchal Rommel le 18 octobre) à Augsbourg, Nuremberg — la ville symbole du triomphe nazi, en flammes —, Hanovre, Hambourg calcinée et détruite, Altona et, finalement, Flensburg, le terme de la mission confiée à Chamoin, rencontrant des errants les plus insolites, Pipo l'Italien, un Anglais paralysé, une colonie d'enfants retardés mentaux, mais sans jamais s'approcher de plus de deux cents kilomètres des lignes du front. Nous sommes donc loin des trois semaines contées par Céline, du déluge de feu en zone de combat. N'empêche que la dévastation des paysages était totale, que l'humanité se délitait au fur et à mesure du voyage. À Flensburg, amaigris, faméliques, assoiffés, clochardisés dans leur apparence, leurs bagages égayés, Céline et Lucette, qui

* Selon les confidences de Chamoin à François Gibault.

ne devaient leur survie qu'à Chamoin qui les porta sans faillir avec son génie de l'opportunité, attendirent, désarmés, un hypothétique train pour Copenhague. C'était dans la nuit du 26 au 27 mars 1945. Un train se présenta, un convoi sanitaire suédois, le dernier peut-être, qui rapatriait d'urgence ses ressortissants, sous l'autorité d'un médecin lieutenant-colonel. Le train stationna quelques heures. Céline parlementa en anglais avec le médecin responsable, faisant état de sa propre qualité de médecin français. En vain. Au moment où le train se mit en route, Lucette eut un malaise dû à la fatigue et à l'inanition. Elle manqua passer sous les roues. Un voyageur se saisit d'elle et la fit grimper dans le wagon. Céline se précipita par réflexe et monta aussi à bord. Et ce fut l'adieu à l'Allemagne.

Beaucoup qui se vantent d'avoir vu l'anarchie allemande, ils étaient pas là, nous on était, et pas pour rire ... J'ai vu bien des choses mais l'Allemagne en furie nihiliste vous oubliez pas [7]...

Prisonnier

On a beau dire ou prétendre, le monde nous quitte bien avant qu'on s'en aille pour de bon [...]. On n'est plus qu'un vieux réverbère à souvenirs au coin d'une rue où il ne passe déjà presque plus personne.

L.-F. Céline,
Voyage au bout de la nuit

Le 28 mars 1945, Louis et Lucette se présentent à l'hôtel d'Angleterre, l'hôtel le plus réputé de Copenhague, où il a rang de palace, et que Louis a fréquenté lors de précédents séjours. Ils sont sales, hâves, dans leurs habits froissés, trop amples. L'hôtel est en grande partie réquisitionné par l'état-major de l'armée allemande. La réception hésite à les recevoir, mais Céline insiste — ne le reconnaît-on pas ? Ne fut-il pas client ? — et, finalement, ils sont admis ainsi que Bébert. Durant deux ou trois jours, ils savourent et redécouvrent la civilisation, sommeil tranquille, bains chauds, confort, nourriture abondante. Ils renaissent. Le Danemark est toutefois occupé et le représentant du Reich est, on le sait, Werner Best, celui-là même qui a accordé au couple le droit d'entrée au Danemark. Werner Best, membre du parti nazi, a sévi jusqu'en 1942 à Paris au titre de la police militaire. Il a participé à la répression envers les Juifs et dépendait d'Himmler qui, à la suite de l'assassinat d'Heydrich, a songé à le nommer à sa place. Fut-il barré par la hiérarchie ou en disgrâce provisoire ? Il choisit un autre clan, celui de Ribbentrop, le ministre des Affaires étrangères. En 1943, il est à Copenhague, chef de la légation allemande. Prudent, il pense à ses arrières et affiche une certaine tolérance. Le Parlement a pu être renouvelé après des élections législatives et le roi Christian X n'a pas été destitué. Il proposera de porter l'étoile jaune lorsque les habituelles mesures discriminatoires contre les Juifs seront avancées par Best qui, au vu de l'indignation populaire, n'insistera pas. Plus, fin 1944, début 1945, fort de ses liens occultes avec la Résistance où les communistes sont très actifs, il fera prévenir les réseaux de l'imminence des rafles. Ce qui permit de sauver semble-t-il, par le passage en Suède, la totalité des Juifs résidant au Danemark. Les restrictions sont modérées, la campagne danoise est riche et l'on trouve sur les marchés, en abondance, les denrées nécessaires. Selon les historiens, le contrôle nazi sur la vie du pays est plus léger qu'ailleurs, le Danemark est une sorte de « Suisse du Nord ». Quand Céline y débarque, en guise de résistance le Parlement et le gouvernement ne siègent plus. De hauts fonctionnaires autochtones assurent le maintien de l'État et de l'administration. Moins de deux mois plus tard, le 4 mai, l'armée anglaise libère le pays et les Allemands capitulent en bon ordre et sans violence. Ils quittent Copenhague en défilant dans les rues, tenant en laisse leurs chiens de berger.

Les premiers jours, Céline rencontre Werner Best qu'il remercie de l'avoir accueilli au Danemark et obtient la régularisation des documents officiels qui lui permettent un séjour légal. Il contacte simultanément les amis de Karen-Marie Jensen, Mme Lindequist, Hella Johansen et sa fille Bente. Il ne va pas tarder à retrouver une vieille connaissance qui, un temps, fréquenta l'atelier de Gen Paul, le pharmacien Knud Otterström, et aussi le danseur Berger Bartholin qu'il croisa à Londres en 1936. Tous ces noms sont importants car ils vont veiller à la récupération de l'or, à l'installation du couple, et de Bébert, dans les meilleures conditions, en particulier en lui ouvrant leurs propres portes et celles de l'appartement de Karen-Marie Jensen, au 20, Ved Stranden. Bien situé dans le Copenhague historique, dans un immeuble où habita Andersen, c'est un trois-pièces coquet, dont le seul inconvénient est d'être situé sous les toits, donc très chaud en été, très froid en hiver. Le couple va l'occuper huit mois et, dès mai, dans un Danemark redevenu souverain où l'épuration, comme partout en Europe, bat son plein (douze mille internés dont un certain nombre d'exécutions capitales), Céline, *de facto*, se vit comme clandestin. Il revêt l'identité fictive d'un dénommé Louis Courtial, et Lucette, celle de Lucie Jensen. Il sort peu, sinon pour acheter les journaux et promener Bébert, furtivement. Il se laisse pousser la barbe, se remet à travailler au manuscrit de *Guignol's band II*. De son côté,

Lucette s'active. Avec l'aide de Bartholin, elle donne des cours de danse, espagnole et orientale, ce que désapprouve le directeur de l'Opéra, Harald Lander. Par l'entremise de Mme Lindequist et de Knud Otterström, le 16 mai, Céline va à son premier rendez-vous avec l'avocat Thorvald Mikkelsen. Résistant, très coté au barreau de Copenhague, il entretient des relations amicales et suivies avec nombre des personnalités influentes de la capitale. Francophile, homme de culture, il vient de perdre sa femme, une Française âgée de cinquante-trois ans. On le dit inconsolable. Est-ce en mémoire d'elle qu'il accepte de prendre en charge ce couple de réfugiés français dont l'homme est un écrivain célèbre ? Toujours est-il que, le 16 mai, il devient l'avocat de Céline avec l'avantage non négligeable de pouvoir convertir l'or, dont la possession est interdite au Danemark, en monnaie.

Le 1er juin, Mikkelsen dépose, à la requête de Céline, auprès des autorités danoises, une demande de permis de séjour pour Louis et Lucette au nom de Destouches. Le permis sera accordé. Céline se voulait en règle, il l'est. Il peut se consacrer à l'écriture. Il termine un nouvel argument de ballet, *Foudres et flèches*, qui se déroule dans le monde des dieux grecs, donc bien loin de l'actualité. Dès lors, eu égard à la méfiance instinctive de Céline pour tout, la vie recommence. Il communique peu, hormis avec le cercle restreint des amis danois. Mikkelsen, dont la vie mondaine est florissante, l'invite dans sa maison de campagne et lui fait connaître Aage Seidenfaden, le chef de la police de Copenhague, heureux d'approcher Céline qu'il prendra plus tard sous sa protection, et Herman Dedichen, un proche, actionnaire du journal centriste *Politiken*. Avec Paris, Céline est très discret. Il refuse de contacter Gen Paul, trop bavard, et qui lorgne vers les États-Unis. où il ira passer deux ans. Il correspond avec Marie Canavaggia, les parents de Lucette — les Pirazzoli — à Nice, Karen-Marie Jensen à Madrid. Leur courrier est adressé chez Bartholin au nom de Jensen. C'est par l'intermédiaire des Pirazzoli que le vieil oncle de Céline, Julien-Louis Guillou, l'informera de la mort de Marguerite Destouches. Cette mort affectera profondément Céline. La dernière image qu'il gardera d'elle, la regardant partir seule, clopinant, lors de leurs adieux, sera celle d'un chien battu. Elle sera enterrée au Père-Lachaise et il n'aura de cesse que de vouloir l'y rejoindre. Pendant ce temps, Paris a rétabli ses relations (nouvelles) avec le Danemark par une légation transformée ultérieurement en ambassade et dont la direction est déléguée à l'ancien chef de cabinet de Georges Bidault, premier ministre des Affaires étrangères d'après la Libération, Guy de Girard de la Charbonnière du Rozet, qui prend ses fonctions en octobre 1945. Par les journaux, par la radio — il capte Radio-Brazzaville ! —, Céline se tient au courant des événements français, le procès de Pétain, celui de Laval. Il découvre la liste noire, où, évidemment, il figure, dressée par le Comité national des écrivains, mais il ignorera l'article de Sartre dans *Les Temps modernes* du 1er décembre 1945, repris ensuite dans *Réflexions sur la question juive* qui l'accusera, sans preuve, d'avoir été payé par les nazis. Il apprendra aussi l'assassinat de Robert Denoël, survenu le 2 décembre. Il pressent une épuration sauvage. Il l'avait prévue. La sagesse lui commande de ne pas se montrer, de prendre toutes les précautions, y compris par rapport à la petite communauté francophone de Copenhague *. Il est donc, par nécessité, reclus volontaire.

Cette sorte de paix momentanée fut rompue brutalement à la mi-décembre par la révélation de la présence de Céline à Copenhague. C'est un organe de presse français, *Samedi-Soir* — bien que *L'Aurore* et *Le Figaro* eussent, dès octobre, brisé le secret —, qui, le premier, l'affirma de source sûre. Le 16, *Politiken*, journal de centre-droit, reprit l'information. Le 17, après l'heure de fermeture des bureaux, de Girard de la Charbonnière appela le cabinet du ministre des Affaires étrangères, Gustav Rasmussen, et lui transmit la demande française : l'arrestation sans délai de Céline dont l'adresse fut fournie par de la Charbonnière. Le 18, la légation fit état de la seconde demande : l'extradition. Le 17 déjà, en fin d'après midi, Rasmussen avait donné l'ordre à la Sûreté d'arrêter Céline. Ce qui fut effectif dans la soirée, vers vingt et une heures, quand trois policiers se présentèrent au domicile du 20, Ved Stranden. Aux sommations à ouvrir des policiers, Céline et Lucette, derrière la porte, persuadés qu'il s'agissait d'un commando communiste chargé de les assassiner, se terrèrent et s'affolèrent.

* On peut s'interroger sur le fait que Céline vint au récital de poésie de la Résistance que donna Jean-Louis Barrault en octobre 1945 à Copenhague. Quel bénéfice avait-il à s'exposer ainsi ?

Ils envisagèrent de s'enfuir par les toits, ce qui était irréalisable et débouchait en impasse. Céline chargea un pistolet qu'il tint à la main, prêt à tirer. Lucette, qui hurlait, eut la bonne idée d'appeler Bartholin qui habitait à proximité et parlait français. Celui-ci accourut et convainquit le couple de l'incontestable identité des policiers. Rassuré, Céline ouvrit et, accompagné de Lucette, consentit à suivre les policiers qui ne connaissaient pas les motifs de cette arrestation. Ils fouillèrent l'appartement qui leur parut fort en désordre, les fauteuils en cuir, canapés, et meubles anciens lacérés par les griffes de Bébert. Ils trouvèrent tout un attirail de canules, de poires à lavements, de brocs, et déduisirent qu'ils étaient probablement au domicile d'un médecin avorteur. Double méprise quand on sait que Céline se servait de ce matériel pour atténuer sa constipation chronique et sa dysenterie et qu'il n'avait jamais pu supporter l'idée de pratiquer des avortements. Quant à Bébert, les policiers en prirent soin et le confièrent à la garde d'une clinique vétérinaire jusqu'à ce que Hella Johansen vînt le récupérer. Finalement, le couple fut amené dans les locaux de la police pour interrogatoire. Chacun s'effondra et pleura. Une tension céda-t-elle ? Une angoisse s'évacua-t-elle ? Le lendemain, ils furent conduits en prison, séparément.

Quelle était l'indiscrétion, quelle était l'imprudence qui avaient déclenché l'affaire ? Le correspondant de l'A.F.P. à Copenhague, un nommé Samuelson — Céline s'obstinera à l'orthographier Simonsen —, avait connaissance de la présence de

Céline dans la capitale danoise. Il avait même sollicité un entretien. Par quelle voie ? Par quel biais ? Baissant sa garde, Céline en avait-il accepté le principe avant de se dédire ? Samuelson a admis avoir parlé de la situation de Céline à des confrères français. D'où l'article de *Samedi-Soir*. Céline était depuis le 19 avril 1945 sous le coup d'un mandat d'arrêt délivré par le juge Zousman pour l'inculpation de trahison en vertu des articles 75 et 76 du code pénal et cela apparaissait dans les dossiers des diplomates à l'étranger. À l'automne, la légation avait reçu un courrier anonyme qui l'informait que Céline se cachait à Copenhague. Est-ce l'œuvre de cette femme dont Céline fait mention dans sa lettre du 19 mars 1947 au graveur Jean-Gabriel Daragnès, femme à peine entrevue auparavant, croisée dans la rue, et qui lui aurait — mais est-ce une invention célinienne ? — offert de faire l'amour ? Sans succès. N'importe comment, dans ce type de situation, la délation fleurit. Le vendeur de journaux auquel se fournissait Céline, à la lecture de *Politiken,* ne téléphona-t-il pas à la police le soir même, donnant l'adresse de son client ? L'arrestation confirmée, de Girard de la Charbonnière en informa son ministre de tutelle, Bidault. En retour, quelques pièces supplémentaires lui furent envoyées et ajoutées au mandat d'arrêt dont on jugera du sérieux très relatif : l'intervention à propos de Doriot dans *Le Cri du peuple* du 31 mars 1943, la lettre (entretien) à Jamet dans *Germinal* du 28 avril 1944, *Guignol's band I* et la préface à *Bezons à travers les âges* ! C'est-à-dire presque rien. Avant cette accélération, de Girard de la Charbonnière connaissait la présence de Céline à Copenhague, et ce, dès son arrivée. Il ne bougea pas. Pas plus après réception de l'ordre de demande d'extradition daté du 23 novembre. Peut-on s'en étonner quand on sait que Bidault admettra plus tard — le très médiatique procès des criminels de guerre de Nuremberg venait de s'ouvrir — que « l'affaire Céline » avait été le cadet de ses soucis ? Il n'avait fait que suivre la routine des procédures habituelles.

Dès lors, pourtant, la machine ne pouvait que s'enclencher avec plus ou moins de volonté locale. De la Charbonnière reprochera à Samuelson, qu'il avait convoqué, d'avoir sorti l'information. Que Céline fût à Copenhague, inoffensif, ne le gênait apparemment pas. La nouvelle rendue publique, compte tenu du climat passionnel qui régnait en France, de la Charbonnière ne pouvait qu'engager les procédures et s'atteler à leur aboutissement. Trop, nous le verrons. Une autre hypothèse a été formulée pour expliquer le déclenchement soudain de l'intervention policière. Mikkelsen et son ami Dedichen étant alors en voyage aux États-Unis, les communistes projetaient d'assassiner Céline. Et c'est pour le soustraire à eux que l'on procéda à son arrestation. Est-elle crédible, cette hypothèse, quand on sait que la prison de Vestre Faengsel où furent emprisonnés Céline et Lucette était tenue, comme on a pu en témoigner, par les communistes ? Et que penser de Céline lui-même qui fut averti, la veille, de son arrestation, par la fille du chef de la police, Seidenfaden, qui le pressa de fuir en Suède, et qui n'en fit rien, se sentant sans doute protégé par Seidenfaden ?

Louis et Lucette furent donc incarcérés à Vestre Faengsel, vaste bâtiment du XIXe siècle, à l'ouest de la ville, qui contenait une section hommes avec plus de deux mille prisonniers et une de femmes d'à peine une centaine de détenues. La population était mêlée. Droit commun, voleurs et criminels, peines préventives et condamnés à mort, collaborateurs, politiques — comme Werner Best avant qu'il fût transféré — s'y côtoyaient. Lucette sortira au bout de douze jours, le 28 décembre. Rien ne devait être retenu contre elle, et le gouvernement français ne l'avait pas mentionnée. Sa courte incarcération l'avait néanmoins épouvantée. Elle avait partagé sa cellule avec une meurtrière responsable de la mort de son mari. Mais, surtout, elle avait été à l'isolement complet sans aucune nouvelle de Louis sur le destin duquel elle échafaudait les scénarios les plus sinistres. Sachant son aversion innée pour le milieu carcéral, peut-être s'était-il suicidé ou bien avait-il déjà été extradé en France où il risquait très gros ? Heureusement, peu avant sa libération, une infirmière, parlant français et travaillant aussi du côté des hommes, lui assura que Céline y était toujours détenu. Sortie, Lucette récupéra Bébert et rejoignit l'appartement de Karen-Marie Jensen qu'elle occupa désormais avec la fille d'Hella Johansen, Bente. Quant à Céline, il changea fréquemment de cellule, cellule où il était le plus souvent seul, encore qu'il se trouvât quelquefois en compagnie de criminels de droit commun. Il fut même un moment dans la section K, celle des condamnés à mort, cellules 603 et 621. Que ce fût un couloir de la mort est invalidé par Helga Pedersen, à l'époque secrétaire générale au ministère de la Justice avant d'être ministre de 1950 à 1953, sur la contribution de laquelle nous reviendrons. Une chose s'avère certaine, les conditions de l'emprisonnement furent difficiles, ne fût-ce que par la seule privation brutale de liberté chez un homme tel que Céline, qui en était follement épris tout autant qu'il cultivait l'indépendance. Cette privation va être véritablement traumatique et le plongera dans une dépression sévère accompagnée d'un cortège somatique à l'avenant avec troubles digestifs, redoublement des céphalées et névralgies, amaigrissement massif. Hanté par un avenir sombre sur lequel il n'avait nulle maîtrise — l'extradition était possible à tout moment en l'absence de Mikkelsen — en quelques semaines, Céline va chuter et dépérir.

Cependant, la situation est jugée complexe par les instances danoises et « le cas Céline » remonte jusqu'au Conseil des ministres qui est divisé. Le ministre des Affaires étrangères, Rasmussen, et le ministre de la Justice, Aage Elmquist sont pour l'extradition tandis que le ministre des Affaires spéciales, chargé de l'épuration, Per Federspiel, grand résistant, est contre. Le rapport d'Aage Seidenfaden, remis le 28 décembre, est pour sa part favorable à Céline. Ce rapport est déterminant dans la mesure où il pointe à la fois que les articles 75 et 76 du code pénal n'entrent pas dans le traité d'extradition conclu entre les deux pays en 1877 et que le dossier est bien maigre et nécessite un complément d'information. C'est dire que le temps travaille pour Céline qui commence à se mobiliser. Il écrit en ce sens au supérieur hiérarchique de Seidenfaden. Il a perçu que la justice danoise est sourcilleuse et s'inspire de l'anglo-saxonne. Elle ne tranche ni dans l'urgence, ni dans la passion. Elle est soucieuse de sa réputation et le Danemark est traditionnellement une terre d'accueil. Elle ne saurait statuer en l'absence de l'avocat de l'emprisonné. Les maladresses de Girard de la Charbonnière * vont accentuer la réticence des Danois quant à la procédure expéditive réclamée par les Français. De la Charbonnière se fait trop pressant et n'apporte guère d'éléments nouveaux. Certes Céline a produit des écrits antisémites et d'autres favorables à la collaboration mais sans être acteur direct de la répression ou du monde collaborationniste. Ses opinions relèvent-elles du délit d'opinion ou du crime ? Les Danois semblent pencher pour la première assertion.

Pour l'heure, Céline est-il soumis à un traitement discutable ? Non. La nourriture est décente, et s'il change souvent de cellule, il est la plupart du temps seul dans huit mètres carrés avec lit, chaise, table, lavabo et tinette. Il aura droit à deux promenades quotidiennes de vingt-cinq minutes. Il dispose de papier et crayons. Il peut écrire. Il prend des notes **, possède le manuscrit de *Gui-*

* Un véritable acharnement selon Céline. De la Charbonnière apparaîtra sous les traits de Gaëtan Serge d'Hortensia, le nègre Hortensia, ou encore de l'ambassadeur Carbougnat dans *D'un château l'autre*.

** François Gibault, qui a consulté ces notes de prison inédites, a retenu celle-ci, concernant le début de la guerre d'Indochine... : « On perd aussi l'Indochine où on fait une *guerre immonde* contre les indigènes qui luttent pour leur indépendance. Pogroms en Pologne. »

gnol's band II qu'il parfait et esquisse *Féerie pour une autre fois* ! Il voit Lucette, dix minutes au parloir, chaque semaine, à condition de parler en anglais. Lucette transporte subrepticement Bébert avec elle qui tend la patte à Céline, profitant de l'inattention des gardiens. On surveille Céline étroitement mais est-il pour autant encadré par des communistes en armes comme il le prétend ? Est-il soumis à des simulacres de sortie, en des incitations sadiques, comme le soutient Lucette Almansor ? Entend-il le cri des torturés, la nuit ? On ne peut l'affirmer. Qu'importe, la privation de liberté, l'effet majeur, répétons-le, de la détention suffit à le détruire. Quand Élisabeth Bonabel * le visitera en février 1946, que verra-t-elle ?

> Je suis bouleversée lorsque Céline apparaît. L'homme qui avait quitté Paris était encore jeune, et j'ai devant moi un vieillard paraissant vingt ans de plus [...] et surtout ce qui m'a le plus frappée, il est très craintif vis-à-vis du gardien, rentrant la tête dans les épaules comme s'il craignait à tout instant d'être battu. L'impression générale est celle d'un animal pris au piège [1].

Son état inquiète suffisamment pour que Céline soit admis à l'infirmerie de la prison début février. Dès lors alterneront séjours en cellule et à l'infirmerie où il sera examiné par des médecins, dont le Dr Levinson, qui, un temps, du fait de l'intensité des douleurs intracrâniennes, suggéreront une trépanation et une intervention sur l'oreille interne. Il est de

* Fille d'un disquaire de Clichy, enfant, elle connut Céline et lui demeura attachée jusqu'à illustrer, en 1959, *Ballets sans musique, sans personne, sans rien.*

nouveau interrogé par la police le 1er avril 1946, assisté de Mikkelsen qui, rentré, a repris ses activités mi-mars. Céline maintient ses dénégations sur son passé lors de la période incriminée, 1940-1944, et adopte la position de victime, dorénavant sa meilleure défense. Dès cette époque, de la Charbonnière a compris qu'il n'y aura pas d'extradition et que l'emprisonnement a peut-être été la manière qu'ont adoptée les Danois pour la déjouer. Leur prudence a payé. De la Charbonnière le confirmera à Bidault en septembre. À l'issue d'un autre interrogatoire en octobre, Céline rédige un « mémoire de défense », vaste système de réfutation par la négative de tout ce qui lui a été reproché sans omettre d'aborder la question juive en des termes que Frédéric Vitoux juge stupéfiants et qui ont dû apparaître tels aux lecteurs juristes :

Tout bien examiné, honnêtement envisagé, sans passion, considérant les circonstances, *les juifs devraient m'élever une statue pour le mal que je ne leur ai pas fait et que j'aurais pu leur faire.* Eux me persécutent. Je ne les ai jamais persécutés. Je n'ai pas profité de leur faiblesse temporaire. Je n'ai pris aucune revanche des outrages sans nombre, mensonges, calomnies féroces par lesquels avant la guerre, ils avaient essayé de m'abattre et de me perdre. Je n'ai jamais demandé de persécutions contre personne. Le démocrate dans cette affaire, impeccable, c'est moi.

Et plus loin :

Certes on aurait pu trouver par mes livres que j'allais devenir pour les Allemands le fanatique collaborateur, mais c'est tout le contraire qui s'est passé ! Or, à coups de calomnies, mensonges, faux et inventions, transformer, esbroufer, basculer, travestir un suspect en coupable, c'est le sport classique de toutes les Révolutions — le jeu mignon de tous les fanatismes[2].

C'est constater que Céline qui se dit si souffreteux — n'a-t-il pas établi son propre certificat médical, bilan de santé calamiteux à l'intention des autorités danoises ? — est sthénique ! Ou bien est-ce l'énergie du désespoir ? Six mois avant, le 11 avril, Aage Seidenfaden avait écrit une fois encore au ministre de la Justice en notant la notoire insuffisance des pièces à charge du dossier et en proposant que la police française vienne interroger Céline au Danemark. Ce qu'elle ne fit jamais. L'inconsistance juridique des reproches faits à Céline a pu faire écrire à François Gibault — par ailleurs avocat au barreau de Paris — que « Céline et sa femme ont été arrêtés de la manière la plus arbitraire, en vertu d'un texte qui ne leur était pas applicable, et sur la foi d'un appel téléphonique de la légation de France informant les autorités danoises d'une adresse dont elles avaient officiellement connaissance depuis plusieurs mois. L'illégalité de cette arrestation était encore plus flagrante pour Mme Destouches contre laquelle aucun grief n'était formulé ni par les Français ni par les Danois[3] ». Lors de la rédaction de son « mémoire de défense », l'état de santé de Céline avait continué de se dégrader : céphalées, surdité à gauche et bourdonnements d'oreilles incessants, insomnie, rhumatismes — épaule, bras, main droite —, paralysie radiale, tachycardie, constipation chronique et entérite grave, eczéma, pellagre, asthénie, amaigrissement de quarante kilos ! Perte des cheveux et des dents, neurasthénie. Le 9 novembre 1946, il est admis au Sundby Hospital où il demeurera jusqu'à la fin janvier 1947, dans les services respectifs du Pr Gram (médecine) et Lund (O.R.L.). À juste titre, François Gibault et Frédéric Vitoux s'amusent, navrés, de ce qu'écrit à l'époque, avec une belle et fielleuse « objectivité », le journal *Franc-Tireur* dans son numéro du 27 juin 1946 :

> Céline vit dans la plus confortable prison du monde car les cellules de la prison de Copenhague sont de ravissants petits appartements dont la pièce principale est meublée en living-room. Une servante en tablier blanc apporte à midi un plateau d'excellent beurre accompagné de *smoor-broads* [...]. Céline a repris six kilos, mais il va lui falloir interrompre cette cure avantageuse. Un avion spécial sera-t-il frêté pour permettre à Céline et à sa femme de revoir Paris ?

Toujours durant cette période, il faut signaler qu'en juin 1946 Karen-Marie Jensen est rentrée d'Espagne et tient à occuper son appartement qu'elle va partager avec Lucette Almansor. Mais la mésentente va s'installer entre elles, et Karen-Marie, peut-être prise dans l'entrelacs d'un jeu affectif, profitant des visites fréquentes qu'elle rend à Céline, se met à critiquer lourdement Lucette qu'elle juge futile, dilapidatrice, inconstante. L'or est-il à ce point précieux pour Céline pour qu'il en perde toute discrimination et avale passivement les propos de Karen-Marie ? En réaction, il envoie à Lucette deux lettres insultantes et diffamatoires. Il s'en excusera ensuite, convenant, très culpabilisé, à quel point il avait été non seulement manipulé par Karen-Marie mais injuste envers Lucette dont tous les témoignages concordent à souligner la rectitude, la fidélité, la compassion. Elle fut sans doute admirable, subissant la misère de cet exil, alors qu'elle disposait d'un passeport légal et que rien ne lui était reproché par la justice des deux pays. Sans elle et sans Bébert *, sans son assistance, Céline serait probablement mort de mélancolie à Vestre Faengsel. Ce n'est qu'en novembre 1946 qu'il décidera de dénouer l'imbroglio. Revenu à la raison Almansor, il réunit alors dans sa chambre du Sundby Hospital Lucette, Karen-Marie, Hella Johansen et Mikkelsen. Il exige que Karen-Marie et Hella lui rendent son or, non sans induire une suspicion de dissimulation les concernant, elles qui avaient veillé jalousement et honnêtement sur les lingots et pièces (rappelons-nous : « les enfants »), et les confie à Mikkelsen tandis qu'il chasse les deux femmes. Elles seront désormais les « Thénardières ». De cette date, Karen-Marie et lui, qui furent tellement amis et amants, ne se reverront plus. Entre-temps, Lucette avait intégré le modeste atelier, au 8, Kronprincessegade, d'Henning Jansen, un artiste peintre qui gagnait sa vie en étant gardien de prison à la Vestre Faengsel où il avait pris en sympathie le couple. Il fermait les yeux quand Bébert sortait la tête du sac de Lucette. De plus, il parlait français. Il aspirait au midi de la France. En échange de cet appartement, Lucette avait obtenu de sa mère qu'elle prêtât une chambre à Henning Jansen et à sa compagne dans leur villa

* « Bébert nous a sauvé la vie », déclara-t-elle à Véronique Robert dans *Céline secret* (Grasset, 2001, avec Véronique Robert). Ce qui ne peut surprendre que ceux qui ignorent que les chats savent tout.

de Menton. C'est là, au 8, Kronprincessegade que Céline habitera quand il sera remis en liberté.

Céline savait que Rebatet était à Fresnes et condamné à mort — sa peine sera commuée —, et que Le Vigan avait écopé de douze ans de travaux forcés — libéré en 1949 — tout en ayant manifesté une loyauté sans faille envers lui. Céline, éloigné de la France, s'estimait en quelque sorte protégé. Cependant, sa santé le préoccupait beaucoup. Il se vivait comme un vieillard, mais un vieillard lucide. Si la France se montrait intraitable, il n'en était pas de même en dehors de l'Hexagone. Des écrivains et universitaires américains se souciaient de son sort. Les écrivains furent alertés par James Cornell, avocat à New York et traducteur du « mémoire de défense ». Il lança une pétition et fut relayé par un jeune professeur de Chicago, Milton Hindus, qui, de surcroît, était juif. Henry Miller, le compositeur Edgar Varèse, l'éditeur James Laughlin signèrent la pétition qui parvint à Copenhague et que Mikkelsen se chargea de diffuser. Aussi quand le Pr Gram lui annonça qu'il ne pourrait plus être hospitalisé dans son service à partir de la fin du mois de janvier 1947, Céline, après un nouveau mois de cellule à la Vestre Faengsel, fut admis au service des internes du Rigshospital grâce à une ferme intervention de Mikkelsen qui exhiba devant le ministre de la Justice la pétition des Américains. Céline restera au Rigshospital jusqu'au 24 juin, jour de sa libération effective. Début mars, Céline avait inauguré sa correspondance avec Milton Hindus, correspondance qui allait revêtir une importance indéniable tant par le ton et les confidences très libres de Céline, le philosémitisme conjoncturel qui s'y exprimait, que par les éléments qu'il livre sur sa détention et le recouvrement d'une liberté surveillée au bord de la Baltique où Hindus le visitera.

La présence de Céline au service des internes du Rigshospital, si elle lui permit de peaufiner le manuscrit de *Guignol's band II* et d'achever *Foudres et flèches*, ne fit pas l'unanimité. Loin s'en faut. C'est plutôt l'hostilité qui se manifesta par la voie d'une protestation des médecins que le journal communiste *Land og Folk* rendit publique. David Alliot[4] a répertorié quelques manchettes de ce quotidien. Le 11 avril 1947 : « *Un écrivain nazi installé au Rigshospital.* Il s'est fait passer pour un ancien déporté en camp de concentration qui a besoin de convalescence. » Le 12 avril : « *Le ministère de la Justice a fait cacher l'écrivain nazi Céline au Rigshospital.* L'écrivain français a été libéré de la Vestre Faengsel pour "nerfs en mauvais état". » Le 13 avril : « *Protestation du personnel contre le séjour de Céline au Rigshospital.* On ne veut pas que l'hôpital serve de cachette illégale à des traîtres étrangers. » Le 13 juin : « *Le traître français Louis-Ferdinand Céline continue à bénéficier de soins au Rigshospital. Land og Folk* publie des informations qui pallieront peut-être l'ignorance flagrante du ministre de la Justice quant aux "exploits" du collaborateur français. » Qu'importe cette campagne. Rasséréné par la perceptible évolution du gouvernement danois toujours embarrassé par cette affaire, Céline commença à élaborer une stratégie de retour possible et sans risques en

France. Il choisit alors pour avocat Albert Naud, authentique résistant, avec lequel il entama d'abondants échanges où les biographes trouvent la matière des péripéties juridiques qui émaillèrent le traitement français du « cas Céline ».

Parallèlement, il fut saisi d'une fièvre épistolaire qu'il extériorisa, avec ses amis de Mahé à Pulicani et avec des nouveaux tel Albert Paraz qu'il allait utiliser — Paraz était très avide de notoriété mais aussi très dévoué — en le laissant écrire tout haut, dans *Le Gala des vaches* ou *Valsez saucisses*, ce que Céline pensait tout bas tout en souhaitant le faire entendre. Cette profusion épistolaire va aller croissant, tous azimuts, elle sera essentielle pour sa survie. Reste qu'en juin 1947, quand il retrouve une liberté relative — il doit s'engager à ne pas quitter le pays sans l'autorisation des Danois —, c'est un homme brisé qui aborde les jours à venir. Au sortir de dix-huit mois de cellule, infirmerie, hôpital, de dix-huit mois de pression, d'incertitude et d'angoisse, de repli sur soi au bord de la mélancolie, sa santé est peut-être moins chancelante qu'il ne le clame mais le mental est atteint définitivement. Il est victimisé, perplexe, appelant la mort et craignant dans le même temps de disparaître loin du pays natal, là où l'on parle sa langue, la vraie, dont il a la nostalgie douloureuse. A-t-il trop payé et pourquoi ? Helga Pedersen dans son livre, *Le Danemark a-t-il sauvé Céline ? (1945-1951)*, ne craint pas de répondre positivement à la question qu'elle pose. Selon elle, la conduite de l'affaire par les responsables danois à l'époque a été exemplaire, malgré l'emprisonnement, au sens où leurs réponses dilatoires aux exigences françaises empêchèrent toute précipitation et permirent de différer toute décision évitant à Céline un destin funeste dans l'immédiat après-guerre. Payé ? On objectera que bien d'autres, à l'époque, ont souffert plus que lui et plus longtemps, les résistants, les déportés ethniques, et quelquefois les égarés tragiques de l'autre camp, que beaucoup n'en sont pas revenus. Certes, son compte à rendre n'est peut-être pas soldé mais, à cinquante-trois ans, dans sa tête et dans son corps, il en a pris pour vingt ans.

La mer immobile

Qui n'a pas été en cellule c'est du chochotte drôle...
C'est du venteux bibelot peut être...

L.-F. CÉLINE,
Féerie pour une autre fois

Libre, Céline va donc habiter avec Lucette, l'atelier d'Henning Jansen, de fin juin 1947 au 19 mai 1948. Le lieu, une soupente, n'est guère confortable, exigu, trop chaud ou trop froid, selon les saisons. Toutefois, c'est un havre, après la détention, dont il n'y a pas à se plaindre. Plutôt rassuré, Céline décide de réapparaître. Le 1er août, il accorde une interview à *France-Dimanche*. Il intervient dans *Combat* en réponse à un article des *Izvestia* de Moscou fustigeant l'art décadent de l'Occident en prenant prétexte de la réédition américaine de *Mort à crédit* et, bien entendu, en traitant Céline de criminel fasciste, article que *Combat* avait publié en grande partie avec délectation. Jean Genet, Henry Miller, le marquis de Sade y étaient également mis au pilori. Deux autres interviews devaient successivement paraître en novembre, l'une menée par Robert Massin pour *La Rue*, l'autre pour *Samedi-Soir*, Céline plaidant sa cause de victime-persécuté, objet d'injustices criantes. Le plus important peut-être, c'est que Céline fait mention de *Féerie pour une autre fois* qui est en chantier et dont il informe *Samedi-Soir*. Ce qui implique qu'il est au travail et que, désœuvré comme il l'est à Copenhague, il n'a qu'un programme, se consacrer à l'écriture. Point commun à ces trois entretiens, le misérabilisme dans lequel semble enfermé Céline ou dans lequel, pour faire couleur locale célinienne, les journalistes se complaisent à le décrire. À l'envoyé spécial de *Samedi-Soir*, il lâchera cependant : « Si j'avais su ce qui se passait dans les camps de concentration, je me serais certainement arrêté de manger du juif [...]. Du reste, les juifs, je ne leur en veux pas... Ils ont été mes seuls clients, il n'y avait qu'eux qui me lisaient. » À *France-Dimanche*, il fera part de son désir de s'engager dans les forces expéditionnaires françaises en Indochine alors qu'il condamnait cette guerre dans ses notes de prison. Les photos que l'on possède de cet intermède au 8, Kronprincessegade le montrent en tenue décontractée, torse nu, en short, affairé à sa table de travail couverte de feuillets sur lesquels veille Bébert assoupi. Quant au problème juif, il est évacué : « C'est fini, c'est dépassé. Plus jamais je ne parlerai des juifs. » Sa correspondance désormais, avec ses multi-destinataires, est abondante. Cette sortie d'une clandestinité virtuelle est-elle pour autant une sorte de renaissance ? Non. Céline au sein de l'écrasement n'a jamais cessé de résister à l'annihilation psychique. En prison, il écrivait. Il collait de près Mikkelsen, soucieux d'orienter les démarches de son avocat. Désormais, il peut respirer, et reprendre une partie du jeu à son compte.

De nouvelles relations sûres vont se lier. À l'automne 1947, il rencontre Denise Thomassen *, propriétaire de la librairie française de Copenhague, Le Roseau pensant, et le pasteur Löchen, de l'Église réformée de France à Copenhague, ancien pasteur — et ce ne pouvait être qu'un signe positif pour Céline — à Bezons. Avec Céline, il s'engagera dans des échanges sur la religion qui indiquent que la préoccupation religieuse n'était pas absente chez ce dernier sans qu'il renonce pour autant à son athéisme, voire son nihilisme. Ne dira-t-il pas à Louis Pauwels, dix ans plus tard, qu'il est un mystique ? La librairie française, quant à elle, sera l'adresse rêvée où commander des livres. Il serait abusif de parler de sérénité ou d'apaisement, mais concevable d'évoquer une pause du tourment qui n'épargna jamais Céline, un moment d'éveil où vont se fourbir les armes d'autres combats, celui du retour en France, celui de la sortie du silence littéraire. Car l'exil demeure et le monde de la culture à Paris tend à effacer Céline des tablettes de l'Histoire. On le sait, la meilleure manière de tuer une œuvre est d'observer autour d'elle un silence de plomb. En ces années, Céline est-il à ce point tu ? Certes, il appartient à une période honnie. Son nom est parmi ceux qu'il est indécent de prononcer. Mieux vaut le refoulement d'un proche passé — ou l'amnésie lacunaire — en ce qu'il a

* Céline lui mentira allègrement sur sa biographie (*cf.* Émile Brami, *Céline, op. cit.*).

d'inique et de moins glorieux. Céline fait partie de la galerie des ignominies que beaucoup d'irréprochables, dont certains de la dernière heure, visitent la mine pincée, tandis que se trament de nouveaux arrangements littéraires, que se distribuent les rôles des maîtres à penser. Céline renvoyé dans les limbes, les ténèbres, et stipendié, devient négligeable. Mieux vaut cependant qu'il n'ait jamais existé. D'où la conspiration du silence. L'efficacité d'une telle manœuvre n'est pas discutable. Les pays totalitaires ont été experts dans sa mise en œuvre. En même temps, c'est une illusion, une vue de l'esprit. L'œuvre reste d'autant plus présente qu'elle est latente, d'une insistance sourde, comme ce qui s'agite dans les inconscients et qui n'attend qu'un mot, qu'un nom pour redevenir manifeste. Céline est convaincu qu'on travaille activement à Paris à sa disparition littéraire définitive et persuadé, sachant l'urgence à écrire qui ne le quitte jamais, que la meilleure façon de se remettre en selle, de revenir sur la scène est de terminer *Féerie* et de veiller à la réédition de ses livres. Mais il y aura aussi d'autres contingences à affronter du côté de la maladie, non pas seulement son propre état dégradé, mais l'opération pour un cancer de Bébert, en mars 1947, et, de mai à juillet 1950, les quatre interventions pour fibrome que subira Lucette, soignée dans des conditions assez déplorables, avec éventration et surinfection. Privée de danse et d'exercices, soignée affectueusement par Céline, il lui faudra plusieurs mois pour se remettre.

Depuis quelques semaines, Henning Jansen, logé dans une chambre bien inconfortable par Mme Pirazzoli, la mère de Lucette, a fait connaître son retour imminent à Copenhague. Les Destouches se mettent en quête d'un appartement, mais l'offre est rare et les loyers prohibitifs. Vont-ils se retrouver à la rue ? Mikkelsen propose alors de les recevoir dans sa propriété de Klarskovgaard à une centaine de kilomètres au sud de Copenhague et à huit kilomètres du port de Korsör, au bord de la Baltique. La propriété est imposante, une vingtaine d'hectares de vergers et de champs, bordés par la forêt et s'ouvrant au sud sur le Grand Belt, la voie maritime de jonction d'avec la mer du Nord. Les corps de bâtiments sont au nombre de cinq, Hovelhuset, la maison du maître où réside Mikkelsen, Gaestehuset, la maison des invités de marque, Bestyrer Bolig, la maison du régisseur, Skovly (« à l'abri de la forêt ») à deux cents mètres à l'ouest de la maison principale et enfin Fanehuset (« la maison du drapeau ») à cent mètres au sud, construite au début du XVIIIe siècle et qui est la moins équipée *. Les Destouches occuperont principalement Skovly, l'hiver, avec trois pièces principales, une cuisine et un point d'eau unique à l'extérieur, et Fanehuset, l'été, maison sans confort et sans eau, séparée de la Baltique par un champ. Ils emménagèrent le 19 mai 1948 après onze mois au 8, Kronprincessegade. Des informations contradictoires circulent sur l'état des maisons. Mikkelsen menait

* Nous devons cette description sommaire à celle plus complète de Frédéric Vitoux et François Gibault.

grand train, il avait des invités de haut rang, ministres, diplomates, écrivains qu'il logeait soit dans la maison d'hôtes, soit à Skovly. Était-il concevable qu'il abandonnât une partie de ces bâtiments à la vétusté ? Toujours est-il que Céline — mais nous sommes en 1948, en région rurale et au sortir de la guerre — se plaindra de l'inconfort des habitations. De même qu'il se plaindra de l'uniformité de la nourriture, porridge et harengs salés, des prix exorbitants des denrées, des contraintes de l'isolement, huit kilomètres aller, huit kilomètres retour à bicyclette — l'été est bref sous ces latitudes et l'hiver interminable — afin de se rendre à Korsör pour le ravitaillement. Bref entre Skovly et Fanehuset, il n'est pas heureux, accusant Mikkelsen de l'avoir un peu trop facilement expédié à la campagne que depuis son jeune âge il n'a jamais aimée alors que Mikkelsen n'hésite pas à le mêler à ses réceptions. C'est ainsi qu'il lui fait rencontrer Johannes Wilhelm Jansen, prix Nobel de littérature, qui s'évertue impudemment à séduire Lucette Almansor ! Très vite Céline dédaignera ces mondanités, persuadé que Mikkelsen y exhibe son « monstre », Louis, en l'occurrence. Aime-t-il pour autant la mer, lui qui l'a toujours exaltée ? Que non ! La Baltique le déprime, cette mer « sépulcrale », sans mouvement dont il confiera à un visiteur, René Héron de Villefosse, lors d'une sortie à Elseneur, que c'est une « mer à pêcher des âmes [1] ». Quelquefois, seulement, au loin, une voile.

C'est dans ces lieux et décors que Céline va passer trois ans puisqu'il lui faudra attendre juin 1951 pour rentrer en France. Il lit Chateaubriand, découvre Léon Bloy, son prédécesseur en terre d'exil, peu complaisant envers le Danemark. Il profite allègrement de la bibliothèque réunie par Mikkelsen. Il reçoit Mahé, Gaby, la femme de Gen Paul, James Laughlin, le consul suédois Nordling, devenu si précieux lorsqu'il négocia avec von Choltitz la non-destruction de Paris en août 1944, Ole Vinding, écrivain danois dont le récit[2] infirmera la description célinienne des conditions de vie à Klarskovgaard, tout en l'étonnant et suscitant son admiration, Céline parlant comme s'il écrivait, inspiré perpétuel. S'il reçoit d'assez fréquents visiteurs — et parmi eux Pierre Monnier, un jeune enthousiaste artisan notoire du prochain retour littéraire de Céline dont la venue succédera de quelques semaines au séjour de Milton Hindus —, Céline va amplifier ses correspondances. Il écrira environ quinze mille lettres durant sa vie et près de quatre mille au cours de son exil au Danemark. François Gibault a répertorié les envois aux principaux destinataires : 100 lettres à Milton Hindus, 350 à Jean-Gabriel Daragnès, 313 à Pierre Monnier, 353 à Albert Paraz, 133 au pasteur Löchen, 100 à Albert Naud, 450 à Mikkelsen, 36 à Le Vigan, 61 à Jean Paulhan et quelques-unes pour Louis Lecoin, le vieux rebelle, anarchiste et pacifiste, ou pour le peintre Jean Dubuffet et, on le conçoit, pour bien d'autres. Au total, Céline écrivait à peu près trois lettres par jour dont la majeure partie sont délectables, stylées, et renseignent sur ses états d'âme sans qu'il gardât jamais celles qu'on lui envoyait. (Jean-Paul Louis note justement : « Un jour viendra où, plein de feu, un éditeur se lancera dans le travail de la correspondance générale de Céline. Il n'y a pas de manière plus exaltante de forcer les portes d'un écrivain avec lequel les relations semblent devenues intimes, dans l'espèce de mirage où nous porte la fréquentation passionnée d'une œuvre[3]. »)

On vient de citer Paulhan dont on connaît le rôle éminent qu'il joua dans le monde des lettres durant cinquante ans. Résistant, il n'accepte pas, à la Libération, l'hystérie des purges à tout-va, et il n'est pas indifférent au sort de Céline. Albert Paraz fit son siège pour obtenir son soutien pour les prochaines publications de Céline que nous aborderons bientôt.

Céline eut aussi à affronter des morts, celle d'Albert Milon, le camarade de jeunesse, du Val-de-Grâce et de la Mission Rockfeller, le 1er décembre 1947, ce qui renforça sa nostalgie de la jeunesse enfuie et de Paris, celle de Lucien Descaves, le 7 décembre 1949, ce défenseur intransigeant de *Voyage au bout de la nuit*, celle de Jean-Gabriel Daragnès le 25 juillet 1950, Daragnès, de la Butte, irréprochable en amitié. À sa manière, il avait aimé ces hommes, mais là où il était sans posture, c'était avec les animaux. À Klarskovgaard, il entretient une véritable ménagerie, plus de vingt chats, avec Bébert en patriarche — dont les chattes Sarah, féline, câline, demi-sauvage, Thomine, Flûte, Poupine et Mouchotte, ces cinq-là seront ramenées en France —, des hérissons, des oiseaux et, parmi toutes ces espèces, la plus investie — Bébert excepté —, Bessy, la chienne bergère-allemande du nord, abandonnée par les occupants lors de la capitulation. Recueillie par les régisseurs, les Petersen, elle était maltraitée. Captive, efflanquée, elle était utilisée une fois par semaine pour chasser les lapins qui envahissaient la propriété. Le reste de la semaine, elle n'avait aucun repas. La faim et la claustration — elle qui ne demandait qu'à courir — la rendaient folle, féroce, inapprochable. Céline décida de l'apprivoiser et il y parvint. Il en obtint la garde. Une longue corde les attachait tous deux, une des extrémités au cou de Bessy, l'autre autour de la taille de Céline qui pouvait ainsi la surveiller lorsqu'il travaillait à l'extérieur. La chienne s'habitua. Il lui apprit à respecter les chats et non pas à les attaquer et les dévorer. Bébert et elle devinrent compagnons de jeux. Céline la lâchait pour de longues courses où elle redevenait chasseresse. Elle rentrait exténuée et comblée et Céline continuait son éducation jusqu'à ce qu'elle devînt totalement sociable tout en conservant le charme de son indépendance et de ces randonnées solitaires. Céline s'attacha profondément à elle. Bessy fit partie de l'équipée du retour. Qu'on ne voie pas dans cette proximité de Céline avec les animaux à Klarskovgaard le lot de consolation d'une solitude terrible. Il avait avec eux le don d'approche et la complicité qu'il avait envers les enfants.

On a parlé des visiteurs, illustre tel Nordling, lecteur conquis comme Pierre Monnier, on ne saurait oublier Milton Hindus qui séjourna à Korsör du 20 juillet au 11 août 1948. Autant leur correspondance préalable fut d'un grand intérêt, autant leur rencontre fut décevante. D'emblée, eux qui pensaient avoir tout en commun — la passion littéraire notamment — eurent à déchanter. Céline avait-il eu quelque illusion à ce sujet, on peut en douter. Il ne songeait qu'à sa réhabilitation et plût au ciel qu'elle vînt d'un Juif. Céline, plus renfrogné, ours et râleur qu'à l'ordinaire, et Hindus, universitaire précieux, ne s'apprécièrent pas. Dès le premier jour, Hindus prit la mesure de l'accueil — logé à Korsör dans un hôtel minable, il déménagea le lendemain —, un accueil guère adouci par Lucette Almansor et dont la rigueur se perpétua les jours suivants. S'agissait-il de tester, d'éprouver, de décourager Hindus ? Et dans quel but ? Hindus, admirateur, habité par l'œuvre, se fit-il maladroitement intrus, voyeur ou inquisiteur, tant Céline pouvait désarçonner ? Du fait de Céline, ils n'échangèrent sur rien. Deux mondes qu'on avait crus proches se repoussaient inéluctablement. Sans doute Hindus est-il à absoudre. Il avait sa méthode de communication, celle de l'entretien exhaustif et ses limites, sa cérébralité, mais il était sincèrement convaincu de la valeur unique de l'œuvre célinienne et tenait, de par son poste de professeur — il avait quitté l'université de Chicago, pour rejoindre celle de Brandeis —, à la faire connaître. Encore fallut-il qu'on lui donnât matière. Ce à quoi Céline, incapable d'un donnant-donnant, se refusa. Il n'était pas prêt pour l'investigation critique. De lui ne transparut que le comportement d'un acariâtre, la réalité d'un exilé coupé de ses sources vivantes, presque sordide. Il n'accepta aucune photographie, répondit du bout des lèvres aux questions, en particulier à l'une sur ses écrits antisémites en quelques mots : « J'étais stupide, stupide, et j'avais tort[4]. » Lui était-il supportable de rencontrer un Juif qui ne lui en voulût pas — Hindus, né outre-Atlantique, n'avait pas eu à souffrir des violences et de l'extermination — et pour lequel il était grand, un Juif attendu depuis le printemps 1947 et tellement intelligent dans sa prose et ses remarques ? Cette gêne inavouée a dû jouer. Persuadé qu'un infranchissable abîme les séparait, Hindus s'en retourna. Avait-il assez servi ? Il avait écrit la préface à la réédition de *Mort à crédit* en Amérique, signé la pétition des Américains qui après tout s'était avérée bien utile. De là, Céline avait retrouvé une liberté relative sans rétorsion lui permettant de correspondre avec qui il voulait. Il ne s'en priva pas.

Hindus ne renonça pas à son projet, un livre sur Céline, auquel il ajouterait ses réflexions à propos de ses entrevues très évocatrices avec l'exilé. Il se plongea donc dans la rédaction de son texte dont il tint honnêtement Céline au courant. Céline n'était pas disposé à le lire, ni à en entendre plus, mais quand l'éditeur américain lui proposa d'en prendre connaissance, il accepta enfin et ce fut, la lecture terminée, pour couvrir d'injures Hindus. Il procéda comme à son habitude à l'invalidation du réel. Il avait à peine rencontré l'auteur — même, trop malade, il l'avait éconduit — et *a fortiori* ne pouvait souscrire aux morceaux d'éloquence qui lui étaient attribués. Il cria à la diffamation. Pensa-t-il à un procès ? Il eût été malvenu si l'on se réfère à ce à quoi était engagé Céline : les procédures pour rentrer en France. Il poursuivit toutefois Hindus de ses invectives, allant jusqu'à écrire au président de la Brandeis University pour calomnier le professeur. Hindus ne céda rien et son ouvrage parut aux États-Unis sous le titre de *The Crippled Giant* (*Le Géant infirme*) et en traduction française, *Céline tel que je l'ai vu*[5].

Pendant trois ans, de juin 1948 à juin 1951, Céline va accorder un certain nombre d'entretiens, près d'une vingtaine, qui trouveront aussi à paraître tant dans *France-Dimanche* que dans *Carrefour*, *Radar* ou dans des feuilles plus confidentielles comme *L'Ordre*, *L'Indépendance française* ou *Le Libertaire*. Il reçoit les journalistes ou échange par courrier avec eux. Il est quelquefois prolixe, monologueur, et d'autres fois plus avare, presque phobique du contact. Il connaît le pouvoir de la presse et tente de l'utiliser, sa stratégie étant celle de la réhabilitation et de la possibilité du retour en France, débarrassé de toute entrave juridique. Sa ligne est la même que celle qu'il a énoncée dans son « mémoire de défense ». Minimisation, dénégation de ses interventions, faits et gestes depuis 1937, victimisation, persécution, aboutissant au portrait de l'« homme le plus calomnié » de France. Plus on le laisse s'exprimer, plus il lui semble gagner des points. Cette présence non négligeable dans la presse double sa frénésie épistolaire. Cela rompt l'exil dont il subit la tension psychologique, mais cet exil, de par la défense instituée, n'est déjà plus le même. Ses avocats, Thorvald Mikkelsen, Albert Naud auxquels il adjoindra

Jean-Louis Tixier-Vignancour, veillent simplement à ce qu'il ne compromette pas leurs démarches par trop d'excès et d'emphase. Défensive, offensive, l'essentiel est que Céline ne soit pas oublié, qu'il existe. Ces exercices journalistiques sont pour lui du domaine d'une écriture publique. Il en vibre peut-être moins que de la fictionnelle, mais les parenthèses offertes sur ces landes désolées lui sont occasions de mener combat. Elles le revigorent.

Terres désolées ? Ils ne sont pas rares, ceux de la gente littéraire, à avoir fait le pèlerinage à Klarskovgaard et en être revenus, tel Claude Duneton[6], dubitatifs sur la désolation supposée, en accord avec ce que Philippe Alméras dit des témoignages comme ceux de Ole Vinding ou Helga Pedersen, qui sans nier que les conditions de 1945 soient difficilement comparables à celles d'aujourd'hui, font état des efforts d'hospitalité de Mikkelsen. Skovly, par exemple, avait deux cents mètres carrés de surface habitable et, vu les ressources en bois des vergers et des proches forêts, un bon chauffage au bois était la règle et non pas, comme l'a répété Céline, l'utilisation de poêle à tourbe aux fortes émanations. Bref, selon Alméras, il y a une « contre-histoire » à écrire sur le séjour à Klarskovgaard. Céline y fut-il tyran domestique comme le suggèrent les régisseurs ? Ne laissait-il pas Lucette en dehors de leur maison, dans le froid et la neige, lui interdisant d'entrer, lorsqu'il utilisait leur téléphone ? Lucette Almansor ne le confirmera pas. Que faisait-il des beaux morceaux de bœuf que lui choisissait le boucher, sinon d'en faire exclusivement profiter Bébert et peut-être Bessy, jusqu'à ce que les animaux en soient dégoûtés ? Petites anecdotes, dira-t-on, incontestablement, mais suffisantes pour indiquer que si Klarskovgaard fut enfer, il fut avant tout enfer psychique. Imaginant Céline, seul, arpentant le pré qui séparait Fanehuset de la mer, Céline dont le seul lien avec le monde était les mots qu'il jetait dans ses interviews, dans ses lettres et dans ses livres en travail, Claude Duneton a bien saisi cet instantané du promeneur des brumes dans l'impasse :

La campagne c'est comme la mer : on en revient « si Dieu le veut ». À Klarskovgaard il y avait les deux. L'eau et la forêt... Céline mystique serait venu par choix dans ce pré — il y aurait planté des reposoirs, un calvaire. L'extrême dévotion nécessaire — un calvaire absolument ! Moine battu avec la haire... Mais se trouver là sans espoir de rien, ni certitude, ni avenir ! Au-delà des poules, à cinquante-quatre ans, à prendre les années devant cette fin de terre, le bout du Seeland... Micro-climat mon œil ! Le gouffre insondable à vous foutre des insomnies jusqu'à la mort. L'oubli où Céline se trouvait jeté, tandis que les autres là-bas s'arrangeaient de son absence. Ses rivaux !... Ils occupaient son théâtre, sa Butte ! Soufflée !... Ils prenaient tous les rôles, ils lui volaient le sien [7].

Procédures *

Une petite seconde toute une vie... C'était pas une jouisseuse ma mère... elle est passée à côté... comme moi, son fils — au sacrifice !... une femme qui râle au stupre profond vaut une agonie.

L.-F. CÉLINE,
Féerie pour une autre fois

On l'a vu, Céline est sous le coup d'un mandat d'arrêt. Il ressortit des articles 75 et 76 du code pénal qui visent la trahison. Il est donc passible de la peine de mort. Toute sa stratégie — et celle de ses avocats — va être de démontrer l'inanité de l'accusation de trahison. Il risque aussi la saisie-confiscation de tous ses biens. Potentiellement, il n'a plus rien en France. Qu'est devenu son appartement de Saint-Germain-en-Laye ? C'est son oncle Louis Guillou qui s'en inquiète et s'en occupe. En octobre 1948, tout en en prévenant maître Albert Naud qui reste dans la course, il fait appel à maître Jean-Louis Tixier-Vignancour, antisémite patent, politiquement à l'extrême droite, réputé pour son

* Le lecteur intéressé trouvera, en particulier dans le tome III du *Céline* de François Gibault, tous les détails de ces méandres judiciaires.

talent oratoire, sa pugnacité et son habileté. Céline a ainsi deux fers au feu. L'un de ses avocats, Naud, est issu de la Résistance, l'autre, Tixier, d'un milieu qu'il connaît et qui le connaît. S'il déplore les lenteurs de l'instruction, le juge Zousman a lancé le mandat d'arrêt en avril 1945, rappelons-le, Céline en profite pour peaufiner sa ligne de défense en accentuant son indéniable patriotisme, en revendiquant un sentiment antiallemand, tout en chargeant Denoël, qui n'est plus là pour contester, de la responsabilité d'avoir republié ses pamphlets durant l'Occupation. Il charge également dans le même mouvement tous les écrivains et personnalités qui ont flirté de près ou de loin avec l'ennemi. Il n'hésite pas à citer Morand, Montherlant, Bardèche, le beau-frère de Brasillach. Il accable Pétain et Laval.

Mai 1949, l'instruction est terminée et le dossier confié au substitut Jean Seltensperger dont on dit qu'il avait grande compétence, que sa femme était lectrice enthousiaste de Céline et que, de plus, il était en très bons termes avec Tixier-Vignancour. On a trace des nombreux écrits que Céline — « Déroulède en exil » — lui fit parvenir, où dans l'un figure la fameuse apostrophe : « J'aurais livré à Hitler le Pas-de-Calais, la tour Eiffel et la rade de Toulon que mon exécution immédiate ne se serait pas imposée plus immédiatement [1]. » Mikkelsen rencontra Seltensperger en octobre qui rédigera son réquisitoire peu après, un réquisitoire équilibré dont les conclusions sont capitales puisque Céline est exonéré de toute relation avec l'ennemi et de toute intention de le servir. Il ne relève pas de l'article 75-5 du code pénal. Il est dès lors renvoyé devant la chambre civique et le mandat d'arrêt d'avril 1945 est levé. Céline ne pouvait guère espérer mieux. Son retour en France est possible, il ne prévoit pas d'emprisonnement, tout juste l'indignité nationale. Tixier en avertit Mikkelsen. On ne saura jamais qui fut imprudent — Naud imputera à Tixier la divulgation précipitée : la nouvelle filtra, le journal *L'Aurore* la rendit publique en annonçant le proche retour de Céline. Aussitôt la chancellerie s'émut et dessaisit Seltensperger en désignant un autre juge, René Charasse. René Mayer venait d'être nommé nouveau ministre de la Justice, et le restera jusqu'à juillet 1951, et Georges Bidault était président du Conseil des ministres. Mayer, radical-socialiste, juif, lié aux Rothschild, ministre des Transports dans le premier gouvernement de Gaulle, va rapidement susciter l'ire farouche de Céline qui ne l'appellera plus que le Duc Mayer de Vendôme-Montrouge-Rothschild *. Ses invectives vont amplement compliquer la tâche de ses avocats. Quelle neutralité peut-il attendre quand il écrit : « Ce Mayer est un crustacé de prétention et de haine et d'or ! Petit-fils de Rabbin — fondé de pouvoir de la Banque Rothschild — follement prétentieux et un fils mort en déportation ! [une invention de Céline]. Vous parlez d'une indurée carne ! Quelle folle saloperie [2] ! » Ou encore : « Il est monstrueux qu'un Youtre soit précisément le Grand Juge des anti-youtres [3] » ?

* Vendôme pour la place Vendôme, siège du ministère de la Justice, et Montrouge pour le fort de Montrouge où étaient exécutés les condamnés de l'article 75.

L'incident autour de la révélation de *L'Aurore* eut pour conséquence d'aggraver la rivalité entre Naud et Tixier, Naud étant au bord de la démission, tandis que le juge Charasse poursuivait son examen du dossier pour déboucher sur un réquisitoire nettement en retrait sur les conclusions du précédent, celui de Seltensperger. Charasse, s'il ne retint pas l'article 75, recourut cependant à l'article 83 qui se réfère aux actes de nature à nuire à la défense nationale, et renvoya, en conséquence, Céline devant la Cour de justice qui, s'il échappait à la peine de mort, pouvait s'attendre à une peine de un à cinq ans de prison et une amende de 360 000 à 3 600 000 francs. L'audience fut décidée pour le 15 décembre. Céline absent, elle fut reportée à la demande des avocats au 29. De nouveau, en l'absence de l'accusé, un dernier report retint la date impérative du 21 février 1950, et une procédure de jugement par contumace fut engagée par le président de la Cour de justice de la Seine, Deloncle. Entre-temps, Céline, qui avait appris que les Éditions Denoël avaient été relaxées pour leurs publications durant l'Occupation, le 30 avril 1948, comptait bien se servir de cette jurisprudence. Il en fit part à Charasse.

Mais le « cas Céline » ne devait pas rester dans les couloirs feutrés de la magistrature. Les anarchistes du journal *Le Libertaire* s'en soucièrent et lancèrent une enquête-débat sous l'égide du lettriste Maurice Lemaître *, intitulé : « Que pensez-

* Lemaître était favorable à Céline. De son vrai nom, Bismuth, il avait créé une « Association des Juifs amis de Céline », dans l'imminence du procès.

vous du procès de Céline ? » Les réponses parurent les 13, 20 et 27 janvier. Frédéric Vitoux rappelle que si les soutiens traditionnels de Céline lui furent fidèles, de Marcel Aymé à Jean Dubuffet ou Galtier-Boissière, on trouva aussi parmi eux les noms de Morvan-Lebesque, futur rédacteur en chef du *Canard enchaîné*, de Paul Lévy (directeur de *Aux écoutes du monde*), alors que lui sont hostiles les surréalistes, tels Benjamin Péret et André Breton, dont pourtant, on pouvait attendre, étant donné leur opposition à toute institution carcérale, qu'ils fussent poétiquement solidaires... Quant à Albert Camus, s'il souhaitait qu'on laissât Céline tranquille, il n'en soulignait pas moins sa répugnance pour l'antisémitisme des années 1940. La mobilisation ne cessa pas après cette enquête du *Libertaire*. Le 21 février 1950 approchait — la séance serait présidée par le président Drappier — et des personnalités se prononcèrent pour Céline dont Arletty, Marie Bell et Jean Paulhan, mais aussi Pierre Mac Orlan, Maurice Nadeau et Henry Miller, des médecins comme le Dr Tuset qui évoqua le jeune condamné à mort Noël L'Helgouarch pour lequel Céline était intervenu, Henri Mondor, etc. Sollicités par Pierre Monnier, Montherlant fut peu glorieux en s'éclipsant, et Cocteau, favorable mais alambiqué.

La presse de son côté demeurait circonspecte. En janvier et février, par deux fois *Combat* évoqua Céline. La première en publiant des extraits de la préface de Milton Hindus pour *Mort à Crédit* avec un titre accrocheur : « Un Juif témoigne pour

Louis-Ferdinand Céline » ; la seconde, le 23 février, donc deux jours après l'audience, en livrant d'importantes séquences de l'ouvrage d'Hindus *The Crippled Giant,* ouvrage, nous l'avons dit, peu nuancé sur le Céline de Klarskovgaard, mais qui, l'audience passée, ne pouvait desservir Céline. C'est aussi le moment où parurent, respectivement, les articles de Roger Vailland dans *La Tribune des nations*, ceux de Pierre Hervé dans *L'Humanité*, de Daniel Lecache dans *Le Droit de vivre.* Toutes ces parutions, semble-t-il, n'influencèrent pas le jury. L'épuration s'éloignait et les passions étaient retombées. Une page devait se tourner après bientôt six ans d'exécutions, d'emprisonnements et de procès divers. D'ailleurs, une loi d'amnistie se préparait. Aussi l'audience fut-elle moins spectaculaire qu'elle ne l'eût été auparavant. Céline était bien entendu absent pour raisons médicales, et surtout, c'est ce que notifiait un courrier de Mikkelsen, parce qu'il n'avait pas eu l'autorisation de quitter le Danemark. Selon les comptes rendus de l'audience on y connut des périodes de fous rires à la lecture des extraits des livres incriminés de Céline et de ses lettres. Le substitut Charasse fut modérément vindicatif et le président de la Cour de justice, Drappier, prononça son jugement par contumace. Céline écopait d'un an de prison — mais il en avait déjà accompli un et demi à Copenhague — et de 50 000 francs d'amende. On le déclara en état d'indignité nationale avec « confiscation de ses biens présents et à venir à concurrence de la moitié ».

Devant cette relative clémence, Tixier pressa

Céline de revenir en France, preuve faite de son emprisonnement au Danemark, de se présenter à la justice afin d'obtenir la levée de son mandat d'arrêt qui n'aurait plus alors de raison d'être. Céline, subodorant d'imprévisibles complications, refusa car Naud, bien que Mikkelsen lui fournît l'attestation officielle des Danois sur la réelle incarcération de Céline et sa durée, n'arrivait pas à obtenir la garantie de l'équivalence des peines, donc à certifier à Céline qu'il avait bien effectué sa peine de prison à Copenhague. D'évidence la chancellerie — Mayer de Vendôme-Montrouge-Rothschild — demeurait hostile à Céline. Une crise de confiance s'instaura entre Céline et Naud. Céline se reporta entièrement sur Tixier. Et tout resta en l'état près d'un an tandis que Céline se morfondait à Klarskovgaard. La situation se débloqua du fait de la suppression des Cours de justice, le 1er février 1951. Il suffisait désormais à Céline d'aller devant le tribunal militaire, qui, selon Tixier, le relaxerait automatiquement en cinq minutes ! Céline ne crut pas à cette bonne fortune. Ce qui obligea Tixier, étant donné les relations qu'il entretenait au parquet, à élaborer une très fine et rouée tactique qui devait permettre de conclure l'affaire. En premier, il contacta René Camadeau, parquettier du tribunal militaire, politiquement proche de lui. Les conseils de Camadeau furent sans doute fort éclairants. Par voie d'huissier, Céline fit opposition à l'arrêt de la Cour de justice de la Seine tandis qu'en même temps Tixier déposait au tribunal militaire une requête insistant sur l'incapacité de Céline, vu son état de santé, à supporter un nouvel emprisonnement, dans le but d'obtenir une mainlevée du mandat d'arrêt, mainlevée qui fut effective le 15 mars, à la seule réserve que Céline se présentât devant le tribunal militaire avant le 15 avril.

Tixier, à l'encontre de ce que n'avait pas fait Naud, se rendit à Klarskovgaard pour rencontrer Céline à qu'il demanda une procuration afin de l'autoriser à solliciter en son nom un passeport français. Le 19 mars, Tixier fut reçu au consulat où l'agent consulaire Thomas, dans l'impossibilité d'en décider, se référa au Quai-d'Orsay. Le ministre Robert Schuman accorda un laissez-passer, le 29 mars, pour un seul voyage. Mais Tixier avait eu, le 19 mars, le principal, l'attestation d'une demande de passeport ou d'un laissez-passer pour venir en France. Il pouvait présenter ce document au tribunal militaire qui dédouanerait ainsi Céline de son absence tout en authentifiant sa démarche de bonne volonté. En conséquence, la recevabilité de la requête d'opposition de Céline à l'arrêt du 21 février 1950 ne pouvait être remise en cause. Deuxième astuce de Tixier, s'appuyer sur l'article 10 de la loi du 16 août 1947 qui accordait l'octroi de l'amnistie aux invalides de guerre, condamnés à des peines de moins de trois ans d'emprisonnement et dont la peine avait été effectuée avant le 1er janvier 1951 sans qu'il puisse leur être reproché d'avoir été coupables de dénonciations ayant entraîné des déportations. Ce qui était le cas de Céline, invalide et médaillé, incarcéré au Danemark de décembre 1945 à juin 1947. Son dossier, examiné à l'audience du 20 avril, était au nom de Destouches. Ni le nom ni la qualité d'écrivain de

Céline n'y figuraient. Tixier avait verrouillé sa démarche. Seuls lui et Céline savaient. Toute fuite eût compromis l'opération. Les juges feignirent-ils d'ignorer qui était en réalité ce Dr Destouches ? Toujours est-il qu'ils accordèrent l'amnistie. Une dernière étape, et pas la moindre, restait à franchir, éviter que le ministère public ne se pourvoie en cassation et il avait cinq jours pour le faire. Le ministère n'intervint pas. Le 26 avril, la bataille était gagnée. Céline (Destouches) était amnistié et pouvait rentrer en France. Tixier donna la nouvelle aux journaux. Les protestations les plus virulentes devant cette décision furent celles des organes communistes, *L'Humanité* et *Ce soir* (dirigé par Aragon) avec le refrain habituel : « Agent de la Gestapo », « Porte-parole de Goebbels et Rosenberg ». De son côté, la chancellerie fut furieuse et le ministre de l'Intérieur, Jules Moch, à l'annonce du jugement, brisa une table de colère !

Tixier, qui avait bien manœuvré, mérita la reconnaissance de Céline, et Naud, qui s'était progressivement désintéressé de son client, accepta d'avoir été relégué. Grâce au pasteur Löchen, Céline obtint son passeport début mai. Ultime formalité : que les autorités danoises lèvent leur interdiction de quitter le territoire. Ce qui fut entériné à la mi-juin. Céline était dorénavant libre. Où aller ? On le sait, diverses propositions lui avaient été déjà faites, Zuloaga pour l'Espagne, Le Vigan pour l'Argentine, Pulicani pour la Corse. Du temps d'Hindus, Céline avait songé à l'Amérique. Il atteignait les cinquante-sept ans. Diminué, relativement démuni, il n'aspirait finalement qu'à la France.

Lucette Almansor désirait quant à elle qu'ils fissent un premier séjour chez sa mère, Mme Pirazzoli, à Menton. Ensuite, ils acceptèrent l'invitation du propriétaire très fortuné des cartes Grimaud, Paul Marteau, un admirateur de Céline — il avait acheté en 1948 les cinquante-deux premiers feuillets de *Féerie* —, de venir s'installer en son hôtel particulier de Neuilly et de se mettre paisiblement à la recherche d'une maison. Le 30 juin 1951, pour la première fois de sa vie, Céline prit l'avion. Cinq heures de vol avec orages et trous d'air entre Copenhague et Nice. Dans les soutes, la ménagerie, indispensable : Bessy, la chienne, quatre chats : Thomine, Poupine, Flûte, Mouchotte, les chatons de l'indocile Sarah, la préférée, laissée à Klarskovgaard parce que incapable d'affronter un tel voyage et qui, d'après ce qu'en a confié Lucette Almansor, fut battue à mort, ainsi que les autres chats de Fanehuset, après leur départ.

Littérature (3)

L'émotion vient du trognon de l'être, pas tant des burnes, ni des ovaires... Le travail sur l'émotion vous met l'artisan à l'épreuve, qu'il lui reste plus beaucoup à vivre.

L.-F. CÉLINE,
Entretiens avec le professeur Y.

À partir de juin 1944, Céline se retrouve sur des chemins incertains. Les lendemains sont aléatoires sur fond de crépuscule et, pourtant, il veille sur ses manuscrits comme sur son or, comme sur Bébert. Son souci, c'est la littérature. Ainsi est-ce sans surprise que, dès que les conditions lui sont permises, on le voit s'atteler à *Guignol's band II*, *Casse-pipe*, et concevoir *Féerie pour une autre fois*, y compris en prison, à l'infirmerie, à l'hôpital et bien sûr à Klarskovgaard. L'assassinat de Robert Denoël va modifier la donne éditoriale. C'est au coin de la rue de Grenelle et du boulevard des Invalides que, le 2 décembre 1945 au soir, Robert Denoël va trouver la mort. En sortant de sa voiture pour changer un pneu crevé il est tué d'un coup de pistolet dans le dos. Accompagné de sa maîtresse Jeanne Loviton — après avoir été celle de Paul Valéry * —, écrivain sous le nom de Jean Voilier, héritière des éditions Domat-Montchrestien, celle-ci disparaît peu après le meurtre pour aller chercher de l'aide au commissariat de la rue de Grenelle. Le corps de Denoël gît à vingt mètres du véhicule. Sans doute a-t-il cherché à fuir ? Les mobiles du crime ne seront jamais élucidés. On penche toutefois pour un règlement de comptes. Denoël était alors poursuivi pour ses activités d'éditeur durant l'Occupation. La moitié de ses parts étant sous séquestre, il avait laissé à Jeanne Loviton plus de mille parts en blanc. Ce qui fait que, dès le 8 décembre, malgré les protestations de la veuve de Denoël, elle était devenue la propriétaire des éditions, administrées par Maximilien Vox. C'est désormais avec elle que Céline, assombri par la mort de son éditeur, devra traiter. Il aura beaucoup de réticences à négocier avec une femme. Jeanne Loviton ne prendra contact avec Céline qu'en août 1947. Elle ne fera pas le voyage au Danemark mais déléguera, avec un chèque de mille couronnes, en novembre, son directeur littéraire Guy Tosi, qui rencontrera Céline et écoutera ses doléances. À son retour, Tosi fera parvenir à Céline une note en dix points reprenant leur récent échange, et un récapitulatif comptable des ventes des livres de Céline : *Voyage au bout de la nuit*, 148 863 exemplaires ; *Bagatelle pour un massacre*, 86 742 ; *Mort à crédit*, 71 422.

* Paul Valéry, pour qui elle fut une sorte de femme fatale, lui écrivit un dernier poème peu avant sa mort : « Tu le sais à présent si tu doutas jamais que je puisse mourir par celle que j'aimais. » Cité par François-Bernard Michel, *Prenez garde à l'amour* (Les muses et les femmes de Paul Valéry), Grasset, 2003.

Denoël estimait donc les sommes à devoir soldées. Ces chiffres sont loin de ceux que manipulait Céline, avançant à Mikkelsen — mais peut-être y incluait-il ses traductions ? — 1 200 000 pour *Voyage* et 800 000 pour *Mort à crédit* ! À la réception de la lettre de Tosi, le 6 décembre, Céline répondit, le 8, par la dénonciation du contrat à vie qui le liait à Denoël, arguant que l'éditeur n'avait pas publié un livre de lui depuis le 12 juin 1944. La saga ne faisait que commencer.

Céline, qui avait annoncé, via *Samedi-Soir*, *Féerie*, savait qu'il attirait les convoitises. Les éditeurs, conscients de la difficulté de le rééditer, n'écartaient pas l'idée de publier de l'inédit. Et le nouveau Céline excitait. Où en était-il d'ailleurs ? Il travaillait à *Féerie* depuis 1946, le titre ayant passablement évolué. Au début, il s'agissait de « Du côté des maudits », puis de « La bataille du Styx ». Un moment il retint « Au vent des soupirs maudits pour une autre fois », et, le 10 août 1946, il écrivit à Lucette Almansor qu'il retenait *Féerie pour une autre fois*. Grâce au savant et rigoureux travail d'Henri Godard qui a investigué le dossier et établi l'édition de la version primitive de *Féerie I*, *Maudits soupirs pour une autre fois* (1985), nous avons appris qu'au moins trois versions initiales avaient été avancées par Céline, A, B avec une variante B', C, toutes inachevées, dont la plus complète cependant est la version B, celle qui donnera lieu à publication chez Gallimard. *Maudits soupirs* est autonome par rapport à *Féerie* mais en constitue néanmoins la trame. *Féerie pour une autre fois* se compose de deux parties : *Féerie I* et *Normance* (*Féerie II*). Une troisième était envisagée par Céline qui n'en a laissé que deux chapitres. Si l'on rajoute *Maudits soupirs*, découvert postérieurement, nous avons donc un ensemble consistant, de même thématique et de plus de mille pages. Les exégètes en sont ravis tant ce déroulé apprend sur la méthode de travail adoptée par Céline. Que racontent donc les « Féeries » ? Montmartre au printemps 1944, épicé de nombre de réminiscences et d'associations céliniennes avec le morceau de choix du bombardement de Paris d'avril 1944 traité en partie dans *Féerie I* et totalement dans *Normance* et, déjà, dans *Maudits soupirs*, par le biais de la description du lendemain du bombardement. C'est aussi la vie de la Butte qui est le sujet, avec les amis, les personnages pittoresques, l'atmosphère de fin des temps et l'évocation de ce qui, bientôt, ne sera plus. Isolé au Danemark, taraudé par le mal du pays, Céline revit en quelque sorte dans ce Paris qui lui manque viscéralement. Mais, nous ne saurions non plus écarter la sensualité, présente ici dans le corps des adolescentes par le truchement de Papillon, une élève de Lucette (Lili), et de Toinon, en particulier dans *Maudits soupirs*. Que dit le narrateur de Papillon ?

Elle est belle, c'est une déesse de blondeur, de poitrine, de croupe et tout ! et danseuse, plastique et classique ! et pas les quinze ans ! Et puis alors cette carnation de velours vivant [...]. Je ne vous parle pas des yeux, des bleuets doubles, des fleurs prises au ciel... enfin pas du ciel maintenant... du ciel des temps radieux, du ciel septième ciel... tout bleu radieux et fleurs partout... Je vous ai dit pour la chevelure... aux genoux qu'elle lui cascade... et fine... Fine... une eau-de-vie qu'elle lui recouvre... l'ondoye... blonde, vous enlace l'âme... Ah ! c'est terrible à contempler... Je vous le dis tout cru [1].

Quant à Toinette (Toinon), nubile de onze ans qui maltraite son chien, Piram, elle se met en passe de séduire Ferdinand (la cinquantaine). Céline nous livre sur cette entreprise nombre de scènes torrides dont, entre autres, les vingt-cinq dernières pages de *Maudits soupirs* à propos desquelles Henri Godard remarque à quel point le sujet importa à Céline, ce passage étant « parmi les plus raturés, surchargés et indéchiffrables du manuscrit [2] ». Quand on sait que *Guignol's band II*, et l'histoire avec la sublime Virginia, est également en chantier — mais, dans *Féerie*, Céline est encore plus osé —, on ne peut que noter, une nouvelle fois, la fascination de Céline pour les amours enfantines et leur charge sensuelle explosive, car Toinon est véritablement ivre de sexe. Certes, le roman fait la part belle aux circonstances dramatiques de l'Histoire et à l'exil au Danemark, mais comment minorer toutefois cette sensualité omniprésente que ne cesse d'exalter l'œuvre de Céline dont une des approches pertinentes est au travers du prisme de l'érotisme, souvent débridé ? N'écrira-t-il pas dans *Nord* : « L'article n° 1 du monde : Foutre ! » ?

Maudits soupirs, *Féerie* et *Normance* étayent aussi la vision que l'on peut avoir du labeur célinien axé sur la mémoire, la restitution à la fois la plus juste et la plus imagée du passé, la dérive associative, le martèlement du lyrisme et l'accumulation des strates (les brouillons), comme une géologie des sédiments qui mène à l'exubérance des surfaces visibles, en l'occurrence, ici, de texte abouti :

> Et puis préserver mes brouillons... enfin brouillons... mieux ! des rendus... rendus émotifs !... déjà en presque formes venues... des dix vingt mille heures de travail. Que c'est des mises à jour des œuvres. Ça se débrousse comme le temple d'Anghkor. C'est de l'acharnement de terrassier... de terrassier d'ondes... tout petit trait de scalpel près, le temple fripe, effrite ? S'efface... Vous attrapez plus rien, rien vient... C'est la magie... La plume est un scalpel de mage... de mage en terrasses... Tout est enfoui dans l'atmosphère... Faut fouiller plan par plan... souffles, oh si doucement que le sable s'envole... C'est horrible n'est-ce pas, c'est horrible... Je veux dire de délicatesse, d'effleurement... C'est un travail de fée c'est tout, où l'homme périt damné, perd l'âme, la bonne gentillesse, la bite, tout... [...] Oh ! c'est du tourment pas dicible[3].

Pris dans cette fièvre dont ces quelques lignes nous donnent idée, Céline enchaîne version sur version pour clore par *Féerie* et *Normance*, *Féerie* intégrant l'expérience plus récente de Vestre Faengsel. Eu égard aux circonstances, la somme de travail accomplie est énorme et il apparaît cohérent que *Féerie* soit dédiée « aux animaux, aux malades, aux prisonniers ». La série est probablement terminée en 1950, et Céline promet à Marie Canavaggia de lui en envoyer une cinquantaine de pages (lettre du 15 novembre 1950), qu'il réfère comme premier chapitre. Entre-temps, il a achevé *Guignol's band II* et mis au point un chapitre de *Casse-pipe*, qu'il ne poursuivra pas, se lamentant, bloqué, sur les centaines de pages disparues en juin 44. Il est aussi en possession de la version définitive de *Scandale aux* *abysses*. Il a donc du matériel à demeure car ses revenus sont inexistants. Ses livres devenus introuvables ou censurés, il n'a plus aucune rentrée d'argent et, de plus, il doit plusieurs millions au fisc, « ses impôts Pétain ». Mikkelsen a l'or en garde et les gains de Lucette sont minimes. « La conspiration du silence », en France, autour de lui, est réelle. Elle joue le rôle d'un blocus. Il lui faut donc rééditer, republier. Les éditeurs sont à l'affût mais ne veulent pas risquer un procès avec Denoël. Fasquelle se manifeste en 1947 et 1949, mais c'est Pierre Monnier, depuis sa visite de septembre 1948, un bon ange pour Céline, qui va jouer un rôle décisif. Les grands éditeurs hésitant, c'est vers des petits, marginaux mais déterminés et courageux, qu'il va se tourner tout en maintenant des contacts avec Jean Paulhan décidé à aider Céline, car Monnier ne cache pas qu'il ambitionne de lier Céline à la maison Gallimard. C'est aussi le vœu de Céline d'intéresser l'un de ces petits éditeurs qui pourrait imprimer et diffuser les livres dans l'espace francophone européen à partir de la Belgique et de la Suisse, James Laughlin et Milton Hindus s'occupant des rééditions déjà en cours aux États-Unis. Le problème de la perception des droits d'auteur éventuels se révélant alors un véritable casse-tête avec versements à l'étranger, en Suisse en particulier *. Céline va associer Marie Canavaggia à ce « montage ».

* Malaparte, qui résidait à Locarno, proposera de recevoir les droits sur son propre compte et de les reverser ensuite à Céline.

Préalablement à Monnier, un jeune journaliste lyonnais et lecteur enthousiaste, Charles Deshayes, avait déjà pris langue à l'été 1947 avec un éditeur de Lyon, Ansbert Frimat, qui promettait une nouvelle édition de *Voyage*, tirée à 20 000 exemplaires. Le projet n'aboutira pas et Céline traitera Frimat de farceur. Monnier, lui, aura en apparence plus de réussite. Il songe, fin 1948, à Charles Frémanger, éditeur sis aux Champs-Élysées au nom de Jean Froissart, et qui connaît un immense succès avec *Caroline chérie* de Cecil Saint-Laurent (Jacques Laurent). Parmi ses employés, Antoine Blondin, qui ne va pas tarder à produire *L'Europe buissonnière*. Frémanger donne son accord pour la publication de *Voyage* selon un tirage de 10 000, dont un premier de 5 000. Il se rend à cet effet au Danemark pour voir Céline et lui proposer 3 000 couronnes *. La réédition pour le compte de sa maison l'oblige à créer une antenne fictive à Bruxelles, à partir de laquelle le livre sera imprimé et diffusé **. Peu avant, Céline a eu le plaisir d'une édition de luxe de *Foudres et flèches*, chez Charles de Jonquières qui pourtant ne lui rapportera rien. *Voyage* sortit en librairie en juin 1949 avec une préface de Céline de deux pages, énigmatique et quelque peu décalée, qu'il ne revendiquera pas par la suite. La diffusion très mauvaise, l'absence de rentrées financières, incitèrent Céline à rompre avec Frémanger.

* François Gibault situe la rencontre de Céline et Frémanger en janvier 1948. Ce qui exclurait les démarches auprès de Monnier qui ne connut Céline qu'à l'été 1948. Mais dans sa lettre du 22 décembre 1948 à Monnier, Céline insiste sur la nécessité de rencontrer Frémanger qu'il n'a jamais vu ! Ce qui fait pencher pour janvier 1949.

** Denoël déposera plainte contre Jean Froissart, pour se désister en 1951.

Marri, Monnier décida alors, soutenu par les éditions Amiot-Dumont, de créer pour la circonstance sa propre maison sous le nom de Frédéric Chambriand qui, en décembre 1949, publiera *Casse-pipe* dont il vendra 8 000 exemplaires. Ce qui n'était pas négligeable quand on sait que *Casse-pipe* n'existe que sous la forme d'un seul chapitre introductif. En ce même mois de décembre, Monnier fit de nouveau le voyage de Klarskovgaard où il resta quatre jours et conclut avec Céline le principe de la réédition de *Mort à crédit* et la publication de *Scandale aux abysses*, le premier pour avril 1950 et le second, illustré, pour novembre. La critique silencieuse, les initiatives de Monnier qui n'écartait pas l'idée de se lancer dans l'aventure de *Féerie*, se soldèrent par un échec. Céline prit donc la mesure du puits dans lequel lui et son œuvre étaient tombés et de ce qu'il n'apparaissait plus que sous le visage du proscrit infréquentable.

La perspective Gallimard, capitale, avec Paulhan comme introducteur subsistait cependant. Céline avait proposé à Paulhan, pour les *Cahiers de la Pléiade* qu'il dirigeait et qui remplaçait la revue de la N.R.F. provisoirement disparue depuis le suicide de Drieu le 16 mars 1945, *Casse-pipe,* que Paulhan retint sous le titre de *Le Casse-pipe* pour le numéro de novembre 1948. Auparavant, outre *Foudres et flèches*, il avait refusé *À l'agité du bocal*, ce texte sur Sartre auquel nous allons venir, le jugeant trop excessif et estimant qu'il desservait Céline dans la conjoncture de retour qui était la sienne. Céline avait envisagé de lui proposer les cinquante premières pages de *Féerie*, mais il s'abstint. Paulhan demeurait très attentif et ouvert à la production de l'exilé. Il ne doutait pas que ce dernier avait en réserve des inédits considérables et qu'il entendait bien les réserver à Gallimard, un éditeur à la hauteur de l'art et des ambitions céliniens, d'autant que Denoël, cédé au groupe par Jeanne Loviton à la fin 1951, ne pouvait plus faire obstacle au contrat que s'apprêteraient à signer bientôt Céline et Gaston Gallimard. L'entrée chez cet éditeur à l'incontestable renom ne doit pas faire oublier le rôle que va également jouer Roger Nimier. En octobre 1950, il avait envoyé, après *Les Épées*, *Le Hussard bleu* à Céline qui s'en était montré ravi. Nimier, on l'a dit, en devenant plus tard conseiller littéraire dans la maison, allait beaucoup faire pour Céline.

Sartre

Ministres, huissiers, érotomanes, bourriques, bonnes sœurs, j'ai de tout dans mes murs !... Les répercussions.

L.-F. CÉLINE,
Féerie pour une autre fois

Il est erroné, du moins approximatif, d'affirmer que Céline ne représentait plus rien à la Libération et dans les années qui la suivirent. Aurait-il donc été englouti par les tourbillons de l'Histoire, une Histoire dans une phase délibérément nouvelle qui aurait effacé la précédente, celle des années 1940-1944, trop anachronique, inconcevable ? Nous pensons au contraire que la période qui venait de s'achever était d'autant plus présente qu'on cherchait à l'éradiquer, et Céline avec elle qui, dès qu'il fut repéré au Danemark, fit entendre sa voix, continuant de déchaîner les passions au simple énoncé de son nom, alertant les éditeurs en évoquant ses inédits. Cependant, il est indéniable qu'il a existé une « conspiration du silence » autour de Céline où, en dehors de la volonté épuratrice, il y eut peut-être place pour des raisons plus prosaïques visant à l'écarter. Qu'il y eût une volonté critique « sauvage », vis-à-vis des années écoulées, de la part des libérateurs et résistants, qu'une génération (prétendument) muselée voulût se faire entendre et régner sans partage, le monde nouveau arasant le monde ancien, ne doit pas surprendre. C'est une habitude de l'Histoire, au terme de l'exercice d'un ordre établi détesté et obsolète. Le terrorisme intellectuel est alors l'une des armes utilisées pour installer l'hégémonie. On ne sait trop s'il y eut espoir révolutionnaire en France en 1945. On observe que le marxisme, et particulièrement dans sa vulgate, s'avéra puissance idéologique phénoménale, que l'existentialisme athée fut très en vogue, que des institutions, tel le C.N.E., ou des revues comme *Les Temps modernes*, régentèrent la vie des idées et des lettres. Sur cette scène dans le jeu des promotions au magistère de la pensée, Céline avait la place du mort. Dans *Le Figaro littéraire* du 11 octobre 1947, André Billy déclarait : « Ce qui est simple mode, c'est la crudité d'expression qui, d'ailleurs, ne nous est pas venue d'Amérique, mais d'un certain Louis-Ferdinand Céline aujourd'hui bien oublié[1]. »

Pourtant ce mort était encombrant. Une telle œuvre ne disparaît pas aisément dans les poubelles de l'Histoire. Le mort et ses livres se rappelaient aux mémoires. En avril 1949, le journal *Carrefour* lança une enquête sur les écrivains de l'an 2000. Sur la liste de ceux qui seraient encore lus, Céline figurait à la septième place, entre Mauriac et Sartre. Le 26 mai 1950, un jury où figurait Jean

Paulhan avait établi la liste des douze meilleurs romans du demi-siècle. Céline apparaissait dans la première liste de vingt-cinq noms et disparut de la liste finale. Ne point parler de lui a été la manière la plus radicale de conduire à l'ignorance de son nom. Le calomnier, l'avilir, pour en faire le méprisable et infect Céline était une autre façon de le maltraiter. C'est dans ce contexte que Sartre rompit le silence, le 1er décembre 1945, on l'a signalé, dans son article des *Temps modernes*, exprimant la *doxa* de l'époque envers Céline. Paradoxalement, l'article intitulé *Portrait de l'antisémite* passa inaperçu au sens où, trop évident dans son propos, il ne déclencha pas le tintamarre attendu. Repris dans *Réflexions sur la question juive* (1946), il redoubla son effet — les livres de Sartre étant plus lus que sa revue — et fut porté à la connaissance d'un large public jusqu'à atteindre Albert Paraz, probablement lecteur très lointain de Sartre, qui en transmit la teneur à Céline en novembre 1947. La proposition centrale de Sartre était que c'est le regard de l'antisémite qui fabrique le juif, en stigmatisant un être chez lequel rien ne prête *a priori* à discrimination. Quelques lignes sont consacrées à Céline. « Si Céline a pu soutenir les thèses socialistes nazies, c'est qu'il était payé. Au fond de son cœur, il n'y croyait pas : pour lui il n'y a de solution que dans le suicide collectif, la non-procréation, la mort [2]. » À leur lecture, Céline fut saisi d'une rage folle car il était touché en un point éminemment sensible, celui du profit, de l'aliénation de l'intellect à l'argent. S'il était très vigilant et sourcilleux quant à ses comptes chez les éditeurs,

Céline ne s'est jamais vendu à personne. C'était son point d'honneur que cette apologie de la liberté du créateur et de la parole citoyenne. Il n'acceptait ni cadeau ni aide. Ainsi, à Copenhague, dans le besoin, il refusa les 100 000 francs que lui proposait, par l'intermédiaire de Pierre Monnier, Paul Lévy, directeur de *Aux écoutes du monde*. Il ne voulait dépendre de quiconque.

La remarque accusatrice de Sartre, peu avare en excès verbaux, était donc à la fois non fondée et malencontreuse. Du Danemark, Céline se manifesta avec la force de son verbe et avec clameur. Il n'était pas souhaitable de provoquer Céline, redouté et redoutable. Il écrivit à Paraz qu'il allait « torcher Sartre » mais que son avocat l'en dissuadait. Coïncidence ? Au même moment, *Samedi-Soir* dépêcha un journaliste qui réalisa l'entretien avec Céline dont nous avons parlé où fut annoncé pour la première fois *Féerie*. La manchette du journal, pour son numéro du 22 novembre, fit dans le sensationnel : « Nourri d'avoine dans un grenier de Copenhague, CÉLINE JURE DE "TORCHER" L'AVORTON SARTRE. » Le ton était donné. Suivra un texte polémique, *À l'agité du bocal,* fracassant certes, mais pas le plus inspiré de Céline. Sartre en fit les frais et fut remis à sa place littéraire. Il n'était rien sans Céline, rien qu'un de ses suiveurs de deuxième ou troisième zone et, de plus, un mouchard — Céline suggérant que la suite des *Mouches* se nommât *Les Mouchards*. (Jünger dans son journal les a assimilés. « Chez Céline et Sartre [la peinture de la décomposition] imprègne chaque phrase, chaque relevé de faits. On sait que la pourriture a gagné la charogne entière[3].») Quant à Michel Cournot, il écrira plaisamment dans *Le Nouvel Observateur*, en février 1965 : « Écrivain plutôt libéral, Céline a surtout écrit l'œuvre complète de Jean-Paul Sartre, excepté *Les Mots* qui sont un posthume de Flaubert enfant. ») Pour signifier à Sartre sa colère, Céline retrouva le ton du pamphlet, violent, décapant, vertement scatologique (dans sa correspondance ultérieure avec Paraz, Sartre sera désigné comme « le ténia »). Dès novembre 1947, le texte de quelques pages terminé, Céline chercha à le publier. Paulhan fut contacté. Il trouva, on l'a dit, la forme et le contenu excessifs et susceptibles de nuire à Céline. Et Sartre était un auteur maison prestigieux et Paulhan employé par Gallimard... Cependant, une première édition de l'*Agité*, au tirage limité à 200 exemplaires, fut faite par Pierre Lanauve de Tartas. Plus tard, Céline accorda à Paraz le droit de le publier intégralement dans son livre *Le Gala des vaches*. En ces deux occasions, le texte fut sans échos. Sartre en eut-il vent ? On sait qu'il ne lisait pas les critiques dont il était l'objet et s'en moquait. Il ne réagissait qu'à celles, jugées injustes, impliquant ses amis, à commencer par Simone de Beauvoir. En ces occasions sa plume pouvait être féroce. La correspondance de décembre 1947 entre Charles Deshayes et Jean Cau, alors secrétaire de Sartre, confirme que le texte fut connu de l'entourage de Sartre que Céline s'obstinait à prénommer J.-B. — Jean-Baptiste — sans savoir que c'était le prénom du père de Sartre. Sartre ne broncha pas, pas plus qu'il ne le fit lorsque *L'Herne* réédita l'*Agité* en 1963. N'importe comment une charge massive de cet ordre et venant par surcroît de Céline ne pouvait, à l'époque, que discréditer le propos.

La phrase de Sartre incriminée reprochait à Céline, sans aucune allusion à leurs thèses racistes, d'avoir épousé, sans y croire mais moyennant finances, les thèses socialistes des nazis. Pourquoi l'occultation, par Sartre, de ce qu'il y a de plus spectaculaire et discutable chez le Céline de la fin des années 1930 ? Question. Toujours est-il que la guerre était ouverte entre Céline et Sartre sans que Céline, il faut l'admettre, l'eût initiée. Dès lors, il n'oubliera pas de rappeler quel sous-produit était ce Nartre, ce Tartre et qu'il savait, lui, Céline, des choses sur l'énergumène. Il révéla que Sartre l'avait sollicité durant l'Occupation afin qu'il intervînt auprès de la censure allemande et, notamment de son chef Gerhardt Heller, pour aider à ce que ses pièces pussent être jouées, dont *Les Mouches*. Heller s'est donné après la guerre le beau rôle [4], se prétendant libéral et francophile. En fait, il dissimula qu'il était membre du parti nazi sous le numéro de carte 3402212 depuis le 1er janvier 1934. Lucette Almansor [5] a écrit, mais elle est la seule à le prétendre, que Sartre en personne vint rencontrer Céline rue Girardon pour le mobiliser en sa faveur. Céline le congédia. Sartre invita néanmoins Céline à ses premières, insistant sur l'effet qu'aurait la présence de Céline, reprise par les échotiers, pour la promotion de ses pièces dont, de par son autorité, il cautionnerait ainsi la qualité. Céline ne se rendit jamais à ces invitations. De ces rumeurs nous n'avons pas trace écrite, entre autres des billets, notes et lettres que Sartre aurait fait parvenir à Céline. Dominique de Roux, grand défenseur de Céline, auteur de *La Mort de L.-F. Céline*[6] et éditeur des indispensables *Cahiers de l'Herne*, a colporté beaucoup de romanesque à ce sujet. Y a-t-il eu, comme il le soutient, dès l'annonce de la mort de Céline, descente pseudo-barbouzade à Meudon sous prétexte de désinfection — Lucette Almansor, éplorée, écartée —, et disparition concomitante, outre de manuscrits, de documents dont les fameuses lettres de Sartre ? Peu ont notion d'une telle opération. Ces lettres, pourquoi Céline les aurait-il gardées, lui qui n'en gardait aucune, transportées avec lui en Allemagne, au Danemark et conservées à Meudon ? Nous sommes aux limites du vraisemblable, mais ces fantaisies pointent pourtant des enjeux.

La rivalité Sartre-Céline — mais il y a aussi Sartre-Aragon, Sartre-Malraux, Sartre-Camus et bien sûr Sartre-Aron — a pour fondement la substitution d'un magistère intellectuel à un autre. N'échappant pas à son influence majeure, Sartre n'a pas été sans évaluer l'envergure littéraire de Céline qui le relègue bien loin sur ce chapitre. Sartre a conscience de ce que le verbe peut être déterminant et il est averti de l'utilisation incomparable que Céline en fit, qui assura par cette seule vertu sa célébrité. Le verbe célinien est offensif, transgresseur. Plus il frappe fort, plus il est écouté. Sans inférer que Sartre ait imité Céline en tout point, il a toutefois, suffisamment au fait de la chose littéraire, admiré le style de Céline, bien que Simone de Beauvoir laisse entendre que l'idylle se termina après *Mort à crédit*. Il faudra à Sartre, sur le plan de la fiction — la philosophie, c'est un tout autre feuilleton ! — se dégager de cette énorme emprise. Rappelons que l'exergue de *La Nausée* est emprunté à Céline : « C'est un garçon sans importance collective, c'est tout juste un individu », et qu'il faut créditer Sartre de ne pas l'avoir ôté des nombreuses éditions ultérieures du roman. Céline hors jeu, à condition de l'annihiler, la place était libre pour s'imposer comme mentor ainsi que le note Philippe Alméras : « Avec Genet et Sartre, la succession est, on le voit, ouverte dès le printemps 1944 [7]. » Les médias sauront faire le reste. Pour les communistes, Céline « suppôt du nazisme », l'affaire est réglée. Aux *Temps modernes*, on n'est guère tendre non plus. Camus — un « branlé à blanc », selon Céline —, qui avouera avoir lu avec la plus grande attention *Mort à crédit* jusqu'à la page 23 incluse, dira : « Je l'ai abandonné là. C'est la forfanterie de la dégoûtation. Ça veut avoir l'air pessimiste et ça cherche seulement le 300e mille [8]. »

À la Libération et dans les années 1950, n'y eut-il donc qu'un changement de décor, les mêmes mœurs culturelles demeurant dominantes ? Dans un livre culturellement incorrect et peu complaisant — *Une si douce occupation. Simone de Beauvoir et Jean-Paul Sartre 1940-1944* [9] —, Gilbert Joseph rompt avec l'hagiographie consensuelle habituellement réservée aux écrivains de la Résistance. À partir de 1940, les écrivains en vue de publication, de même que les plasticiens, sculpteurs, gens de théâtre et du spectacle, devaient se soumettre à l'avis de la censure allemande. Celle-ci autorisa beaucoup puisque les livres furent nombreux à la vitrine des librairies et la vie culturelle à Paris, ainsi que la production cinématographique, très riches. Des écrivains, dont l'exemple le plus notable est celui de Jean Guéhenno, écrivain apprécié des années 1930 et du Front populaire, considéraient comme un acte éthique — et de résistance — de ne pas accepter la censure en ne publiant pas durant l'Occupation, sinon dans les éditions — telles les Éditions de Minuit — et organes clandestins de la Résistance. Les autres, s'arrangeant avec leur conscience, Guéhenno écrira : « L'espèce de l'homme de lettres n'est pas une des plus grandes espèces humaines. Incapable de vivre longtemps caché, il vendrait son âme pour que son nom paraisse [...]. Il va sans dire qu'il est plein de bonnes raisons : "il faut, dit-il, que la littérature française continue". Il croit être la littérature, la pensée française et qu'elles mourraient sans lui[10]. » Ces autres, partisans de maintenir un semblant d'expression française et de critique voilée — bien opaque pour la plupart —, jouèrent le jeu de la censure préalable. Pour les pro-Allemands la question ne se posait pas. Ils adhéraient. Les écrivains et artistes savaient que leurs ouvrages et prestations seraient jugés et jaugés par les journaux et radios de la collaboration, les seuls autorisés, qui tenaient le haut du pavé encensant ou vitupérant, se donnant quelquefois le luxe d'un satisfecit, d'une once d'enthousiasme envers un auteur ou un créateur dont ils étaient apparemment aux antipodes. Les journalistes des feuilles collaborationnistes et eux seuls avaient donc pouvoir sur la reconnaissance d'une œuvre, sa pérennité ou non. Ainsi, *Signal*, une publication allemande à visée de propagande, saluera-t-il chaleureusement *Les Mouches*. Camus, Sartre, Mauriac — une des têtes de Turc de Céline également, bien que Mauriac fût plutôt bienveillant envers lui —, Claudel, Montherlant, Cocteau, etc., se plièrent aux contraintes instituées. Ils furent édités et joués. Rappelons brièvement, *L'Étranger* (1942), *Le Malentendu* (1943), *L'Être et le Néant* (1943), *Les Mouches* (1943), *Huis clos* (1944). Simone de Beauvoir, radiée de l'Éducation nationale, assura — ce qu'elle n'a jamais nié — un travail de metteuse en ondes à Radio-Paris, où officiaient des propagandistes exaltés et sectaires tels Philippe Henriot et Jean Hérold Paquis. N'ayant jamais été confrontés à des choix de cette nature, nous ne jugerons pas ceux qui publièrent. Les affaires humaines étant ce qu'elles sont, ils s'en accommodèrent. Simple constat.

Céline était au clair avec toutes ces postures et le grand bazar des représentations. Il ne s'en étonnait pas. Il négocia, on l'a vu, avec Karl Epting, les fournitures de papier pour Denoël nécessaires à ses propres rééditions. Il fréquentait Charles Dullin qui accepta de mettre en scène *Les Mouches* après que Jean-Louis Barrault, très en cour et à la mode, en délicatesse avec Sartre, eut refusé de monter la pièce. Sartre, comme Céline, n'était pas sans savoir que Dullin, soumis comme les autres directeurs de théâtre au très rigoureux encadrement des autorités allemandes, s'était empressé de débaptiser le théâtre Sarah-Bernhardt en Théâtre de la Cité, qu'il avait aryanisé sa compagnie dès 1941, comme l'exigeaient les occupants, et qu'il vivait maritalement avec Simone Jollivet, une ancienne maîtresse de Sartre, antisémite déclarée. Tout ce petit monde n'avait pas de secrets pour Céline. Dans *À l'agité du bocal*, il s'en souvint, s'adressant à Sartre : « M'avez-vous assez prié et fait prier par Dullin, par Denoël, supplié "sous la botte" de bien vouloir descendre vous applaudir ! Je ne vous trouvais ni dansant, ni flûtant, vice terrible à mon sens, je l'avoue[11]... »

Sartre écrivit aussi au moins à trois reprises dans *Comoedia* — une revue qui dans le protocole soumis à la censure avait pour point 1 : « L'intégration de la France dans le plan de l'Europe nouvelle définie par le Führer dans son récent discours[12] » — un article sur *Moby Dick*, une interview lors de la représentation des *Mouches*, un article, le 5 février 1944, à la mort de Giraudoux. Quant à Dullin, en juin 1943, il introduisit *Les Mouches* par un article dans *La Gerbe*. Certes, Sartre fonda un éphémère sous-groupuscule germano-pratin, *Socialisme et liberté*, mais, dans l'ensemble, il vécut comme un professeur et tenta d'élargir ses assises de romancier, dramaturge, essayiste et veilla à étayer sa notoriété grandissante. Ce qui l'occupa sans relâche. S'il laissa se développer la légende sur « sa résistance », il eut l'honnêteté de déclarer tardivement, en 1973, qu'il fut « un écrivain qui résistait et non pas un résistant qui écrivait ». Sans être dévoyée, la notion de résistance est fort élastique. Elle ne pouvait abuser Céline qui n'octroyait le brevet de résistant qu'aux « poilus » de la Grande Guerre. Selon lui — ce qui est exact —, eux, au moins, avaient massivement résisté sous le feu. De les évoquer était sa nostalgie profonde. Céline n'en voulait pas aux gens (de lettres) d'essayer de survivre et tolérait que chacun avançât ses pions, bâtît sa carrière sans qu'on pût pour autant porter accusation de compromission. Mais, s'il vous plaît, pensait-il, pas de leçon de morale !

Céline se serait tu, se contentant, sarcastique, d'ironiser sur les comportements de certains « confrères » en littérature. Mais Sartre le diffama qui eut droit, en retour, à ses foudres. Céline ne cessa pas de l'épingler, tout à fait lucide sur les cécités, petits arrangements et ambitions de ceux qui le pourfendaient — il était rentable de brûler du Céline ! —, travestissant en nobles aspirations ce qui n'était souvent que revendications égocentriques. Lui, au moins, il était transparent. Il n'avait pas de bons sentiments. Pour le reste qui lui importait, l'écriture, il ne risquait rien. La génération de l'après-guerre lui paraissait, littérairement, bien conventionnelle, quelquefois illisible. Il n'y voyait aucunement l'amorce d'un style, rien qui pût le défier :

> Qu'on continue à me considérer comme un vague et dégoûtant SUIVEUR d'un Sartre, d'un Miller, d'un Genet, d'un Passos, d'un Faulkner, alors que je suis MOI l'inventeur le défonceur de la porte de cette chambre où stagnait le roman jusqu'au VOYAGE [13].

Mais on lui faisait barrage, Sartre en tête. Quand on s'en soucie, on ne renonce pas facilement à la maîtrise du monde des idées et des formes. Chaque autre est un importun qui par le fait d'être lui-même vous fait de l'ombre. Et Sartre, et pas uniquement lui, bataillait pour demeurer, quoi qu'il en dît, sur cet Olympe où Céline était définitivement gêneur, décrédibilisé, indésirable. Sur l'occulte de leurs relations — Sartre démarcha-t-il Céline entre 1940 et 1944 ? —, nous ne saurons que ce que Céline et ses proches en ont livré et, peut-être, tendancieusement, sans que nous oubliions aussi que Céline, qui tourna si mal, fut un des indubitables maîtres de Sartre en littérature. Sartre le lui fit-il payer, le moment venu, ou recourut-il à une sorte d'ordalie afin de se sortir, par lui-même, de cette méprise de jeunesse qui l'embarqua, conquis, dans le sillage littéraire de Céline ?

Retour au pays natal

L'époque est à moi ! Je suis béni des lettres ! Qui m'imite pas n'existe pas !... Simple

L.-F. CÉLINE,
Rigodon

Céline arrive donc le 1er juillet à l'aéroport de Nice en compagnie de Lucette, de la chienne Bessy et de quatre chats. Comme l'a noté Philippe Alméras, les versions divergent sur cette arrivée. Dans l'une l'avion atterrit à minuit. Personne pour les accueillir. Un taxi est pris pour Menton, à trente kilomètres, où résident les Pirazzoli, immeuble Bellevue, quartier de Gavaran, « La Petite Afrique ». Les Pirazzoli, qui ne les attendaient pas malgré les messages antérieurs annonçant le retour, les installent dans la partie de l'appartement, en rez-de-chaussée, qui leur est réservée. Céline s'était inquiété du propre logement des animaux et d'un coin de jardin où ils puissent courir. Solution a été trouvée sur un terrain qui fait face au Bellevue, loué par les Pirazzoli avec un cabanon qui servira de niche. Tout étant réglé, vers cinq heures du matin,

Céline va s'enfermer dans sa chambre sans prononcer un seul mot. Autre version, les Pirazzoli les reçoivent en fanfare. Une réception a été organisée avec mondains et journalistes. Céline, qui déteste toute forme d'apparat, fort irrité, gagne sa chambre. Toujours persécuté, il souhaitait un retour discret et qu'il demeurât anonyme. Ces variations sur l'accueil ne sont relatées que pour donner le ton de la mésentente qui va s'installer d'emblée entre Céline et ses beaux-parents. Ercole Pirazzoli, ancien responsable des douanes italiennes, à la frontière toute proche, taciturne et réservé, est le deuxième mari de la mère de Lucette Almansor. Celle-ci entrera en rivalité à propos de Lucette en tentant, selon Céline qui la surnommera la « Tirelire * », d'accaparer et de gruger sa fille. Les algarades seront nombreuses et décideront Céline, qui avait envisagé un séjour de deux mois à Menton, de l'écourter, canicule aidant — La Méditerranée n'est pas « sa » mer —, et de rejoindre Paris dès le 23 juillet, jour de la mort de Pétain. Albert Paraz est à Vence, sous divers prétextes Céline ne prendra pas le temps de le voir.

Toutefois, juillet n'a pas été uniquement l'occasion d'un mauvais retour, bien que *L'Humanité* du 20 ne l'ait pas manqué : « Gracié par le gouvernement français, Céline se pavane sur la côte d'Azur [...]. Fasciste notoire, antisémite forcené, littérateur douteux et grossier, Céline était un grand admirateur des nazis au service desquels il mit sa plume nauséabonde dès l'occupation de la France. C'est aussi un agent de la Gestapo. » La préoccu-

* De même, il surnommera la seconde femme du père de Lucette la « Mite ».

pation littéraire a repris ses droits et Pierre Monnier s'est beaucoup demené. Gaston Gallimard, évidemment au courant de la présence de Céline à Menton, a accéléré la mise au point finale de son vieux projet, l'incorporation de Céline à la liste de ses auteurs maison. Paulhan a alerté Monnier — Jouhandeau et Malraux seraient également intervenus —, un rendez-vous a été rapidement pris avec Gallimard, un contrat proposé, respectant les conditions exigées par Céline, confié à Monnier, expédié dare-dare en avion à Menton, aux frais de l'éditeur, afin de faire signer Céline au plus vite. Céline jouissait d'une avance de 5 millions de francs *. Il obtenait la réédition de ses livres précédents, pamphlets exceptés. Gallimard avait option pour cinq titres à venir et octroyait 18 % sur les prix de vente, et l'intégralité des droits de traduction et d'adaptation au cinéma. Céline paraphera le contrat. Il était désormais un auteur Gallimard.

Le 23 juillet, cette fois, ils sont attendus. À l'aérogare des Invalides se trouvent Paul Marteau, qui a offert son hospitalité à Céline, sa femme Pascaline, le père de Lucette et Monnier. Deux voitures et un taxi seront nécessaires pour transporter les personnes, les bagages, les animaux, sauf la chatte Thomine qui s'est éclipsée au moment du départ. Elle réapparaîtra un an plus tard chez les Pirazzoli

* Peu après, Céline chargera Paul Marteau de négocier avec Gallimard l'obtention de 5 millions supplémentaires. Ce qui sera effectif, témoignant de l'indéfectible volonté de l'éditeur de s'approprier Céline. Ce supplément sera converti en or, reconstituant ainsi le pactole que Céline soupçonnait Mikkelsen d'avoir dilapidé. (De fait, il recevra l'avocat plus que cavalièrement à la « Villa Maïtou ».)

qui la réexpédiront par avion à ses maîtres. Le luxueux hôtel particulier des Marteau se situe au 66, boulevard Maurice-Barrès à Neuilly. Un appartement coquet au dernier étage est mis à disposition de Céline et de sa compagnie qui disposent aussi des services du personnel conséquent et d'un chauffeur. Bien que frugal, Céline n'est pas mécontent, dans un premier temps, de cette prodigalité. Il reçoit même ses premières visites dont celle de sa fille, Colette, qu'il n'avait pas revue depuis 1942 et sur la santé de laquelle il veille. Par contre, il n'a nul désir de rencontrer son gendre et sa progéniture. Promenant Bessy, un jour il croisera néanmoins Yves Turpin qui se présentera à lui. Il le saluera très brièvement en s'éloignant... Les Marteau ont une vie mondaine fournie. Ils essaient d'y intégrer Céline, qui, le plus souvent, se dérobe, sauf quand Gaston Gallimard, invité à déjeuner, rencontre enfin son auteur tant convoité. Comme on l'a dit, Marteau sera d'ailleurs investi d'une prochaine mission auprès de Gallimard en vue de renégocier, déjà, une modification du contrat favorable à Céline. Pour l'heure, Céline s'est installé. Chienne et chats se font les griffes sur les meubles et canapés de prix. Lucette Almansor effectue ses exercices de danse sous le contrôle chronométrique de Louis. Les vibrations de ses pas appuyés se transmettent à toute la maison et incommodent Pascaline. Marteau, lui, s'en amuse. Les Destouches détonnent et le distraient de sa vie d'homme d'affaires multimillionnaire. De plus, avec son épouse, il ne va pas tarder à gagner la Côte d'Azur, confiant les Destouches à son personnel. Un chauffeur est réservé afin qu'ils soient en mesure de sillonner la Région parisienne à la recherche d'une demeure car Céline, qui, on le sait, a la dépendance en horreur, veut se fixer dès que possible.

Ce qui est chose faite début octobre par l'acquisition de la « Villa Maïtou » dans le Bas-Meudon, au 25 ter, route des Gardes. La villa appartient à un ensemble de quatre bâtisses séparées, chacune sur environ mille cinq cents mètres carrés de jardin, datant du début du XIXe siècle, construites par le duc de Bassano sur un de ses terrains, et devenues plus tard propriétés d'Eugène Labiche, qui, dit-on, en les revendant, a réalisé de beaux bénéfices. Céline pense financer son achat par la vente de deux petites maisons à Dieppe reçues en héritage de ses parents — mais il les a promises à Naud et Tixier en règlement de leurs honoraires ! L'oublie-t-il ? — et de celle d'une ferme que Lucette possède en Normandie. La « Villa Maïtou », récemment encore habitée par une vieille dame, est froide et inconfortable. Elle est constituée d'un sous-sol, d'un rez-de-chaussée et de deux étages qui nécessitent travaux de restauration et réparations. Céline dépensera le minimum nécessaire — pas au-delà — pour la rendre vivable aux propriétaires peu exigeants qu'ils sont. Les Destouches y emménagent fin octobre. Au sous-sol se trouvent la cuisine et la chaufferie peu utilisable, au rez-de-chaussée le bureau et la chambre de Céline, au premier la salle de danse de Lucette et sa chambre. Le second, sous les combles, sera ensuite transformé en une autre salle de danse. Le jardin, à peine entretenu, sera librement parcouru par les animaux. Il est en pente et livre une vue appréciable sur Paris. Est-ce elle qui a convaincu Céline d'acheter la « Villa Maïtou » ? L'ameublement restera des plus sommaires, quelques récupérations du domicile maternel, de bric et de broc. Les meubles de la rue Girardon ayant été mis en garde-meubles par le nouveau locataire, Yvon Morandat, depuis 1946, Céline refusera d'honorer la note qui court depuis décembre 1949, date à laquelle Morandat avait cessé d'assurer le paiement. Céline, plus soucieux du sort de ses manuscrits disparus que de ces meubles, n'insistera pas et conseillera de les vendre. Toujours enclin aux menaces qu'il redoute, il fait installer comme clôture un grillage renforcé avec du fil de fer barbelé. Lucette Almansor y pose une plaque imposante où on lit : « Danses classiques et de caractère. » En 1953, Céline y apposera sa dernière plaque de médecin, presque dissimulée, minable : « Docteur Destouches, de la Faculté de médecine de Paris, de 14 h à 16 h, sauf vendredi. » C'est dans ce décor quasi ascétique qu'il vivra les dix dernières années de sa vie.

Au 25 ter, route des Gardes, va s'écrire la séquence finale de la légende célinienne. Et Dieu sait s'il cultiva cette légende ! Elle s'impose même sur toutes les autres, puisque nombre de ses nouveaux lecteurs, voire le grand public, ne connaissent de lui que ce que l'abondance des photographies a reproduit de cette période. Inlassable acteur, il l'a soignée sa dégaine ! Déjà, dès avant l'exil, on avait pu signaler ses négligences vestimentaires et corporelles qui dérangeaient tant Jacques Ménard. Cheveux longs, barbe de trois jours, vêtements élimés, sales, superposés en épaisseurs protectrices quelle que soit la saison, foulards déchirés, peau de mouton, houppelande, pantalons sans forme, tirebouchonnés, savates et, peut-être, pour ceux qui l'ont approché de près, odeurs recuites. Il est loin, très loin, l'homme que nous décrit Lucette Almansor, en 1936. « Il avait aussi alors un côté *Gatsby*, nonchalant, habillé avec soin, décontracté, il était d'une beauté incroyable, les yeux bleus avec juste un petit rond noir à l'intérieur[1]. » Apparemment ce personnage ainsi fagoté plaît à Céline. Il est pauvre — c'est ce qu'il laisse entendre et qui est très loin d'être vérifié — et rejeté. La tenue de clochard lui sied. Et puis, il n'a plus — n'a jamais eu — de comptes à rendre à la représentation. De son corps délabré il ne veut montrer que la déglingue, secrètement réjoui, sans doute, d'exhiber une déchéance due aux malheurs que les bien-pensants lui ont infligée. Seul le cerveau, pourtant bien agressé par la douleur, capte toute l'énergie, fonctionne et n'a qu'un objet, la littérature. Le regard n'a rien perdu de son magnétisme et, quand Céline y consent, la parole est débordante, prophétique. En faire un clochard céleste à l'image de ce qui se prépare alors dans les marges en Amérique serait abusif. Dorénavant, il ne sera plus qu'à l'image d'un chiffonnier de banlieue triste, entouré de sa meute, misanthrope et peu visible. Car les animaux vont être rois à Meudon comme ils l'ont été à Klarskovgaard. Les chiens d'abord, des molosses qui se succèdent, danois, bergers-allemands, chats domestiques sous l'égide de Bébert qui va bientôt mourir, ou sauvages, hérissons — dont le couple

Dodart — qui arpentent sans souci le bureau de Céline, des oiseaux : passereaux, serins, par dizaines, un perroquet illustre et mélomane : Toto, un inséparable comme Bébert, privilégié et jaloux. Tout ce monde occupe amplement Céline qui n'a jamais caché sa fascination pour l'univers animal, qu'il observe de longues heures, avec lequel il communique, et l'amour qu'il suscite en lui.

Céline a échoué à Meudon, la rumeur s'est amplifiée. Des affichettes, des inscriptions sur les murs dénoncent le collaborateur, le traître, le raciste, et protestent contre son installation. Au début, il sort peu, rase les murs, un de ses chiens en laisse. On l'aperçoit, une à deux fois par semaine, pour les courses et dans sa tenue jugée indécente. Quand il aura repris une activité médicale, on le verra, pratiquement le seul à accepter de se déplacer la nuit, s'enfoncer dans les rues désertes. Mais, consultations et visites seront rares. Son aspect, ses causeries hygiénistes, ses maigres prescriptions, ses refus d'honoraires — sa clientèle de prédilection, les vieux, les déshérités, les occasionnels — intriguent, dissuadent. Bien qu'il ne fît jamais fortune avec la médecine, il tiendra à ce lien avec l'être souffrant. Il s'astreint à lire les revues spécialisées, fréquente quelques médecins, Robert Brami, cardiologue de formation, avec qui il disserte, Willemin qui le soigne sans le soigner *. Il s'est inscrit au conseil de l'ordre de Seine-et-Oise en septembre 1953. En

* Les médecins qui ont fait du bien à Céline étaient tous juifs : Rajchman, Léon Bernard, Gozlan...

octobre 1956, il écrit au président départemental pour lui demander de l'exonérer de cotisations étant donné la quasi-inexistence de sa clientèle et des actes qu'il dispense. Finalement, ne s'est-il pas inscrit afin de compléter le total de ses annuités en vue de sa retraite qu'il prendra en mars 1959, à soixante-cinq ans ? Il n'y a donc nulle surprise, ce qui l'absorbe, c'est l'écriture. Auteur Gallimard, il peut dès lors se projeter un avenir, tout en sachant que les années lui sont comptées. Sa première publication sera *Féerie pour une autre fois*. Le manuscrit remis le 3 avril 1952, le livre est en librairie en juin. Toujours en butte à de supposées persécutions, Céline a été draconien. Il n'a souhaité, aux antipodes de ce qui est le vœu de tous les écrivains, aucune publicité autour de l'ouvrage qui sera donc ignoré. Il se croyait attendu. Il espérait dans ses plus ardentes fantaisies une vente de 300 000 exemplaires, c'est le fiasco. Les critiques qui ont consenti à lire le livre n'y discernent rien de nouveau. Ils sont même tentés de parler, au pire de régression, au mieux de stagnation. Ils sont aveugles. *Féerie I* est un ouvrage brillant, au style affirmé, aux enchaînements entrelacés, imprévisibles, déroutants. Céline y poursuit sa quête associative, libre, exploratrice de toutes ses mémoires. *Féerie I* est l'annonce de la chronique historique qui va suivre, mais qui est assez perspicace pour le pressentir ? Échec donc. Céline en est blessé. Serait-ce qu'il est d'un autre temps, qu'il n'évoque plus rien ?

Malmené, mal reçu, il avait dû aussi, une fois encore, auparavant en octobre, faire face à des allusions malencontreuses au travers du journal de Jünger publié chez Juillard et qui lui fait tenir les propos que nous avons cités plus haut, rapport à l'extermination des Juifs. Quand furent connus les échos colportés par Jünger, Céline ne voulait plus s'occuper de la question juive, pour lui dépourvue d'actualité. Il avait même salué la naissance de l'État d'Israël, un État ethnique, communautaire, solidaire, disposant d'une véritable force armée, et soutenu qu'il pourrait être reçu à Tel-Aviv ! Il fit procès à Julliard (un non-lieu sera rendu en 1953), parut à l'audience du 26 octobre 1951 au Palais de justice de Paris avec Tixier et fut traqué par des journalistes avides. Ce qui lui déplut et l'obligea à ne plus réapparaître au Palais *. Cette publicité l'excéda et n'eut aucun effet, neuf mois plus tard, sur les ventes de *Féerie I*. Céline répugnait à ce qu'on l'enfermât dans le passé, tant sur le plan existentiel que sur le plan littéraire, que l'on ne retînt de lui qu'une opinion et une attitude contestables, qu'on crût son style figé, univoque, non évolutif. Enfermé, il l'avait été et il savait comment se libérer. L'écriture était la porte de la liberté, à la condition qu'il se soumît à la rigueur et à la discipline qu'impliquent tous les métiers d'art. Vira-t-il pour autant en ermite ? À l'instar de sa dégaine, son ermitage est convenu. Il reçut ses amis selon son humeur : Marcel Aymé, le Dr Camus, Mahé, Serge Perrault — danseur à l'Opéra, vieux camarade de Lucette et dont le frère fabriqua les fausses

* Notons que, sur un autre plan, le 6 décembre 1951, la Cour de cassation censura le jugement d'amnistie rendu pour Destouches au printemps précédent. Formelle, cette censure fut sans conséquence pour Céline.

cartes d'identité de 1944 —, des curieux, des amateurs de son œuvre tels le peintre Dubuffet ou André Parinaud. Il fit quelques rares escapades dont deux dans la maison de campagne de Marcel Aymé à Grosrouvre (Yvelines) ou chez Vlaminck en Basse-Normandie, sorties vite terminées car, à peine arrivé, il désirait rentrer à Meudon dans l'heure *. S'il alla au spectacle, pressé par Lucette ou Marcel Aymé, il ne persévéra pas plus que deux ou trois fois. Il allait à Paris, toujours accompagné. Peu rue Sébastien-Bottin, chez Gallimard, mais par nécessité, comme ces rendez-vous imposés par ses soins dentaires. Céline, qui perdit ses dents en exil, eut pour dentistes les Drs Geoffroy et Athimon. Chez Geoffroy, relate François Gibault, Céline, à sa première visite, fut mis à la porte par l'infirmière à cause de son allure de clochard. Frédéric Vitoux, lui, se réfère à Serge Perrault qui conduisit souvent dans sa 2CV Céline aux consultations. Il constata un jour que Céline fut éjecté sans violence — « ce n'est pas votre place ici, venez mon ami » — du café où il l'attendait et poussé sur le trottoir, toujours en raison de son aspect. « Docile, résigné, Céline se laissa faire. Soupçonnait-il, ce garçon trop zélé, qu'il chassait de son café l'un des plus grands écrivains français de ce siècle [2] ? »

Et puis, il y avait les animaux qui l'accaparaient. Ils étaient en quelque sorte les rédempteurs de l'espèce humaine, les vrais compagnons. Bébert mou-

* À Dieppe, une fois, dont il rêva, il ne resta qu'une journée !

rut le premier, en 1952, d'une récidive du cancer, opéré au Danemark, qui se généralisa. Né en 1935, il avait dix-sept ans. Des commentateurs, on ne sait trop pourquoi, lui attribuent vingt et un ans. Qu'importe, depuis 1942, il était le proche par excellence, stoïque, fidèle. Des photos à Copenhague le montrent accompagnateur vigilant du travail de Céline, toujours à proximité des manuscrits. Des visiteurs, à Meudon, l'ont vu allongé sur le bureau à même les feuillets. On connaît son comportement narré comme exceptionnel ou extraordinaire lors de la traversée de l'Allemagne sinistrée. Ses liens furent tels avec Céline qu'on les a décrits comme ceux d'une identification réciproque. À la mort de Bébert, Céline sera inconsolable. Lucette aussi, pour laquelle le chat est mystique, ensorceleur et sondeur du cœur de l'homme. Céline en écrira l'épitaphe : « Il est mort agile et gracieux, impeccable. » Pure vision célinienne, Bébert terrassé par la maladie était devenu grabataire. Sa sépulture inaugurera le cimetière des animaux qui occupera le haut du jardin de la « Villa Maïtou ». Puis viendra en 1954 le tour de Bessy, la chienne tant aimée. Tous les biographes citent intégralement les lignes que Céline lui consacra dans *D'un château l'autre*, page sublime qui se termine par :

... elle est morte sur deux... trois petits râles... oh, très discrets... sans du tout se plaindre... ainsi dire... et en position vraiment très belle, comme en plein élan en fugue... mais sur le côté, abattue, finie... le nez vers ses forêts à fugue, là-haut d'où elle venait, où elle avait souffert... Dieu sait !

Oh, j'ai vu bien des agonies... ici... là... partout... mais de loin pas des si belles, discrètes... fidèles... ce qui nuit dans l'agonie des hommes c'est le tralala... L'homme est toujours quand même en scène... le plus simple[3]...

Au fil des années, la mort viendra le séparer de tous ses compagnons, chacun d'eux aura droit à son rituel funéraire et aux larmes. On aurait tort de ne voir là que sensiblerie, effet d'une misanthropie farouche, étrange compassion alors que peu avant tant d'innocents avaient été victimes de l'abomination hitlérienne. L'attachement de Céline aux animaux était certes d'ordre affectif mais aussi de l'ordre d'une sorte d'admiration philosophique et esthétique devant la perfection de leurs formes, de leurs mouvements identiques à ceux de la danse. Pour lui, les animaux étaient *vrais*, en adéquation juste avec la vie, dans l'immanence de l'instant dont ils possèdent le génie de l'habiter. Ils tranchent sur l'espèce humaine, qui, rappelons-le, pour Céline, est un raté de l'évolution, le repère d'une animalité agressive, barbare, sans limites, prenant le pas sur le « supplément d'âme » qui apparaît comme un artifice, un inachèvement, incapable de juguler la puissance des pulsions destructrices qui agitent l'humain. L'animal, s'il doit assurer sa survie et se battre pour elle, rend cependant cash l'amour qu'on lui donne.

Ce qui est beau dans le monde animal c'est qu'ils savent sans se dire tout et tout !... et de très loin ! à la vitesse lumière !... nous avons la tête pleine de mots, effrayant le mal qu'on se donne pour s'emberliquer au pire ! plus rien savoir[4].

Symbolisé par la disparition de ses bêtes qui lui étaient essentielles, le cortège de la mort s'est ébranlé. Céline se prépare à disparaître mais il n'en a pas terminé avec son œuvre. Elle gagera son existence jusqu'au point final. Elle ne retentissait cependant pas comme il l'eût espéré * mais il s'accrochait et Gallimard demeurait magnanime. En 1954, parurent *Normance* (*Féerie II*) et *Entretiens avec le professeur Y*. Normance est le nom d'une famille de l'immeuble — celui de la rue Girardon probablement — où se déroule la totalité de « l'intrigue » durant un bombardement — un de ceux d'avril 1944 — hallucinant. Le livre sera jugé illisible, chaotique. Il est accumulation en huis clos de scènes de promiscuité haineuse, de loufoquerie grand-guignolesque et funèbre, portées par une langue parvenue aux frontières de l'art célinien en un authentique rendu subjectif d'un bombardement. *Normance* est-il manqué, par l'inflation verbale et l'absence de sujet ? Difficile de statuer. Chaque grand écrivain produit en son parcours des écrits « illisibles », lorsqu'il pousse au plus loin une trajectoire esquissée auparavant ailleurs et explore, expérimente ce qu'il avait déjà entrevu — et pourquoi s'en priverait-il ? —, sans grand souci d'une cohérence conventionnelle. Tel est le cas de *Normance* qui s'inscrit à son tour dans la chronique des temps qui s'élabore depuis *Maudits soupirs pour une autre fois*. *Normance* est dédié tant à Pline l'Ancien, qui lui aussi fit le récit d'une fin du monde lors d'une éruption du Vésuve dont il mourut peu après, qu'à Gaston Gallimard. Est-ce,

* Ses relevés de vente établis par Robert Gallimard et repris par Philippe Alméras sont en mars 1954 : « 16 000 exemplaires des six titres disponibles : 2 900 de *Voyage*, 2000 de *Mort à crédit*, 6 300 de *Féerie I*, dont le premier tirage avait été de 40 000. »

envers ce dernier, une attention pour le remercier d'avoir le courage intellectuel de publier un livre que d'autres considéreraient comme impubliable ? Mortifié par l'accueil réfrigérant qu'il reçut, plus encore que lors de la parution de *Féerie I*, Céline se retrouva bien isolé et particulièrement incompris. S'il n'avait cru à la force de son écriture et de son style ou été embarqué, presque malgré lui, par leur prégnance, peut-être eût-il abandonné, voire abdiqué devant tant d'adversité et d'affectation. Répondant à la suggestion de Paulhan * (et de Gaston Gallimard) qui édita dans la N.R.F. le texte en cinq livraisons à partir de juin 1954 pour le publier, un an plus tard, en édition limitée, à 7000 exemplaires, Céline se lança alors dans une mise à jour de ses options stylistiques par le truchement d'entretiens avec un professeur fictif — certains y décelèrent Milton Hindus — dont on ne connaît que l'initial : Y.

Entretiens avec le professeur Y peut se concevoir telle une séquence théâtrale **. Au soir de sa vie, par le biais de l'humour et de la récrimination, Céline y précise les fondements de son art. Cet ouvrage est à méditer parce que Céline y révèle ses secrets de fabrication. *Entretiens* procède par formules et affirmations en vue d'établir une démarche qui ne saurait être contestée. C'est un credo dont on peut extraire deux citations. La première :

* Les liens avec Paulhan vont se distendre ensuite. Paulhan, lassé du ton des lettres de Céline, va cesser de lui répondre et, donc, cesser leurs relations en janvier 1955.

** Jean Rougerie l'adaptera pour le théâtre en 1975.

Je ne suis qu'un petit inventeur, et que d'un tout petit truc ! Qui passera pardi ! Comme le reste ! Comme le bouton de col à bascule ! Je connais mon infime importance ! Mais tout plutôt que des idéâs !... Je laisse les idéâs aux camelots ! Toutes les idéâs ! Aux maquereaux, aux confusionnistes ! [...]. L'émotion dans le langage écrit... le langage écrit était à sec, c'est moi qui ai redonné l'émotion au langage écrit !... Comme je vous le dis ! C'est pas qu'un petit turbin je vous jure !... Le truc, la magie que n'importe quel con à présent peut vous émouvoir « en écrit »... retrouver l'émotion du « parlé » à travers l'écrit ! C'est pas rien !... C'est infime mais c'est quelque chose [5] !...

Et la seconde, celle qui a trait aux célèbres trois points, ce recours qui définit l'axe de la prosodie célinienne :

Retenez qu'une chose : les rails émotifs !... Impondérables !... Le style émotif !... à trois points !... trois points !... la trouvaille du siècle !... la trouvaille !... j'aurai de drôles de funérailles [6].

Il l'avait déjà dit et le répétera jusqu'à sa fin, l'indubitable vérité de l'écrit n'est que dans l'exaltation de l'émotion originelle, l'émergence de celle-ci dans la parole nue et son passage sans distorsion, autant que faire se peut, dans l'écrit. À ce « programme » il a soumis son œuvre qui n'est que par lui. Et pour ce, il s'est obligé à la discipline et à assumer la somme de travail que l'on sait. À Meudon, comment s'y tient-il ?

Le matin, il se lève à six heures, se prépare un thé, nourrit les animaux et rejoint sa table encombrée. Il s'attelle assidûment à sa tâche, quelquefois seulement des graffitis sur une page, d'autres fois une page pleine, raturée, surchargée. Il cherche ses mots, assemble ses musiques, dans une concentration qui ne souffre aucune intrusion. Il hésite, renonce, recommence jusqu'à ce qu'il ait trouvé l'accord parfait. À neuf heures, Lucette apparaît. C'est aussi l'heure où pour lui la fatigue se fait sentir, l'heure où les névralgies et céphalées redoublent après le calme très relatif de la nuit et de l'aube. Il s'occupe du café pour Lucette avec qui il échange de brefs propos. Il se retire de nouveau, lit et répond à son courrier avec scrupule et, sans trop tarder, prend connaissance du *Monde* et du *Figaro* auxquels il est abonné. Peu de livres à son chevet mais des revues médicales sont sur la table. Les nouvelles de France — la fin de la guerre d'Indochine, le début de celle d'Algérie — l'intéressent médiocrement. Par contre, l'international (et la rubrique nécrologique !) le retient. À la « Villa Maïtou », il a d'autres obsessions que celles d'avant guerre. La rivalité États-Unis/U.R.S.S. ne lui semble pas déterminante, les deux empires s'entendant sur un *modus vivendi*. Il voit poindre les Asiates et surtout les Chinois qui ont remplacé les Juifs et il s'en inquiète. Il est convaincu de leur proche déferlement. Les futurs conquérants, ce sont eux. Aux beaux jours, il s'installe sur une chaise, un banc, et regarde ses animaux jouer dans le jardin. Il reçoit, on l'a vu, se prête ou non aux interviews. Céline fuit tout contact avec les élèves adultes et enfants de Lucette que son allure peut effrayer. Il ne monte jamais au premier étage. Avec Lucette, les relations sont rythmées par leurs activités. Ils se voient le matin, au repas du soir. Ils communiquent dans la journée en s'appelant d'un étage à l'autre. Quand Lucette ne répond pas assez vite, Céline s'énerve, devient impatient, ordurier, tyrannique. Ce sont alors de courtes altercations dont, au printemps et en été, profite le voisinage. Puis tout se calme. Lucette confiera : « Même avec moi il a été horrible. À Meudon, il a eu dix ans d'agonie, il ne supportait pas mon absence, refusait que je travaille trop ; insistait pour que je mange et il hurlait sans cesse. Personne n'a compris, mais c'est qu'il m'aimait trop[7]. » À sept heures, il se couche, il lit à Lucette les pages écrites dans la journée. Il ne veille pas au-delà de neuf heures et combat ses insomnies avec des doses massives de Véronal. Son régime alimentaire est abracadabrant. Il accepte les croissants que lui apporte Lucette, grignote tartines et biscuits, consomme du thé, concocte des plats et ragoûts innommables. La viande, c'est pour les chiens, les chats. Ce régime ne peut le sustenter. Aussi utilise-t-il au mieux ses heures les plus productives, celles du petit matin. Elles verront naître à partir de 1954, *D'un château l'autre*, à partir de 1957, la suite, avec *Nord* et *Rigodon*. Notre description contredit ce qui a pu être décrit de Céline à ce moment-là, et, plus précisément, par Lucette Almansor : « À Meudon, Louis travaillait la nuit. Je pense que tout comme Proust, Céline n'aurait pas écrit son œuvre s'il n'avait pas été un grand malade insomniaque[8]. »

Si l'on doit accorder à Lucette le privilège d'une longue intimité, l'insomnie chronique et ses plages de lucidité aiguë où plus d'une création naît, il n'est pas inconcevable non plus de penser que Céline s'est économisé, contraint et forcé par son état de santé, et qu'il a fait au mieux pour mener à terme ses projets. Cela ne change rien à son profil démiurgique.

À Meudon, Céline n'est pas oublié. Parmi les messages qui lui parviennent, l'un est à retenir — et Frédéric Vitoux le retient expressément —, celui de Jacques Ovadia, qui n'est pas un banal interlocuteur. En effet, Ovadia, de père juif grec, est citoyen israélien. Ancien de la Légion étrangère, il a aussi effectué des missions spéciales pour l'État hébreu. En 1941, il a entraîné de jeunes Juifs au métier des armes en Palestine. Habitant Tel-Aviv, communiste, il est admirateur de Céline. Il lui écrit, début 1955, pour lui demander son aide à propos d'un manuscrit, *Les Guignols sous le ciel bleu*. Flatté et peut-être ému que l'on s'adresse à lui, de là-bas, Céline intercède en vain auprès de Gallimard. Sa correspondance avec Ovadia durera deux ans et sera publiée dans la revue *Levant* en 1991. Ovadia le visite deux fois en août 1958 et lui parle abondamment d'Israël. Céline, sensible à ce qui est évoqué de l'« héroïsme terrien » des kibboutzim, défricheurs de désert le jour et soldats la nuit pour protéger leur fragile État, fait part à Ovadia de son admiration pour « ces gens-là » et de tout le bien qu'il pense d'Israël [9]. Ovadia tentera de faire publier l'œuvre romanesque de Céline dans son pays. Sans succès, il sera en butte à une franche hostilité. Doit-on comprendre cette réserve extrême à l'égard du romancier ? Un autre amateur se manifeste, Paul Chambrillon, qui, lui, projette de faire un disque avec des extraits de *Voyage* et de *Mort à crédit* lus par Michel Simon et Arletty, des habitués de la « Villa Maïtou ». Deux enregistrements ont lieu. L'un, défectueux, en mars 1955, l'autre, réussi, en avril 1956. À son insu, Céline est enregistré, interprétant les chansons qu'il a écrites dans les années 1930. Cette même année 1956, il accorde deux entretiens à *France-Dimanche* et à *Arts,* reçoit Robert Sadoul de la Radio suisse-romande. Ce qui nous amène à conclure que Céline est bien sollicité et loin d'un ermitage de réclusion selon l'image trop colportée, et à donner raison à Frédéric Vitoux lorsqu'il dit que le purgatoire de Céline fut de courte durée, surtout si l'on tient compte de l'attention soutenue de Gaston Gallimard qui engage, fin 1956, Roger Nimier comme conseiller littéraire, totalement acquis à Céline.

Les derniers feux

J'aurais voulu qu'on retrouve dans les mots le chant de l'âme. Resensibiliser la langue, qu'elle palpite plus qu'elle ne raisonne – TEL FUT MON BUT *–.*

L.-F. CÉLINE,
« Lettre à Milton Hindus »,
Cahiers de l'Herne

Après avoir travaillé trois ans à *D'un château l'autre*, Céline signe un contrat pour l'ouvrage le 25 mars 1957 avec Gaston Gallimard, négociation durant laquelle Roger Nimier est fort présent et très actif. La signature a été précédée de négociations ardues sur les conditions financières. Gaston Gallimard aurait-il appris que Céline avait remis un manuscrit à Fasquelle ? Céline demande 2 millions d'à-valoir, 100 000 francs par mois pendant cinq ans, et à entrer dans la prestigieuse collection de la Pléiade. Il est prêt à une grève des manuscrits. Finalement, Gallimard accepte les propositions de son auteur. Le texte, qui ne sera pas, exceptionnellement, revu par Marie Canavaggia, paraît en juin et remet Céline sur le devant de la scène littéraire. Tout d'abord, après une quarantaine de pages introductives, il relate une page d'histoire récente alors peu connue du grand public, celle de la séquence finale du régime de Vichy et sa faillite sur fond de déroute allemande dans le cadre de la petite ville de Sigmaringen au pied d'un des châteaux des Hohenzollern. La narration est vive, de ces mois passés au sein d'une colonie française famélique à l'avenir plombé, au-dessus de laquelle officie une commission fantoche qui se veut gouvernement représentatif, sans pouvoir — pauvre France désormais caduque où s'agitent pourtant des ambitions misérables. Pour décrire ces émigrés, Céline s'est fait chroniqueur et inaugure par ce livre, le premier, sa « trilogie allemande ». *D'un château l'autre* est plutôt bien accueilli et vaut tant par ce qu'il révèle d'un fait d'histoire que par son écriture. La presse s'en empare. Les articles abondent. On dépêche à Meudon nombre de journalistes. On sollicite Céline pour des interviews dont les plus notoires seront celle avec Madeleine Chapsal pour *L'Express*, celle pour *Paris-Match* et celle avec Pierre Dumayet pour *Lecture pour tous*, malgré les protestations de *L'Humanité* qui juge scandaleux d'inviter Céline à la télévision. Lui joue le jeu, n'hésite pas à avouer qu'acteur, il endosse les habits, propos et mimes du personnage que l'on a fabriqué à partir de ce qu'on suppose de lui, en vieux provocateur aux antécédents douteux, en persécuté-persécuteur haineux. Il le dira clairement à André Parinaud dans *Arts* : « Il y a *L'Express* qui est passé par Meudon. J'avais pavoisé la gare de toute ma dégueulasserie pour le recevoir. Il a dû être content ! [...] Puis *Match*... Je suis devenu le fait divers à la mode. Ça les excite. Alors vous ? »

Dans *D'un château l'autre*, il se pose en mémorialiste de onze cent quarante-deux Français potentiellement condamnés à mort, cernés et traqués, en séjour provisoire dans une ville allemande, sans qu'il dédaigne pour autant quelques digressions d'actualité sur sa vie à Meudon, la guerre d'Algérie naissante. Puisqu'on lui donne la parole, il s'en empare et s'explique longuement avec Louis-Albert Zbinden, dans un nouvel entretien pour la Radio suisse-romande. Céline y trace un portrait de lui-même toujours marqué par l'exagération. Il n'écrit que pour subvenir à ses besoins — il l'avait déjà affirmé à Robert Sadoul. Il est coloriste — l'impressionnisme est pour lui une référence constante — plus que verbaliste. Il a toujours voulu être médecin, être écrivain lui semblait peu sérieux. Il se compare à une femme du monde dans un salon. Elle choisit, à l'opposé de la putain. Et, lui, il a fait des choix d'opinion. Sur les Juifs, il reconnaît s'être trompé, mais il était pacifiste. S'il a défendu l'armée allemande, c'est qu'il fallait une garantie en Europe et, depuis que la France avait montré sa faiblesse alors qu'elle était puissamment auréolée et respectée après 1918, il était nécessaire qu'une force maintînt l'équilibre européen et la pérennité des colonies. D'ailleurs, l'Europe franco-allemande n'est-elle pas en train de devenir réalité ? (1957 est l'année du traité de Rome.) Il revient aussi sur sa litanie pessimiste quant à l'espèce humaine. À la veille de sa mort, il déclarera à quel point les hommes sont « horriblement lourds, très lourds, épais ». Le 22 octobre, il enregistre également pour les disques Festival dans la collection « Leurs œuvres et leur voix » où il débat de sa thématique habituelle en insistant sur la transformation de la forme et de la finalité romanesque après l'âge d'or du XIXe siècle. Le roman n'est plus véhicule d'information mais expérience langagière à partir du vécu. Enfin, il a reçu Albert Paraz en août 1956, il l'a revu deux fois en août 1957, peu avant la mort de ce dernier.

Curieusement, si la critique lui est amplement favorable, c'est l'extrême droite par l'intermédiaire de Pierre-Antoine Cousteau, un ancien de *Paris-Soir* et de *Je suis partout*, qui, dans *Rivarol*, va l'attaquer, le désignant comme renégat exerçant un humour facile ou une suffisance amusée à l'endroit des émigrés de Sigmaringen et de ceux qui, à la lecture de ses écrits, se sont engagés dans des aventures sans issue telle la L.V.F. Rebatet, répondant à Cousteau dans *France-Dimanche*, interviendra en faveur de Céline qui a réussi sa rentrée. Il ruminait les insuccès de *Féerie I* et *Féerie II*, il retrouve une place incontestable et des ventes très acceptables, 23 000 exemplaires vendus en une année. Dès lors, il va redevenir centre d'attraction, certes à la place du maudit, mais on le recherche. À commencer par les éditeurs, dont Fasquelle, qui tente de se l'annexer depuis le Danemark. Céline, qui aime fustiger ce qu'il appelle la « pingrerie » de Gaston Gallimard, s'est vu offrir des sommes rondelettes. Il en profite encore pour insister en vue de la Pléiade qui semble lui importer beaucoup. Il en a entretenu Gallimard dès 1955 et Gallimard a fait la sourde oreille. (L'idée lancée cheminera plusieurs années pour finalement déboucher sur une réalisation confiée à Jean Ducourneau qui mettra au point le volume regroupant *Voyage au bout de la nuit* et *Mort à crédit* avec la question des blancs de la censure éditoriale instaurée par Denoël. Préfacée par Henri Mondor, cette première édition sera posthume, l'appareil des notes ayant été établi avec l'aide de Marie Canavaggia durant l'été 1961.) Les journalistes et critiques affluent les mois et les années qui suivent. Ainsi verra-t-on Céline à la télévision à deux reprises et, entre autres, à l'instigation de Louis Pauwels. De jeunes amateurs, Jean Darribehaude et Jean Guénot, préparent un film sur lui. Il accorde un long entretien à Francine Bloch, un des plus importants de sa carrière. Chaque fois, au milieu des contre-vérités de son autofiction — bachelier en 1912, son père licencié ès-lettres, lui-même en sciences, médecin en Amérique... —, il réaffirme ses options fortes : le style, l'écriture comme labeur artisanal, l'indépendance par rapport aux idées et idéologies, son pacifisme, sa victimisation. Un livre le concernant est en projet. Ce sera l'œuvre d'un Belge, Marc Hanrez, pour la collection « La Bibliothèque idéale » chez Gallimard et qui ne paraîtra qu'après sa mort, en novembre 1961. Céline conversera à plusieurs reprises avec Marc Hanrez. Il le trouvera ennuyeux et « germano-latin ».

Conforté par cette reconnaissance qu'il ne doit qu'à sa plume et compte tenu des préjugés et des inimitiés qui l'entourent, soucieux du déclin de la civilisation blanche — son obsession étant l'invasion chinoise, la relève de la domination juive —, il est en fait, ainsi que le souligne Philippe Murray[1], dans son face-à-face avec l'écriture, sa seule entreprise valide. Il entame alors sa deuxième chronique de la trilogie, *Nord*. Kränzlin (Zornhof) va constituer l'essentiel du livre mais on y trouve aussi Baden-Baden et Berlin, en une description d'un quotidien insolite où le trio Lucette, Le Vigan, Céline (et Bébert), en butte à l'hostilité de tous, se meut dans l'étrangeté d'un monde qui s'efface. Temps suspendu dans la contiguïté du chaos appartenant en propre à la vision célinienne, les enfers consommés, parsemés d'incursions dans ses présents immédiats, dont celui de Meudon, dans une langue haletante, travaillée à l'extrême. On disait Céline à bout de forces, il est maître de son art. Dans une lettre de juillet 1971, Le Vigan insistera sur le fait que rien n'est vrai, tant dans *D'un château l'autre* que dans *Nord*, et que ne s'y exprime que le pur et génial produit de l'imagination de Céline qui a plongé deux ans dans cet imaginaire prolixe, substitut de sa mémoire. Il signe le contrat en avril et achève *Nord* fin 1959*. Il dépose le manuscrit revu par Marie Canavaggia le 23 décembre. La parution du livre aura lieu en avril 1960. Entre-temps, le 31 mars, à deux mois de ses soixante-cinq ans, il fait valoir ses droits à la retraite de médecin. Il cesse donc définitivement ses activités médicales. Il espère 20 000 nouveaux

* En mai, il a publié chez Gallimard le recueil de ses arguments de ballets, *Ballets sans musique, sans personne, sans rien*.

francs par an d'indemnités. Toujours en mars, il a reçu Louis Pauwels pour un document télévisé de la série : « En français dans le texte ». L'émission, prévue pour le 19 juin, sera, sous l'effet de pressions diverses, déprogrammée et diffusée partiellement en 1969 *. « L'affaire Céline » n'avait donc cédé qu'en surface. Selon l'expression consacrée, elle appartenait à un « passé qui ne passait pas ». « Tenez encore avant-hier la télévision !... ils sont venus, ils ont voulu, ils m'ont regardé, ils se sont enfuis dans l'épouvante [2]. » La télévision inquiétait Céline et aiguisait sa lucidité sur la manipulation possible des consciences. Le 12 janvier 1958, (cité par Frédéric Vitoux), il répondra à Jacques Chancel : « C'est un prodigieux moyen de propagande. C'est aussi hélas ! un élément d'abêtissement en ce sens que les gens se fient à ce qu'on leur montre. Ils n'imaginent plus. Ils voient. Ils perdent la notion de jugement et ils se prêtent gentiment à la fainéantise. La T.V. est dangereuse pour les hommes. » On ne saurait mieux dire. Il redit la même chose en 1960, avec Jean Guénot cette fois : « La télévision, tout ça ce sont des abrutissoirs tout à fait tellement inférieurs... Le quotidien, le mensuel, tout ça... Tellement massif que même les esprits solides résisteront pas à ça... Y seront abrutis dès l'enfance... Et pis alors, l'alcool, l'auto, la télévision, le quotidien, l'hebdomadaire... Pis l'climat, n'est-ce pas... Non [3]... » Propos archaïques ou prémonition du monde virtuel ? Il s'active, parallè-

* On en trouve aujourd'hui l'intégralité et celle des entretiens avec Pierre Dumayet et André Parinaud dans le D.V.D., *Céline vivant*. Éd. Montparnasse.

lement, et peut-être pour la dernière fois, vis-à-vis du cinéma. Claude Autant-Lara et Louis Malle sont envisagés à leur tour pour adapter *Voyage*. Sans suite. Il a renoué également avec son histoire. Dès la fin de 1958, il a revu Édith Follet, sa seconde femme, et poursuivi avec Colette — à l'exclusion de sa famille. Avec Édith les rapports sont apaisés, tendres, délicats, presque amoureux. Ils dureront jusqu'à sa mort. C'est à Édith qu'il confessera, ce qui venant de Céline ne saurait surprendre : « Un écrivain a besoin d'inventer sa biographie[4]. »

À sa mise en vente, *Nord* est bien accueilli. On parle même du chef-d'œuvre de Céline. Huit mille exemplaires seront vendus en quelques semaines. Mais les Scherz de Kränzlin et Hauboldt, dont les patronymes figurent dans le livre, vont faire un procès à Gallimard qui se verra dans l'obligation de retirer les exemplaires des librairies et contraindra Céline à proposer des pseudonymes. Cette procédure retentira évidemment sur la diffusion et les ventes de *Nord*. D'ailleurs, où en est Céline avec ses comptes ? Comme le rappelle François Gibault[5], la dette de Céline chez Gallimard s'élève à 5 millions d'anciens francs en 1951. En 1954, Céline était débiteur de plus de 7 millions, en 1958 il descendait à 5,5 millions pour atteindre 4,7 millions en juin 1960. La dette sera d'environ 2,7 millions à la mort de Céline, qui ne peut donc, les dix dernières années de sa vie, soutenir la gageure qu'il était bien un écrivain à succès, rentable. Cela le souciait, car faire face au matériel sans dépendance était sa ligne de conduite. Se sentant décliner, il s'inquiétait pour Lucette Almansor. Quel legs lui laisserait-il * ? Petit retraité de la médecine, Céline n'avait donc pas le choix, il devait continuer d'écrire, de publier, d'escompter des rentrées satisfaisantes. En cela, il justifiait à sa manière que sa littérature pût être alimentaire. En son fond, prise par le déferlement verbal, elle ne l'était pas. Céline avait atteint ses propres sommets, défini les critères de son art. Même s'il avait envié les tirages de Delly, il aurait été incapable de se plier aux schémas du roman dit populaire où à l'eau de rose sentimentale, car l'urgence à inventer la langue était trop forte en lui, bousculant le préétabli, ne s'encombrant pas de formes surannées, ou du désir de plaire. Dans ses entretiens, il martèle que sa préoccupation principale n'est pas le lecteur, envers lequel il s'engage cependant à fournir un produit fini, le plus poli, le plus élaboré souhaitable — c'est la litote du bon artisan. Le lecteur est analogue au passager d'un bateau. Qu'il se délecte à parcourir le pont, regarder la mer, deviser sur les transats et déguster les plats au restaurant. Ce qui se passe dans les soutes et la dunette est l'affaire de l'équipage et du capitaine. S'embarquer avec un livre file la même métaphore. À l'auteur d'apporter la matière à voyager.

En sa dernière décennie, que pense Céline de la littérature ? Il a connu plus qu'un purgatoire, une épuration littéraire, y a résisté en maintenant la priorité à son œuvre. Mais les autres, ses contem-

* Son inquiétude n'était pas sans fondement. En 1968, la « Villa Maïtou » fut ravagée par un grave incendie. Courageusement, Lucette Almansor la réhabilita complètement.

porains, existent-ils pour lui ? C'est dans sa correspondance de 1947 avec Milton Hindus qu'il affirme des points de vue carrés qui demeureront les siens, avec quelques variantes, dans les années à venir et qu'il soutiendra dans ses entretiens. S'il a pu souvent citer Eugène Dabit (« Mon ambition était d'égaler Dabit à ce moment-là[6] », expliquera-t-il à Francine Bloch), Paul Morand, Henri Barbusse, Mac Orlan, il était résolument classique : Villon, du Bellay, Louise Labé, Tallemant des Réaux, Rabelais (« La tripe mène le monde — Là au moins Rabelais est net[7] »), La Bruyère, La Rochefoucauld, La Fontaine, Molière, Shakespeare (« Le plus grand »), Chateaubriand (« Cette somptuosité, ce détachement, le sublime à robinet ouvert... comme Chopin... comme Louise Labé... Comme Liszt[8] »)... et Jules Vallès dont il aimait *Le Bachelier*. Ses contemporains, dépourvus d'après lui de style, n'ont droit qu'à ses sarcasmes. « Je ne connais pas Camus, je ne l'ai jamais lu, mais je connais les pièces de Sartre. Ce sont en somme des naturalistes modernes, freudisés, pourquoi pas[9] ? » Et d'enchaîner : « Tous ces admirables auteurs ne jouent pas assez près des nerfs à mon sens... en un mot je hais la prose... Je suis poète et musicien raté — c'est le message direct au système nerveux qui m'intéresse, ce babillage m'assomme[10]. » Le surréalisme, de son côté, n'est qu'« un délire fabriqué, voulu, convenu, une simulation sans écho, sans cœur[11] ». Quant à Joyce, il ne l'a, lui aussi, jamais lu : « Il va trop lentement pour moi, il encule trop la mouche — Hemingway — je ne le connais pas — Dostoïevsky — trop sinistre, trop Russe [...]

mais alors j'aime mieux Flaubert lui-même le malheureux ne raffolait paraît-il que de Paul de Kock[12]. » Henry Miller ? Miller qui voue tant de reconnaissance à Céline, il triche comme Sartre et Camus. Céline enfoncera le clou à son propos dans sa lettre de décembre 1946 (à propos de *Tropique du cancer*) : « Mille mercis pour Miller (*sic*) [...]. Mais c'est en tout cas du Zaratoustry, du Jean-Jacques, du Petit Chose, du Vallès, du Raimbaud (*sic*), du Faulkner, du Passos, du Charles-Louis-Philippe, vraiment je ne connais rien de plus ressassé, archi-pontifié, de moins original. C'est le débraillé conventionnel du Montparnasse américain, l'épaté de Kansas City, pourri de littérature. J'oubliais Dostoïevsky, sans compter Baudelaire et Cendrars. Il y a vingt génies de ce genre en permanence à la Coupole[13]. » Vivait-il Miller comme un rival possible, tant lui aussi était objet de scandale et de censure ? Il ne sera pas mécontent d'apprendre par Pierre Monnier, en août 1949, qu'après l'engouement, les ventes de Miller sont très modestes. Par contre, il a des égards pour Walt Whitman qui « était dans la véritable voie américaine[14] ». Whitman était l'une des références tant de William Burroughs que d'Allen Ginsberg, ces deux figures marquantes de la *Beat Generation* et de la fin des années 1950 à New York, qui, se trouvant à Paris, lui rendirent visite un jour de 1958 car il était avec Rimbaud et Genet l'un de leurs auteurs mythiques. On ne sait trop ce qu'il comprit ou reçut d'eux. Nous ne disposons pour mentionner cette visite que de quelques lignes de Ginsberg qui l'évoque dans son poème *Ignu*.

Céline lui-même vieil ignu au-delà de la prose
Je l'ai vu à Paris sale vieux bonhomme au langage décousu
Sa toux intellectuelle et trois chandails vermoulus autour de son cou
Moisissures brunes sous ses ongles historiques
Pur génie qui dispense la morphine toute une nuit aux 1 400 passagers d'un navire qui sombre[15].

William Burroughs l'évoquera dans *Notre agent au Bunker* : « Céline ressemblait exactement à ce à quoi nous nous attendions. Il portait un costume foncé enveloppé d'écharpes et de châles [...]. Allen lui demanda ce qu'il pensait de Beckett, Genet, Sartre, Simone de Beauvoir [...]. Il agitait sa main fine veinée de bleu en signe de rejet : "Chaque année il y a un nouveau poisson dans l'étang de la littérature. Ce n'est rien, ce n'est rien, ce n'est rien", disait-il en parlant d'eux[16]. » Reste Proust, souvent raillé par Céline pour son maniérisme et ce qu'il appelle ses « petits malheurs pédérastiques », qui lors de l'entrevue avec Darribehaude et Guénot — est-ce testamentaire, puisque Céline n'a plus qu'un an à vivre ? — est promu grand écrivain : « C'est le dernier. C'est le grand écrivain de notre génération, quoi[17]... » Nous n'oublierons pas non plus que deux de ses visiteurs tardifs furent Karl Epting et Hermann Bickler avec qui, trêve de littérature, il parla de chambres à gaz[18] !

Les avis de Céline sur la littérature touchent de fait à sa conception de l'écriture. Sans cesse il appuiera sur la question du style et sur son propre apport personnel — « son petit truc », « sa petite musique » —

qui avait fait passer le langage parlé (l'émotion) dans le langage écrit *. Ce qui n'était pas simple tâche mais dur travail : « 80 000 pages [il exagère] pour 800 [19]. » Il aspirait à être musicien, compositeur (Marie Canavaggia) et il n'a été qu'écrivain. Musicien, est-ce une nouvelle fantasmagorie ? Est-il déçu par l'écrit, car la musique qui n'utilise pas les mots est pure émotion ? Vis-à-vis de l'écriture, en dehors de son leitmotiv — la soumission du verbe à l'émotion —, il va être à la fois pudique et cynique — prosaïque plutôt. Il prétendra, nous l'avons dit, que la littérature n'a pour lui qu'une fonction strictement alimentaire. À Robert Sadoul, il confiera que, comme il n'avait pu être médecin des asiles, poste qui lui aurait assuré sécurité matérielle et retraite conséquente, il lui fallait bien produire. Mais surtout, il est convaincu que l'écrivain est un malade. Il le dira à Darribehaude et Guénot qui le rencontrèrent en février 1960 :

> [Écrire] Certainement... C'est une maladie... C'est un signe de maladie [...]. Si vous êtes dans la vie vous êtes avocat... vous êtes médecin... Vous êtes... député, ce que vous voudrez... Vous prenez des plaisirs dans la vie... Tandis que, quand vous vous amusez à raconter des histoires, c'est que vous fuyez la vie, n'est-ce-pas, que vous la transposez [20].

Déjà, en 1947, il en entretenait Hindus (Lettres du 30 juin et 7 juillet) :

* À Robert Sadoul, au micro de l'antenne de la Radio suisse-romande, il déclare : « Je ne suis doué pour rien, je crois, sauf pour ce petit, ce tout petit... Cette toute petite manière de faire, que je vous indique, qui consiste en somme à retrouver l'émotion du langage parlé à travers l'écrit, n'est-ce-pas. » (Voir *Cahiers Céline*, n° 7, *Céline et l'actualité [1933-1961]*.)

... La vérité ne me suffit plus — il me faut une transposition de tout — ce qui ne chante pas n'existe pas pour l'âme — merde pour la réalité. Je veux mourir en musique pas en raison ni en prose [...].

Relation entre la réalité et mes écrits ? Mon Dieu c'est simple la vie objective réelle m'est impossible, insupportable — J'en deviens fou, enragé tellement elle me semble atroce alors je la transpose tout en rêvant tout en marchant... Je suppose que c'est à peu près la maladie générale du monde appelé poésie [21]...

En juin 1959, il le réaffirmera à Francine Bloch :

Là, Madame, je crois que... l'affaire cliniquement est plus simple, du moment que... vous bafouillez des histoires, c'est que y'a quelque chose qui ne marche pas dans votre système nerveux. Il est évident que j'étais taré à la naissance et alors cette tare... [...] J'étais pas doué pour faire un bon médecin, tandis que j'étais fait pour... évidemment pour faire des livres, et alors, c'est une tare, en somme, c'est une tare aiguillée, avec assez de volonté, c'est une volonté au fond qui fait ça, qui évite que vous tombiez dans le... dans le ratage complet. Ou alors il vous reste juste le bavardage, bafouillage de vos tares [22]...

Avec Robert Sadoul il avait mis en avant son exigence technique — écrite Technik — à laquelle il accordait un intérêt majeur, primordial. L'écrivain n'a rien d'autre à faire que d'occuper ce terrain-là. C'est sa définition même *. On le voit donc, la décennie à la « Villa Maïtou » lui permet de se préciser, de donner quelques contours repérables à son parcours littéraire comme s'il souhaitait que l'on retînt de lui les formules faussement simples qui

* À noter que dans cet entretien, mais aussi avec Jean Guénot, il s'obstinera à soutenir que son pseudonyme, Céline, est emprunté au prénom de sa mère, alors que nous savons que ce prénom est celui de la grand-mère.

l'avaient guidé. Certes, il partage comme dans *Les Entretiens avec le professeur Y* ses secrets, mais on ne peut se départir du sentiment qu'il est défensif, préférant la banalisation et dissimulant — voire mentant — sur ce qui l'a véritablement animé et dont témoignent ses milliers de pages « dévergondées », inspirées et fulgurantes, c'est-à-dire la pure joie de la création, la transe jubilatoire. Mais pouvait-il infirmer, dans l'attente de la mort, ce qu'il n'avait cessé de répéter : n'avoir jamais été heureux ?

Préciser ses contours. Il y travaillera à Meudon. D'abord la question des Juifs. On l'a vu, il regrette ses excès mais sans contrition ni repentance. S'il avait su le sort qui leur était réservé, il n'aurait pas persévéré. Il reconnaît l'État d'Israël. (Dans *Rigodon*, il écrira : « Je dis que ce pays d'Israël est bien une vraie patrie d'accueil et que la mienne est toute charognerie[23]... ») C'est ce qu'il aurait fallu : un État juif, indépendant, souverain même en France. Au nord, quatorze millions de Celto-Flamands, au sud, vingt-six millions de sémitisés ! Lui, il avait voulu prévenir la guerre et qu'il n'y ait pas tous ces drames, dont l'extermination. Il ne changera pas sur ce plan et qu'on finisse de le triturer. On n'insistera peut-être jamais assez sur les effets de la correspondance avec Hindus qui, c'est une piste à explorer, a creusé un sillon réflexif poursuivi par Céline bien après leur rupture. La situation était originale et risquée : dialoguer avec un Juif académique. Bien entendu, personne n'a écarté le bénéfice que Céline pensait tirer de cette relation inespérée dans le contexte de son exil, personne n'a ignoré non plus un philosémitisme de circonstance. Mais est-ce là l'essentiel ? Ce qui apparaît, soixante ans après, c'est que Hindus a servi de révélateur, qu'il a aidé Céline à se restaurer en trouvant en lui, Hindus, un interlocuteur à sa mesure. Le calculateur Céline s'est beaucoup livré à Hindus. Aussi faudrait-il retenir ce qu'il écrit des Juifs, en un propos qui a des allures de mise au point dont on ne sait si elle est définitive ou de circonstance, le 14 juin 1947, le remerciant au passage de sa « préface admirable » de *Mort à crédit*,

Qui n'a pas pesté contre les Juifs ! Ce sont les pères de notre civilisation — on maudit toujours son père à un moment donné — leur ai-je fait du mal ? Rigolade ! M'ont-ils fait du mal ? Hum... pas mal. J'en crève de les avoir insultés — Nous verrons la suite... de toute façon il n'y a plus d'antisémitisme possible, concevable — L'antisémitisme est mort d'une façon bien simple, physique si j'ose dire — il y a autant de commissaires du peuple juifs à Moscou que de banquiers juifs à New York — le juif n'est pas seulement le père de la civilisation mais de nos *deux* civilisations (par ce qu'elles valent) et qui se préparent à s'entretuer fameusement — Qu'ai-je à foutre moi pauvre barbare bafouilleux dans cette lutte entre prophètes ? Il est temps que l'on mette un terme à l'antisémitisme par principe, par raison d'idiotie fondamentale, l'antisémitisme ne veut rien dire — on reviendra sans doute au racisme mais plus tard et avec les juifs — et sans doute sous la direction des juifs, s'ils ne sont point trop aveulis, avilis, abrutis — ou trop décimés dans les guerres — il me semble — [24].

Au lecteur d'évaluer. Céline reste raciste et le restera. Il n'est plus antisémite mais les juifs demeurent liés à la domination du monde et il l'accepte comme il accepte d'être sous leur direction quand d'autres conflits raciaux surviendront et qu'ils seront chargés de régler. Sa conception des juifs est donc bien guerrière, mais n'ont-il pas gagné la guerre ? À leur victoire, Céline se résigne. Il faut faire dorénavant alliance avec les juifs car d'autres menaces se profilent : celles des Asiates. En février 1960, lors de l'entretien qu'il donne à Darribehaude et Guénot, il prononce une violente diatribe ouvertement xénophobe qui fleure bon les thèmes de notre extrême droite actuelle :

C'est un problème démographique ! les guerres, tout ça, c'était résolu par les épidémies, autrefois... Tout le monde crevait... Mais maintenant, les épidémies, y en a pus !... On a vaincu ça... Alors, maintenant, c'est le problème de bouffer, dame !... Pendant que nous parlons, y naît un Chinois toutes les secondes, alors vous comprenez ça devient grave... Alors il faut donner à bouffer à tout le monde... Et, au fond, n'est-ce pas, l'Asie a faim et l'Europe a peur, n'est-ce-pas... Voilà le fond de l'histoire... Alors évidemment qu'y vont venir en Dordogne... Ben les plus folles armées, les plus féroces Tamerlan possibles, quand y arriveront à Cognac, y seront ratissés, z'auront pris le goût du Cognac [...]. Tout finira dans la canaille, dit Nietzsche. Nous y sommes... C'est évidemment la canaille qui règne [25].

Et que dire de la page finale de *Rigodon* !...

Je suis informé ! Les Chinois, les vrais, les Chinois de choc, ceux qui viendront nous occuper, bivouaquent déjà en Silésie... Breslau et les environs... il en viendra d'autres ! bien d'autres d'à travers les steppes... de ces hordes !... Kirghizes, moldo-finnois, balto-ruthènes... vous les verrez à Pantin [26].

À l'aube de sa mort, voici donc Céline campé dans ses dernières convictions et usant de l'ambiguïté paradoxale qu'il manie avec dextérité, il a peu bougé : pessimisme sur l'espèce humaine, la lutte pour la survie est désormais continentale et raciale, les Blancs sont encerclés, le péril vient d'Asie. Ose-t-il encore reprendre ce qu'il suggérait à Hindus : que les juifs pourraient être les libérateurs ? Au même moment, quand on lui demande de qui il aimerait écrire la biographie, il répond sans hésiter : Vacher de Lapouge (1854-1936), le juriste anthropologue, socialisant et antisémite. Au niveau idéologique, la boucle est bouclée. De nouveau interprète du malheur, il est temps pour Céline de quitter la table.

Délivrance

Un jour viendra, un historien communiste, jaune, sans doute, écrira un livre : le martyre des « collabos » mettons dans un siècle... j'aurai mon heure... mon « mémorial » sera au bachot...

L.-F. CÉLINE,
Rigodon

« Je sais que si on s'intéresse à moi, c'est parce qu'un jour ma vie a rencontré celle de Céline. Malheureusement, mes souvenirs sont comme des pétales qui s'échappent d'un bouquet dont les fleurs sont mortes.

» C'était l'histoire de Céline pas la mienne, mais de cette vie, je suis ressortie brûlée [1]. » Lucette Almansor a sans doute été brûlée. Accompagner Céline, c'est éprouver l'incandescence de l'art et les impasses mortelles conjuguées en un pathétique déclin. Car, sa déshérence, Céline, tient à la montrer. Plus qu'au clochard exhibé, au hâbleur volontaire du déclin, c'est à l'asilaire que Céline fait penser si l'on s'en réfère aux photographies de l'ère Meudon se déroulant tel un film. Un asilaire ? C'est-à-dire un de ses falots personnages d'hospice, de foyer social hors le monde, et plus encore des grandes concentrations carcérales où, au milieu des déments et des agités que l'on enferme, subsistent des êtres atones, ravinés, habitacles d'une vie éteinte, des êtres lassés, revenus de tout et de nulle part, que rien ne dérange plus et qui ne dérangent plus personne. On les perçoit, immobiles et figés, sur des bancs, à regarder passer le temps, à guetter, indifférents, la caresse du soleil, à répéter des automatismes intimes, avec quelquefois dans le regard une lueur, celle de l'inexprimable, qui décourage l'échange. Quelques photos de détour saisissent aussi Céline, loin de la démonstration de son malheur en haillons, quand il joue parce qu'il lui faut bien inventer encore ou parce que la détresse est trop forte et qu'il lui faut la cacher. L'asilaire, lui, n'en rajoute pas. Il est de l'humanité invisible. Le Céline des trois ou quatre dernières années est de cette confrérie d'abandonnés. Probablement n'y siège-t-il pas en permanence. Aux parutions de ses livres, et entre elles, il doit concéder à la représentation mais avec les habits de scène qu'il s'est choisis pour le dernier acte et, l'asilaire, en lui, affleure. Une seconde d'absence du comédien, on l'entrevoit. C'est vide, nu, une somme de souffrances, des marques sur le visage, une fugace terreur dans les yeux, vite estompées par le retour à la mer étale du *nevermore*.

Céline admirait la discrétion de la mort animale. Les bêtes se retirent pour mourir. Sa mort ressemblera à celles de Bébert et de Bessy. La veille, le 30 juin 1961, il était actif. Il avait mis un terme à la première version, et dorénavant irrévocable, de

Rigodon, de laquelle Marie Canavaggia sera écartée. Ce qui la laissera perplexe. Le point final (fictif) mis, il l'a fait savoir par deux courriers, l'un à Gaston Gallimard, l'autre à Roger Nimier. Il songe à un contrat plus avantageux. Il estime être dans l'ordre des choses, le labeur a été accompli. Il y a jeté ses ultimes forces. Il en est conscient. *Rigodon* attendra huit ans la publication. Le manuscrit de la traversée de l'Allemagne, de Sigmaringen à Flensburg, dans le décor wagnérien que l'on sait, sera décrypté difficilement et patiemment par François Gibault qui en viendra à bout. D'un brouillon, d'un chant du cygne écrit sous la pression impérieuse du temps compté, il fera, dans le respect absolu du texte célinien, haché et dispersé, un livre, le troisième de la trilogie allemande. L'oraison d'une œuvre.

Le 1er juillet, la température est caniculaire. Céline n'a jamais supporté la chaleur et les mœurs qu'elle impose. Il n'est pas du pays où on se déloque, s'extasie, se vautre dans les délices et concupiscences solaires. Il fuit donc, se réfugie au sous-sol, dans la cuisine, où il espère un peu de fraîcheur. Il fait part à Lucette d'un mal de tête plus intense, plus tenace qu'à l'accoutumée. La lumière l'incommode. Il ferme les volets. Il formule le vœu d'être seul et de se reposer. Qu'elle ne s'inquiète pas et qu'elle vaque à ses occupations, ses élèves l'attendent. Elle obéit. Quelques mois auparavant n'a-t-il pas connu un épisode semblable qui l'a laissé confus et partiellement amnésique durant cinq à six semaines et qu'on qualifierait d'accident vasculaire cérébral mineur ? Il s'installe ensuite dans sa chambre, volets tirés, près de son bureau. Il s'allège de ses vêtements, se met au lit. Entre deux cours, Lucette lui prépare des serviettes mouillées avec des glaçons qu'elle pose sur son front. Il ne se plaint de rien. Son bras gauche devient froid. Il refuse tout soin, tout appel à un médecin et bannit l'hôpital. Il veut être seul et mourir seul. Lucette retourne auprès de ses élèves et fait de brèves incursions de temps à autre, renouvelle serviettes et glaçons. Il geint, un peu. Lucette demeurée au premier, à cinq heures il est mort. Dès le matin, il savait. Comme médecin, comme celui qui est aguerri à déchiffrer les messages du corps, n'était-il pas averti de sa propre mort, et depuis longtemps ? N'avait-il pas écrit près de trente ans plus tôt, très prémonitoire, dans *Mort à crédit* :

> Je suis pas fadé question longueur d'existence... Je me demande pour quand ça sera ? J'ai un sillon au bas du pouce... Ça sera-t-il une artériole qui pètera dans l'encéphale ? Au détour de Rolandique ?... Dans le petit repli de la « troisième » ?... On l'a souvent regardé avec Metitpois à la Morgue cet endroit-là... Un petit cratère comme une épingle dans le gris des sillons... L'âme y a passé, le phénol et tout. Ça sera peut-être hélas un néo-fongueux du rectum... Je donnerais beaucoup pour l'artériole... À la bonne vôtre [2] !...

Le même jour, Hemingway s'estimant devenu impuissant se suicide. C'est lui qui fera les gros titres des gazettes. Céline n'aura droit qu'à quelques lignes, tout juste un entrefilet. Lucette Almansor a différé l'annonce officielle de la mort de Céline qui ne sera connue que le 3 juillet. Des journalistes — avertis par qui ? — rôdaient depuis deux jours devant la « Villa Maïtou ». Le Dr Willemin a constaté le décès et rédigé le certificat : rupture d'anévrisme, hémorragie cérébrale. C'est une cause de mort banale à cet âge. Quelqu'un a cru judicieux de photographier le défunt. Un petit visage de vieux dépasse du drap. On a moulé son masque mortuaire et sa main droite. Seuls les très proches se sont inclinés à Meudon. Il y eut toute une histoire pour la bénédiction de la dépouille. Le curé du Bas-Meudon refusa-t-il de se déplacer pour le proscrit ? Étonnant et discutable. Une nonne de l'Institut Saint-Joseph, dans l'impossibilité de quitter le couvent, se désista à son tour. Quelle importance ? Céline, mystique profane qui ne croyait en rien, aurait-il pris tout ça au sérieux ? Certainement pas, lui qui aspirait à la fosse commune. N'importe comment les homélies sont souvent mièvres et troublent le recueillement. Pour Céline, il eût suffi de dire qu'il avait aimé la mer et les danseuses ou bien les enfants et les animaux et donné sa dignité au désespoir. Le résumé de chaque vie tient en une phrase.

L'inhumation provisoire eut lieu au cimetière de Meudon, le 4 juillet. Trente ou quarante parmi les proches et amis l'accompagnèrent. Le récit que font les biographes de cette courte cérémonie est presque celui d'un moment initiatique. À quelques mètres de la tombe, un enfant plantait un eucalyptus, un chat vint jouer et Arletty jeta sur le cercueil une poignée de la terre de Courbevoie. Lucette Almansor, éplorée, retenue et silencieuse, était en retrait aux côtés de Colette Turpin. La succession allait sous peu les déchirer. En novembre, l'inhumation fut définitive. Lucette fit graver sur la pierre tombale une croix et un trois-mâts en fidélité à l'appel de la mer, au-dessus de l'inscription de leurs deux noms. Ce fut sans apparat. La croix était signe de consolation et peut-être de chance éventuelle afin que le grand tourmenté eût occasion d'être accueilli quelque part, hors de l'univers raisonnable, et connût au moins un semblant de paix. À chacun ses magies, ses croyances. Delphine, la chienne des derniers temps, l'a attendu durant des mois au pied de son fauteuil.

Conclure cette odyssée n'est pas aisé. Laissons à ces quelques lignes de Paul Morand le soin de le faire. « Le voici dans le silence posthume, après l'autre ; il ne suce pas le sein rebondi de la coupole du Panthéon ; c'est un pauvre chien d'aveugle qui s'est fait écraser, tout seul, pour sauver son maître infirme, cette France qui continue à tâter le bord du trottoir[3]. »

Mars 2008.

ANNEXES

REPÈRES CHRONOLOGIQUES

1894. *27 mai* : naissance de Louis-Ferdinand Destouches à Courbevoie, fils de Fernand-Auguste Destouches et Marguerite née Guillou.
Juin : placé chez une nourrice dans l'Yonne.

1894. Retour en nourrice à Puteaux, près de Courbevoie. Il y restera deux ans.

1897. Déménagement des parents de Louis pour la rue de Babylone à Paris (VIIe arrondissement). Il les y rejoint.

1898. *Novembre* : déménagement au 9, rue Ganneron (XVIIIe arrondissement).

1899. *Juillet* : nouveau déménagement au 67, passage Choiseul (IIe arrondissement). Marguerite Destouches y ouvre un magasin où prédomine la dentelle ancienne.

1900. Louis entre au cours élémentaire de la rue Louvois. Visite de l'Exposition universelle avec son père.

1904. Changement d'appartement, passage Choiseul, au 64.
Décembre : mort de la grand-mère maternelle de Louis, Céline Guillou, avec laquelle il entretenait des relations affectives intenses. En héritage, il reçoit la garde du chien Bobs, premier animal qu'on lui confie.

1905. *Février* : pour quelques mois, il entre à l'école catholique Saint-Joseph des Tuileries.
18 mai : communion solennelle.

1906. *Octobre* : réintègre l'école publique, 11, rue d'Argenteuil.

1907. *Juin* : obtient le Certificat d'études primaires.
Automne : ses parents quittent le passage Choiseul pour le 11, rue Marsollier (IIe arrondissement).

1908. Séjour en Allemagne, d'abord à Diepholz puis à Karlsruhe.
1909. Séjour en Angleterre à Rochester puis Broadstairs.
1910-1912. Premiers stages rémunérés dans des établissements commerciaux dont, principalement, la bijouterie.
1912. *28 septembre* : s'engage pour trois ans dans la cavalerie. Il est affecté au 12e cuirassiers de Rambouillet.
1913. *Août* : nommé brigadier.
1914. *5 mai* : nommé maréchal-des-logis.
Septembre : engagé sur le front à l'est.
27 octobre : blessé gravement au bras droit au cours d'une mission périlleuse à Poelkapelle. Décoré de la médaille militaire et de la Croix de guerre.
29 octobre : soigné à Hazebrouck.
1er décembre : transféré au Val-de-Grâce.
1915. *Janvier* : opéré du bras à l'hôpital Paul-Brousse par le professeur Gosset.
Mai-novembre : affecté au consulat de France à Londres.
2 décembre : réforme définitive. Démobilisé.
1916. *Janvier* : mariage « blanc » avec une entraîneuse, Suzanne Nebout.
Mars : part en Afrique après avoir été nommé gérant d'une plantation à Bikobimbo (Cameroun).
1917. *Mars* : rapatriement sanitaire après hospitalisation à Douala.
Premier texte connu : *Les Vagues*.
De retour à Paris, il travaille en particulier à la revue *Eurêka* où il fait la connaissance de Raoul Marquis (Courtial des Pereires).
1918. *Mars* : intègre, comme conférencier ambulant pour la prévention de la tuberculose, la Fondation Rockfeller. Rencontre capitale à Rennes avec Athanase Follet, professeur à l'école de médecine de Rennes, dont il va devenir le gendre. Fait la connaissance d'Alexis Carrel (prix Nobel de médecine)
1919. *Avril-juillet* : passe les deux parties du baccalauréat profitant des décrets de janvier 1919 instituant des conditions spéciales pour les anciens combattants.
Août : mariage avec Édith Follet.
Octobre : s'inscrit au P.C.N. à la faculté des sciences de Rennes.

1920. *Avril* : s'inscrit à l'école de médecine de Rennes où il va effectuer les trois premières années de son cursus.
15 juin : naissance de sa fille, Colette.

1923-1924. Il effectue les deux dernières années d'études à la faculté de médecine de Paris. Stage important en obstétrique chez le professeur Brindeau à l'hôpital Tarnier.

1924. *Mai* : soutient sa thèse de doctorat : *La Vie et l'œuvre de Philippe Ignace Semmelweis* devant un jury présidé par le professeur Brindeau qui encouragera Louis à écrire.
Juin : réintègre la Fondation Rockfeller qui le détache au Bureau d'hygiène de la S.D.N à Genève, sous la direction de Ludwig Rajchman. Installé seul à Genève, il laisse Édith et Colette à Rennes.

1925. Travaille en alternance à Genève et pour des missions financées par la S.D.N. Il ira successivement aux États-Unis et en Europe (1925), en Afrique (1926). Publication à compte d'auteur de *La Quinine en thérapeutique*.

1926. *Juin* : divorce d'avec Édith Follet.
Décembre : rencontre d'une danseuse américaine à Genève, Elizabeth Craig.

1927. Vit avec Elizabeth Craig. Commence à travailler à une pièce, *L'Église*, inspirée des mœurs de la S.D.N.
Décembre : fin de son contrat avec la S.D.N. Grâce à la bienveillance de Rajchmann, il effectuera encore, les années suivantes, quelques missions.

1928. S'installe comme médecin rue d'Alsace à Clichy. S'attelle à une deuxième pièce de théâtre : *Progrès*. Refus de *L'Église* par Gallimard.

1929. Laisse son cabinet pour devenir médecin-salarié au Centre municipal de santé de Clichy-la-Garenne. Déménage au 98, rue Lepic, à Paris, où, il poursuit la rédaction de *Voyage au bout de la nuit* commencé rue d'Alsace. Est employé par le laboratoire pharmaceutique Biothérapie.

1932. *Mars* : mort de Fernand Destouches.
Avril : le manuscrit de *Voyage au bout de la nuit*, terminé, il cherche à le faire publier. Gallimard hésitant, il choisit de signer avec Denoël, le 30 juin. Prend pour nom d'écrivain, « Céline », en hommage à sa grand-mère, Céline Guillou.
20 octobre : parution de *Voyage*.
Novembre : d'abord favori du Goncourt, il obtient le prix Théophraste Renaudot. Grand succès public du livre.

1933. *18 septembre* : publication de *L'Église* chez Denoël, qui refuse un autre texte : *La Légende du roi Krogold*. Départ définitif aux États-Unis d'Elizabeth Craig.

1934. *Juin-juillet* : voyage aux États-Unis dans l'espoir de renouer avec Elizabeth Craig.

1935. *Mai* : nouvelle rencontre féminine avec la pianiste Lucienne Delforge. Durant l'été, prévient Denoël qu'il s'attaque à *Mort à crédit*.
Décembre : fait connaissance de la danseuse Lucette Almansor, de dix-huit ans sa cadette. Il en fera plus tard sa troisième épouse qui l'accompagnera pendant vingt-cinq ans.

1936. *Mai* : sortie de *Mort à crédit* dont l'accueil est plus que mitigé. C'est aussi l'époque des grandes grèves du Front populaire. Il est mis en contact avec Marie Canavaggia qui, jusqu'en 1960, jouera auprès de lui un rôle essentiel dans la préparation de ses manuscrits.
Septembre : voyage en U.R.S.S. Visite principalement Leningrad. Déçu, il rédige *Mea Culpa* que Denoël publiera dans un volume conjoint avec *Semmelweis*.

1937. Début de sa furieuse et insensée campagne antisémite qu'il inaugure par *Bagatelles pour un massacre* qui sort en librairie en décembre.
Conséquences : démission du dispensaire de Clichy et licenciement par le laboratoire Biothérapie.

1938. *Novembre* : sortie du deuxième pamphlet antisémite *L'École des cadavres*.

1939. Réformé, Céline n'est pas mobilisé en septembre. Étant médecin de la marine, il est cependant recruté par la Compagnie Paquet pour remplacer le médecin titulaire sur un navire marchand, le *Chella*.

1940. *5 janvier* : le *Chella* est endommagé au large de Gibraltar. Retour à Marseille, puis à Paris. Débute un remplacement au dispensaire de Sartrouville.
Juin : voyage en ambulance de Sartrouville à Saint-Jean-d'Angély. Devient médecin titulaire au dispensaire de Bezons.

1941. Termine et publie son troisième pamphlet *Les Beaux Draps*. Se met à la rédaction de *Guignol's band*. Se mêle, sans y adhérer formellement, aux milieux collaborationnistes et antisémites. S'installe au 4, rue Girardon à Montmartre.

1942. Voyage médical à Berlin.

1943. Février. Mariage avec Lucette Almansor à la mairie du XVIIIe arrondissement. Achève *Scandale aux abysses.*

1944. *Mars* : publication de *Guignol's band I.*
17 juin : départ pour l'Allemagne. Baden-Baden. Kränzlin.
Octobre : arrivée à Sigmaringen.

1945. *Mars* : départ pour Copenhague. Arrivée le 28. Mort de Marguerite Destouches.
2 décembre : assassinat de Robert Denoël.
17 décembre : arrestation de Céline et de Lucette Almansor par la police danoise.
Procédure d'extradition demandée par le gouvernement français.

1946. Céline en prison alternera les séjours à l'infirmerie, à l'hôpital et en cellule jusqu'en juin 1947. Période littéraire féconde. Sont en chantier : *Guignol's band II, Casse-pipe, Féerie pour une autre fois.* Élabore sa stratégie de défense par la rédaction d'un « mémoire de défense ».

1947. Séjour au Sundby Hospital puis au Rigshospital.
Juin : libération de Céline avec pour condition de ne pas quitter le territoire danois.
Céline et Lucette Almansor vivent dans l'atelier de Henning Jensen au 8 Kronprinzgaade.
Novembre : prend connaissance de l'attaque personnelle de Sartre dans *Réflexions sur la question juive.* Riposte par *À l'agité du bocal.*

1948. *Mai* : Céline et Lucette Almansor seront hébergés pour trois ans dans la propriété de Thorvald Mikkelsen à Klarskovgaard situé à soixante kilomètres de Copenhague.
Été : rencontre avec Milton Hindus puis Pierre Monnier.

1949. Publication de *Foudres et flèches* chez Charles de Jonquières. Rééditions de *Voyage au bout de la nuit* chez Frédéric Chambriand. Publication de *Casse-pipe* chez Frédéric Chambriand.

1950. *21 février* : condamné par la Cour de justice à un an de prison, à l'indignité nationale, à 50 000 francs d'amende et à la confiscation de la moitié de ses biens.

1951. *Avril* : amnistié par le tribunal militaire de Paris sous le nom de Destouches.
Juillet : séjour à Menton chez les Pirazzoli. Signature d'un contrat avec Gallimard.
Août-septembre : Hébergé à Neuilly chez Paul Marteau.

Octobre : s'installe à Meudon, 25 ter, route des Gardes, dans la « Villa Maïtou ».
Procès avec les éditions Juillard à propos du *Journal* d'Ernst Jünger.

1952. Réédition par Gallimard des premiers ouvrages de Céline, sans grand succès. Publication de *Féerie pour une autre fois* qui passe inaperçu. À la « Villa Maïtou » il reçoit amis, curieux et journalistes. Comme pour les prochaines années son ermitage est relatif.

1953. *Mars* : s'inscrit au conseil de l'ordre des médecins de Seine-et-Oise.

1954. *Juin* : parution dans la N.R.F. des *Entretiens avec le professeur Y.* Parution de *Normance* (*Féerie II*). Peu d'échos.

1957. *Mars* : parution de *D'un château l'autre*. Le succès critique et public est conséquent. Nombreuses interviews dont celle de Madeleine Chapsal pour *L'Express* sous le titre retentissant de *Voyage au bout de la haine*. Première émission de télévision pour *Lectures pour tous* (Pierre Dumayet).

1959. Prend sa retraite comme médecin.
Publication de *Ballets sans musique, sans personne, sans rien.*

1960. Publication de *Nord*. Procès avec la famille Scherz et le Dr Hauboldt.

1961. Met le point final à la première version de *Rigodon* le 30 juin. Meurt le 1er juillet à Meudon. Inhumé le 4 juillet.

1962. *Romans 1* dans la Bibliothèque de la Pléiade.

1964. Publication du *Pont de Londres (Guignol's band II)*, édition incomplète.

1969. Publication de *Rigodon*.

1985. Publication de *Maudits soupirs pour une autre fois*.

1988. Version définitive de *Guignol's band II*.

RÉFÉRENCES BIBLIOGRAPHIQUES

ŒUVRES DE CÉLINE

Toute l'œuvre de Céline se trouve réunie dans la collection « Bibliothèque de la Pléiade », Gallimard, sous la direction d'Henri Godard :

tome I : *Voyage au bout de la nuit — Mort à crédit*. Appendices : Lettre à des critiques sur *Voyage au bout de la nuit — Qu'on s'explique... —* Préface à une réédition de *Voyage au bout de la nuit — Le* Voyage *au cinéma — Lettres à des critiques sur* Mort à crédit, 1981.

tome II : *D'un château l'autre — Nord — Rigodon*. Appendices : *Louis-Ferdinand Céline vous parle — Entretien avec Albert Zbinden*.

tome III : *Casse-pipe — Guignol's band I — Guignol's band II* [*Le Pont de Londres*], 1988.

tome IV : *Féerie pour une autre fois I — Féerie pour une autre fois II* [*Normance*] *— Entretiens avec le professeur Y*. Avec les versions antérieures, inédites pour la plupart, de ces textes, 1993.

On trouve séparément en édition courante chez Gallimard ou en poche dans la collection « Folio » :

Voyage au bout de la nuit, 1932.

Mort à crédit, 1936.

Guignol's band I et *II*, 1944-1988.

Féerie pour une autre fois, 1952.

Normance (Féerie II), 1954.

Entretiens avec le professeur Y., 1954.

D'un château l'autre, 1957.

Nord, 1960.

Rigodon, 1969.
Maudits soupirs pour une autre fois, 1985.
Casse-pipe suivi de Carnet du cuirassier Destouches, 1975.
Semmelweis a été republié par Gallimard en 1977 et repris dans la collection « L'Imaginaire » en 1999 avec une préface de Philippe Sollers.

Ballets sans musique, sans personne, sans rien, comprenant *Secrets dans l'île, Naissance d'une fée, Voyou Paul, Brave Virginie, Van Bagaden, Scandale aux abysses, Foudres et flèches, Progrès* (1959), a été repris dans la collection « L'Imaginaire » en 2001, dans une édition établie par Pascal Fouché.

Trois volumes importants de correspondance sont à retenir :
Lettres à la N.R.F., édition établie par Pascal Fouché. Préface de Philippe Sollers, Gallimard, 1991.
Lettres de prison à Lucette Destouches et maître Mikkelsen, 1985, Gallimard, 1998.
Lettres à Marie Canavaggia, édition établie par Jean-Paul Louis, Gallimard, 2007.
Mais on peut également citer :
Lettres à son avocat, La Flûte de Pan, 1984.
Lettres à Texier, La Flûte de Pan, 1985.
Céline et les éditions Denoël, Imec Éditions, 1991.

Mea Culpa a été réédité dans les *Cahiers Céline* (Céline et l'actualité 1933-1961). De même que *À l'agité du bocal*.

L'Église, Denoël et Steele (1933), *Bagatelles pour un massacre*, Denoël (1937), *L'École des cadavres*, Denoël (1938), *Les Beaux Draps*, N.e.f. (1941) ne sont pas réédités officiellement, et connaissent des éditions pirates et le marché des livres rares. Sont disponibles sur internet.

SUR CÉLINE

Les articles, livres et publications diverses autour de L.-F. Céline sont innombrables et leur quantité s'étoffe chaque année. Nous ne donnons dans cette liste très sélective que les ouvrages les plus accessibles aux lecteurs en librairie.

David Alliot, *Céline à Meudon (Images intimes, 1951-1961)*, Ramsay, 2006 ; éditions du Rocher, 2008.
—, *Céline, La légende du siècle*, Infolio, 2006.
—, *L'Affaire Louis-Ferdinand Céline*, Horay, 2007.
—, *Louis-Ferdinand Céline en verve*, Horay, 2004.
David Alliot et Daniel Renard, *Céline à Bezons* (1940-1944), éditions du Rocher, 2008.
Philippe Alméras, *Les Idées de Céline*, Dualpha, 2004.
—, *Céline, les lettres des années noires*, Berg. International, 1994.
—, *Je suis le bouc (Céline et l'antisémitisme)*, Denoël, 2008.
—, *Céline entre haines et passion*, Robert Laffont, 1994.
—, *Voyager avec Céline*, Dualpha, 2003.
— *Dictionnaire Céline (Une œuvre, une vie)*, Plon, 2004.
Émile Brami, *Céline (Je ne suis pas assez méchant pour me donner en exemple)*, Écriture, 2003.
Dominique De Roux, *La Mort de L.-F. Céline*, Christian Bourgois, 1966.
Jean-Pierre Dauphin, *Les Critiques de notre temps et Céline*, Garnier, 1976.
—, *Essai de bibliographie des études en langue française consacrées à Louis-Ferdinand Céline*, Lettres modernes-Minard, 1977.
Jean-Pierre Dauphin et Pascal Fouché, *Bibliographie des écrits de L.-F. Céline*, B.L.F.C., 1985.
André Derval (textes réunis et présentés par), *Voyage au bout de la nuit de Louis-Ferdinand Céline. Critiques 1932-1933*, 10-18.
Claude Duneton, *Bal à Korsör. Sur les traces de Louis-Ferdinand Céline*. Grasset, 1994.
Stephan Ferrari et Agnès Verlet (éd.), *Voyage au bout de la nuit*, coll. « Folioplus classiques », 2006.
Pascal Fouché, *Céline, Ça a débuté comme ça*, Gallimard, coll. « Découvertes », 2001.
François Gibault, *Céline I, 1894-1932. Le Temps des espérances*, Mercure de France, 1977.
—, *Céline II, 1932-1944. Délires et persécutions*, Mercure de France, 1985.
—, *Céline III, 1944-1961. Cavalier de l'Apocalypse*, Mercure de France, 1981.
Henri Godard, *Poétique de Céline*, Gallimard, 1985.
—, *Céline scandale*, Gallimard, 1994, coll. « Folio », 1998.

—, *Mort à crédit*, commenté par Henri Godard, Gallimard, coll. « Foliothèque », 1996.
—, *Un autre Céline*, Textuel, 1998.
—, *Voyage au bout de la nuit*, commenté par Henri Godard, Gallimard, coll. « Foliothèque », 1991.
Milton Hindus, *Céline tel que je l'ai vu*, Éditions de l'Herne, 1966.
Alphonse Juilland, *Élisabeth et Louis*, Gallimard, 1994.
Hanns Erich Kaminski, *Céline en chemise brune*, Mille et une nuits, coll. « La Petite Collection », 1997.
Jean Monnier, *Elizabeth Craig raconte Céline*, B.L.F.C., 1988.
Philippe Murray, *Céline*, Gallimard, coll. « Tel », 2001.
Robert Poulet, *Mon ami Bardamu*, La Table ronde, 1976.
Jean-Claude Renard, *Céline, les livres de la mère*, Buchet-Chastel, 2004.
Jean-Pierre Richard, *Nausée de Céline*, Verdier, 2008.
Véronique Robert et Lucette Destouches, *Céline secret*, Grasset, 2001.
Frédéric Vitoux, *Louis-Ferdinand Céline. Misère et parole*, Gallimard, 1973, coll. « Folio essais », 1989.
—, *La Vie de Céline*, Grasset, 1988 ; Gallimard, coll. « Folio », 2005.
—, *Bébert, le chat de Louis-Ferdinand Céline*, Grasset, 1976.
—, *Céline*, Belfond, coll. « Les dossiers », 1987.

À signaler également, les *Cahiers Céline* (*Cahiers de la N.R.F.*), aux éditions Gallimard, dont la publication a débuté en 1976 :

1. Céline et l'actualité littéraire I (1932-1957), édition de Jean-Pierre Dauphin et Henri Godard.
2. Céline et l'actualité littéraire II (1957-1961), édition de Jean-Pierre Dauphin et Henri Godard.
3. Semmelweis et autres écrits médicaux, édition de Jean-Pierre Dauphin et Henri Godard.
4. Lettres et premiers écrits d'Afrique (1916-1917), édition de Jean-Pierre Dauphin.
5. Lettres à des amies (1936-1960), édition de Colin W. Nettelbeck.
6. Lettres à Albert Paraz (1947-1957), édition de Jean-Paul Louis.
7. Céline et l'actualité (1933-1961), édition de Jean-Pierre Dauphin et Pascal Fouché.
8. *Progrès* suivi de *Œuvres pour la scène et l'écran*, édition de Pascal Fouché.
9. Lettres à Marie Canavaggia, édition de Jean-Paul Louis.

Ainsi que les *Cahiers de l'Herne,* n° 3 (1965) et n° 5 (1965), qui regroupent ce que Frédéric Vitoux appelle les « petits écrits » de Céline ainsi que des correspondances et témoignages divers.

À consulter deux thèses de doctorat en médecine en bibliothèques spécialisées :

François BALTA, *La Vie médicale de Louis Destouches, 1894-1961, état actuel de nos connaissances*, Paris, 1971.
Jacques FRANÇOIS, *Contribution à l'étude des années rennaises du docteur Destouches*, Rennes 1967.

DISCOGRAPHIE

Anthologie Céline, sous la direction de Paul Chambrillon (avec Arletty, Michel Simon, Pierre Brasseur et les entretiens de Robert Sadoul, Albert Zbinden et Louis Pauwels), 2 CD. Éditions Frémeaux et associés.

Fabrice Luchini, *Voyage au bout de la nuit*, 1 CD, éditions Médiadisque, 2006.

Voyage au bout de la nuit, texte intégral, 16 CD, par Denis Podalydès, éditions Frémeaux et associés, 2003.

Céline vivant, Éditions Montparnasse. 2 DVD. Réalisation Jean Prat, Alexandre Tarta et Yvan Jouannet. Avec un livret d'accompagnement par Émile Brami. DVD 1 : *Les Grands Entretiens de Louis-Ferdinand* Céline ; DVD 2 : *Autour de Louis-Ferdinand Céline*.

RUMEURS

1. *Cahiers de l'Herne 3 et 5. Céline*, Éditions de l'Herne 1963, 1965.
2. Robert Poulet, *Mon ami Bardamu*, La Table ronde, 1976.
3. L.-F. Céline, *Mort à crédit*, Gallimard, coll. « Folio », 1985.
4. Émile Brami, *Céline*, Écriture, 2003.

COURBEVOIE ET LA SUITE

1. Frédéric Vitoux, *La Vie de Céline*, Gallimard, coll. « Folio », 2005.

L'EXIL, DÉJÀ

1. L.-F. Céline, *Mort à crédit, op. cit.*
2. L.-F. Céline, *Bagatelles pour un massacre*, Denoël, 1937.

PRÉLUDE À RAMBOUILLET

1. Philippe Alméras, *Céline entre haines et passions*, Robert Laffont, 1994.
2. L.-F. Céline. *Carnets du cuirassier Destouches,* in *Casse-Pipe* suivi de *Carnets du cuirassier Destouches*, Gallimard, 1970.
3. *Ibid.*
4. Philippe Alméras, *Céline entre haines et passions, op. cit.*

LE FRONT

1. L.-F. Céline, *Carnets du cuirassier Destouches, op. cit.*
2. Jean-Pierre Dauphin et Pascal Fouché, *Céline et l'actualité (1933-1961), Cahiers Céline*, n° 7, *Cahiers de la N.R.F.*, sous la direction de Jean-Pierre Dauphin et Pascal Fouché, préface de François Gibault, Gallimard, (1986 et 2003).
3. « Lettres à Simone Saintu », citée par François Gibault, *Céline II 1932-1944. Délires et persécutions*, Mercure de France, 1985.

SOHO. 1915

1. *Cahiers de l'Herne. Céline*, éditions de l'Herne, *op. cit.*
2. Frédéric Vitoux, *La Vie de Céline, op. cit.*
3. Paul Morand. *Londres*, Plon, cité par François Gibault, *Céline, 1894-1932. Le temps des espérances*, Mercure de France, 1977.
4. *Céline et l'actualité (1933-1961), Cahiers Céline*, n° 7, *op. cit.*
5. L.-F. Céline, *Féerie pour une autre fois*, Gallimard, coll. « Folio », 1995.
6. L.-F. Céline. *Maudits soupirs pour une autre fois*, Gallimard, coll. « L'Imaginaire », 2007.
7. L.-F. Céline, *Guignol's band I* et *II*, Gallimard, coll. « Folio », 1989.
8. *Ibid.*
9. *Ibid.*
10. *Ibid.*

FORT-GONO

1. *Féerie pour une autre fois, op. cit.*
2. L.-F. Céline, *Voyage au bout de la nuit*, Gallimard, coll. « Folio », 1972.
3. *Ibid.*
4. Cité par François Gibault, *Céline I, 1894-1932. Le Temps des espérances*, Mercure de France, 1977.
5. L.-F. Céline, *Voyage au bout de la nuit, op. cit.*

LA FONDATION ROCKFELLER

1. L.-F. Céline, *D'un château l'autre*, Gallimard, coll. « Folio », 1973.

2. Ole Vinding, *Au bout de la nuit* (Louis-Ferdinand Céline au Danemark), Capharnaüm, 2001.

3. Philippe Alméras, *Dictionnaire Céline, Une œuvre, une vie*, Plon, 2004.

4. Henri Mahé, *La Brinquebale avec Céline*, La Table ronde, 1969.

L'ÉTUDIANT TARDIF

1. L.-F. Céline, *Rigodon*, Gallimard, 1973.

SEMMELWEIS

1. L.-F. Céline, *Féerie pour une autre fois, op. cit.*

2. *Ibid.*

3. L.-F. Céline, *Semmelweis*, Gallimard, coll. « L'Imaginaire », 1999.

4. L.-F. Céline, *Féerie pour une autre fois, op. cit.*

5. L.-F. Céline, *Semmelweis, op. cit.*

6. L.-F. Céline, *Les Derniers jours de Semmelweis, La Presse médicale*, n° 51, 25 juin 1924 ; repris dans *Semmelweis, op. cit.*

S.D.N

1. Frédéric Vitoux, *La Vie de Céline, op. cit.*

2. Document de la Bibliothèque Céline de l'université Paris-VII.

3. Publié dans le recueil *Ballets sans musique, sans personne, sans rien*, Gallimard, coll. « L'Imaginaire », 2001.

4. L.-F. Céline, *L'Église*, Denoël, 1933.

5. « Lettre à Joseph Delteil, 15 mai 1933 », cité par Philippe Alméras, *Dictionnaire Céline, op. cit.*

ELISABETH CRAIG

1. Alphonse Juilland. *Elizabeth et Louis*, Gallimard, 1994.
2. L.-F. Céline, *Voyage au bout de la nuit, op. cit.*
3. Milton Hindus, *Céline tel que je l'ai vu*, éditions de l'Herne, 1966.
4. Alphonse Juilland, *Elizabeth et Louis, op. cit.*
5. « Lettre à Craig », cité par Alphonse Juilland, *Elizabeth et Louis, op. cit.*
6. Cité par Philippe Alméras, *Dictionnaire Céline, op. cit.*
7. Alphonse Juilland, *Elizabeth et Louis, op. cit.*
8. L.-F. Céline, *Nord*, Gallimard, coll. « Folio », 1976.
9. Cité par Philippe Alméras, *Céline entre haines et passions, op. cit.*

LA MÉDECINE

1. *Cahiers de l'Herne, op. cit.*
2. *Ibid.*
3. L.-F. Céline, *D'un château l'autre, op. cit.*
4. *Ibid.*
5. *Le docteur écrit un roman*, in *Cahiers de l'Herne, op. cit.*
6. *Cahiers de l'Herne, op. cit.*
7. *Ibid.*
8. François Gibault, *Céline II 1932-1944..., op. cit.*
9. *Ibid.*
10. *Cahiers de l'Herne, op. cit.*
11. *Ibid.* Lettre du 9 janvier 1940.
12. Lettre inédite à Jean Bonvillers, citée par François Gibault, *Céline II 1932-1944..., op. cit.*
13. Préface à Albert Serouille, *Bezons à travers les âges*, Denoël, 1944.
14. Voir l'entretien avec Henri Poulain dans *Je suis partout* du 7 mars 1941 pour le lancement des *Beaux Draps*.
15. *Ibid.*
16. L.-F. Céline, *D'un château l'autre, op. cit.*

LITTÉRATURE (1)

1. *Cahiers de l'Herne, op. cit.*
2. Cité par Émile Brami, *Céline, op. cit.*
3. « Lettre à Joseph Garcin », 13 mai 1933, cité par Philippe Alméras, *Dictionnaire Céline, op. cit.*
4. *Cahiers de l'Herne, op. cit.*
5. *Lettres à la N.R.F., op. cit.*
6. *Marianne*, 10 mai 1939, cité par François Gibault, *Céline II 1932-1944..., op. cit.*
7. *Voyage au bout de la nuit* de Louis-Ferdinand Céline, « Critiques 1932-1933 » ; 10-18, Paris. Textes réunis et présentés par André Derval.
8. François Gibault, *Céline II 1932-1944..., op. cit.*
9. Jean-Pierre Dauphin et Henri Godard, *Céline et l'actualité littéraire (1932-1957), Cahiers Céline*, n° 1, *op. cit.*
10. François Gibault, *Céline II 1932-1944..., op. cit.*
11. L.-F. Céline, *Mort à crédit, op. cit.*
12. Isabelle Blondiaux, *Une écriture psychotique : Louis-Ferdinand Céline*, Nizet, 1985.
13. L.-F. Céline, *Voyage au bout de la nuit, op. cit.*
14. Lettres à Marie Canavaggia 1936-1960 — *Cahiers Céline*, n° 9. Édition établie par Jean-Paul Louis, 2007.
15. Publié dans la revue *Le Merle blanc*, octobre 1936.
16. *Cahiers de l'Herne, op. cit.*

L'HOMME AUX PAMPHLETS (1)

1. Paru dans *Le Monde* du 10 février 1934.
2. *Céline et l'actualité (1933-1961), Cahiers Céline*, n° 7, *op. cit.*
3. Émile Brami, *Céline, op. cit.*
4. *Cahiers Céline*, n° 7, *op. cit.*
5. Philippe Alméras, *Je suis le bouc. Céline et l'antisémitisme*, Denoël, 2008.
6. L.-F. *Céline, Bagatelles pour un massacre, op. cit.*
7. *Ibid.*
8. *Ibid.*
9. *L'Action française*, 10 février 1938.

10. Hanns Erich Kaminski, *Céline en chemise brune*, éd. Exelcior, Mille et une nuits, 1997.

11. André Gide, *Les Juifs, Céline et Maritain*, N.R.F. n° 295, avril 1938.

12. *Cahier de l'Herne, op. cit.*

13. François Gibault, *Céline 1932-1944, op. cit.*

L'HOMME AUX PAMPHLETS (2)

1. Jean-Paul Louis, *Lettres à Albert Paraz (1947-1957), Cahiers Céline*, n° 6, *op. cit.*

2. Philippe Alméras, *Dictionnaire Céline, op. cit.*

3. L.-F. Céline, *L'École des cadavres*, Denoël, 1938.

4. *Ibid.*

5. Lettre à Brasillach, juin 1939, *Cahiers Céline*, n° 7, *op. cit.*

6. Philippe Alméras, *Dictionnaire Céline, op. cit.*

7. L.-F. Céline, *Les Beaux Draps*, Nouvelles éditions françaises, 1941.

8. L.-F. Céline, *Bagatelles pour un massacre, op. cit.*

9. L.-F. Céline, *Les Beaux Draps, op. cit.*

10. *Ibid.*

11. *Ibid.*

12. *Ibid.*

13. *Ibid.*

14. *Ibid.*

SA DRÔLE D'OCCUPATION

1. Émile Brami, *Céline, op. cit.*

2. François Gibault, *Céline II 1932-1944..., op. cit.*

3. Frédéric Vitoux, *Bébert. Le chat de Louis-Ferdinand Céline*, Grasset, 1976.

4. *Féérie pour une autre fois.*

5. *Cahiers Céline, n° 7, op. cit.*

6. *Ibid.*

7. *Ibid.*

8. *Ibid.*

9. *Ibid.*

10. *Ibid.*

11. *Ibid.*

12. *Ibid.*

13. Cité par François Gibault, *Céline II 1932-1944..., op. cit.*

14. Ernst Jünger, *Premier journal parisien*, Le Livre de Poche, coll. « Biblio », 1975.

15. *Ibid.*

16. *Ibid.*

17. *Ibid.*

18. In *Lettre à Marie Bell*, Du Lerot, 1991.

19. *Ibid.*

20. *Ibid.*

21. *Cahiers de l'Herne, op. cit.*

22. David Alliot, *Céline, la légende du siècle*, Infolio, coll. « Illico », 2006.

23. Philippe Alméras, *Les Idées de Céline*, Dualpha, 2004.

24. *Cahiers de l'Herne, op. cit.*

25. Émile Brami, *Céline, op. cit.*

26. *Ibid.*

UN PROJET D'ASSASSINAT

1. L.-F. Céline, *Maudits soupirs pour une autre fois, op. cit.*
2. Reproduit intégralement dans *Cahiers Céline*, n° 7, *op. cit.*
3. *Tribune des Nations*, janvier 1950, in *Cahiers Céline*, n° 1, *op. cit.*
4. Yves Courrière, *Roger Vailland ou un libertin au regard froid*, Plon, 1991.

LITTÉRATURE (2)

1. L.-F. Céline, *Guignol's band I, op. cit.*
2. *Ibid.*
3. *Ibid.*
4. *Ibid.*
5. Milton Hindus, *Céline tel que je l'ai vu, op. cit.*
6. *Ibid.*

CHEMINS D'EXIL

1. *Cahiers de l'Herne, op. cit.*
2. L.-F. Céline, *D'un château l'autre, op. cit.*
3. *Cahiers Céline*, n° 7, *op. cit.*

4. *Cahiers de l'Herne, op. cit.*
5. *Ibid.*
6. Frédéric Vitoux, *La Vie de Céline, op. cit.*
7. L.-F. Céline, *Rigodon, op. cit.*

PRISONNIER

1. Cité par Émile Brami, *Céline, op. cit.*
2. In *Cahiers Céline*, n° 7, *op. cit.*
3. François Gibault, *Céline II 1932-1944..., op. cit.*
4. David Alliot, *L'Affaire Louis-Ferdinand Céline*, Horay, 2007.

LA MER IMMOBILE

1. *Cahiers de l'Herne, op. cit.*
2. Ole Vinding, *Au bout de la nuit* (Louis-Ferdinand Céline au Danemark), *op. cit.*
3. Jean-Paul Louis dans l'introduction aux Lettres de Céline à Maria Canavaggia, *Cahiers Céline, op. cit.*
4. Lettre à Milton Hindus, *Cahiers de l'Herne, op. cit.*
5. Milton Hindus, *Céline tel que je l'ai vu, op. cit.*
6. Claude Duneton, *Bal à Korsör. Sur les traces de Louis-Ferdinand Céline*, Grasset, 1994.
7. *Ibid.*

PROCÉDURES

1. François Gibault, *Céline III 1944-1961. Cavalier de l'apocalypse*, Mercure de France, 1981.
2. *Ibid.*
3. *Ibid.*

LITTÉRATURE (3)

1. L.-F. Céline, *Maudits soupirs pour une autre fois*, Gallimard, 1985.

2. Henri Godard, note in L.-F. Céline, *Maudits soupirs pour une autre fois, op. cit.*

3. L.-F. Céline. *Maudits soupirs pour une autre fois, op. cit.*

SARTRE

1. Cité par Émile Brami, *Céline, op. cit.*
2. Jean-Paul Sartre, *Réflexions sur la question juive*, Gallimard, 1946.
3. Ernst Jünger. *Premier journal parisien, op. cit.*
4. Gerhardt Heller, *Un Allemand à Paris, 1940-1944*, Le Seuil, 1981.
5. Véronique Robert, *Lucette Destouches, Céline secret*, Grasset, 2001.
6. Dominique De Roux, *La Mort de L.-F. Céline*, Christian Bourgois, 1966 ; La Table ronde, 2007.
7. Philippe Alméras, *Céline entre haines et passions, op. cit.*
8. Cité par Olivier Todd dans *Camus*, Gallimard, coll. « Folio », 1999.
9. Gilbert Joseph, *Une si douce occupation. Simone de Beauvoir et Jean-Paul Sartre 1940-1944*, Albin Michel, 1991.
10. Jean Guéhenno, *Journal des années noires*, Gallimard, 1947, coll. « Folio », 2002.
11. L.-F. Céline, *À l'agité du bocal*, in *Cahiers Céline*, n° 7, *op. cit.*
12. Cité par Gilbert Joseph, *op. cit.*
13. Lettre à Claude Gallimard du 3 novembre 1952, L.-F. Céline, *Lettres à la N.R.F.*, Gallimard, 1991.

RETOUR AU PAYS NATAL

1. Véronique Robert, *Lucette Destouches, op. cit.*
2. Frédéric Vitoux, *La Vie de Céline, op. cit.*
3. L.-F. Céline. *D'un château l'autre, op. cit.*
4. *Ibid.*
5. L.-F. Céline, *Entretiens avec le professeur Y.*, Gallimard, 1954.
6. *Ibid.*
7. Véronique Robert, *Lucette Destouches, op. cit.*
8. *Ibid.*
9. Voir *Le Nouvel Observateur* des 7 et 13 novembre 1991.

LES DERNIERS FEUX

1. Philippe Murray, *Céline*, Gallimard, « coll. Tel », 2001.
2. L.-F. Céline, *Nord, op. cit.*
3. *Cahiers de l'Herne, op. cit.*
4. Cité par Frédéric Vitoux, *La Vie de Céline, op. cit.*
5. François Gibault, *Céline III 1944-1961..., op. cit.*
6. *Cahiers Céline,* n° 7, *op. cit.*
7. *Ibid.*
8. Lettre à Milton Hindus, *Cahiers de l'Herne, op. cit.*
9. *Ibid.*
10. *Ibid.*
11. *Ibid.*
12. *Ibid.*
13. *Ibid.*
14. *Ibid.*
15. Allen Ginsberg. *Kaddish*, Christian Bourgois, 2005.
16. Christian Vilà, *William Burroughs. Le génie empoisonné*, éditions du Rocher, 1992.
17. *Cahiers de l'Herne, op. cit.*
18. *Ibid.*
19. *Cahiers Céline,* n° 7, *op. cit.*
20. *Cahiers de l'Herne, op. cit.*
21. Lettre à Milton Hindus, *Cahiers de l'Herne, op. cit.*
22. Lettre à Francine Bloch, *Cahiers Céline,* n° 7, *op. cit.*
23. L.-F. Céline, *Rigodon, op. cit.*
24. Lettre à Milton Hindus, *Cahiers de l'Herne, op. cit.*
25. *Cahiers de l'Herne, op. cit.*
26. L.-F. Céline, *Rigodon, op. cit.*

DÉLIVRANCE

1. Véronique Robert et Lucette Destouches, *Céline secret, op. cit.*
2. L.-F. Céline, *Mort à crédit, op. cit.*
3. *Cahiers de l'Herne, op. cit.*

ANNEXES

FOLIO BIOGRAPHIES

Lou Andreas-Salomé, par DORIAN ASTOR
Attila, par ÉRIC DESCHODT. Coup de cœur du *Point* 2006.
Joséphine Baker, par JACQUES PESSIS
Balzac, par FRANÇOIS TAILLANDIER
Baudelaire, par JEAN-BAPTISTE BARONIAN
James Brown, par STÉPHANE KOECHLIN
Marias Callas, par RENÉ DE CECCATTY
Calvin, par JEAN-LUC MOUTON
Le Caravage, par GÉRARD-JULIEN SALVY
Jules César, par JOËL SCHMIDT
Céline, par YVES BUIN
Cézanne, par BERNARD FAUCONNIER. Prix de biographie de la ville de Hossegor 2000.
Cléopâtre, par JOËL SCHMIDT
Albert Cohen, par FRANCK MÉDIONI
Colette, par MADELEINE LAZARD
James Dean, par JEAN-PHILIPPE GUERAND
De Gaulle, par ÉRIC ROUSSEL
Diderot, par RAYMOND TROUSSON
Marlene Dietrich, par JEAN PAVANS
Einstein, par LAURENT SEKSIK
Fellini, par BENITO MERLINO
Freud, par RENÉ MAJOR et CHANTAL TALAGRAND
Gandhi, par CHRISTINE JORDIS. Prix du livre d'histoire de la ville de Courbevoie 2008.
Geronimo, par OLIVIER DELAVAULT
Goya, par MARIE-FRANCE SCHMIDT
Billie Holiday, par SYLVIA FOL
Ibsen, par JACQUES DE DECKER
Jésus, par CHRISTIANE RANCÉ
Janis Joplin, par JEAN-YVES REUZEAU
Kafka, par GÉRARD-GEORGES LEMAIRE
Kerouac, par YVES BUIN
Louis XIV, par ÉRIC DESCHODT
Louis XVI, par BERNARD VINCENT
Michel-Ange, par NADINE SAUTEL
Modigliani, par CHRISTIAN PARISOT

COLLECTION FOLIO

Dernières parutions

4711. Flora Tristan	*Promenades dans Londres.*
4712. Mario Vargas Llosa	*Tours et détours de la vilaine fille.*
4713. Camille Laurens	*Philippe.*
4714. John Cheever	*The Wapshot.*
4715. Paule Constant	*La bête à chagrin.*
4716. Erri De Luca	*Pas ici, pas maintenant.*
4717. Éric Fottorino	*Nordeste.*
4718. Pierre Guyotat	*Ashby* suivi de *Sur un cheval.*
4719. Régis Jauffret	*Microfictions.*
4720. Javier Marías	*Un cœur si blanc.*
4721. Irène Némirovsky	*Chaleur du sang.*
4722. Anne Wiazemsky	*Jeune fille.*
4723. Julie Wolkenstein	*Happy End.*
4724. Lian Hearn	*Le vol du héron. Le Clan des Otori, IV.*
4725. Madame d'Aulnoy	*Contes de fées.*
4726. Collectif	*Mai 68, Le Débat.*
4727. Antoine Bello	*Les falsificateurs.*
4728. Jeanne Benameur	*Présent ?*
4729. Olivier Cadiot	*Retour définitif et durable de l'être aimé.*
4730. Arnaud Cathrine	*La disparition de Richard Taylor.*
4731. Maryse Condé	*Victoire, les saveurs et les mots.*
4732. Penelope Fitzgerald	*L'affaire Lolita.*
4733. Jean-Paul Kauffmann	*La maison du retour.*
4734. Dominique Mainard	*Le ciel des chevaux.*
4735. Marie Ndiaye	*Mon cœur à l'étroit.*
4736. Jean-Christophe Rufin	*Le parfum d'Adam.*
4737. Joseph Conrad	*Le retour.*
4738. Roald Dahl	*Le chien de Claude.*
4739. Fédor Dostoïevski	*La femme d'un autre et le mari sous le lit.*

4740.	Ernest Hemingway	*La capitale du monde* suivi de *L'heure triomphale de Francis Macomber.*
4741.	H.P. Lovecraft	*Celui qui chuchotait dans les ténèbres.*
4742.	Gérard de Nerval	*Pandora* et autres nouvelles.
4743.	Juan Carlos Onetti	*À une tombe anonyme.*
4744.	R.L. Stevenson	*La Chaussée des Merry Men.*
4745.	H.D. Thoreau	*« Je vivais seul, dans les bois ».*
4746.	Michel Tournier	*L'aire du Muguet* précédé de *La jeune fille et la mort.*
4747.	Léon Tolstoï	*La Tempête de neige* et autres récits.
4748.	Tonino Benacquista	*Le serrurier volant.*
4749.	Bernard du Boucheron	*Chien des os.*
4750.	William S. Burroughs	*Junky.*
4751.	Françoise Chandernagor	*La voyageuse de nuit.*
4752.	Philippe Delerm	*La tranchée d'Arenberg et autres voluptés sportives.*
4753.	Franz-Olivier Giesbert	*L'affreux.*
4754.	Andrea Levy	*Hortense et Queenie.*
4755.	Héléna Marienské	*Rhésus.*
4756.	Per Petterson	*Pas facile de voler des chevaux.*
4757.	Zeruya Shalev	*Thèra.*
4758.	Philippe Djian	*Mise en bouche.*
4759.	Diane de Margerie	*L'Étranglée.*
4760.	Joseph Conrad	*Le Miroir de la mer.*
4761.	Saint Augustin	*Confessions. Livre X.*
4762.	René Belletto	*Ville de la peur.*
4763.	Bernard Chapuis	*Vieux garçon.*
4764.	Charles Julliet	*Au pays du long nuage blanc.*
4765.	Patrick Lapeyre	*La lenteur de l'avenir.*
4766.	Richard Millet	*Le chant des adolescentes.*
4767.	Richard Millet	*Cœur blanc.*
4768.	Martin Amis	*Chien Jaune.*
4769.	Antoine Bello	*Éloge de la pièce manquante.*
4770.	Emmanuel Carrère	*Bravoure.*
4771.	Emmanuel Carrère	*Un roman russe.*
4772.	Tracy Chevalier	*L'innocence.*
4773.	Sous la direction d'Alain Finkielkraut	*Qu'est-ce que la France ?*

4774. Benoît Duteurtre	*Chemins de fer.*
4775. Philippe Forest	*Tous les enfants sauf un.*
4776. Valentine Goby	*L'échappée.*
4777. Régis Jauffret	*L'enfance est un rêve d'enfant.*
4778. David McNeil	*Angie ou les douze mesures d'un blues.*
4779. Grégoire Polet	*Excusez les fautes du copiste.*
4780. Zoé Valdés	*L'éternité de l'instant.*
4781. Collectif	*Sur le zinc. Au café avec les écrivains.*
4782. Francis Scott Fitzgerald	*L'étrange histoire de Benjamin Button* suivi de *La lie du bonheur.*
4783. Lao She	*Le nouvel inspecteur* suivi de *Le croissant de lune.*
4784. Guy de Maupassant	*Apparition et autres contes de l'étrange.*
4785. D. A. F. de Sade	*Eugénie de Franval.*
4786. Patrick Amine	*Petit éloge de la colère.*
4787. Élisabeth Barillé	*Petit éloge du sensible.*
4788. Didier Daeninckx	*Petit éloge des faits divers.*
4789. Nathalie Kuperman	*Petit éloge de la haine.*
4790. Marcel Proust	*La fin de la jalousie.*
4791. Friedrich Nietzsche	*Lettres choisies.*
4792. Alexandre Dumas	*La Dame de Monsoreau.*
4793. Julian Barnes	*Arthur & George.*
4794. François Bégaudeau	*Jouer juste.*
4795. Olivier Bleys	*Semper Augustus.*
4796. Éric Fottorino	*Baisers de cinéma.*
4797. Jens Christian Grøndahl	*Piazza Bucarest.*
4798. Orhan Pamuk	*Istanbul.*
4799. J.-B. Pontalis	*Elles.*
4800. Jean Rolin	*L'explosion de la durite.*
4801. Willy Ronis	*Ce jour-là.*
4802. Ludovic Roubaudi	*Les chiens écrasés.*
4803. Gilbert Sinoué	*Le colonel et l'enfant-roi.*
4804. Philippe Sollers	*L'évangile de Nietzsche.*
4805. François Sureau	*L'obéissance.*
4806. Montesquieu	*Considérations sur les causes de la grandeur des Romains et de leur décadence.*

4807. Collectif — *Des nouvelles de McSweeney's.*
4808. J. G. Ballard — *Que notre règne arrive.*
4809. Erri De Luca — *Sur la trace de Nives.*
4810. René Frégni — *Maudit le jour.*
4811. François Gantheret — *Les corps perdus.*
4812. Nikos Kavvadias — *Le quart.*
4813. Claudio Magris — *À l'aveugle.*
4814. Ludmila Oulitskaïa — *Mensonges de femmes.*
4815. Arto Paasilinna — *Le bestial serviteur du pasteur Huuskonen.*
4816. Alix de Saint-André — *Il n'y a pas de grandes personnes.*
4817. Dai Sijie — *Par une nuit où la lune ne s'est pas levée.*
4818. Antonio Tabucchi — *Piazza d'Italia.*
4819. Collectif — *Les guerres puniques.*
4820. Patrick Declerck — *Garanti sans moraline.*
4821. Isabelle Jarry — *Millefeuille de onze ans.*
4822. Joseph Kessel — *Ami, entends-tu...*
4823. Clara Sánchez — *Un million de lumières.*
4824. Denis Tillinac — *Je nous revois...*
4825. George Sand — *Elle et Lui.*
4826. Nina Bouraoui — *Avant les hommes.*
4827. John Cheever — *Les lumières de Bullet Park.*
4828. Didier Daeninckx — *La mort en dédicace.*
4829. Philippe Forest — *Le nouvel amour.*
4830. André Gorz — *Lettre à D.*
4831. Shirley Hazzard — *Le passage de Vénus.*
4832. Vénus Khoury-Ghata — *Sept pierres pour la femme adultère.*
4833. Danielle Mitterrand — *Le livre de ma mémoire.*
4834. Patrick Modiano — *Dans le café de la jeunesse perdue.*
4835. Marisha Pessl — *La physique des catastrophes.*
4837. Joy Sorman — *Du bruit.*
4838. Brina Svit — *Coco Dias ou La Porte Dorée.*
4839. Julian Barnes — *À jamais* et autres nouvelles.
4840. John Cheever — *Une Américaine instruite* suivi de *Adieu, mon frère.*
4841. Collectif — *«Que je vous aime, que je t'aime !»*

4842. André Gide — *Souvenirs de la cour d'assises.*
4843. Jean Giono — *Notes sur l'affaire Dominici.*
4844. Jean de La Fontaine — *Comment l'esprit vient aux filles.*
4845. Yukio Mishima — *Papillon* suivi de *La lionne.*
4846. John Steinbeck — *Le meurtre* et autres nouvelles.
4847. Anton Tchékhov — *Un royaume de femmes* suivi de *De l'amour.*
4848. Voltaire — *L'Affaire du chevalier de La Barre* précédé de *L'Affaire Lally.*
4849. Victor Hugo — *Notre-Dame de Paris.*
4850. Françoise Chandernagor — *La première épouse.*
4851. Collectif — *L'œil de La NRF.*
4852. Marie Darrieussecq — *Tom est mort.*
4853. Vincent Delecroix — *La chaussure sur le toit.*
4854. Ananda Devi — *Indian Tango.*
4855. Hans Fallada — *Quoi de neuf, petit homme ?*
4856. Éric Fottorino — *Un territoire fragile.*
4857. Yannick Haenel — *Cercle.*
4858. Pierre Péju — *Cœur de pierre.*
4859. Knud Romer — *Cochon d'Allemand.*
4860. Philip Roth — *Un homme.*
4861. François Taillandier — *Il n'y a personne dans les tombes.*
4862. Kazuo Ishiguro — *Un artiste du monde flottant.*
4863. Christian Bobin — *La dame blanche.*
4864. Sous la direction d'Alain Finkielkraut — *La querelle de l'école.*
4865. Chahdortt Djavann — *Autoportrait de l'autre.*
4866. Laura Esquivel — *Chocolat amer.*
4867. Gilles Leroy — *Alabama Song.*
4868. Gilles Leroy — *Les jardins publics.*
4869. Michèle Lesbre — *Le canapé rouge.*
4870. Carole Martinez — *Le cœur cousu.*
4871. Sergio Pitol — *La vie conjugale.*
4872. Juan Rulfo — *Pedro Páramo.*
4873. Zadie Smith — *De la beauté.*
4874. Philippe Sollers — *Un vrai roman. Mémoires.*
4875. Marie d'Agoult — *Premières années.*
4876. Madame de Lafayette — *Histoire de la princesse de Montpensier* et autres nouvelles.

4877. Madame Riccoboni — *Histoire de M. le marquis de Cressy.*
4878. Madame de Sévigné — *« Je vous écris tous les jours... »*
4879. Madame de Staël — *Trois nouvelles.*
4880. Sophie Chauveau — *L'obsession Vinci.*
4881. Harriet Scott Chessman — *Lydia Cassatt lisant le journal du matin.*
4882. Raphaël Confiant — *Case à Chine.*
4883. Benedetta Craveri — *Reines et favorites.*
4884. Erri De Luca — *Au nom de la mère.*
4885. Pierre Dubois — *Les contes de crimes.*
4886. Paula Fox — *Côte ouest.*
4887. Amir Gutfreund — *Les gens indispensables ne meurent jamais.*
4888. Pierre Guyotat — *Formation.*
4889. Marie-Dominique Lelièvre — *Sagan à toute allure.*
4890. Olivia Rosenthal — *On n'est pas là pour disparaître.*
4891. Laurence Schifano — *Visconti.*
4892. Daniel Pennac — *Chagrin d'école.*
4893. Michel de Montaigne — *Essais I.*
4894. Michel de Montaigne — *Essais II.*
4895. Michel de Montaigne — *Essais III.*
4896. Paul Morand — *L'allure de Chanel.*
4897. Pierre Assouline — *Le portrait.*
4898. Nicolas Bouvier — *Le vide et le plein.*
4899. Patrick Chamoiseau — *Un dimanche au cachot.*
4900. David Fauquemberg — *Nullarbor.*
4901. Olivier Germain-Thomas — *Le Bénarès-Kyôto.*
4902. Dominique Mainard — *Je voudrais tant que tu te souviennes.*
4903. Dan O'Brien — *Les bisons de Broken Heart.*
4904. Grégoire Polet — *Leurs vies éclatantes.*
4905. Jean-Christophe Rufin — *Un léopard sur le garrot.*
4906. Gilbert Sinoué — *La Dame à la lampe.*
4907. Nathacha Appanah — *La noce d'Anna.*
4908. Joyce Carol Oates — *Sexy.*
4909. Nicolas Fargues — *Beau rôle.*
4910. Jane Austen — *Le Cœur et la Raison.*
4911. Karen Blixen — *Saison à Copenhague.*

4912. Julio Cortázar — *La porte condamnée* et autres nouvelles fantastiques.
4913. Mircea Eliade — *Incognito à Buchenwald...* précédé de *Adieu !...*
4914. Romain Gary — *Les trésors de la mer Rouge.*
4915. Aldous Huxley — *Le jeune Archimède* précédé de *Les Claxton.*
4916. Régis Jauffret — *Ce que c'est que l'amour* et autres microfictions.
4917. Joseph Kessel — *Une balle perdue.*
4918. Lie-tseu — *Sur le destin* et autres textes.
4919. Junichirô Tanizaki — *Le pont flottant des songes.*
4920. Oscar Wilde — *Le portrait de Mr. W.H.*
4921. Vassilis Alexakis — *Ap. J.-C.*
4922. Alessandro Baricco — *Cette histoire-là.*
4923. Tahar Ben Jelloun — *Sur ma mère.*
4924. Antoni Casas Ros — *Le théorème d'Almodóvar.*
4925. Guy Goffette — *L'autre Verlaine.*
4926. Céline Minard — *Le dernier monde.*
4927. Kate O'Riordan — *Le garçon dans la lune.*
4928. Yves Pagès — *Le soi-disant.*
4929. Judith Perrignon — *C'était mon frère...*
4930. Danièle Sallenave — *Castor de guerre*
4931. Kazuo Ishiguro — *La lumière pâle sur les collines.*
4932. Lian Hearn — *Le Fil du destin. Le Clan des Otori.*
4933. Martin Amis — *London Fields.*
4934. Jules Verne — *Le Tour du monde en quatre-vingts jours.*
4935. Harry Crews — *Des mules et des hommes.*
4936. René Belletto — *Créature.*
4937. Benoît Duteurtre — *Les malentendus.*
4938. Patrick Lapeyre — *Ludo et compagnie.*
4939. Muriel Barbery — *L'élégance du hérisson.*
4940. Melvin Burgess — *Junk.*
4941. Vincent Delecroix — *Ce qui est perdu.*
4942. Philippe Delerm — *Maintenant, foutez-moi la paix !*
4943. Alain-Fournier — *Le grand Meaulnes.*
4944. Jerôme Garcin — *Son excellence, monsieur mon ami.*
4945. Marie-Hélène Lafon — *Les derniers Indiens.*

Composition Bussière
Impression Maury-Imprimeur
45330 Malesherbes
le 21 décembre 2009.
Dépôt légal : décembre 2009.
1er dépôt légal dans la collection : mai 2009.
Numéro d'imprimeur : 152405.

ISBN 978-2-07-034497-0. / Imprimé en France.

174624